虚《うろ》の栖《すみか》
——試みの家族誌

日下部 正哉

目次

虚《うろ》の栖《すみか》——試みの家族誌……7
仄暗い吹き抜けのある商家 9
生きゆく家、死にゆく家 65
ブロック塀に囲まれた家郷 131
丘の上の四二間《しにけん》の家 183
父の帳尻 233
棲家の空《うろ》 307

背面都市……351
八月のLUNA《ルナ》……355
階段の上がり端《はな》……359
あとがき……402

虚《うろ》の栖《すみか》

——試みの家族誌

僕はこの物語をよく知っている。
何故なら僕はこの物語の中に閉じこめられていたからだ。
——マイケル・ギルモア『心臓を貫かれて』

どの家族も親と子供を創作するものだ。
各人にそれぞれの物語を与え、性格を与え、運命を与え、
さらには言語さえも与える。
——Ｅ・Ｗ・サイード『遠い場所の記憶　自伝』

仄暗い吹き抜けのある商家

一

その家を正面から見たとき、まず目に飛び込んでくるのは、引き違いの四枚の木戸の上半分に嵌め込まれたガラスに帯状に映り込む、見る者をも含む外界の映像だっただろう。およそ三十センチ四方の何枚ものガラスに分割されたその方形の映像の集合は、外界のたしかな像をかたちづくることなく、家の内部の暗がりを隠すための目眩ましのようであったかもしれない。

一九五〇年代なかば、兵庫県のほぼ真ん中、近郊に鉱山を控えて賑っていた町の駅前通りが街道に交わる界隈の一角、地味でどこか鈍重な構えを見せている木造瓦葺二階建ての呉服屋――その家でわたしは生を享けた。

幼少のわたしが自分の家というものを意識しはじめたのは、学校や友だちとの遊びから帰ってきた際に見いだすわが家の一風変わったたたずまいに対してだっただろうか。それは友だちのどの家ともちがっていたし、町で見かけるたいていの商店とも似ていなかった。風変わりなのは、しかし外見よりも、中に入ろうと手をかけるガラス戸を通して見えてくる店の内部だった。

その家で暮らしてから二十年ほどのち、もう二十代の終わりにさしかかっていた頃だが、たまたま不動産情報誌の編集にたずさわっていたわたしは、仕事がらさまざまな住宅の間取り図を飽きるほど見ていて、必要に迫られたときは自分で図面を描き起こすこともしていた。そんな合間、ふと生家の間取り図を再現してみようと思い立ち、記憶を呼び起こしながら、つかのまトレースを試みてみるのだが、きまって間尺が合わないのである。無理もない。その家で生まれて、わたしがそこに住んでいたのはあと一か月で満十歳になるという日までだったのだから。とはいえ、いちばん初めの記憶というのは不完全なまま固着し、不完全だからこそ間歇的によみがえろうとするもののようだ。気まぐれから発する手すさびにすぎなかったが、わたしは、そんなふうに間尺の合わない生家の間取り図を描く試みを、その職場にいたおよそ三年ほどのあいだ、飽かず繰り返していた。

　それからさらに四半世紀以上経ったいま、その家のたたずまいを間取り図ではなく言葉によってどこまで再現できるだろうか。

　引き戸を開けてなかに入ると、商家特有の店と呼ばれる二間《けん》四方ほどの土間。左手に框があり、そこから畳の間に上がると帳場、かたわらにはとりどりの反物が積まれ、周りには着物が掛けられた衣紋掛けが配してあった。

　店の奥が居住スペースになっていて、間仕切りに屋号を染め抜いた丈の長い暖簾がかかっていたはずだ。暖簾をくぐると三和土《たたき》と呼ばれる土間で、左手が居間、右手に二階へ上がる階段があった。三和土をさらに進むと竈と台所。そして台所の勝手口は裏庭に通じていた。

　間取り図を描きあぐねたあげく、わたしがかろうじて確定したのは、店の土間、反物や着物を置いた店の畳の間、居間、居間の前の三和土が「田」の字形になっていること、そしてその「田」の字の中心に大黒柱が立っていたこと、さらに店の畳の間の奥に祖父の寝室、居間の奥に仏間があり、それら四つの部屋ももうひとつの「田」の字をなしていたということだ。

　それだけなら、取り立てて言うほどの間取りではないのだが、特異な空間として思い出されるのが店の土間と三和土の上の吹き抜けである。これは二階の間取りの特異さにそのまま通じていた。

　子どもにはやや急な勾配で、つい両手を突いて攀じ登るふうだった階段を上がると、畳敷きの廊下が壁沿いに巡らされていた。左手に一間ほど、さらに直角に左に曲がって二間ほど吹き抜けを迂回するように歩くと、裏の川のせせらぎが聞こえる縁側のある広い座敷。そこから廊下は二畳分の幅になり、その奥、玄関側の二階の一室がわたしと妹、そして両親が寝る部屋になっていた。

　幼い頃、この家の造りに切実に不合理を感じたのは夜中や明け方、便所に起きるときだった。膀胱が尿ではちきれそうなのを我慢しつつ階段の降り口へと廊下を急ぎ、階下の便所へと暗い階段を一段ずつ下りていくときのちょっとしたパニックはいまも忘れられない。

――いったいなぜ二階の廊下は、そこに見えている階段の降り口まで最短路ではなく、こんなふうに遠回りしているのか。

むろん当時のわたしはそんな疑念を口にできるはずもなく、言葉にならないパニックを、持ちこたえられるかどうかおぼつかない自分の生理とのあいだで耐えながら、あたふたと便所に駆け込んでいたのだが……。

多少なりとも建物の構造や間取り図に慣れ親しんだ目からは、通り土間の吹き抜けが、店で来客に反物を広げて見せるのに採光をよくするという設計上の意図のもとに設けられたことはわかる。だが、用便に起きる幼かったわたしには、自分を苦しめる迂遠な廊下を現出させた元凶にほかならなかった。しかも、吹き抜けでありながら、それはどこか仄暗い空間だった。

とある昼下がり、二階の白漆喰の壁の明かり取りから射し込むけぶったような西日のなかに無数の埃が舞っているのを、階段を上がりきったところからぽつねんと眺めている。それがこの吹き抜けにまつわるわたしのもっとも古い、いまも強く記憶に固着するイメージである。おそらくは、子どもながらに感受しはじめた孤独な倦怠の時間をその光景は象徴しているのかもしれない。

さらに追想が映し出していくのは、畳敷きの廊下と反対側の壁沿いに吹き抜けを迂回していた板張りの細長い廊下である。手すりが巡らされ、そこから一階の店の間を見下ろせるようになっていたが、実際には廊下の用をなさず、雑多な物――時代物の蓄音器、埃に覆われた長持、重ね置かれた数脚の籐椅子、来客用のひときわ大きな火鉢、旗竿に付いたままの日章旗など――がところ狭しと置かれ、物置きと化していた。幼いわたしはこの薄暗がりの埃っぽい匂いに妙に惹かれ、のちに小学生になってからは、近所の悪童を引き入れ、アジトと称してたむろし、祖父にこっぴどく叱られたこともあった。

こう書きながら気づくのは、わたしが「仄暗い」とか「薄暗がり」とか暗さを探知していく場所が、どうやら暗度が深まるほどに、間取り図を描こうとして間尺が合わなかった部分に重なってくるということだ。たしかに記憶の家のなかには、間尺の見当さえつかない闇の閾に溶け込んだ一隅もあった。

たとえば店に入って土間の右側の壁沿いには、ガラス戸のある二段の棚が梁に届かんばかりにL字型に並んでいた。上段には呉服以外に唯一店で扱っていた地元の中学・高校の制服や体操服、下段には種々の生地や敷布の類が陳列されていた記憶があるが、その棚の裏側にトンネル状の暗がりがあったような気がするのだ。その暗がりは、想像の間取り図上では台所の手前の洗面所のあたりに通じているはずなのだが、しかし、思い出しあぐねてわたしの描く線はそこで完全に闇のなかに消えてしまう。

ただ、洗面所の床に何があったかということははっきり憶えている。そこには井戸があり、ポンプがあった。むきだしの水道の蛇口と粗末な流しだけの洗面所の、セメントを敷いた床にぽっかりと開いた円い穴。その底にはかすかに水のたゆたいが聞こえた。そこからまっすぐ地上に出てきた金属管がポンプのシリンダーに接続されていた。取っ手を勢いよく動かすと、ポンプは水口に付けられた袋状の布を通してなみなみとバケツに水を注ぎ込んだ。水はひんやりと冷たくうまかった。夏になると、母は西瓜、胡瓜、トマトなどを釣瓶に入れ井戸に沈めて冷やすのを常とした。

ポンプで水を汲み上げていたのももっぱら母である。やけに白っぽく光る、大きなステンレス製のいかにも頑丈そうなバケツ一杯に水を満たすと、台所の流しの脇のコンクリートの台まで運ぶ。朝、湯を沸かし、米を研ぐことに始まり、魚や野菜の煮炊きから、食事のあとの食器洗いまで、日に何回も台所とポンプのあいだを往復していた。おそらく洗濯をするにもまだ盥に水を入れ、石鹸と洗濯板を使っていたはずである。井戸から台所まで水道を引いたのは、わたしが小学校に上がってからのことではなかっただろうか。

洗面所の奥には、幼いわたしが夜中に苦労してたどりついていた便所があった。そして、便所に隣り合った一角——そこには、わたしが一度も湯を使うことなく開かずの間となった風呂場があった――。

後年、家が人手に渡り、一家が地方都市に移り住んで何年も経ってからのことだが、長じたわたしを相手に母はしばしば往時のこの家特有の住みにくさの体験について述懐したものだ。なかでも、この井戸から台所、そして洗面所、便所、風呂を配した水回りの不便とお粗末には手を焼いたらしく、いきおい話は、確信犯的にそれをもたらした家の主、祖父がつらぬいた虚栄心と見まがうばかりの奇妙な美意識にも及んだ。

母が祖父から繰り返し聞かされたのは、この家を建てるに際しては大工の棟梁に材木を厳選させ、それらを客人に見えるように主だった柱や梁に使い、座敷の床の間や違い棚や欄間などにもあしらっているということだった。そこから母が導き出すのはいつも同じ結語だった。祖父にとって、この家は何よりもみずからが呉服屋として一家をなした証しであり、商家としてのひとかどの構えと粋を客人に見せつける作品でなければならなかった。住むことよりも祖父にはそのほうが大事だったのだ、と。

たしかに古い商家について調べてみると、明治以降の町屋ふうの商家、特に呉服屋では店の上に吹き抜け空間があり、客を二階の座敷に招じ入れるときに店の品揃えが見下ろせるように廊下を巡らせるのがひとつの建築様式になっていたようだ。おそらく祖父は、吹き抜け、店を見下ろせる二階の廊下、客間としての座敷という三点セットのフォーマットを是が非でも自分の店のなかに作り込みたかったのだろう。

母に言わせれば、その代償が炊事やもろもろの家事など、日々の暮らしを支える造作の貧しさとなって現れたわけだが、しかし、祖父の美意識はさらに徹底していた。ただでさえ水回りが不便なのに、湯気が家のなかにこもるのが材木によくないからと、風呂場の戸を釘で打ち付け、封印してしまったというのである。こうしてわたしが物心ついた頃には、そこはすでに開かずの間と化していたのである。

竈のあった台所のたたずまいもわたしのなかでは朦朧としているが、それは暗さのせいではなく、むしろ裏の川に面した窓から射し込む光によって浮かび上がるエプロン姿の母の背中の影の記憶のせいだろう。夕餉の支度や洗い物にいそしむ母の背後を通り、わたしはよく勝手口から裏庭に出たものだ。

裏庭はさして広くなかった。六、七坪ほどの広さのほぼ一面にコンクリートを敷き、端っこの半坪ばかりが、名前は知らないが二階の屋根に届きそうなほど梢を茂らせた一本の樹と南天や酸漿などの草木が植わった土を盛った築山になっていた。庭からは、ゆるやかに彎曲しながら流れる川と向こう岸に建つ中学校の校舎、背景の山の緑が一望できた。柵から身を乗り出して真下を覗き込むと、河原から積み上げられた堅牢な石垣が見て取れた。

このコンクリート敷きの庭でよく憶えているのは、夏の夜、花火をしたこと、そして葦簾を立てて家族みんながここで行水を使ったことだろうか。家に風呂があるのに飼い殺しにして、わざわざ銭湯に通い、夏には庭で行水。近隣の目にはきっと変わった暮らしぶりに映ったことだろう。

裏庭には仏間の縁側からも出られたが、古いアルバムをめくると、幼い頃のわたしや二歳下の妹の写真の多くがこの庭で撮られている。母とはもちろん祖父ともいっしょに写った写真もある。ところが、父が写っている写真が見当たらない。わたしと写っているものがないだけでなく、家のなかで撮った父の写真が見当たらないのである。探してみると、かろうじて一枚だけあった。陽だまりの縁側で生後十カ月ぐらいのわたしが写っている一枚だが、顔は写っていないものの、わたしの小さな肩に置かれた節くれだった手はまちがいなく父の手だ。

家のなかで写真を撮るとき、カメラのシャッターを切る役が父であったのだとすれば、父自身が写っていないのは怪しむに足りないのだろう。しかし、順に新しいアルバムのページを繰っていくと、外出先や旅先で父とわたしが写っている写真、ときおり妹も混じった写真が次々と現れる。

――そうだ、とにかく父は家にいない人だった。家から出ていく人――家から出て行き、帰ってくる際の表情や身ぶりに生《き》の人性が露わになる人だった。

それだけではなかった。わたしが写真を見ながらまざまざと思い出したのは、父が何かにつけて幼いわたしを外に連れ出したことだ。それも昼となく夜となく、じつに気まぐれに。あまりに突飛な外出のときは母の強硬な反対に屈していたが、とにかく父はむやみにわたしを道連れにしようとした。父がぷいっと家を出たがるそのオーラのようなものを発するときは、子ども心にわかったものだが、なぜわたしをいっしょに連れていくのかはわからないままだった。

銭湯に行くときはまだしも、平日、夕食を済ませてそろそろ眠気が差してきた頃にふいに町にひとつだけある映画館に連れて行かれたりした。どうかすると、呑み屋に行くのにも適当な口実で連れ出された。銭湯の行き帰りにしても、寄り道せず家とのあいだを往復することはまれだった。行き帰りどちらかで洗面器を抱えたまま近所の角打ちできる酒屋に入り、湯冷めせんように熱燗つけてぇな、と軽口のように酒をたのむのだった。父が常連のだれかれとおしゃべりしているあいだ、わたしはきまってつまみの三角形の袋に入った〝柿の種〟を与えられたものだ。

たとえば冬の寒い夜、立ち寄った酒屋で女将からひったくるようにした清酒の二合瓶を彼女の心配をよそに店の火鉢の茶瓶受けにじかに置いて温めようとし、話に興じているうちに突然破裂音とともに瓶が割れ、酒とガラス片が飛び散って火鉢の灰が舞ったとき、だれにともなく悪態をついた父のゆがんだ顔。あるいは別のある夕べ、銭湯に行く途中で同じ酒屋に寄り道してひとしきりコップ酒を呑み、ひとっ風呂浴びたあとの帰りの夜道、お寺の長い築地塀のところでふいにわたしに洗面器を押し付けたと思うと、塀に両手をついたまま嘔吐しはじめた父の叫《おら》ぶような声……。

わたしはひたすら目となり、耳となってかたわらに佇っていた気がする。

不思議に悲しみや不安に襲われることはなかった。ただ、そんな突発的な光景に、いつも自分の名を呼んで外へ連れ出してくれる父のなかにじつはわたしのことなど気にかけてはいない、あからさまな瞬間がありうることを幼いなりに感じ取っていったように思う。

こういうとき、父はいつもわたしに、お母ちゃんに言うたらあかんぞ、と口止めをした。もちろんわたしは母に言わなかった。口止めされなかったとしても、言わなかっただろう。それを言うことは恥ずかしく、億劫なことだった。

こんな父との関係は、わたしが小学校二、三年の頃には、お母ちゃんに言うたらあかんぞ、といちいち言われなくとも、たがいに嘘を共有する仲へと変わっていった。一方的に嘘の片棒を担がされるようになったと言ったほうがいいだろうか。大人の世界の嘘に巻き込まれたわけではない。長じるにしたがって関心がむかっていく対象——ゴム動力の竹ひご飛行機、プラモデル、野球のグラブ、自転車などについて、わたし自身のちょっとでも物欲しげなそぶりを察知すると、ねだってもいないのに、父はそれらをひそかに買って、ある日突然わたしの眼前に差し出してくれるようになったのである。わたしはそのことごとくに飛びつくのだが、しかし、そのあと抱え込むことになる困惑は子どもに処理できるものではなかった。

いまもよく憶えているのは、一度はあんな大物を作ってみたいという垂涎の的だったプラモデルの梱包を、家人をはばかり、わざわざ二階の座敷に呼ばれて渡されたときだ。それは、〝大鳳〟という旧日本海軍の大型空母の七、八十センチほどもある破格のモデルだった。紙包みをほどいたとき、興奮のあまり呼吸が苦しくなったほどだった。零戦やコルセアやスピッツファイアなど戦闘機のプラモデルを作っては、二階の座敷の違い棚を滑走路に見立てて遊んでいたわたしが、なじみのプラモデル屋に行くたび商品棚のいちばん上、天井近くに陳列されたそれを憧憬のまなざしで仰ぎ見ていたことを父は知っていたのだろうか。

それはともかく、この思いもよらない賜物をわたしは扱いかねた。広い甲板に艦載機が付き、艦橋にも彩色用のペイントが用意された本格的なモデルだったが、とうていその大物を丹精込めて作り上げる喜びを味わうことはできなかった。家人に見つからずにいつどこで作るか、さらに作りかけのモデルをどこに隠すかに気をとられて、それどころではなかったからである。二階の座敷の地袋、物置と化した廊下の片隅、店の衣紋掛けと壁との隙間などと隠し場所を変えながら、こっそり仕上げようとするのだが、なかなかはかどらない。結局、掃除をしていた母に見つかり、父が買ってくれたことを白状させられ、わたしは作りさしのモデルを突きつけられるハメとなる。せっかくの〝大鳳〟も未完のまま座礁させることになってしまった。

似たような顚末が手を変え品を変え繰り返された。帰宅して母に問いつめられると、父は適当に言い逃れたり、あっさり謝ったりした。わたしにとって後味が悪かったのは、そのあと二人っきりになっても、父はその件についてまったく慰めの言葉をかけてくれなかったことだ。代わりに父がしてくれるのは、次にわたしの欲しがりそうな、またしても災いの種となるにちがいない何かを目ざとく見つけて買って来てくれることだった。息子のわたしに処理できない負い目をせっせと贈与してくれる、父はそういう不可思議な存在でもあった。

二

家にいる父がめずらしく黙々とある作業に取り組む忘れがたい姿もあった。商売で使っていた大型オートバイの手入れである。店の土間に止めたそれを、父は、暇さえあれば、というほど始終手入れし、ぴかぴかに磨き上げていた。それに乗って仕事で相当な距離を走らなければならないからだけでは、おそらくなかった。

わたしが物心ついた頃には、父は地元の信用金庫を辞め、祖父を手伝って呉服商に専業していたが、オートバイの荷台に商品を積み、お得意さん回りや売掛金の集金をするのが祖父に課せられた父の日々の仕事だった。オートバイはそのための不可欠な足だったろうが、しかし父にとっては、それ以上に気がむいたときにぷいっと家を出ていくための自在な足、いや自分の心身をつねに家の外へと解き放ってくれる翼のようなものだったのではないだろうか。

それで思い出したことがある。たしかにそのオートバイの卵型のガソリンタンクにはくっきりと翼のマークがあしらわれていたのだ。わたし自身、朝学校に行くとき、その羽ばたきつつあるような翼を手でぽんと叩いて家を出るのが習慣になっていた。

父が早く仕事に出るときは、荷台の箱に反物や帯を積み込み、幌を掛け、ロープでゆわえるまでのあいだ、アイドリング中のオートバイの発てる軽快なエンジン音を聴くのが好きだった。ハンチングを目深に被り、細面の顔に少し大きすぎるほどのゴーグルをつけた父は、勢いよくペダルを踏み込むと、轟音を立ててあっという間に走り去っていった。

一方で父のオートバイは、わたし自身を乗せて家から走り去ることによって、魅惑的な世界への案内者にも変じた。夜、街はずれの映画館まで、兄ちゃんはこれから注射打ちに行くんや、と父が妹に嘘を言い、しぶしぶ黙認する母を尻目にわたしは父にうながされていそいそとガソリンタンクにまたがり、父の懐を背中に感じながら何度街道を走ったことだろう。内股に車体の振動を感じながら、ヘッドライトが紡錘形に照らし出す路面を見つめ、夜風に顔をなぶられて疾駆するその昂奮は、うしろめたさと入り混じっていたからこそ甘美だった。

こうしてオートバイの思い出には、もはや明白な父との共犯関係がつきまとう。


毎日のようにオートバイに乗って家を出たあと、父はいったい何をしていたのだろう。十歳に満たない小学生の目に映った世界だとはいえ、呉服屋という家業の姿がわたしにはよくわからなかった。それはとどのつまり父の仕事の正体がよくわからないということでもあった。

家族は父を除く四人で夕餉の食卓を囲むことが多かった。出かけるときとちがって父はたいてい浮かない顔つきで帰ってきた。帰ってくるなり、マアコ、といつもの呼び名で呼ぶと、わたしの機嫌などおかまいなしにいきなり相撲の相手をさせられたりしたが、そういうときほど父の息は酒臭かった。呑んできたことを母に気取られないよう、そしてなるべく祖父に顔を合わせないよう時間稼ぎをしているふうだった。

もちろんそんな悪あがきは母にも祖父にも見透かされていた。母の小言は酔いの虚勢で聞き流せたし、母自身自分の言葉の無力を知っていたが、祖父が居住まいを正して待ち構えている夜だけは、身に覚えがあったのだろう、父は抜き足差し足で家に帰ってきた。

何度も繰り返されたそんな夜、父が居間に入ってくるとわたしは母に早々に二階に上げられたものだ。しかし寝床に入っても、階下で高くなったり低くなったりしながら、吹き抜けをのぼって執拗に聞こえてくる声が気になり、そっと起き出して階段の降り口まで忍んでいき、耳をそばだててしまう夜もあった。

当時は一方的に父を問い詰め、叱責する祖父の声に嫌悪を感じた。だが、祖父が怒るのは無理もなかったのだ。得意先に売掛金の催促をしたらすでに無断で回収していたり、帳簿に立てた売り上げ金が額面どおり店に入金されていなかったり、といった不始末を父は祖父の目を盗んでたび重ねていたのである。くすねた金銭は酒代や遊び友だちとの遊興費に消えていたらしいと母は付け加えたが、きっとわたしへの秘密の大盤振る舞いにもそれは費消されていたにちがいない。

祖父の怒声は、こうした父の不始末に対して浴びせられていたわけだが、暮夜、帰宅したばかりの父にいきなり声を荒らげる祖父というのは、ある際立った像としてわたしの脳裏に刻み込まれている。それは何より祖父のあたりを圧するとびきり大きな声のせいにちがいなかった。その場に居合わせたら、きっと障子紙がびりびりっと震えるのさえ感じたのではないか。そう、祖父は人並みはずれた、そう言ってよければ非日常的なまでに朗々たる声の持ち主だった。

卓袱台にむかって背筋を伸ばして胡坐をかいている祖父は、食事をしたり新聞を読んだりするとき以外は左右の手で卓袱台の脚を握りしめていた。父の帰りを待ち構えている夜はとりわけその握りしめる手に力が入り、その姿勢を前傾させつつも、端然たるその胡坐を崩すことはなかった。ところが、帰ってきた父が恐る恐る居間に入るやいなや、祖父は立膝になって父に向き直り声を荒らげて詰問を始めるのだった。

三年生のときだったと思う。一度、まだ宵の口にそういう場面が出来したとき、二階に上がりそびれたわたしは修羅場に巻き込まれたことがあった。

眉間に深い皺を刻み、いつにない剣幕で祖父は店の帳簿を父に突きつけ、厳しくその不始末を問い詰めた。その夜の祖父は、胡坐をかいたそのままの姿勢で、一語一語発するたびに脚を握りしめた左右の手と上半身で卓袱台を押し上げ、居間のはじっこで身を縮こまらせた父にむかってにじりよらんばかりだった。そして、言い終わるやいなや帳簿を父にむかって投げつけた。

その瞬間、それまで言を左右してその場を取り繕おうとしていた父が立ち上がった。心配げに見守っていた母がとりなそうとしたとき、そこまで言うんやったらこんな帳簿なんか燃やしたる！　という父の甲高い声がさえぎった。父は帳簿を拾い上げ、下駄をつっかけると母の制止を振り切って台所に向かった。そして徳用マッチの箱からマッチ棒を取り出し、音高く擦った。父の指先で炎が生まれるのと、追いすがった母がその腕をつかむのが同時だった。父が撥ねのけたはずみに母は転び、その拍子に帳簿と火のついたマッチ、そして徳用マッチの箱が三和土に落ちた。落ちた反動で帳簿の止め金がはずれ、ページがはらわたのように散乱した。

わたしはただおろおろと母のあとについて三和土に下りていたが、泣いて父をなだめている母の声を聞きながら、気がつくと夢中で散らばったマッチ棒とページを拾い集めていた。その最中も居間からは祖父の耳を聾するばかりの怒号が聞こえていた。

このときの情景はのちのちまでよく憶えていて、後年、母に話を向けたことがある。たぶん祖父も父も亡くなったあと、わたしが二十代なかばの頃だったと思うが、母も憶えていて、当時の父の放漫な仕事ぶりについてもいろいろと思い出されるふうだった。そして思い出しついでに、わたしが知らなかったことの真相まで語った。

子どものわたしにとっては息を飲むような修羅場であったこの場面、祖父の激しい叱責に逆上して帳簿を火にかけようとした父のふるまいは、じつは断末魔のひと芝居だった、というのである。

その頃、父のでたらめな集金や売掛金の扱いに業を煮やした祖父は帳簿を取り上げ、手許の金庫に保管していた。そして逐一数字をチェックしては、父の不始末を摘発し、場合によってはそれを補填する手当てもしていた。その日はかなり大きな金額の不明が明らかになり祖父の怒りが爆発したのだが、父は、それが発覚したことにより、芋づる式にまだ発覚していないさらに大きな金額の不明を祖父につきとめられることを恐れた。帳簿が祖父の金庫に戻される前になんとか数字に細工できないか。そのとき帳簿が投げつけられた。父はいましかないと思い、とっさにそれを拾い上げ、火をつけるふりをして、混乱に乗じて目的のページを掠め取り、隠蔽工作をしようとした、というのである。

この話を聞いて、もちろんわたしは驚いた。息つめて三和土に散らばったマッチ棒と帳簿のページを拾い集め、なんとか火がかけられるのを防いだと信じられていた自分の記憶が一瞬にして色褪せていった。しかしすぐに、父ならそんなことをしでかそうとしたかもしれないなと、ヘンに納得した思いが苦笑とともにこみあげてきた。結局、そのもくろみは未遂に終わり、すべてが発覚したあと、これまたいかにも父らしいのだが、悪びれる様子もなく母に洩らしたのだという。

母は何度も嘘をつかれ、少なからずそれを見破る経験も積んでいたから、父の嘘には慣れていた。ただ、その慣れはじつは父の嘘のほんとうの恐ろしさを、時間を置いて、過去の嘘を忘れた頃に母に思い知らせることにもなった。父の嘘を探りあてるたびに、嘘そのものへの怒りは鈍磨し、あきらめに浸潤されていく。そして、ここが底だと見切ったその足下に、ある日、さらに大きな口を開けていた嘘の奈落に突き落とされるのだった。

母に言わせれば、この夜の一件は致命傷にはほど遠いエピソードのひとつだが、再三味わわされたこうした底なしに落下させられるような感覚を「腸がずり落ちていくような」と形容した。その話を聞いたときわたしがもよおした苦笑は、事後だからこその安堵に発していたことはたしかだ。とはいえ、父が生きていたときに、わたしもまた「腸がずり落ちていくような」体感に苛まれたことがないわけではなかった。

だがそのことを語り出す前に、この家族誌はさらに仄暗い過去の閾に分け入り、地下茎のようにつながったいくつものエピソードを掘り起こさねばならない。

三

父が祖父母の実の子でない、と知ったのはいつごろのことだったろうか。

わたしが書きつつある言葉は、わたし自身の記憶から発するとともに、ここまでの記述に明らかなように、時間を遡るほどに母がわたしに語り聞かせた言葉によって浸透され、かたちづくられた二次的な記憶の像になっていることは否めない。とりわけ自分が生まれる以前の家や家族にまつわる話——祖父の生い立ち、母が嫁いでくる前に死んだ祖母の人となり、祖父が出自とする家系について、そして父が祖父母の実の子でないことの由来たる父の出生の事情など、そのすべてを母から聞いているはずである。いわば母は、わたしがいま書きつつある言葉にとって所与の語り部なのである。

おそらくわたしが大学に入った年の秋、臥せっていた祖父が老衰で亡くなった前後と、その三年半後、わたしが四年在籍した大学を中退した二か月後に父が心筋梗塞で急逝した折、集中的に母からそういう話を聞いたはずだが、しかし振り返ってみると、合点がいかない思いもある。母が語り部であったことはまちがいないとして、親元を離れて暮らしていた大学生のわたしがいつどこで母と向かい合って、そんな話を聞かされたのか、その具体的な情景の記憶がまるでないのである。そのくらい母の語った話はわたしの記憶の胚珠に食い込み、いま書きつつある言葉と一体化しているということなのか。あるいは、わたしが思っているよりもずっと以前から母は祖父や父のことをそれとなく語り聞かせていたのだろうか。

いずれにせよ、父が祖父の実の子でなかったと母から聞かされたとき、わたしは自分でも意外なほど驚いたり、あわてたりしなかった。むしろ瞬時のうちに、その事実への了解が訪れたと言ってもいい。そんなことがありうるとして、まるで無意識のうちに抱いていた予感の図星を指されたかのような、それは出来事だった。わたしは、父と祖父とが繰り返してきた傍目には異様にも映る抑圧と裏切りのドラマ、そして父の宿痾たる嘘の淵源をそのときかいま見た気がしたのである。

父の生母という人は同じ町に住んでいたある寡婦で、実父は流しの坑夫として各地の鉱山を渡り歩いていた人物だったらしい。そのあいだに私生児として生まれた父は、生後八か月のときに祖父と祖母のもとに養子としてもらわれてきた。そして、ここからは風の便りで伝わってきた話らしいが、と断って母が語り継いだのは、生母であるその女性は父を養子に出すと兵庫県内の郷里に帰ってさる家に嫁ぎ、実父たる人物はやはり県内の別の鉱山の坑内に入っていたときに落盤事故に遭い、あっけなく世を去ったということだった。

わが家には、とびきり古い、文字通りセピア色の写真が綴じられたアルバムが何冊か残っている。それをめくり返していると、祖父が何かにつけて自分の立身と一家の羽振りを写真に残そうとしたことが窺えるが、そんなアルバムのなかから、わたしが引っ張り出して見ているのは父の写真である。

六歳か七歳の頃、誕生日か七五三か、いずれ何かの記念として撮られた写真だろう。呉服屋の息子なのに、父は縞柄のジャケットに大きな蝶ネクタイを着け、だぶだぶの半ズボンと長いソックスを履き、なぜか自転車のハンドルを握って直立した姿勢でその写真におさまっていた。背景には取ってつけたような大きな花瓶が写っている。この一枚の前後から、これみよがしに洋服や着物を着せ替え人形のように着せられては仏頂面を撮られている子ども時代の写真が続く。

祖父が写真屋で撮らせたにちがいないそうした一連の写真を見るのははじめてではなかった。それまでは、祖父母の見栄のために跡取りの坊っちゃんを演じさせられている父のどこか滑稽な姿を笑って一瞥するだけだった。しかし、父が祖父母の実の子ではないと聞いてからは笑えなくなった。むしろその仏頂面にわたしの瞳は吸い寄せられた。アルバムのなかで幼少期から少年、青年期へと顔の造りが大人びていっても、それはかたくなに同じひとつの無表情を宿していた。切れ長の眼、細い鼻梁、のっぺりした頬、緘黙しているような口元——能面のような、という紋切り型の形容こそがふさわしいと思える無表情。ありうべきさまざまな表情が退いた刹那の無表情ではなく、表情そのものがあらかじめ抜け落ちたまま凝固したかのような無表情——。

大正十五年生まれの父は地元の小学校から兵庫県北部、日本海にほど近い小都市にある旧制中学の商業科に進んだ。身長一六〇センチに満たない小兵ながら、父は胸板が厚く身体能力が高かった。特に足が速く、中学時代は陸上部で中距離のランナーとして活躍した。一方で柔道、剣道などの格技や武術を好み、なかでも相撲には並々ならぬ執着を示した。

在学中に太平洋戦争が始まり、一挙に戦時色が強まるなかで行われるようになった軍事教練で父が頭角を現したのは、そういう嗜好のせいだったかもしれない。銃剣術の総当たりの稽古の際、俊敏な身のこなしで自分よりも大柄な相手を次々と負かしていく父を陸軍から指南に来ていた将校は絶賛したという。

ここまでは、父自身が得意げに話したことがあったのを憶えていた。それを思い出しながらアルバムのページをめくっていくと、ようやく表情らしい表情を浮かべている一枚が目に止まった。陸上部にいたはずの父は相撲の回《まわし》を締め、裸の胸の前で腕組みをしたままはにかんだ笑みを浮かべている。おそらく相撲の団体戦に駆り出されたのだろう。同じく回を締めた仲間がトロフィや賞状やらを手に破顔一笑とばかり笑いを弾けさせているのに比べれば、およそ控えめな表情だが、さんざん仏頂面を見せられたあとでは、やっと父のなかで動きつつある感情を目にした思いがした。

しかし、そのあとは軍服姿の大人の顔つきになった別の無表情がふたたび取って代わった。

父は、戦局が致命的に悪化していた昭和二十年に召集され、陸軍に入隊、朝鮮半島に駐屯していたときに敗戦を迎えた。小学生になったわたしが漫画を読みふけるようになり、それも当時主流のひとつだった戦記漫画にとりわけ熱中し、読むばかりでなく自分でも見よう見まねで描くようになったあげく、漫画から仕入れた稚い知識と興味から軍隊経験について尋ねても、父は多くを語りたがらなかった。それでもわたしがあまり度々訊くので、面倒くさがりながら適当に答えた父の片言隻句を総合すると、およそ次のようなことがわかった。

父の部隊は朝鮮半島の南沿岸に駐屯していて、敵兵と遭遇したことはなく、したがって戦闘経験もないこと。敗戦間際には憲兵隊に編入され、階級は上等兵だったこと。そして、敗戦後は比較的早く復員船で舞鶴へ引き揚げることができたが、もう少し戦争が長引いていれば、満州に補充兵として送り込まれていたかもしれなかったこと――。

もちろん憲兵とは何をする兵士で、満州とはどういうところだったのかがわかってくるのはずっとあとのことだ。当時のわたしは、ただ父が将校でなかったことが残念でならなかった。もしそうなら、同じく漫画好きの友だちにそのことが自慢できるのに、と思ったからである。

その頃、どうやら父が従軍～復員の現場で仕込まれたらしいホンネの一端をはからずも吐露してしまった場面をわたしは目撃している。

それは、ある日曜日の午前、家族が茶の間にそろっていたときのことだった。テレビでは皇室の近況を紹介する番組をやっていた。画面には昭和天皇が散策したり皇后と談笑したり、大方そんな映像が映し出されていたはずだ。熱烈な日蓮宗の信者であり、また天皇の崇拝者でもあった祖父はこの番組を毎週欠かさず見ていた。上機嫌でおだやかな祖父を見る時間でもあった。

その日の祖父はとびきり機嫌がよかった。普段、その時間帯にはもう家を飛び出しているはずの父が家族と茶の間にいるのもとびきり珍しいことだった。ふたつの「とびきり」が重なったところにそれは起きた。

祖父は、だれに言うともなく、突然、昭和天皇を讃美しはじめた。

朗々たる響きに重低音をひそめ、父を問い詰めるときなど、空恐ろしいようなドスを利かせるのに、機嫌のいいときは一気にキーが上がる声で、家人に言っているのか、独り言なのかが判然としないような言葉を祖父はしばしば言い放った。そして、そのときはとりわけ感に堪えないというふうに声が躍り上った。

いわく、マッカッサーが占領統治のために東京に乗り込んできたとき、天皇陛下は一身を擲つつもりでいちはやく彼にまみえた。そのとき、陛下のこの世のものならぬ威徳に電撃のように打たれ、マッカッサーはこの人には絶対に一指も触れることはできないと観念したのだ——。

祖父が実際に口にした言葉がこうだったというのではない。それを当時のわたしが理解できるはずもなかった。ただ、祖父はその後も数えきれないほど同様のことを口走った。機嫌がいいときに祖父が言い放つ放言のたぐいにはあるパターンがあり、その一つが昭和天皇に対するこうした讃美だった。わたしが祖父の言わんとするところを一応文脈として理解できるようになったのは、おそらく中学生の頃だったろう。

しかしそのとき、父が祖父の言葉につっかかって一度きり発した言葉は正確に覚えている。父はこう言った。

——あっ、そう、あっ、そう、しか言えん奴に何ができるんや！　兵隊に行ったもんはみんな知っとるわ！

繰り言のように何度も語られる言葉は、そのように繰り返されることでかろうじて記憶にとどめられる。しかし、一度口にされただけで脳裏に刻印される言葉の強度というものがあるとすれば、父の言葉はまさにそれを帯びていた。

そのあと、祖父と父とのあいだで交わされた口論は激越をきわめた。もはや言葉としては統覚できないほど、荒々しい声だけの応酬があった。商売がらみではいつも祖父にやられっぱなしの父のほうが、むしろ言葉数では勝っていたかもしれない。不意を突かれたせいもあってか、祖父は珍しく受け太刀だった。

とにかく、あの父が祖父に対してこんなふうに激しく噛みつくということ自体が晴天の霹靂だった。その驚愕こそが、この場面と、父が祖父を急襲する嚆矢となった言葉をわたしにまざまざと記憶させている当のものだと思う。その毒気は同時に、子どもだったわたしのなかに昭和天皇に対するネガティブなイメージの種子を植え付けずにはいなかった。

父がみずから戦争や軍隊にまつわる言葉を発したことはほとんどなかった。ただ、泥酔して帰ってきた深夜などに、父は母とわたしと妹が寝ている二階の寝室に転がり込むように入ってきては、母に上着やズボンを脱がされながら、わたしが目を覚ましたのに、酒臭い息とともに何やら卑猥な言葉を口走って、母に強くたしなめられることがあった。どうやらそうした言動の由来にも軍隊体験があるらしかった。こちらのほうはもうさだかに思い出せないが、父の言動を覚えているのはそれが常習的だったからだろう。

いくつぐらいの頃だったろう、わたしは、やはり深夜に荒れた酩酊の体で帰ってきた父が、ささいな口論から母の頬に何度も手を上げるのに耐えきれず、その腕に噛みついたことがあった。父母のやりとりする言葉などまだよくわからない時分だった。枕元の電気スタンドがシェードを通して投げかける仄かな橙色の光のなかで、わたしは父の腕に刻みつけた自分の歯型をはっきり見たような記憶があるのだが……。

追憶というのは不思議なものだ。あることがらを思い出そうとする時間が、その目的とは別にそれ自体の生理で律動しはじめ、無数の残像を泡立てるように閃かせては、瞬時のうちに消滅させていく。そして気づくと、わたしはアルバムを閉じて、あらぬ虚空を見やっていたりする。

母と結婚し、一年後にわたしが生まれた頃から写真のなかの父の顔は変貌した。わたしがよく知っている父、近所の人やお得意先から評判だった〝人づきあいのいい気さくな泰《たい》ちゃん〟の顔が現われたのである。その顔は一転してカメラにむかって笑いかけており、それもニュアンスに富んだ、ときに装飾的にも見える笑みを浮かべていた。遊び仲間とのスナップ写真では人一倍おどけた表情を演出したりしていた。

富士山はじめいくつかの登山の写真があり、大山登山ではどういう趣向か修験者のようないでたちに似合わない作り笑いをしていた。駅から小学校のすぐ裏手へ引き込まれた国鉄の保線区に停車した蒸気機関車の運転室で撮った一枚もあった。父はなぜか国鉄の機関士に顔が利き、わたしも一度父といっしょにこっそり乗せてもらったことがあったのをおぼろげに憶えていた。そういえば、「出発進行！」云々と機関士が発する指呼のまねをするのは父の口癖であったような気がする。

ほかにも、海水浴場で阿弥陀にかぶった麦藁帽子の下に安っぽいサングラスをかけ、にやけている表情、大相撲のおそらくは大阪場所の桝席で歓声を上げている顔、天橋立で股覗きをしているときの逆さになった笑い顔、かと思えば、頭髪を七三に撫でつけ、着物姿で茶室らしい部屋の一隅で窮屈そうに正座している、妙にかしこまった顔などが、次から次と現れた。撮られた時期は昭和二十年代の終わりから三十年代にかけてだろうが、少しずつカラー写真も混ざっている。

まだ家業の呉服屋を継ぐ前、大手銀行の合併・統合の動きのなかでいまは名前が消滅してしまったある都市銀行の支店勤務を経て、地元の信用金庫に勤めていた頃の写真だろう。祖父の古くからの上客にそこの理事長がいて、その人物から祖父を介してぜひにと請われ、銀行を辞めてその信用金庫に移ったと聞かされていたが、ほんとうのところはわからない。

いずれにしても、同僚や遊び仲間とともに写った父の軽薄にも演技的にも見える表情の数々は、祖父の支配下、呉服屋の跡取り息子の圏外へ逃れ出ようとする変貌そのものに思えた。それは突然始まっていて、いつ起こったのかは写真を見るだけではつきとめられなかったが、わたしは、写真のなかの父の顔を見ながら、それが自分が祖父母の実の子でないことを知っている者の顔だと直感した。父の変貌は、その事実を知ったことをきっかけに起こっていたにちがいなかった。

四

母が述懐したように家が祖父の作品だったとすれば、父は、祖父が家に注いだ以上の執念によって思いのままに作品に仕立て上げられようとしていたのだろう。古いアルバムに綴られた一連の無表情は、しかし、それが無残に失敗しつつある証拠写真のようなものだったと、いまなら言えるかもしれない。

跡取り息子として成形され、さまざまな衣裳で飾り立てられれば飾り立てられるほど、封印されていく空っぽの内面。さながらそれは、生家の、わたしが覗いたこともなかった、あの打ちつけられた風呂場の、小暗く湿っぽい閉域のように囲い込まれていったことだろう。写真のなかの父の無表情はむきだしに象られるしかなかったその姿だったのではないだろうか。

そして戦後、一転して表情だけが貼り付けられたような顔貌に豹変したとき、もはやそれは祖父の作品たる規矩を食い破っていた。さまざまな表情は、閉域が意思を持ち、自己を防御するために重ねていった粉飾だったのではないだろうか。

だが、父をそんな失敗作に仕立ててしまった祖父もまた、何ものかに作られたとしか言いようのない存在だった。

祖父は、街から鉱山のある北西のほうへ十キロばかりはずれた二十戸ほどの農家が谷間《たにあい》に貼りついているばかりの寒村の出身だった。その半分弱の家が姓を同じくし、祖父の生家もそのうちの一軒だったが、わたしがその地名を聞いた小学生の頃には、村落のあった谷間はすでにダムの底に沈み、各戸は別々の土地にちりぢりに移り住んでいた。

祖父は、みずからの出自であるこの村落の水没に先立つおよそ半世紀も前にそこから出奔していた。長男に生まれながら、貧しい土地に這いつくばるように百姓するのを嫌い、家を出て、大店の呉服屋に丁稚奉公に入ったのだった。少年の祖父にそういう選択をさせた一因には生来の病弱もあったようだが、結果的に家を出たことが祖父を日蓮宗の信仰へと導くきっかけにもなったらしい。

母から聞かされたなかで、祖父という人物のある種の業のようなもの、その原風景をもっともよく物語っているのではないかと思ったエピソードがある。

丁稚奉公を始めてまもなく日蓮宗の信仰を得たばかりの頃だったらしい。ある日突然、家に戻ってきた祖父は、これからは自分が新たな信心のもとで先祖の菩提を弔っていくと宣言して、いきなり仏壇の位牌を持ち去ろうとした。怒った曾祖父とつかみあいになり、騒ぎを聞きつけた近隣の縁戚の者も駆けつけるなか、祖父はからくも幼死した弟の位牌だけを掠め取り、家から走り去ったのだという。

ひとり生家の真宗系の宗派から脱して新たな信仰を得るだけでは飽き足らず、先祖の供養まで、いわば死者の時間を逆流させて、日蓮宗の流儀で初めからやりなおそうとした宗教的な欲望。そんな欲望に駆られた少年の日の祖父の奇矯なふるまいは、時間が止まったような寒村の日常にとって、狂気の沙汰以外ではなかっただろう。

祖父は二十歳代で肺を病み、三十歳を過ぎてからは潰瘍で胃を切る手術まで受けたが、四十歳まで生きられれば儲けものと言い渡した医者への反骨心を胸に、養生、節制につとめ八十一歳まで生きた。子どもの頃、いっしょに行った銭湯で見た祖父の腹部には、縦一文字に横に短く縫った線がいくつか交叉した、まがまがしいまでの手術の跡があった。大正から昭和への変わり目あたり、当時の田舎医者の施術はかなり荒っぽいものだったのだろう。わたしは、その傷跡を見るたびに祖父が呪文のように繰り返す、自分は信心のおかげで生きてこれた、信心さえあればたいていのことはできるといった言葉を思い浮かべたものだ。

祖父が明治生まれであることは知っていたが、没年から逆算してみてあらためて気づいたのは、一九世紀最後のディケイドに生まれた人だということだった。一八九二年、明治二十五年というのが祖父の生年である。

こう書きながら、わたしは、大学に入った年の秋、祖父が亡くなった頃のことをあれこれ思い出しているのだが、いまになって去来する想いもあり、自分自身虚を突かれることもある。たとえば祖父の生年を確認して思い浮かべたのは、祖父は宮沢賢治とほぼ同世代の人だったということだ。

折しも祖父が臥せって亡くなるまでの頃、わたしは賢治の作品を愛読するようになっていた。いささか気恥ずかしい思い出ながら、岩波文庫の『春と修羅』をいつも持ち歩き、諳んじるまで読み耽ったこともあった。祖父の通夜に駆けつけた日も上着のポケットに忍ばせていたような気がするが、しかし、そのときは賢治と祖父を対比するなど考えもつかなかった。いま賢治の名が浮かび上がってきたのは、相当の時を隔てて、祖父の生きざま、そこに脈打っている信仰へのリビドーのようなものが一筋の流れとして遠望できる地点に、ともかくもわたしが逢着したからだろうか。

軽い驚きだったのは、賢治の生年を調べてみて、祖父のほうが四つ年長だということだった。あるいは日蓮宗の信仰を得たのも祖父のほうが早かったのかもしれないが、こんなことを言うのは、信仰という一点における賢治との同時代性を確認したいからではない。むしろ賢治とは正反対のベクトル――自分のなかのやみがたい上昇志向に促迫され、ひたすら生き延びていくための杖としてのみ祖父は信仰を欲していたのだと、いまさらのように思えるからである。

わが家に遺された往年の祖父の信仰を偲ぶよすがと言えば、ともに昭和十年代の初めに平凡社から出版された二揃いの講座全集――刷りガラスの嵌った観音開きの扉の付いた時代物の本棚に退蔵されたままの『法華経大講座』と『日蓮上人遺文大講座』があるばかりだ。前者が十三巻、後者が十二巻、いずれも小林一郎という僧籍のある東大の教授が大衆向けに法華経の教典や日蓮の「遺文」について網羅的に解説した講演集で、当時、ポピュラーな法華経の啓蒙書として大量に刊行され、多くの読者を得ていたらしい。

祖父が亡くなってからたぶん一度も繙かれることのなかった、かすかに湿り気と饐えたような匂いのこもったページをわたしはひとしきり繰ってみた。いわゆる円本と同じく総ルビになっていて、ページのそこかしこに、尋常小学校しか出ていなかったが勉強家であった祖父が食いついて読んでいったのだろうと思える痕跡、太くて濃い鉛筆で、しかも強い筆圧で引かれたらしい傍線が残っていた。

突然、わたしのなかの古いページが開かれるように、ずっと忘れていた一事――わたしの名付け親は祖父であったという記憶がよみがえってきた。わたしの名にある「正」の一字は『立正安国論』から取ったのだという謂れを口癖のように語って聞かせた祖父の声の残響。そのたびに、偉いもんになれよ、世に出んといかんぞ、と威圧的な督励をダメ押ししてして――。リッショウアンコクロンなるものがいかなるものか知る由もなく、わたしはただ、そのまじないめいた鬱陶しい響きが重荷で、自分の名前を好きになれなかった。

おもむろに本を閉じて本棚に戻しながら、わたしはもうひとつ名前にまつわる微妙に後味の悪い祖父の記憶をよみがえらせていた。

たしか小学校二年のときだったと思う。その日、わたしは何か大事な忘れ物をして登校していた。そのことにまだ気づいていない一時間目か二時間目の授業中にことは起きた。教室の前のほうの引き戸がいきなりガラガラッと開いて、そこに余所行きの羽織にソフトを被った仁王立ちの祖父が現れたのだ。そして、ソフトを取って女性教師に一礼すると、教室全体に響きわたる声で、クサカベタイスケ、おりますか？　と言い放った。

わたしはすっかり不意をつかれていた。祖父はわざわざ忘れ物を届けに来てくれたのだが、わたしに名を与えたくせに、わたしのではなく父の名を呼ばわったことにまったく気づいていない。担任の先生は笑いをこらえながら忘れ物を受け取り、席に届けてくれたが、そのときはもう教室じゅうがどっと笑いさざめき、波立っているようだった。わたしは、顔から火が出るような恥ずかしさで、いったい忘れ物が何だったのか、そこからの記憶は完全に飛んでいる。それからしばらくのあいだ悪友たちがわたしをタイスケ、タイスケと呼んで、おもしろがっていたことはよく憶えているが……。

母もまた、わたしのなかに名前にまつわるしこりの種を植え付けたことがあった。

あるとき、針仕事をしながら、母はかたわらにいたわたしに、ほんとうは別の名をつけたかったのだと言いかけたことがあった。何気ない口調で、母方の祖父、つまり自分の父親の名から「槇」という一字を取った名前をひそかに考えていたのだと。こちらの祖父は呉服屋の祖父よりもさらに五つ、六つ年長で、明治生まれにしては大柄で骨太、すべてにおいて鷹揚、温和で寡黙な農夫だった。ところが、振りむいたわたしの顔を見て、とっさにそんな話は慎むべきだと思いなおしたのだろう、明らかにバツの悪そうな表情で言葉を濁して口をつぐんでしまった。

四年生の秋、人手に渡る生家を出て行く日がすぐそこまで迫っている頃だったが、なぜかわたしもそれ以上母にその幻の名を問いただすことはしなかった。母がそんなことを口走ったのも、わたしが問いただすことをしなかったのも、いまにして思えば、知らない土地での先行きのさだかでない暮らしが待ちかまえている、そのよるべなさに家じゅうが浸されていたからにちがいない。母はついそれを紛らわそうとしたのだし、わたしは無防備にそれに染められ、無気力であるほかなかったのだ。

五

祖父の並みはずれた信仰――それは、わたしにとって何よりも身体にじかに伝わってくる読経の声だった。その声を思い出すと、いやおうなくその読経する姿、そこに付随する一連の必須アイテムの数々――仏間にでんと据えられていた金無垢の仏壇、野太く強烈な音が叩き出される団扇太鼓、キーンと研ぎ澄まされた音《ね》を響かせる鉦、甲高い音がリズミカルに連打されていた木柾、その掌のなかでじゃらじゃらと特有の音が揉み出されていた大ぶりの褐色の珠々玉、漆塗りの経机の上に束ね置かれていた経文――もまた視野に浮かび上がってくる。

そのすべてがいまでは跡かたもなく消え失せてしまった。遺された二揃いの講座全集よりも、祖父が信仰を肉体化するためにははるかに直截で、かつ不可欠な媒体であったはずのこれらは、いったいどこにどのように処遇されたのだったろう。当時のことを思い出そうとしなければ、ついぞ意識にも上らなかっただろうそんな問いまで頭をもたげてくる。

寝床のなかで、布団を通して鈍いが規則正しく背中を打つリズムを感じる。まどろみのなかで、寝返りを打ってやり過ごしていると、突然、鉦を叩くひときわ鋭い音で目が覚める——そんな朝を迎えるようになったのは、あれはまだ保育所か幼稚園に通っている頃だった。襖を開け、廊下に出ると、祖父の読経が吹き抜けを這い上ってくる。そして寝ぼけまなこをこすりこすり階段を下り、居間のガラス障子を開けたとたん、風圧のように、仏間からとどろく祖父の声が耳に飛び込んでくる。それは幼いわたしには、ほとんど物質と化した音響に頬を打たれ、半睡半覚のたゆたいから叩き起こされる体験だった。いまでもわたしは、自分のなかに強く根を下している寝起きの悪さは蓄積されたこの幼児体験のせいだと信じている。

それほど祖父の朝のお勤めは容赦なく、かつ執拗だった。終わったときは、金縛りが解けたようにほっとしたものだが、読経は朝だけではなかった。午後、わたしが学校から帰ってくると、仏壇にむかって一心に読経する祖父の姿が待っていることもあった。朝よりも心なしかトーンが穏やかなときもあれば、強烈な太鼓の連打に煽られて狂騒めいているときもあった。

日除けを降ろした店先で香を焚き、なぜかそのときだけ持ち出す皿のような形の鉦を柄の長い撞木で激しく叩きながら、経を読んでいることもあった。耳をつんざかんばかりに打ち鳴らされるその異様に硬く鋭い音は、わたしがもっとも嫌忌していた音であり、折悪しくその最中に帰宅したときなど、天を仰いで、ああ、今日はついていない、と心のなかで呟いたりしていた。

そうした勤行のありよう、その時、その日付がどんな意図をともなっていたのか、わたしは母にも、父にも訊いたことはない。むろん祖父その人に訊けようはずもなかった。想像するに、目の前の仏壇のなかの妻や弟の位牌にだけでなく、出奔してきた実家の仏壇にあった位牌にむかっても祖父は読経をたむけていたのではないか。鬼籍に入った血族の、覚えているかぎりのだれかれの祥月命日、月命日のたびに、たぶん祖父はお経を上げていたのだ。ただ、当時の情景を思い出すほどに、わたしには、そうしたふるまいが、あたかも亡くなった人々の霊を所有しつくそうとする衝動に貫かれていたように思えてくるのだが——。

祖父の写真のなかで、とりわけわたしの目を引く一枚がある。それはもっとも若い祖父の写った、おそらくはわが家に残る写真でもっとも古い一枚だ。

大店の呉服屋らしい商家の店先に二列に並んだ人たち。前列には、羽織姿にソフトを被った年配の商人ふうの人たちが十人ばかり。後列には着物にハンチングを被り、そろって行李とおぼしき風呂敷包みを背負った奉公人たちが十数人。その列に収まりきれず、左右にはみ出したために全身が写っている何人かのなかに祖父はいた。膝までの長さの袴を穿き、その下は脚絆のようなものを巻いて、足元は地下足袋ふうの履物。写真に写る機会などめったになかっただろう当時の人たちは、全員が緊張の面持ちでカメラレンズに見入っている。

なかでも祖父の、帽子のつばの下、顔を横一文字に走るアクセントのように見えるくぼんだ眼窩の奥でこちらを見すえている鋭い眼つきは何かを射すくめるようだ。出っ張った両の頬骨から顎の先へまっすぐ断ち切ったような顔の輪郭がよけいにその印象を強める。精悍というには冷たすぎる、獰猛さの滲みはじめた若い狼のような面《おも》ざし——。

じっと見つめていると、二十代の祖父が何とかして前列に座る主人並みの位置にたどりつきたいと渇望し、刻苦勉励していた精神状態が痛いほどに感じられてくる。当時、商いの世界では、ソフトとハンチングは序列の明確な徴だったのだろう。反物を入れた重い行李をしょって街道から田舎道、さらに山あり谷ありの峠道を歩き、行商に明け暮れる日々が、体が弱かった祖父に辛くなかったはずはない。しかし、その艱難辛苦を思いやればやるほどまた、若いが打算に長けた祖父が着々と客を得、いずれ店の序列をのしあがっていくだろうことも、この一枚の写真に約束されていたような気がする。着物の上に羽織をまとい、白足袋に桐の下駄を履き、ソフトを被って、どこか傲然たる表情でカメラにむかう日の自分を、このとき祖父は思い浮かべていたのではないか。そして、それは祖父がもっとも貪欲に信仰を求めていた時期でもあったのではないだろうか。おそらく祖父にとって、信仰とは生への貪欲さそのもの、むしろそれを亢進させる何ものかだったのだ。

読経には父が加わることもあった。それは朝のお勤めであったり、わたしが下校した午後の遅い時間の読経であったりしたが、父が必ず祖父と同じ夏物の着物姿に居ずまいを正して仏壇にむかうのが、お盆の供養の読経だった。その日ばかりは仏壇の前に供え物が山と積まれ、一対の盆提灯が部屋じゅうに光を投げかけ、仏間は荘厳な雰囲気に満たされた。

父にとっては、祖父との読経に臨むのは義務的なふるまいにすぎなかったかもしれない。しかし、子どものわたしの目に映った父は、ごく従順に、神妙に、そして意外に堂に入った所作で経を唱えていた。父の声はいつも圧倒的な祖父の声量に呑み込まれたが、たまに祖父が中座したときなどにソロで聞こえてくるその読経は妙に耳になじんだ。わたしの稚い聴覚には、圧服されるようであった祖父の読経よりも、はるかに聴き取りやすい父の声の輪郭が心地よかったのだろう。

いま大人の感覚で、判断もまじえて父の読経を思い起こしてみると、その声はお経としては柔弱であり、調子は軽快すぎたような気がする。だからこそ子どもの耳には心地よかったのだろうが、しかし、そんなふうに当時のわたしに父の声が届いたのも、あらためて忖度すれば、父自身、じつは経を読むことを苦にしていなかったからではないだろうか。

ただ、わたしは友だちのだれかれの家に遊びに行くたびに、わが家での連日の読経が相当異様な日課であることを悟らされるようになる。彼らの家でも、てっきり似たりよったりのことが行われていると思っていたのに、仏壇はあっても彼らの家人がそんなふるまいに及ぶのを見たことがなかったからだ。

逆に友だちを家に呼んで遊ぶこともしばしばだったが、わたしが細心の注意を払ったのはそうした読経の場面を絶対に彼らに目撃されないようにすることだった。とりわけ祖父と父がそろって読経しているさまを目撃されるのはたまらなく恥ずかしいことだった。

角を曲がり、家のある街道筋に出てしばらく歩いていくと、遠くからかすかに耳朶を打つ鳴り物の音を感じる。一歩、また一歩歩くたびに、友だちにはまだ聴こえない太鼓や、ときに鉦の音が一定のリズムで自分だけに聴こえてくる。と、わたしは友だちのほうを振り向き、さも思い出したように告げる

——ごめん、今日は親戚のおっちゃんらがぎょうさん来てるんやった。

こんなふうに難を逃れたことが何度かあったが、あるとき、わたしはその異様な日課の由来についいて、子どもっぽい素朴さで父に尋ねたのだと思う。父はわたしに説明するというよりは、そもそも自分がそういう座に縛りつけられるようになってしまった謂われを恨めしそうにこぼしはじめた。

亡くなった祖母に物心つく前に、仏壇の前に座らされては厳しく読経の手ほどきをされたこと。日々の信心への躾という面では、祖父よりも祖母のほうが一枚も二枚も上手で、およそ妥協を許さなかったこと。体罰の記憶も含めて、父は思い出してもぞっとするといった口ぶりで祖母のことを振り返った。

商売人としても祖母はなかなかのやり手で、ときに尊大さが商売の邪魔をすることもあった祖父よりも客の受けはよかったらしい。持ち前の口達者で道ゆく人を呼びとめ、言葉巧みに店に引き入れ、反物を売りつけるような芸当もやってみせたという——。

しかし、こうしたトラウマ的な記憶もまじえた祖父母との確執にもかかわらず、わたしには、父が読経を重ねてきた体験を自分ものにしていたということが信じられる。そのことを、読経の座を離れ、家の外に出、衆人環視のある場面で父が声を発するの

を聞いた経験からわたしはたしかに感じとっていた。

小学校に上がった頃からわたしも毎年出場させられていた行事に、街はずれの神社で行われる秋の祭礼の奉納相撲があった。小学生以上の子どもから成年まで男子はほぼ全員参加。本格的なトーナメントが組まれ、町内会挙げての相撲大会だった。

わたしは同級生のなかでは華奢で小柄だったし、相撲を取ることにさほど乗り気ではなかった。しかし、家が、出場者が締める回《まわし》を作る帆布という硬い木綿布の調達を町内会から一手に任されていた関係もあり、一家で参加するのは当たり前という雰囲気ができあがっていた。スポーツにほとんど関心を示さない祖父も大相撲だけは別で、奉納相撲でもたしか名誉審判員のような役回りを引き受けていたはずだ。父はといえば近所では聞こえた相撲好きであったし、普段からこの日を心待ちにしていた。

何しろ大相撲の場所ごとに、どこから手に入れるのか、父は居間の壁にでかでかと星取表を貼り付け、克明に星をつけては一喜一憂していた。わたしが奉納相撲に出場するようになったのは、そんな父の影響で先代の若乃花を応援するようになり、千秋楽の栃錦との大一番にはラジオの前に釘付けになったりしている頃だった。

息子が生まれてはじめて回を締めて相撲を取ろうかというのに、父はほとんど手ほどきらしいことをしてくれなかった。一応、立ち会いに顎を引いて脇をしめて相手の懐に飛び込み、両前褌《みつ》を引いてしゃにむに寄れと、何回か立ち会いの間合いを図るために胸を貸してはくれた。しかし、父の関心はそのとき自分が上がる土俵のことで占められていた。出るかぎりは息子にも勝ってほしかっただろうが、子ども同士の勝敗は父にとってしょせん座興以上のものではなかった。自分が土俵で取るべき相撲、そして土俵を盛り上げるために自分がはたすべきパフォーマンスのことで頭がいっぱいだったのだ。

乳白色の回を締め込み、黒い足袋をはいた父の姿はなかなかさまになっていた。土俵に上がるとたいてい相手よりも頭ひとつ小さく見える父だったが、蹲踞し、両手を広げてはっしと打ち鳴らし、そして四股を踏むといった一連の所作を始めると、そのきびきびした動きに観衆は目をみはった。

　相撲っぷりはわたしに教えたとおりのものであったり、より大柄な相手には立ち会い鋭く踏み込んで、頭をつけて自分十分の組み手に持ち込んだりした。ここからはたぶんわたしが相撲中継などを見てきた経験から想像的に補足していることになるのだろうが、父は右四つで左上手を前褌に近いところで取り、右下手を深く差し込んで相手に上手を取らせない態勢に持ち込み、上手出し投げで決めたり、その投げで崩しては寄り切ったりするのを得意としていたと思う。一方で曲者でもあったから、勝ち上がって相手に取り口を警戒されていると思うと、立ち会いにわざと早くつっかけて相手に「待った」をさせ、仕切り直しで相手が踏み込んでくるところを変わってはたき込んだり、けたぐりで腹這いにさせたりもした。そうかと思うと、自分と変わらない体格の相手にはがっぷり四つになり、左上手を思い切り引きつけるのと同時に右の差し手の腕《かいな》を反して仰向けにひっくり返す大技もやってのけた。よくわたしを相手にふざけて実演していた若乃花の得意技、「呼び戻し」だった。

　そんな相撲巧者の父も、しかし一度も最後まで勝ち抜いたことはなかった。日頃の酒びたりがたたってか、取り組みの間隔が短くなる準決勝か決勝では判で押したようにスタミナ切れで負けた。勝ち上がっているときはいつにない引き締まった表情だったのが、負けが決まったとき——土俵を割ったあと、あるいは土俵の土にまみれたあと、父の顔には思いがけない笑みがあった。それは力を出し尽くしたあとの脱力の苦笑いであるとともに、負けるのも含めて心底相撲を愉しんでいる表情でもあったのだと思う。

　そして父にはもうひとつ奉納相撲を愉しめる特権的なふるまい——自分の出番以外の取り組みのとき一手に引き受けていた土俵での呼び出しの役があった。わたしが、父のまぎれもなく読経で培われた声が発せられるのを聞いたのはこのときだった。

　回を締め込んだ上に祭りの袢纏を羽織って土俵に上がり、右手に持った扇子を開いて差し出し、ひがあしぃ……とたくみな節まわしで力士の名を呼び出す父の声は伸びやかに秋晴れの境内に響いた。土俵下の莫蓙席に陣取った観衆や、そのうしろの立ち見の観衆からやんやの掛け声がかかり、喝采が湧き起こった。そのさまは、まるで父がこの奉納相撲全体が潜めている熱気を掻き立て、そのうねりを操っているようにさえ見えたものだ。

三年生のときだったか、わたしは珍しく二番つづけて勝った。次に当たったのは駅前の一等地に店を構える洋服屋の息子だった。特に仲良しというわけではなかったが、何人かの遊び友だちのうちの一人だった。たまに家に遊びにいくと店のなかは色とりどりの洋服が陳列され、いつも華やかな雰囲気に満ちていた。客に服を見せながらにこやかに応接している彼の母親の姿を見かけるときなど、めったに客が来ず、いつも仄暗く、空気がよどんでいるようなわが家と正反対のその開放的なたたずまいに羨望を感じた。その明暗を、子どもながらに洋服を売る店と呉服だけを商う店とのちがいに帰したわたしは、真顔で母にウチも洋服を置くようにしたらと進言し、強くたしなめられたこともあったが、その洋服屋の息子との一番は、期せずして祖父の注目するところとなった。

相手は高学年生並みの上背、体格の持ち主で、優勝候補の一番手だった。わたしは二番勝ったことに満足していたし、負けてもともとと割合気楽にその一番に臨んだが、父の教えどおり立ち会いに懐に飛び込み、両前褌を引いてしゃにむに出ると、意外にも相手は土俵際まで後退した。一瞬、勝てるかもしれないという思いがよぎり、しかし一呼吸置いた次の瞬間、肩越しに両上手を引かれ左側に大きく振り回された。わたしは土俵の下へともんどりうって転がっていた。

立ち上がって土を払い、土俵に戻るわたしの顔には父と同じような笑みが浮かんでいたかもしれない。見守っていた父がやはり笑って迎えてくれたことはよく憶えている。そして、そのうしろにはソフトを被った祖父が恐い顔で両のこぶしを握りしめて立っていたことも——。

六

何気ないときに、ふとそれを自分が腹中に抱え込んでいることを悟らされるような不安——そのことをだれにも言えないまま、それ以上大きくならないように握りしめている卵のような不安がわたしにはあった。そして、その殻をいまにも鋳割らせようとたえまなく聞こえてくるのは、祖父の読経の残響だった。

自分もまた父のように、仏壇にむかって「お勤め」をしなければならなくなる日が来るのではないか。こと読経については、父が従順な嫡子となったように、いずれわたしもその嫡系の末席に正座させられるときが来るのではないか。それは十二分すぎるほどリアルで、生々しい恐怖だった。

だが結論から言えば、わたしの不安はあっけないまでに杞憂に終わった。祖父はそんなそぶりすら毫も見せなかった。リッショウアンコクロンなる呪いをわたしの名にかけておきながら、そのきっぱりとした無頓着はいったいなぜだったのだろうか。それは祖父との関わりにおける最大の謎であり、彼我を隔てる深い淵のようによみがえってくる感触である。

母もまた読経の座に連なるところを見たことがなかったから、母が免れた時点でわたしもその圏外に置かれていたということなのだろうか。祖父が何を考えていたのかはわからず仕舞いだが、わたしがつい想像をたくましくしてしまう言葉を母がそれとなく漏らしたことがあった。その言葉は、帳簿を火にかけようとした父のふるまいが芝居だったという話と同じ程度にはわたしを驚かせた。

母が嫁いできてまだ日の浅い頃、買い物のたびに気さくに声をかけてくれたのが駅前通りへ曲がる角の魚屋の女将さんだった。その店は近所でもいちはやくテレビを買って茶の間に置き、店先からも見えるようになっていたから、わたしも通りすがりに見せてもらうことがあった。目を細め、白い歯を見せてよく笑うその女将の顔は、だから、わたしも憶えているのだが、人見知りする母が打ち解けて話ができるようになった頃、彼女は、あんたはほんまにええ時に嫁に来た、と切り出した。そして、口を母の耳元に近づけると、声を潜めてこう囁いたという。

——お母はんが生きてはったら、そらたいへんやったで。二年ほど前に来た最初のお嫁さんはな、お母はんにいびられて、一カ月で里に帰ってしもたんや。いまやったらあんたが所帯を切り盛りできるがな……。

母が嫁いできたのは昭和二十八年、二十三歳のときだったが、婚家から北へ三十キロほど行った実家のある山間《やまあい》の村では、何人かの同い年の幼馴染のなかでもっとも晩い嫁入りだったらしい。父親はともかく母親が娘が行き遅れにならないかとやきもきし、どんな町や村にも一人はいる縁談を取り持つのが三度の飯よりも好きだという人物に相談を持ちかけたところ、古物商を生業にしていたその人が父のこと——正確には呉服商を営む祖父の評判と、銀行に勤めている三十前の独身の跡取り息子の縁談を探しているという情報を仕入れてきた。渡りに舟とばかり彼は両家に打診し、あっという間に見合いから結婚まで話が進んだのだという。

母が結婚のこと、父のことをどう思っていたのかはよくわからない。父の名前が気に入ったからとか、通学していた女学校のある町で仲良しの旧友が住んでいたからとか言うのを聞いたことがあるが、どれも濃淡はあれ韜晦を帯びた言葉だったような気がする。ただ後者については、あながち口実でもなかったのだろう。八十歳を過ぎたいまも母はこの町に住む旧友と変わらず電話や手紙のやりとりをしていて、そのさまは、戦時中、ほとんど授業のないなか、勤労動員に明けくれた女学校時代の親友同士の絆というものが、わたしなどの世代からは想像を超えて強靭なものだとつくづく実感させるからだ。

何しろ母の場合、嫁いだ家の裏庭から川を挟んだ向こう岸に、新制の中学校に生まれ変わったとはいえ、かつての学び舎がそのままの姿で見えたのだから、当時のことを思い出す機会には事欠かなかったはずだ。あまり心の通わない夫、その夫に始終大声を張り上げる、おそろしく気難しくて信心深い舅と一つ屋根の下で暮らす呉服屋の嫁としての気苦労は、農家の素朴きわまりない生活しか知らなかった母には並大抵ではなかっただろう。たとえば洗濯物を干しながら対岸の中学校の校舎を見やり、そこに女学校時代の思い出を重ねては溜息をついていた母の不安な心音は、ひょっとしたら胎内のわたしにも聴こえていたかもしれない。

しかし、さらに想像をたくましくすることになるが、それでも母は知らず知らず祖父の格別のはからいに浴していたのだと思う。おそらく祖父は、里に逃げ帰ってしまった最初の嫁の失敗に懲りて、母には家事以外の務め――読経と、そして呉服屋の嫁としての仕事を免除していたのではないか。魚屋の女将に耳打ちされたように何より口うるさい姑が亡くなっていたことが母に息つく場所を作っただろうが、祖父は祖父なりに嫁としての拘束を大幅に緩めていたはずである。

ただし、それはけっして思いやりといった心のはたらきによるものではなく、もっと醒めた打算に裏打ちされた、言ってみれば家族というより他人に対する距離感覚がしからしめるものだっただろう。やり手だった祖母が手加減せず仕込んだため、たまらず逃げ出してしまった最初の嫁の轍を踏むまいと、祖父は二番目の嫁である母を冷徹に値踏みした。そのうえで、はなはだ商売人としての資質に欠け、とうてい祖母の足元にも及ばないと見切りをつけたのではないだろうか。家事だけしか務まらない嫁――母はいちはやく祖父にそんな烙印を捺されていたのかもしれない。

読経についても母は見切られたのだろうが、ここは父との対照で考えるとよりはっきりするように思う。祖父は、他人の子であった幼子の父をあらゆる手を尽くして自分の子にしようとした。読経をともにすることはそのもっとも重要で象徴的な手段だったわけだが、別の宗派の家ですでに成人してからやってきた母にまでその情熱を掻き立てられることはなかったのだろう。それでは、その父と母のあいだに生まれたわたしは？　祖父の読経の残響を思い起こしながら、わたしはやはりある堅固な不可解さの壁に突きあたる。

ともあれ母と祖父について、事実として認められることがある。それは、母が嫁いで来て以降は、祖父ともっとも長く一つ屋根の下で生活をともにしたのが母であるということだ。祖父八十一年の生涯のうち、父はひたすらその圏外へと脱出することに焦がれて迷走した。それを代償するように嫁である母は、実質的にもっとも長い時間を祖父とつきあいながら過ごしてきたことになるのではないか。

母が何度もわたしに語って聞かせた、ひとつの情景が浮かび上がってくる。

朝、父がオートバイに乗って出かけたあと、わたしや妹を学校に送り出したばかりの時間、母は店を掃除しながら、よく祖父に話しかけられることがあった。店のガラス戸を通して、家のすぐ近くのバス停まで、鉱山に通勤するおおぜいの人が足早に歩いていくのが見える。当時は鉱山が最盛期で、町の人口も一万人を優に越え、遠からず二万人に届くのではないかと言われていた。そんな通勤客の様子をガラス戸に鼻先をくっつけんばかりに眺めながら、祖父はよく母に言い聞かせるように呟いていたそうだ。

毎日毎日鉱山に通って、あくせく働いては毎月決まりきった給料をもらう。それにひきかえ、商売はこうして家にいながらにして自分の才覚ひとつで稼ぐことができる——勤め人ちゅうもんはほんまにつまらんもんや。

店がまだ繁盛していた驕りも顔を出していたのだろう。そんな言葉を、ときに店のお得意さんでもある通勤客とガラス越しに目が合い、笑って会釈しながらでも、祖父はあくことなく母に語りつづけたという——お祖父さんという人はほんまに度しがたい人やった、というのが母の嘆息混じりの結論なのだが、いまのわたしは少しちがった感慨を持つ。祖父にすれば、それは、他人である嫁にガラス戸のこちら側、呉服屋という自分のテリトリーで、身内としての紐帯の一端を差し出した言動だったのではないか。とはいえ、そう認めたうえでやはり、こうした時間を来る日も来る日も祖父と二人きりで過ごさざるをえなかった母には同情を禁じえないのだが……。

わたしにも、しょっちゅうわたしを外に連れ出していた父と、意外にも家で二人きりで過ごした忘れがたい場所があった。いや、厳密にはそこも家の外と言うべきなのかもしれないが……。

夜、父は二階の寝室の窓から一階の屋根の上に出ては、屋根瓦に腰を下して煙草を吸うのを習慣としていた。それは夏の夜であることが多かった。夏になると、道路側の普段寝室に使っている和室の襖や窓、そして裏庭に面した縁側の雨戸も開け放ち、二階を素通しにして、祖父を除く家族四人は広い座敷に蚊帳を吊って寝ていた。わたしや妹が布団に入り、母が台所の後片付けなどで階下にいるとき、父はよく屋根の上からわたしの名を呼んだ。寝入り端でうとうとしているようなときも、父の声でわたしは目を覚まし、蚊帳から出ると和室の窓から屋根に上がった。二年生になっていた頃だと思うが、難なく一人で上がることができた。しかし、父のかたわらに腰を下したところで、父は特にわたしに話があるわけではなかった。麻の入った半袖シャツにステテコ姿で、辛子色の腹巻のなかから煙草を取り出して火をつけると、うまそうに吹かしているばかりだった。

町は標高三百メートルぐらいのやや高地にあったので、夜風が心地よかった。静まり返った街道をときどきヘッドライトを光らせて車が走り抜けて行った。黙りこくっているのに耐えきれず、わたしは尋ねる――いまのは時速何キロぐらい？

――五十キロ。

そんなたわいもない会話が夜陰にぽつりぽつりと響く、それだけの時間だったが、必ず母がいないときを見計らって父に呼ばれる、それは妙に秘密めいたひとときだった。もし居合わせたら、母はわたしが屋根に出るのを許さなかったにちがいない。

わたしがこの屋根の上でのひとときをよく憶えているのは、ひとつは父が気づまりなほど寡黙だったせいだろう。普段わたしにかまうときの、一方的にしゃべりかけては性急に同意を求める、といった言動はなりを潜め、何かを思いめぐらすふうだった。なぜ父はわたしを屋根に呼んだのか？　それがずっとわからないままであることが、わたしがこの情景を憶えている理由かもしれない。

わたしはそのうちこっそり屋根に上がって一人で

時を過ごすことを覚えたが、どうやら母に隠し事をするようになるのと、それはほぼ時を同じくしていたような気がする。屋根の上に家人のだれにも気づかれずに腰を下しているのは、たしかに独特の自在な感じがあった。こうして父は、わたしに家のよどんだ空気が飽和している吹き抜けの、壁一枚隔てた向こう側に外へと開かれたひそやかな居場所があることを教えた。

父はほんの気まぐれからその場所にわたしを呼んだにすぎなかっただろうが、それは、父という人間がわたしにとってどのような父親だったのかをはからずも物語る、象徴的なエピソードかもしれない。

隣近所の目には、父は子煩悩な父親と映っていただろう。だが、当の息子の目からすれば、それはかなりちがう。どう言えばいいか、父のふるまいには、普段は父と息子という関係から一歩脇にどいた場所にいるのに、気が向いたときは過度にそこに入り込んでわたしにかまうといった趣があった。どこかに連れて行ってくれたり、何かと散財してくれたりするときも、その強度にはいつも無関心と背中合わせになった、その無関心が反転されただけの刹那的な放恣の匂いが漂っていた。相撲の手ほどきをしてくれるときも、キャッチボールの相手をしてくれるときも、自分がそれをしたいから、したいだけつきあってくれるが、飽きると自分からぷいっと止めてしまうのが常だった。

一事が万事という俗諺が寸分なく当てはまるように、事実として、父はわたしに対してただの一度も訓育する者としてふるまったことがなかったように思う。そう、「事実」という言葉をわたしは使う。じつに一貫して父は、わたしをいささかも訓育することのない父親だった。

そうした性向にさらに拍車が掛かるのは、父がわたしを、家と外界との境界を越え、どこまでも祖父の影響力の圏外へと出ていきたいという自身が囚われている欲望の道連れにするときだった。しかし、これも事実として言うのだが、そんなふうに父に連れまわされるうちに、わたしは父の欲望に当てられてか、しだいに家の外に広がる空間に出ていく快感を味わうようになっていった。その経験は、いつしか幼いわたしを呪縛していた祖父の読経の残響を遠ざけ、わたし自身の欲求の卵を育てていく孵化器となったのである。

七

わたしのなかにもっとも向日的な欲求を喚び起こしたのは、何と言っても野球だった。

相撲は若乃花、野球は阪神タイガース、というのが、必ず贔屓の引き倒しになってしまう、父の熱情のいわば依代的な対象の双璧だった。相撲についていは、自分も取っていた経験から、まだしも取り口を冷静に眺める眼を父は持っていた。しかし野球については、選手個々のプレーを楽しんだりゲームの機微を味わったり、といった観戦の術を知らなかった。父は野球そのものよりも、ひたすら阪神タイガースが勝つ試合だけを追い求めようとした。

祖父がよく家族のだれに語りかけるでもなく、昔の行商の苦労話や大儲けした商いの自慢話を、朗々たる声を響かせて物語りつづけたように、父もまた酔うと、こちらは決まって、戦後のプロ野球復興期に黒づくめのユニホーム、ダイナマイト打線のニックネームで名を馳せたタイガースのラインナップを、指を折りながら独り言のように呟いて飽くことがなかった。

――一番センター呉、二番レフト金田、三番ライト別当、四番サード藤村、五番キャッチャー土井垣……。

祖父の物語がいつも出来すぎの起承転結で完結するのと反対に、父の読み上げるラインナップはここで途切れ、また振り出しに戻っては繰り返され、最後まで言い終えられることは稀だった。それに続く話もとりとめがなかった。聞かされる者をうんざりさせることだけが共通していたが、それでも父は、わざと初球を空振りして尻もちをつき、次のボールを狙いすましてホームランしたミスタータイガース藤村のしてやったりのダイヤモンド一周や、どんなファウルボールもフェンスを怖れず捕ろうとしたキャッチャー土井垣の、マスクの着脱のために眉毛が擦り切れてしまった歴戦の面構えを昨日見てきたように語った。

――もうあんな強いチームは、絶対出てこうへんな……

繰り言を締めくくるその口癖は、往時の大阪タイガースへの礼賛であるとともに、いま肩入れしている阪神タイガースへの慨嘆のようにも聞こえた。

当時、小学生になった男の子は、気がついたときにはだれもが野球帽を被っていたのではないだろうか。学校の行き帰りはもちろん、遊びに行くときも、プロ野球選手が被っているのと同じ球団名のイニシャルを組み合わせたマークのついた野球帽を。自分が被る野球帽に必ずHとTを重ねた阪神タイガースのマークがついているのをわたしが意識しだしたのは、それを買いに連れて行ってくれる父がしばしば店の人とひと悶着起こすのを気まずい思いで見守っていたからにちがいない。いまの言葉で言うと、父はクレーマーそのものだった。なぜあらゆるサイズの野球帽に縫いつけてあるのが巨人のマークで、阪神のマークではないのか、と文句を言い、特にわたしの頭のサイズに合う帽子のすべてにYとGを重ねた巨人のマークしかついていないときは、憎々しげにそれを引きはがし、阪神のマークを縫いつけるよう要求した。店のおばさんはしぶしぶ付け換えてくれるのだが、それを待っている時間がわたしには何ともいたたまれなかった。

阪神タイガースが二十一年ぶりにリーグ優勝をはたし、その余勢を駆って日本シリーズまで制した昭和六十年、わたしは幾度となく死んだ父のことを思い出した。そして、ついでにこのいたたまれなかった記憶もよみがえらせて、母に語ったものだが、そのときも母は、そう言えば相撲でもこんなことがあったと、わたしの知らない、さらに輪を掛けるような父のクレーマーぶりを思い出してわたしを驚かせた。栃若全盛時代、ラジオにかじりついて両雄の大一番に一喜一憂していた父は、NHKのSというアナウンサーの実況が露骨に栃錦びいきだと言っては、その実例を挙げ立てた抗議の手紙を書き、繰り返し放送局宛てに送りつけていたというのである。

それは栃錦が引退するまで続いたというから、何事にも飽きっぽかった父のなかにおそろしく執念深い意志が持続していたことになる。たとえそれが不毛きわまる敵愾心でしかなかったとしても——。

同様に、阪神タイガースをみずからの熱情を消耗するための依代とする父が、巨人の選手に並々ならぬ敵愾心をぶつけるのは当然の成り行きだったかもしれない。とりわけ最大の脅威であった王、長嶋を父は口をきわめてこきおろしたし、巨人の選手でなくても、痛い目に合わされたときは、たとえば金田や張本にむかって聞くに堪えない差別的な罵言を浴びせた。子どもながらにわたしには、そうした言動が負け惜しみ——ときには負け犬の遠吠えのように聞こえていたが、それがはっきりわかるようになったのは、野球そのもののおもしろさに自分がしだいに目覚めていったからだろう。そして、その機会を与えてくれたのも、ほかならぬ父が気まぐれにわたしを連れまわすうち足を運んだ幾多の球場での野球観戦——外野が草ぼうぼうの原っぱになっている町営球場で日曜ごとに行われる軟式野球から、硬式ボールを弾き返すカーンというバットの乾いた打撃音をはじめて聞いた町はずれにある高校のグラウンドでの練習試合、そしてわが阪神タイガースのオープン戦にいたるまで、次々と審級を上げていくことになる幾多の野球を観客席からナマで観る経験だった。

祖父や父の写真は何冊かの古いアルバムに残されているのに対して、わたしや妹の写真は、学校関係のアルバムは別として、その増えつづけるスナップ写真の多くが十把一絡げにかなり大きめの茶封筒のなかに放り込んである。生家が人手に渡って以降は、一家は住まいを転々とし、そんななかで共働きに追われる父と母からアルバムを整理して残しておく余裕が失われてしまったからだが、そんな雑多な写真のなかに、球場内と思しき観客席に陣取ったわたしと父が写っている一枚がある。じつは似たような写真は何枚かあるのだが、ある鮮明な野球選手の記憶、その躍動する姿の残像とのかかわりで気になる一枚がその写真なのだ。

わたしはたぶん小学校二年になるかならないかだ

ろう。阪神のマークのついた野球帽を目深にかぶり、右手に食べさしの餡パン、左手に呑みさしの牛乳瓶を持ち、顔は横ざまにおそらくグラウンドのほうを身を乗り出すように見入っている。隣の父は笑いながらわたしにカメラのほうを見ろとうながしている。その身ぶりのさなかにシャッターは切られていた。

わたしの関心は、その球場がどこの球場か、そして写真が撮られたのが昭和何年かということだった。一見すると、観客席のたたずまいは、のちにわたしたち一家が引っ越していく兵庫県南部の都市にある球場によく似ていた。地方球場の観客席などどこも似たりよったりだと言えばそれまでだが、そこは、わたしが何度も野球観戦に出かけ、そればかりか中学、高校時代はグラウンド上で試合を重ねてきた球場でもあった。フェンスや観客席は、だから観客として、選手として目に焼き付けるまで知り尽くしていた。その記憶に照らして、よくよく写真を眺めてみると、そこはやはり別の球場だと見て取れた。

にもかかわらず、なぜその球場ではないかと思ったかと言えば、毎年春に阪神タイガースがそこでオープン戦を行っていたからだ。その事実からわたしは、自分にとってはじめてそのプレーを間近で見たプロ野球選手——阪神タイガースの三塁手、背番号16をつけた三宅秀史の躍動する姿の記憶をその球場に結びつけようとし、件の写真にたしかな符号を求めようとしたのだが、それは願望にすぎなかったようだ。

グラウンドに見入っているわたしがもし二年生だとすれば、その年は昭和三十七年。わが阪神タイガースはペナントレースで智将三原脩率いる大洋ホエールズと激しい首位争いを演じたすえ、リーグ優勝をはたしている。しかしチーム成績とうらはらに、結果的にこの年は三宅の選手としてのキャリアが暗転したシーズンとなる。三塁手としては巨人の長嶋以上と評され、六年にわたる全試合出場を続けて、もっとも脂の乗り切ったシーズンを迎えていたにもかかわらず、三宅は九月に練習中の事故で眼に致命的な負傷を負い、優勝争いの山場を前に戦列からの長期離脱を余儀なくされてしまったからだ。つまりこの年、ペナントレースを戦いぬき、リーグ優勝を勝ちとったナインの歓喜の輪のなかに背番号16はいなかったのだ。

いったいわたしは、いつ、どこの球場で三宅のプレーを目の当たりにしたのだろう？ 件の写真がそのときのものではないとしても、わたしはまさに脂が乗り切った三塁手、はじめてじかに見る三宅秀史のフィールディングにしたたか目を奪われたことをはっきり憶えているのだ。

三遊間、あるいは三塁ベースよりの強いゴロ、前方の高いバウンドのゴロ、当たりそこねのボールが変則的な回転をしているゴロ——強弱、高低、さまざまな球勢で飛んでくる打球をこともなげに捕球しては素早い動作で一塁に送球する。まるで打球のほうからグラブに吸いついていくように見える球際のグラブさばき、そして定規で線を引いたように一直線にファースト・ミットに吸い込まれる送球を生み出す軽やかなフットワークと強肩からのスローイング。三宅のフィールディングはひたすらカッコよく、文字通りわたしの目に焼き付けられた。

これほどまでに三塁手、三宅秀史の姿が記憶に残っているのは、ひとつには先の不運な怪我が原因で、彼がそれっきりわたしの前から姿を消してしまったという厳然たる事実があるからにちがいない。実際、三宅はその後、眼の回復が思わしくなく、出場機会に恵まれないまま、数年を経てひっそりと現役を引退している。わたしが野球に熱中していくきっかけとなったばかりでなく、皮肉にも彼のいない阪神タイガースのリーグ優勝という明暗を刻み込んで、いまもわたしのなかに昭和三十七年という年にまつわる記憶の肉感を形づくっているのは、そんな三宅の最後の残像にほかならない。

では、あの三宅秀史の姿を、繰り返せばわたしはいったいいつどこの球場で見たのか？

ふと閃いたことがあった。かりにオープン戦、公式戦問わず、試合中のプレーを見ていたのであれば、三塁手三宅の姿ばかりでなく、打者三宅の姿も記憶にとどめているにちがいない。それなのに、あれほど鮮明にフィールディングのイメージだけが残っているのは、それが試合中のプレーではなく、彼が守備練習でもっぱらノックを受けている姿だったからではないか。もしかしたら、オープン戦前の早春、あるいは前年のシーズン終了後の秋、チームがキャンプ中の球場にまで父ははるばるわたしをともなって見物しに行ったのだろうか。おそらく高砂や明石、あるいは阪神方面にまで……。

気まぐれなうえに気が早い父ならやりかねないとも思われたが、さらに茶封筒のなかの写真を探っていくと、そう想像したくなる、先の写真と同じ服装で今度は立ち姿のわたしが一人で写っている別の一枚が出てきた。わたしの背後にはあきらかにジープとわかる車体の後部が写っている。

――嘉太郎さんのジープ！

それは父ととても仲のよかった近所の工務店の社長の所有する大型のジープだった。町でいちばん多い苗字を持った嘉太郎さん。父も母も隣近所の人も、大人たちはみんなこの苗字の人を呼ぶのに一様に下の名前で呼んでいた。

嘉太郎さんは歳は父よりもだいぶ下だったが、手広く建築や土木工事を手がけ、わが家から歩いて二分もかからないところに和洋折衷の豪邸を構えていた。高校で柔道をやっていたという嘉太郎さんは父とは好対照の固太りの大男で、肌は浅黒く、短髪でいかつい貌をしていた。それなのに、たとえばわたしと話すときなど、眼前にかがみこんで、荒い息遣いの割りには蚊の鳴くようなかすれた声を出すのがご愛嬌となっていた。子どもがいなかったせいもあるだろうが、わたしと妹が飼い犬の主人同様大きなシェパードと遊ぶために屋敷を訪ねても、いやな顔ひとつしたことがなかった。中庭には鉄棒とブランコまであり、たしかわたしはその鉄棒で嘉太郎さんの手助けで逆上がりができるようになったはずだ。川向うの中学校の運動場ではじめて自転車に乗れたときも、うしろを小走りについてきてくれたのは彼だった。

こんなふうに嘉太郎さんには人一倍可愛がってもらったという思い出しか残っていないが、ただひとつ、彼の体がいつもある強い臭気をまといつかせていたことだけが、彼とのスキンシップにわずかな空隙を忍び込ませたのも事実だ。父がつねに身に帯びていた酒息のベールとはちがう嘉太郎さんの強い臭気――その正体がどうやらニンニクのものだったらしいと勘づいたのはだいぶあとになってからのことだった。

当時、父はそんな嘉太郎さんの好意に甘えて、まるで自家用車のようにジープを乗りまわしていた。他の写真で確認できるだけでも、父とわたし、まれに母や妹も交えた家族は、鳥取砂丘、香住海岸、城崎温泉、天橋立といった行楽地にジープで遠出していた。母は進駐軍のジープを思い出すと言って、あまり乗りたがらなかったが、わたしは、たとえば初夏の好日、幌を外したジープで新緑の林道を木洩れ日を浴びながらドライブするときなど、言いようのない開放感を感じていた。そんな遠出の延長で父とわたしは嘉太郎さんのジープを駆って延々田舎道を走り、高砂、明石、はては阪神方面まで阪神タイガースのキャンプを見物に行ったのだろうか。右手に餡パン、左手に牛乳瓶の写真が、はたして輝ける三宅秀史のプレーを目撃したときのものかどうか確証は得られずじまいだが、嘉太郎さんのジープがそのために一役買っていたのはまちがいない。

オートバイでは息切れするような距離を走るとき、そんなふうに嘉太郎さんのジープは父にとって格好の足となった。いや、むしろ嘉太郎さんのジープを得たことで父はいっそう家から脱出する射程を拡大するように遠出を繰り返したのだろう。写真の山をさらに漁っていくと、ジープを背に父やわたしとともに嘉太郎さん自身も写っているものもある。ひょっとしたら、とわたしは想像する――件の球場でのスナップを撮ってくれたのも嘉太郎さんだったのではないか。

――それにしても、忘れてるもんだな。

写真を見ながら、つくづくわたしは思いいたる。わたしを野球へと導いてくれたのは、じつは嘉太郎さんのジープだったのだ。

ところで昭和三十七年は、優勝へとひた走る阪神タイガースの足音を感じつつ、父がめずらしく祖父を差し置いてひとつの決断を下し、実行した年でもあった。

当時、隣近所のほとんどの家の茶の間にテレビが置かれていたにもかかわらず、わが家にはまだテレビがなかった。わたしは土曜や日曜の夕べ、食事もそこそこに仲の良い友だちの家に上がり込み、テレビを見せてもらうようになっていた。とりわけ、親友ではあるものの、巨人ファンということではライバルだった同級生の家のテレビでナイター観戦に興じた。家業はペンキ屋で、たしか室内の壁も他の家とは一風変わった色で塗られていたはずだ。阪神×巨人戦ともなれば、わたしとペンキ屋の倅とはテレビ観戦しながら、何度言い争いになり、彼の母親に取りなされたことだろう。舌戦が佳境に入った頃、母が申し訳なさそうにわたしを迎えに来た。

祖父は、そんなわたしの週末の行状に苦り切っていて、母の行き届かない躾をたしなめた。板挟みの母は父に、そろそろウチもテレビを買うしかないのではないかと泣きついたが、もとより父は以前からテレビを欲しがっていて、祖父に再三相談していた。しかし祖父は、テレビなど信心の妨げにしかならないと頑強にそれを拒みつづけた。

そこで父は、阪神タイガースの優勝が秒読み段階に入った頃、呑み友だちでもあった駅前通りの家電店店主と語らって思い切った挙に出る。祖父の留守を見計らって無断でテレビを購入し、家に運び込ませたのだ。帰宅した祖父が、居間の一隅に四本足ですっくと立ったテレビ受像機に対面して度肝を抜かれたのはいうまでもない。しかし、直後に修羅場と化しただろう記憶がすっぽり抜け落ちているのは、ほかならぬ祖父自身が、やがてその真ん中に据えられた卓袱台の左右の脚を握りしめて胡坐をかき、食い入るようにテレビ画面に釘付けになっていった姿を見届けているからだろう。

こうしてわが家におけるテレビ視聴は、昭和三十七年、プロ野球日本シリーズの第一戦、阪神タイガース対東映フライヤーズの試合の実況放送において開闢する。阪神小山、東映土橋の両エースの先発で始まったこのゲーム、ブラウン管のなかでプレーボールがかかった瞬間の昂奮と胸騒ぎをいまもわたしは忘れない。

八

テレビの登場が、居間を底流している気づまりな沈黙を埋め合わせたことはたしかだ。何はともあれテレビのスイッチを入れさえすれば、家族以外の人物の映像と音声が居間を満たし、とりあえず家族は口を開かないで済んだから。それはときに、癇癪を炸裂させようとする祖父の声を呑み込ませたり、悪態をつこうする父の口をつぐませたりしただろう。

わたしもまた三年生、四年生となるにしたがい、ナイター以外の贔屓の番組がどんどん増えていった。近所やクラスの友だちのご多分に洩れず、すっかりテレビっ子になっていったのだ。そして、テレビとつきあう時間が増えるにつれ、わたしはかつてのように父に言われるまま外出につきあわなくなったようだ。この頃になると、父と写っている写真よりも友だちと写っている写真のほうが多くなっている。

父とわたしとのあいだに、後戻りできない性質の疎隔——各々の側から発したところの齟齬がこの頃生まれていったのだと思う。わたしのほうは、ただ自分の意志——というよりそのときどきの気分を主張するようになったというにすぎないだろう。しかし父のほうには、はるかに深刻な事態が露呈しはじめていたはずだ。

わたしがおぼろげながらそのことを感知したのは三年生の秋ごろだった。父は突然、無断で家を空けるようになった。それまでも酒席でついつい呑み過ごし、一晩呑み仲間の家で厄介になり、宿酔いの足取りで帰ってくるということはよくあったが、母によれば、そのときの無断外泊は二日、三日と続き、家に帰ってくるときの父は酒気が抜けた思いつめた面持ちだったという。当時、祖父との諍い、声を荒らげた口論は日常茶飯事になっていた。例の帳簿に火をかけようとした狂言を父が仕掛けたのも、こうした無断外泊が虫喰いのように断続する日々のすさんだ空気のなかでのことだったと思う。

このあたりからわたしは、父のいない重苦しい雰囲気に沈んだ居間や、西日のなかに無数の埃が乱舞する吹き抜けをじわじわと腐蝕していくように進行する時間を感受しはじめていたのかもしれない。じつは家そのもの——その家に住む者も、彼らの関係も、そこにある事物も、そのすべてが腐蝕していく取り返しのつかない時間というものを、そうと気づかないまま——。

父が突然二、三日家を空けるようになった頃、それは家族にとって波瀾だった。しかし、断続しながらも長い周期で慢性化していくと、家族はそれすらひとつの日常として受け入れるようになる。そして、そういう日常ができあがって、それなりに家の空気が均衡するようになった頃——それはわたしがもう四年生になっていた頃だったが——父はある日忽然と行方をくらましてしまったのである。

三日経ち、四日経ち、五日経っても父は帰ってこなかった。祖父はあわてはじめ、母も心配のあまり夜も眠れなくなった。店は雨戸を立てられ、「臨時休業」の貼り紙が出された。父方の親戚、大叔母夫婦や父の従兄弟たちが三々五々集まっては、親族会議が持たれた。

わたしは毎晩のようにこっそり屋根の上に出て、一人で過ごしていた。憶えているのは、ある夕べ、屋根の上で星が瞬きはじめた空を見上げながら、深く息を衝いたとき、ふいに、父はもう帰って来ないのではないかという思いがこみ上げてきたことだ。わたしはしばし涙ぐんだと思う。そして、その思いを母に絶対に悟られないよう眼をこすり、用心深く気持ちを整えて、屋根から部屋に戻った。

父がいなくなって一週間が過ぎようというとき、父の従兄弟の一人が警察に捜索願いを出しに行こうと言い出した。しかし、祖父がそれだけはダメだと許さなかった——。こうした経緯をよく憶えていて、わたしに語ったのはいうまでもなく母だが、その母は、父は余所者が目立つ田舎ではなく、必ず人出の多い都会に足を向けているはずだと確信し、父が懇意にしていた国鉄の機関士や車掌、バスの運転手、そしてもちろん嘉太郎さんにもどこか心当たりはないだろうかと尋ね歩いた。母のその努力も功を奏さないまま、さらに五日が経ったとき、祖父も、もはやこれまでと観念する。ようやく恥を忍んで警察に足を運ぼうと重い腰を上げることになった。するとその日の朝、表で遊んでいた妹の頭を撫でながら、ひょっこりと父は帰ってきた。あわや失踪、あるいは行方不明になるすんでのところで、父は長すぎる無断外泊から帰還したのだった。

あとで事情がわかってきたことだが、父が結局十二日間にもわたるその無断外泊へとさすらっていったのは、それが祖父や母に内緒の、切羽詰った窮余の金策行脚だったかららしい。だが、父にしてみれば起死回生の一発逆転を狙ったそれもことごとく空振りに終わった。

帰ってきた父の表情は意外にあっけらかんとしていた。照れ隠しめいたかすかな笑みすら浮かべていたが、全身を浸していたのは、万策尽きた、という諦めだっただろう。それからの父は別人のように無口になった。

そして店のなかは、目に見えて寒々しく荒れていった。学校から帰ってくると、呉服や反物がごっそりなくなっていることがあった。どうやら商品が売れてなくなっているのではないらしいとわかる年齢に、すでにわたしは達していた。裸の衣門掛けやむきだしの壁が日に日に増え、それを隠すように店は半分雨戸を立てているのが常態となった。実質的に看板を降ろしたも同然だった。

ある夜更け、階下のただならぬ物音でわたしは目を覚ました。寝床を抜け出して階段を降りたとき、店のなかで見知らぬ男たちが残っていた品物を運び出しているのが見えた。外は沛然と雨が降りしきっていた。男たちはレインコートを着たまま、黒々としたシルエットを行き来させ、表に止めたトラックの幌付きの荷台に黙々と品物を運び込んだ。父と母はわたしのところからは見えなかったが、寝巻姿のまま眉間に深い縦皺を刻んで、暗がりの彫像のように茫然と立ちつくす祖父の横顔が垣間見えた。

翌朝、すっかり商品が払底した店の姿がさらされ、それからほどなくして、引越しの荷作りが始まった。

結局のところ、父がどんな金銭上の不始末をしでかして、家が人手に渡ってしまったのか、母がきちんと説明されることはなかった。祖父は惑乱してとても聞き出せる状態ではなく、父は父でだんまりを決め込んでいた。そのうち母も、あれやこれやの荷作りの段取り、バツの悪い近所づきあいと挨拶などに神経をすり減らし、それどころではなくなっていった。だからだろう、後年、わたしが詮索の口ぶりで根掘り葉掘り聞いていったとき、母も、思い出し、考えつつ答えていくなかで、父のやらかしたことの辻褄を探しあぐねているふうだった。

――そやけど、お酒呑むだけで、家を手放さないかんほど借金するもんやろか?

これは、のちのちまで繰り返し母の口を衝いて出てきた疑念である。

集金した店の売掛金の一部をくすねて、帳簿上は集金したように細工する。あるいは集金済みなのに、帳簿上は未回収にして現金をせしめる。そうした小さなインチキを延々と繰り返し、酒代や遊興費につぎ込む。その穴埋めのため、父はほうぼうで借金を重ねざるをえなかった。それは必然的に借金を返すための借金という泥沼に嵌り込んでいく。単純に言えば、そのあげくが膨らんだ借金の形《かた》に家を取られるという仕儀にいたった――というのが母の話の骨格だった。

そのわが家は、最終的には地元の信用金庫の抵当に入っていたのを差し押さえられるかたちになったが、これは、父にとってかつての自分の勤務先に家を取られることだった。そしてそれが、祖父の憤激をいや増すことになった。

祖父は、いかなる人間関係においても打算を優先させることが習い性になっている商売人だったが、一方で古臭いほど昔気質の呉服商だった。父の金銭上の不始末を〝極道〟と呼んで憚らず、信用金庫からの父の借金が法外な金額だとわかったあとも、わしの目の黒いうちは絶対この家を手放さんぞ、と詰め寄ったこともあった。

――どうしても家を借金の形に手放す算段なら、わしを殺してからにせえ!

その剣幕をそばで見ていた母は、祖父が内心、信用金庫の元理事長が自分と昵懇の間柄で、店の古くからの上客であることを恃みにして、いざとなれば、昔ながらのコネで最悪の事態を避けられると踏んでいたのではないかと想像した。

　母の想像には根拠となる経緯があった。

　その昔、父は、別の銀行の支店に勤めていたのに、祖父の強い勧めで、その昵懇の間柄の上客が理事長を務めていた信用金庫に転職していた。当時の父はまだ祖父のいいなりだったわけだが、祖父のコネが利いたのか、いきなり出納係という重要なポストに抜擢された。ところが、表向きは母と結婚後、家業の呉服屋を継ぐために信用金庫を退職したことになっていた父には、じつは出納係という立場を悪用した使い込みが発覚したため、表沙汰にならないよう祖父が理事長に手を回し、尻拭いをしたおかげで、背任横領の咎を免れたという前科があった。

　母の想像が当たっていたとすれば、祖父は、当時の理事長が退いたあとも、町の名士たる彼の隠然たる影響下で、自分のコネがまだ利くだろうと過信していたことになるが、しかし現実はそんな思惑をあざ笑うように祖父の足下を突き崩していた。

　というのも、父が祖父に隠れて、ひそかに実印と登記証書を持ちだし、人の好い大叔父を籠絡して、名義人を祖父からこの大叔父に書き換えたうえで、家に信用金庫の抵当権を設定してしまっていたからだ。自分の借金の断末魔を見越して、父は登記簿上家を祖父から取り上げ、遠隔操作で処分できるフリーハンドを大叔父に擬して、まんまと画策しおおせたのだった。

　母の語るところでは、祖父はほとんど半狂乱に陥ったというが、当然だろう。命に代えても守り抜こうとした家を、情にほだされて父を助けようとしたとはいえ、信頼していた大叔父の寝返りによって失ってしまったという事実は、祖父を地獄の底に突き落としたはずだ。

　祖父のけわしく打ちひしがれた面影が、わたしの記憶の消失点で激しく点滅している。

　このとき、祖父は、白熱する憤怒で一度自分の人生を焼き尽くしてしまったのではないだろうか。

　ふいにわたしは、かつて祖父が例の朗々たる声で一人芝居のように飽くことなく物語っていたある話を思い出していた。それは祖父が家を建て、祖母とそこに住みはじめて間もないある夜、裏庭から目撃した木工所の火災の記憶だった。裏庭に面した川は上流へ四、五十メートルほど遡ったところから右へゆるやかに彎曲していて、わたしも子どもの頃、川筋が彎曲しはじめるその岸の上に屋並みからひときわ高くそびえる木工所の材木の束を眺めた記憶があった。

わたしの知る木工所の大将は胡麻塩頭、赤ら顔の気のいい人物で、父の呑み友だちの一人だった。よく銭湯でいっしょになり、父とわたしがあとから入っていくと、ほのかに漂う湯気のなか、くわえ煙草の煙をまるく開けた口から三つ、四つとたくみに輪にして吐き出してみせたりした。父もそうだったが、当時の大人たちは銭湯でもむやみに煙草を吸っていた。

わたしがこの大将の世話になったのは、雪が降り積もった真冬の中学校の裏山での橇遊びのときだった。毎年のように作業場に呼んでくれ、てきぱきと端材を使って頑丈な橇を作ってくれた。最後に細く割った竹を火に炙って曲げ、錐で穴を開けたあと、口にくわえた釘を次々と橇の足に打ち付けるまでの彼の鮮やかな手際を、わたしは息を呑んで見つめたものだ。

祖父が語り継いだ火災というのは、その大将の先代のときの出来事だった。

ほとんど講談師のような誇張した口調で祖父の語るおどろおどろしい木工所の大火災の焼け跡から、わたしに目配せしながら煙草の煙の輪を自在に吐き出したり、竹を火に炙って巧みに曲げたりする、自分の知る人懐っこい大将が現れてきたとは信じられなかった。しかし同時に、作業場から火の手が上がり、材木置き場が火焔に包まれる大惨事のクライマックスを物語る祖父の、嬉々としているとしか聞こえない声調は、しだいにわたしの脳裡にある鮮烈な映像を刻みつけていった。そればかりか、あまりにたびたび繰り返される講談調の語りのリズムに煽られて、その映像はわたしのなかの映写機を回しはじめ、動き出すまでになっていったのである――。

低く連なる家並みからそびえ立った材木の束が巨

大な松明と化して燃え上がり、激しく火の粉を散らして夜空を焦がしている。やがて肥えふとった焔は、材木の束をすっかり呑み込んでひときわ高く伸びあがると、ゆっくりと川のほうへのめり、焼けただれた塀を乗り越えて、河原へと倒れ込んだ。一瞬、川面を煌々と照らしたあと、それは炎芯を岩場にぶつけて粉々に砕き、花火のように撒き散らすと、尖端を川中に没入させて、濛々たる水煙を上げながら潰える……。

だが、こうして祖父の繰り返し語ったそのありさまを思い起こしつつ書きとめていると、わたしは、それがもはや祖父が眺めていた木工所の火災だとは思えなくなってくるのである。それはまさに、見えない焔で炎上しているわが家の姿だったのではないか。

かつて父が帳簿に火をかけようとして擦った一本のマッチ――一瞬のうちに燃え上がり、地に落ちて明滅しながら、何物も燃やすことなく消えたマッチのはかない炎の残像に、それはフィルムを巻き戻すようにつながっていった。フェイクとして消えたその炎に祖父も母も――そしてわたしもまた――目を眩まされているあいだに、父は家の外で次々と借金の火種を撒いてまわった。それらはいたるところで燻りながら、いつしか見えない火の手となって燃えひろがり、父自身をも追いつめてわが家に迫り、祖父に目撃する河岸を与えないまま、ついに白熱する焔のなかにすべてを呑み込んでしまったのではないだろうか――。

昭和三十九年十月二十六日、月曜日――この曜日まで憶えている日に、わたしたち一家は家を明け渡し、町を出て行った。

じつはこの年のシーズンも阪神タイガースは優勝をはたしているのだが、その記憶はほとんど残っていない。すでに野球少年になっていたわたしも、さすがにわが家が火宅と化していく渦中に野球中継を見るのもうわの空だったのだろうか。

世の中が東京オリンピック一色に染まっていくなかで、テレビを見るわたしの関心がおのずとそちらに傾いていったということもあった。何よりもオリンピックを心待ちにして、それをテレビで見届けている時間は、わたしたち一家にとって、そのまま自分たちがあと何日この家にいられるかを数えている時間でもあった。わたしたちは一家そろってテレビの前に坐り、日本選手の活躍に声援を送ったが、それはけっして声高ではなく、ひっそりと思いを凝らした、どこか清澄な時間だったような気がする。すべてを失ったよるべない日々に、そのときようやくわが家の居間で団欒する家族が生まれていたのかもしれない。

　引っ越し当日の朝、わたしは階段を上がりきった二階の板張りの床に長いあいだ佇んでいた。バスの時刻が近づいてもなかなか降りてこないわたしを、母は再三店の土間から呼んだ。わたしが家を去りがたく、ひとり別れを惜しんでいると思ったのだろう、吹き抜けに響く母の声は、しだいに涙ぐむような震えを帯びていった。

　しかし、そうではなかった。わたしは、家財道具がなくなり、襖も取り払われて、座敷と廊下と吹き抜けが広々と素通しになった空間におびただしい外光の満ちているさまに、ただただ見とれていたのだ。

　――こんなに眩しいのは……はじめてだ……。

　このままわたし自身もその光に溶け込んで白熱し、家もろとも溶明《フェイドイン》していくのではないか――たぶんそんな感覚に全身を貫かれて、わたしは身動きできなかったのだ。

生きゆく家、死にゆく家

一

はたしてわたしの記憶は、生家について何ほどのことをよみがえらせたのだろうか。家屋や造作の大まかな構造、店や居間や階段やらの断片的なたたずまい、吹き抜けを満たしていた空気の匂い、それに浸り、それを呼吸し、ときにそれから逃れようと暮らしていたわたしたち家族の肖像……。ただ、どんなに記憶を研ぎ澄ましても、古い写真を手がかりに想像を掻き立てても、そこだけが感光してしまったフィルムのように白濁して見えない場面がある。それは家族が食卓を囲んでいる場面だ。母がどんな手料理を作っていたかは、思い起こすことができる。しかし不思議なことに、どうしても家族が食事をしている姿を思い浮かべることができないのである。かろうじて、御節料理と雑煮の並んだ元旦の食卓でのある瞬間——祖父がおごそかに「開山」と書かれた箸袋から割り箸を取り出すと、待ちかねたようにわたしも自分の名前が書かれた袋から箸を取り出したことを憶えているが、その情景も食べる場面にいたることなく掻き消えてしまう。

記憶を形成するに足る、家族が食卓を囲むという経験がわたしのなかに沈殿しなかったからなのか。父がいつも欠けていたり、いたらいたで祖父と諍いが絶えなかったり、家族で食事を味わい、談笑するといったなごやかな時間が長続きしたためしがなかったことの反映なのだろうか。そういう食事の時間こそをわたしの無意識が忌んで、塗りつぶしてしまった結果なのだろうか。

そのいずれでもありうるとして、わたしの家にまつわる記憶は、この居間の中心で白濁しつつ石化してしまったような食卓の周りを徘徊することで、かえってその外なる視野を喚起できたのかもしれない。

家族が食卓を囲んでいる記憶が残っていないこと——それは、普通に考えれば、家族的団欒の根幹を欠いているということであり、とりもなおさず、その家族の欠落、わたし自身の成育に欠落があったことを示唆するだろう。しかし、一方でわたしには、この生家における記憶の欠落を補完するように、じつは大人数でにぎやかに食卓を囲んだ記憶がありありと残っているのである。それは、盆と正月に必ず帰省する母に連れて行かれる母の実家の食卓の記憶だった。

母は七人きょうだいの下から二番目で、姉が三人、兄が二人、弟が一人いた。戦前から戦中にかけて長姉と長兄が若くして病没し、戦後、きょうだいは五人になっていた。母がわたしや妹を連れて里帰りする頃は、末弟をのぞく四人がそれぞれ結婚して子をもうけていたから、次兄が家長となった母の実家は、盆と正月には帰省してくるきょうだいとその子どもたちで膨れ上がった。

伯父や伯母たち、そして全員そろえば十人以上になる子どもたちが朝、昼、晩と、にぎやかに声を上げながら囲む食卓——搾りたてを入れてもらったのに、おしゃべりに夢中になって、呑もうとするといつも表面に膜が張っていた牛乳。近所の養鶏場から買ってくる、まだ温く味の残っている殻を割ると大ぶりの黄身がこぼれ落ちる鶏卵。かたわらには大きな木のお櫃があり、蓋を取ると焚き上がったばかりの白米が湯気を上げていた——。食が細く、好き嫌いもあった当時のわたしには苦手な、野趣に富んだ食材もふんだんに並んだけれども、たくさんの声が飛び交い、人いきれすら感じるその食卓は、わたしと妹に最大限の団欒を備給してくれる場となった。

わたしにとって家というものの原初的な知覚は、生家の吹き抜けに象徴されるある虚ろな空間識なのだが、母の実家こそは、そんな空間を消去する人いきれ——しかも自分に親和的な人たちが一堂に会している人いきれに満ちていた。そうした空気の密度にわたしは過剰に反応したのかもしれない。ハメをはずして母に叱られたり、いとこ同士で小競り合いを演じたり、わたし自身、母の実家に来ると別人のように自分の感情が昂ぶっていくのを感じていた。それをわたしはかなり振幅の大きい泣き笑いとして解放したので、伯父夫妻、伯母、叔父ばかりか、ほとんどが年長のいとこたちをもしばしば困惑させた。しかし、結局のところ彼らにおおらかに包容されることで、どんな馬鹿騒ぎも泣きべそも、そのひとつひとつが団欒の経験としてわたしのなかに蓄積されていったのだろう。

母の語るところでは、母の実家に行く日が近づくにつれ、わたしは浮き立つ気分を抑えかね、家のなかでむやみに大声を出したり、おどけたりして、祖父によく叱られていたそうだ。妹は妹で母にまとわりついて帰省の日はいつかと繰り返し尋ね、当日になると、知らないうちに母が自分を置いてバスに乗って行ってしまうのではないかと、朝から母のそばを離れなかったという。そう述懐する母はどんなに祖父に気を遣ったかをこぼすのだが、言われてみれば、その日が近づくにつれ傍若無人な言動をエスカレートさせていくわたしや妹を、意思の通じない小動物のごとくねめつけていただろう祖父の姿は彷彿としてくる。しかし、いまわたしが思いいたるのは、幼いわたしたちをそのように浮き足立たせたのはまさに母自身が帰省の日を待ちわびる思いを絶え間なく放射していたからではないかということだ。

当然のことながら、母も実家に帰ると堰を切ったように饒舌になり、笑いを絶やさなかった。しかし、夜、子どもたちが隣室に延べられた寝床に入ってしまうと、居間で十歳ほど年長の伯母や従姉でもある伯父の奥さんとしんみり話しながら、母は突然嗚咽をもらすことがあった。気配を察知して、わたしは一度襖を細く開けて、垣間見てしまったことがあったが、とっさに見てはいけないと襖を閉ざしたものだ。にもかかわらず、ほんの一、二秒ほどの刹那に、わたしの眼《まなこ》はまるでシャッターを切るようにその瞬時の情景――さめざめと泣いている母の姿を写し取っていた。

家のことを話すうち、問わず語りに父の行状、父と祖父との諍い、家業の不振などに話が及び、親身に聞いてくれる姉や嫂についい心を許して日頃抑え込んでいた積もり積もった感情が溢れ出る――おそらくそんな夜が一度ならずあったのだろう。ただ、そうした涙はいささかも尾を引いた様子はなく、翌朝の母は、そんな愁嘆場などまるでなかったかのように快活にしゃべり、かつ笑っていた。母は、わたしと妹に気取られまいとつとめてそのようにふるまったのだろうか。それもあったかもしれないが、それ以上に、姉や嫂に思いの丈を聞いてもらい、一晩泣くことでカタルシスをくぐり抜け、家での鬱屈を振り払うことができたのではないか。そこは母にとって、わたしなどが間歇的に噴き上がらせるよりもはるかに容量の大きい感情を受けとめてくれる場所だったのだ。

それもあってか、盆、正月に帰省してくる親子たちのなかで、わたしたち親子はいつもいちばん早くやって来て、いちばん最後までいる親子だった。バスで十分ほどの近在の嫁ぎ先から帰ってくる伯母といとこたち、大阪から帰省してくるもう一人の伯母といとこたち、神戸から帰省してくる叔父夫婦――彼らがだいたい一、二泊で実家をあとにするのに、わたしたち親子は四、五泊、ときにはそれ以上滞在することもあった。

生家から母の実家までは距離にして二十キロほどで、国鉄のローカル線に乗れば三つ目の駅で降りればよかった。ただ、そこからは汽車に乗っていた倍ほどの時間をかけて、鰻の寝床のような古い城下町を縫う街道、そこから山間《やまあい》に入るだんだら坂を歩かなければならなかったので、結局家のすぐの近くの停留所から、母の実家まで歩いて二十分ほどのところにある県道の停留所までバスに乗って行くのがつねだった。

待ちかねた緑とクリーム色のツートンカラーのボンネットバスがやってきて、乗り込むと女の車掌さんが鋏を入れてくれた切符を受け取り、親子で必ず進行方向に向かって右側の席に座る。時間にしてほぼ一時間、バス停の数は全部でたぶん二十に足りないくらいの道のりだったが、わたしにとってバスに揺られている時間、車窓を過ぎていく風景を眺めているのは、ある越境の感覚をもたらす経験だった。見なれた街並みを貫く川筋の街道から峠道に入り、しばらく山間を縫うように走ったあと、自分の町に似た、しかしよく見ればちがう川沿いの別の町の街道にバスが差しかかると、自分のなかの何かが更新されていくのを感じた。実際にはまだ三分の一ほどの道のりを走ったにすぎないのだが、もう生家を遠く後にしてきたという感覚になる。そしてその感覚がより強くなったのは、川の流れにまつわるある錯覚に気づいたときだった。

バスは生家の裏を流れている川の上流を指して街道を走り、町はずれで鉱山のある山深い谷のほうに大きく彎曲していく川筋と別れるように反対側へ峠道を上っていく。いったん川は見えなくなり、車窓には山の緑と棚田、そのあいだに点在する集落といった風景が過ぎていくのだが、次の町の街道に入っていくと、車窓にまた川の流れが見えてくる。川沿いに伸びた街なかを走るので、わたしは何気なしに、わが家の裏庭から眼下に見下ろせる川が巡り巡ってこの町にも流れ込んでいるのだとずっと思い込んでいた。ところが、あるとき車窓から川の流れを見ていて、その方向が逆であることに気づいた。わたしは別々の二つの川を見ていたのだ。それもそのはずで、生家の裏を流れる川は南を指して流れ下り、やがて播磨灘へと注いでいた。母の実家へとわたしたちを乗せて走るバスの車窓から見える川は、逆に北を指して流れていて、城崎温泉にほど近い河口から日本海に注いでいた。

このことに気づいたとき、わたしはさも重大な発見をしたという子どもらしい得意のうちに、おぼろげな越境の感覚に自分なりの根拠を与えた。バスが川筋からはずれて山を越えているあいだに、わたしたちは生家の結界を越えて母の実家の圏内に入り、その証のようにわたしたちの行く手を指して別の川が流れ始めるのだ、と。

このときの経験は、のちに長じて「分水嶺」という言葉を知ったときに、はっきりとよみがえってきたのを憶えている。

わたしたちの乗ったバスは知らないうちに二つの川の相反する流れを分ける地点、「分水嶺」を通り過ぎていたのだ。地図を見てもその地点は書き込まれていない。それはいくつもの等高線がくねりながら形づくる地形のどこかに存在しているのだが、ここだと言うことはできない。それは越えてしまってから、はじめて気づくある地点なのだ——。

だが、こんなふうに母とわたしと妹が乗ったバスの道のりをたどりなおしているうちに、わたしは、この「分水嶺」という言葉をむしろ人間の精神の地形のなかに必ず潜んでいる結界——そこを越えるといままでと正反対の心の傾斜を止めどなく滑り降りてしまうある懸崖のような地点として受け止めようとしている自分に気づく。それは、いまこれらの言葉を書いていて、突然、子どもの頃からいまのいままで一度も思いいたることのなかったある問いに突き上げられたからだ。

――わたしたちが母の実家に帰っていたあいだ、父と祖父はいったいどのように過ごしていたのだろうか？　それこそ二人はどんな食事をしていたのだろうか？　――こうした問いにわたしはいかなる答えも想像することができない。

母によれば、祖父は、長かった下積み時代に魚を捌けるくらいの器用さを身につけ、病気がちだった祖母に代わって料理を作れるほどだったというから、自分の夕飯の手当てをするぐらいは造作もなかっただろう。しかし、父と祖父が差し向かいで晩酌している場面など、思い描くことすらわたしには絶対にできない。父は相も変わらず呑み歩いていたにちがいないのだ……。

だが、もっと突きつめて言えば、わたしが突き上げられたのはこうした問いに止まるものではなかった。そうした問い以前にとぐろを巻いている問い――わたしはなぜそうした問いに少年の日から五十年ものあいだ、一度も思いいたったことがなかったのかという問いなのだった。

実家に帰る母にくっついて妹と乗り込んだバスで繰り返し「分水嶺」を越えているうちに、わたしは自分の心の地形のなかのそれも踏み越えてしまっていたのではないか。そのとき、わたしは生家に残る父と祖父のことを意識の外に追いやることを覚えたのだ。そこは無二の団欒へと馳せ下る「分水嶺」だったのだ。そのときまさに、生家の食卓はわたしの記憶のなかで白濁し、石化しはじめたのではないか。そして、その中心で父と祖父との食卓はついに想像さえ盲いてしまう絶対的な空白になってしまったのではないか……。

二

北へ向かう県道のバス停で降りると、わたしたちはそこから西側の山間に入っていく長い坂道を歩いていった。国鉄の踏み切りを渡り、母が通ったという小学校を左に見、さらに右手に開けてくる田圃のむこう、こんもりと茂る森に見え隠れする神社の鳥居を眺め、ゆるゆると曲がりくねりながら続く坂道を、わたしと妹が交互に大きな荷物を下げた母を引っ張るようにして歩いていった。記憶のなかでは、この坂道はまだ舗装されておらず、風が巻き起こす土埃に見舞われるたびにわたしは不平を鳴らした。距離にしておそらく一キロぐらいだったろうが、とてつもなく遠い道のりに感じられた。

　道なりに行くと、あたりは山裾の斜面状の土地に固まっている集落で、石垣を巡らせた盛り土の上に一軒一軒の家が建っていた。母の実家もそんな石垣が積み上がった角地に建っていたが、家屋そのものは坂道からは見えず、植え込みのある石垣の一角だけが見えてくる。もうすぐだ、と奮い立つ気持ちでわたしは急ぎ足になるのだが、その石垣の上では同い年の従弟がたいがい斥候のようにこちらを窺っていて、わたしたちの姿を認めるが早いか船の舳先のようにも見える石垣の突端に躍り出て、わたしの名を呼びながらさかんに手を振りはじめる。わたしは、彼がわたしたちの姿を発見するよりも早く彼の姿を見つけられたためしがなかった。斥候という所以だが、彼の姿を認めるや今度はわたしが母と妹を捨てて駆けはじめる。すると妹もまた母の手を振りほどき、わたしのあとを追っかけてくるのがわかる——。

　そんなふうにして、わたしはまるでゴールに駆け込むように母の実家の敷居を跨いだものだ。

　眩しい外光のなかから玄関に飛び込み、かすかに凹凸のある土間を奥へ入っていくと、囲炉裏の煙で煤けてきた時代の名残だろうが、真っ黒な梁や天井のせいで、まるで洞窟に入り込んだような目の錯覚がやってくる。そこは大きな竈のある広い台所だった。右手に居間の框、左手には竈に向かいあうように板壁で囲われた一角があり、壁の向こうが厩《まや》と呼ばれる牛舎だった。田畑で牛を使うときはいったん外に出て玄関の横にある柵を外して牛を出入りさせるのだが、板壁のなかほど、腰の高さのあたりが小さな窓のように開口していて、餌やり水やりは土間からできるようになっていた。

　玄関を入ってすぐ左側には幅の広い階段があり、上がっていくと、二階のほぼ全体が納戸になっていた。むきだしの梁、一部低くなった天井裏に積み置かれた棒杭、細長い明り取りから幾筋かの光が射し込む床にひっそりと埃を被っている脱穀機やさまざまな農具類、径がわたしの背丈ほどもある木製の車輪——そこは人の体温が消えた古道具たちが肩寄せ合ってうずくまる小世界だった。たまに階下での遊びに飽いたわたしが、気まぐれからそろりそろりと階段を上がり、突きあたりのそこだけが日当たりのいい小部屋を覗き込むと、鉈で稲藁を切り刻んだり、草鞋を編んだりしている祖父の大きな背中があった。

　この場所の記憶がいまも残っているのは、たぶんそこで手にしたある物の感触のせいにちがいない。

　あるとき階段の上からわたしを呼ぶ従弟の声が聞こえるので、急いで上がってみると、何やらごそごそと探し物でもしていたらしい彼は、服とズボンが埃まみれなのもかまわず、頬を紅潮させて、手にしたそれをわたしにかざしてみせた。時代劇でしか見たことがない侍の脇差のような小刀の抜き身だった。どうやら鞘はないらしかった。従弟は大仰に一太刀振り下ろす仕種をしてみせたあとで、わたしにそれを持たせてくれた。刃はところどころ錆び付いて鈍色に光を無くしていたが、濃緑色の紐がきめ細かに巻き締められた柄《つか》を握ると、それは吸いつくように掌になじんだ。思いのほか精妙に作り込まれた鐔《つば》の模様もわたしの目を釘づけにした。

　当時、わたしは、テレビ時代劇「隠密剣士」の大ファンだったが、いつも目を凝らしていたのは、大瀬康一演じる主人公〝秋草新太郎〟の立ち回りよりも、牧冬吉演じる〝霧の遁兵衛〟や、彼らの敵役である忍者集団のパフォーマンスのほうだった。わたしは、従弟から受け取った小刀を忍者よろしく背中に背負うかたちに構え、「隠密剣士」のなかで忍者たちが刀を抜くと同時に逆手に持ち変えるマネをしようとして、しかし持ちそこね、床に取り落として大きな音を立ててしまった。従弟はあわてて口に人差し指を当て、しぃっ!、と示してみせたが、たしかに子どもの片手の腕力で使いこなすにはそれは重すぎるものだった。

結局その抜き身の小刀を見、手にしたのは、それが最初で最後だった。

ふと思い立って、従弟にあの刀をまた見せてほしいと頼んでも、彼は決まり悪そうに危ないからダメだとしか言わなかった。言葉数は少なかったが、口調は禁止の意思に貫かれていた。わたしは思った──自分があれを取り落としたために、階下の彼の母親に勘付かれ、わたしの知らないところでこっぴどく叱られたのではないか、と。

そのうちにわたしもその小刀のことは口にしなくなっていったが、独特の重みを伝える柄巻の感触は掌に残った。

この母屋を中心に、追想はその内部に折りたたまれていたいくつかの記憶の襞を開いていく。

広い台所の土間つづきに勝手口を出ると細い通路を隔ててトイレと風呂場がある棟があり、母屋と一つ屋根になっていた気がする。そこには、いつも従弟といっしょに入っていた大きな五右衛門風呂があった。

ガタピシと音を立てる引き戸を力一杯開け、裸電球の灯りの下で服を脱ぎ、従弟が足でたくみに底板を沈めた風呂釜にあとから飛び込む。鉄の膚《はだ》がむきだしになっているので、背中が触れないように用心して身を沈めるのだが、二人で入ると、どうしてもどちらかの体が熱くなった風呂釜に触れる。背中合わせの格好でひとしきり大騒ぎして、それにも飽きると、今度は小窓を開けて、風呂焚きをしている従兄や従姉のだれかれにお湯をかけてはすばやく戸を閉める悪戯に耽る。これは風呂焚き当番のときに入浴中の従兄に仕掛けられて覚えた悪戯だったから、わたしたちに憚るところはなかった。湯加減はたいてい熱すぎ、夏はカラスの行水。冬は隙間風に震えながら裸になり、熱いのと痒いのを我慢しながら風呂釜に身を沈める。体が温まり、人心地ついて間もなく、今度は顔から汗が吹き出し、熱いのに堪らなくなって風呂から出る。しかし、すぐに寒くなってまた飛び込む。こうして出たり入ったりを繰り返すのだった。

この風呂のあった棟の隣には簡素な木造の二階建の納屋があった。母屋の厩で飼われる耕作用の牛と別に、一頭か二頭乳牛が飼われていたのはこの納屋の一階であったような、あるいはその隣にあったさらに簡素な小屋であったような気がするのだが、いずれにせよ乳牛は売られていったから、わたしが物心ついてその姿を目にしていたのは一、二年のことだろう。その乳牛の残像にだぶってくるのは納屋の棚の木箱のなかで桑の葉を食んでいるたくさんの蚕、黙々と煙草の葉やお茶の葉を仕分けている祖父や伯父夫婦の姿、だれもいないとき農具の陰や梯子段を上って二階に積み置かれた稲藁に身を伏せて遊んだ隠れんぼの思い出などだ。それらは時をたがえた同じ場所の記憶なのだが、わたしのなかでは渾然となっている。

その裏手へ出ると、少し高くなった田圃の畔に囲まれて敷地が終わるところに池があり、何匹か鯉が泳いでいた。そこから、バス停から歩いてくるわたしたち親子を窺う従弟が伏せていた植え込みのところまで一本の線を引いたとしたら、それがおおよそ長方形になっている家の敷地の対角線ということになる。その長さはたぶん三十メートルというところだろうか。

夏の夕刻、わたしはこの池と庭とをさかんに往復した。

庭に面した風呂の焚き口に従弟と並んでしゃがみ、薪を焼《く》べては、代わる代わる胸一杯に吸い込んだ息を竹の筒で吹きかけて火を熾していると、伯父が厩の柵を開け、母牛と〝べぇこ〟と呼ばれていた仔牛を庭に出しはじめる。それを合図に従弟は風呂焚きを止めて、伯父を手伝って仔牛の鼻輪に付けられた綱を取りに行った。庭の真ん中には棒杭が二本、五、六メートルほどの間隔で立っていたが、母牛は棒杭に繋がれ、仔牛はそのなかほどの高さに張り渡された太い針金に鼻輪を通された。伯父が糞の始末をしたり、古い藁を新しいものに変えたり、厩の掃除をしているあいだ、こうして牛の親子は庭で夕涼みをしたが、仔牛が二本の棒杭にあいだを行ったり来たりするようになると、わたしも牛たちのもとに寄って行った。

従弟とわたしには大事な仕事があった。それはこのときとばかり牛にたかってくる虻を退治することだった。牛は尻尾が届く範囲は襲来する虻を追い払えたが、背中や腹は無防備で、とりわけ虻が好んで血を吸いにくる前足の付け根のあたりはわたしたちの守備範囲になった。従弟はするりと牛の腹の下に潜り込んでは次々と虻を掌で叩き落とした。わたしも見よう見まねで倣おうとするのだが、なかなか仕留められない。そのうち牛もむやみに叩かれるのを嫌がり、そわそわと動いて腹の下に潜ることさえできなくなってしまった。従弟の叩き落とした虻はすべて池の鯉の餌にしていたので、おのずとわたしの役割は、地に落ちてかすかに脚や羽を震わせている虻を拾い集め、掌いっぱいに乗せて池へ走ることになった。何度庭と池のあいだを往復したことだろうか。いま思うと、あんなに急ぐ必要はなかったのだが、むずがゆいような虻たちの感触から一刻も早く掌を解放したかったのだろう、わたしは納屋の脇を走り抜けて一目散に池まで来ると、それらを放り込んだ。鯉たちはにわかに水面を波立たせ、争うように浮かび上がっては大きな口を開けて虻を呑み込んでいく。わたしは池の傍にしゃがみこんで、最後の虻が鯉の口のなかに呑み込まれるまで水面を見つめて飽きることがなかった——。

母の実家の思い出には、どこか物置の奥の埃をかぶった古箪笥のいくつもの抽斗を行きあたりばったりに開けているような趣がある。抽斗を開けていくほどに、そこに見出すものは、いまこれを開けなければ、二度と思い出すことはなかっただろうという表情をしているのだが、しかし、いくら抽斗を開けたところで、ひょっとしたらその内奥で通じあっているかもしれない抽斗相互の関係や構造はいっこうにつかめない。にもかかわらず、懐かしさはそれら古箪笥のたたずまいの全体から滲み出て止むことがない。

人が感じる懐かしいという感情の仕組みの秘密と

はそうしたものなのだろうか。だとすれば、ひるがえってわたしは生家に対してはたして懐かしいという思いを抱いているのだろうか。そこには決定的な差異があるような気がする。

たぶん懐かしいと感じる以前に、何よりも生家の記憶を物語る言葉を持つことがわたしには先決だったのだ。なぜなら、生家の記憶の古箪笥のなかには、わたしの知らない父と祖父にまつわる不幸、忌まわしさ、恥辱といった毒液を吹きつけてくる何かがとぐろを巻いているため、無邪気に抽斗を開けてまわるなど思いもよらないことだからだ。

むしろ生家の記憶を物語るとは、記憶を呼び覚ましつつ、その内部に鬱血して不幸や忌まわしさや恥辱を醸してくる体液のような像に言葉で輪郭を与えることでなければならなかった。その構文は、だから父と祖父という――ときに母がそこに加わるところの――登場人物をほぼ固定して、やはり登場人物の一人でもある子たるわたしが彼らとの関係のなかで何をされ、何をし、何を感じ、何を思い、そして、どのようにそうした関係を生きてきたかを叙するというベクトルに貫かれる。話者であるわたしは、ひたすら統辞を完結させることに駆られてきたとも言える。

それに対して――統辞という言葉にあえて記号論のタームで対比させるなら――母の実家の思い出には、手放しの懐かしさの表象がいわば範列的な連合となって次々と偶発してくるのである。まるで統辞のベクトルを押し返すように、止めどなく湧き出てくる、と言えばいいだろうか。そしてそれらは、わたしに話者であることを忘れて、そのなかの登場人物たることに耽溺せよと指嗾するのである。

たしかに母の実家ではわたしは登場人物の一人でいられた。

アルバムのページを繰っても、茶封筒に放り込まれた雑多な写真を漁っても、母の実家で撮られた写真は多くはなく、両手に少し余るほどだった。そのすべては母の七人きょうだいの末弟である叔父がカメラに凝っていた数年間のあいだに撮ったもので、

〝家族の肖像〟ならぬ〝いとこたちの肖像〟だった。盆と正月になると庭の同じ場所に集まったいとこたちが二列、あるいは三列に並んで撮ったそれは定点写真で、年ごとに被写体の背丈が伸びていっているのが背景の植え込みが隠れていく様子で見て取れる。だれかかれか欠けたりしながら、ほぼ同じ立ち位置で寄り添った、どこか目鼻立ちに共通した造りが感じられる十人ほどのいとこたち。わたしはいつも最前列に並び、両肩にはそのうしろに立った従兄の両手が置かれている。いちばん古い写真はたぶんわたしが幼稚園の頃だ。以来、小学校の高学年になるまでその定点写真は残されていた。

その〝肖像〟のなかの自分を眺めて、あらためて不思議に思うことがある。それは、どの写真を見てもわたしが野球帽を被っていないということだ。外に出るときにはかならず被っていたその存在を、母の実家ではまるで忘れ去ってしまったかのようなのだ。

帽子を人一倍目深に被るクセがあったわたしは、たとえば学校で撮った集合写真などでは、顎を引いてカメラを見てください、といったカメラマンの言葉に過剰に反応しすぎるためか、目から鼻にかけて顔の上半分が帽子のつばの陰に覆われ、唇を結んでいる口許だけがやけに目立った。そんな写真を見るたび、母はどうしてもっと顔がよく見えるように帽子を被らないのかといぶかったが、わたしにとって野球帽とは——実戦的にも、ファッションとしても——そのように被らねばならないものだった。

一度、近所の友だちの一家が祭りの縁日かどこかへ行くのにいっしょに連れて行ってもらったとき、彼の父親が構えるカメラの前で、シャッターが切られる直前、彼の母親の手が何気なくわたしに伸びて帽子を被せなおしたことがあった。後日できあがった写真には、坊っちゃん刈りの前髪が阿弥陀に被らされた野球帽のつばの下から覗き、その下でにやけたわたしの顔が写っていた。——こんな情けない写真を撮られるぐらいなら二度と写真には写らない、とさえわたしは思ったものだ。

つまりそんなふうに、当時のわたしにとって阪神タイガースのマークのついた野球帽を目深に被る自分自身とは、かたくなに守られるべきものであるはずだった。それなのに、母の実家の庭で撮られた〝いとこたちの肖像〟のなかのわたしはその自分自身を手もなく解除していた。日射しのなかで無帽のまま微笑んでいるわたしは〝いとこたち〟の一人であることに満ち足りている。いまあらためて眺めているこちらも思わず微笑ましくなる類の、それは写真だった。

ほかに、写真雑誌に投稿したら掲載されるのではないかと思えるほど構図に味のある、長い縁側に横並びに坐ったわたしたちが足をぶらぶらさせながらそろって西瓜を頬張っている一枚。それから、草を搔き分け息を切らして山道を登ってたどりついた山城の城址で拝んだ日の出に目を細めているわたしたちの横顔を撮った一枚――叔父の残してくれたスナップ写真はこれですべてだった。

わたしたちにとってかけがえのない時期に、叔父はいい写真を残してくれたなと柄にもなく思い入れていたとき、しかしふいに、わたしは、そこに写っているものはもう失われてしまったのだという思いに胸を突かれた。日射しも、笑いも、無邪気も、含羞も、濃い影も、わたしたちの親和力を明かしていたすべてがいまはもう存在しないのだ。とどのつまり、わたしの母の実家への懐かしさの正体とは、ただ失われてしまったものを愛惜したいという、ある意味できわめて凡庸な欲求にすぎないのだろうか。

いま母の実家は、庭をつぶして三世帯が同居する一回り大きな住宅に建て直され、往時を回想するよすがとて見当たらない。かろうじて、家長となった同い年の従弟が、かつてわたしの名を呼びながら手を振っていた石垣の一角が昔のまま残っているばかりである。

三

――あやちゃん、かっちゃん、信《のぶ》ちゃん、隆《たか》兄さん、重《しげ》兄さん、わたし、晋《すすむ》……。

きょうだいの名を順に口にするのは母がしばしば昔話を始めるときの口癖だった。何かと言えば物語る人である母は、姉、兄、弟とのエピソードを粒立てるように語ったが、それらは、きょうだいの個々の人となりを浮かび上がらせる以上に、たがいにからまりあったり、両親や祖父の影をたたずませたりすることで、ひとつの濃密な家族の空間を喚起するものだった。

たとえば〝あやちゃん〟という一回り以上年長の長姉は、母にとって、最初に女学校に進学することを強く勧めてくれた存在としてまず口に上ったが、それからほどなくして長女を産み、いわゆる産後の肥立が悪くて若死にしてしまったために、いまもなお惜しまれる存在だった。年の離れた三人の姉たちはいずれも当時の高等小学校を了えたあと、郷里を離れて奉公に出たり、洋裁の見習いをしたりして二十歳前後に結婚するまでの食い扶持を得ていた。そのなかでいちはやく世間の荒波にもまれていた長姉は、結婚して最初に里帰りしたとき、縁側で二人っきりになると、まだ小学生だった母にこんこんと諭すように語りかけた。

――これから世間に出ていくには女も学校を出てないとだめなんよ。わたしがお父《と》っちゃんに口添えをするから、あんたは勉強して女学校に行きなさい。

結局、その強い勧めと父親への取りなしがきっかけで女学校に進学することになった母は、女の子でひとり遅く生まれた自分を幼い頃の子守に始まって何くれとなく面倒を見てくれたこの長姉のことをほんとうの母親のようだったと追慕した。そこには一方で、農作業と家事に加えて、すでに五人の子育てに追われ、六番目に生まれた自分など顧みる余裕を失っていた母親――ひたすら働くことと、夫や舅の世話、七人の子どもを産み育てることで命を擦り減らし、五十歳になるかならないかで他界した母親への の靄のかかったような追想が重なっていた。

そして、そんなふうに長姉、母親を偲ぶ話は、続いて生まれたばかりの長女を残して卒然と逝ってしまった長姉の後添えに入った〝かつゑ〟という名の次姉のことにつながっていく。

長姉と対照的に齢九十を超える長寿を得たこの伯母のことはわたしもよく知っている。次姉は、母のきょうだいのなかでいちばん性格が明るく、愛くるしい目鼻立ちとスラリとした長身に恵まれていた。残された赤ん坊のことを気遣った長姉の婚家から、赤の他人よりは気心の知れた次姉を後添えにと望まれたとき、躊躇する両親をよそに次姉は二つ返事で承諾したらしい。寡黙だが男気があって人望も厚かった義兄に次姉はひそかに好意を抱いていたのではないかというのが、母の推測である。

嫁いで一男二女をもうけた次姉は、お盆や正月には長姉の娘である長女を筆頭に四人の子どもを連れてにぎやかに里帰りした。たいていは母のほうがわたしや妹を連れて先に帰っていたから、この伯母とともに四人のいとこたちがやってくると、家のなかがいっぺんに明るく華やいだ雰囲気に変わるのがわかった。三人の従姉たちはそれぞれに利発で、みな対面した人が覗き込まれるように感じる大きな瞳を持っていた。ただ一人の男児である従兄は父親似で、頬から顎にかけての形のよい顔の輪郭と高い鼻筋が印象的だった。この七歳年長の従兄は、小学生だったわたしと同い年の従弟をとりわけ可愛がってくれたが、一見粗野な言動ながら、からかうことがこの上ない親愛の情の表現にもなるという、男同士だからこそできるつきあい方を身をもって教えてくれた。

この伯母と四人のいとこたちに出会う機会は、ほぼ母の実家にかぎられていて、彼らはたいてい速やかに次なる訪問先へと移動していったから、その発散する無上の明るさは、雲間からつかのま現れてすぐまた隠れてしまう太陽が地上に注ぐ光に似ていたかもしれない。彼らが去ったあと、家のなかは、彼らが来る前よりもがらんと静まりかえるのだった。

母の三番目の姉は、次姉とは反対に性格も容姿も地味だったが、冷静沈着で何事につけ実務にたけていた。二人のいとこも母親の実直な性格と手堅い生活能力を受け継いでいたが、この一家との母の実家での思い出はじつは希薄である。もちろんそれは彼らの地味なたたずまいのせいではなく、父のしでかした金銭上の不始末のために生家を追われ、その後も尋常でない経緯で大阪へと流浪していくことになるわたしたちが、折節世話になってきたのがこの伯母の一家だったからである。

大阪下町の商店街、一階が店舗、二階が住まいになった三軒長屋の一角で、伯母は売り場がほんの数坪ほどの雑貨店を営んでいた。狭い間口、ほとんど垂直に上らないといけない階段、その真下の穴倉のような台所で身を隠すように夕餉の支度に勤しんでいた小柄な伯母の背中、そして二階の手を伸ばせば届きそうな低い天井の下で囲む食卓——空間の狭小さがそのまま人肌の温もりになっているような、いまはもう存在しないその家のなかでこそ、むしろ伯母やいとこたちの面影は生きているのである。

わたし自身の回想はともかく、母の語る三番目の姉に話を戻せば、いつも話題に上るのがその名前の由来——命名にまつわるエピソードだった。

最初の子、次の子につづいて、三番目に生まれた子もまた女児だったとき、今度こそ、と長男の誕生を待ちわびていた父親と祖父は、心底落胆したらしい。祖父は母親に、おまえは女腹《おんなばら》やな、と烙印を押し、父親は父親でさしたる考えもなく、生まれたばかりの女の子に、母親の〝たき〟という名とすでに鬼籍に入っていた祖母の〝ゐよ〟という名を足して二で割ったような〝ゐき代〟という名を与えた。「生きよ」と読み替えれば、力強い命名と言えなくもない気がするが、しかし彼女、つまり伯母は長じていかにも場当たりなその命名の由来を知るにつれ、しっくり来ない響きも相俟って自分の名を厭うようになり、神戸の洋裁店でお針子として勤めだした頃には〝信世〟という新たな名を名のっていたという。だからというわけでもないが、この伯母にはたしかに独立独歩の気風があった。母の言うには、伯母はみずから名のったのを機に姓名判断というものに傾倒し、その後何かにつけて名前で人の将来を予言しようとし、また頼まれてもいないのに身近な人の改名を考えたりする癖《へき》を身につけてしまったらしいが……。

小さな店舗とはいえ、長年大阪の商店街で切り盛りしてきただけに、伯母はきょうだいのなかでいちばん世知に長けていた。一筋縄で行かない人間関係の裏側を見る眼も持っていたし、父が何かしでかすたびに母がまっさきに相談するのもこの伯母だった。それに応えて伯母は、わたしたち一家の身の振り方についてあれこれと助言を惜しまなかったし、実際それは理にかなっていて、有益なものが多かった。

　わたしは、伯母がみずからの命名の由来、その名をよしとせず、新たに〝信世〟と名のった事実について考えるうちに、母も含めた四人の姉妹、さらには母親や祖母たちまで女系の名を遡っていた。そして昔は判で押したように女性をひらがなで名づけてきたという事実が、あらためて気づいてみると、家族の歴史の解かれていない無意識の謎のようにも思えてきたのだった。ひらがなには意味がない。あるいは意味の痕跡を消している。ポジティブに言えば、意味の拘束から逃れている。しかし、漢字は意味を負うことなしには成立しない。いまとなっては遅いが、伯母になぜ〝信世〟と名のったのか、一度は尋ねておきたかった。おそらくはわたしの問いの主意と別に、自身のありったけの姓名判断にまつわる蘊蓄を披歴してくれただろうが……。名前とは、本質的に父母ないしはそれに準ずる他者に名づけられるものであり、名のるものではないのだろう。みずからの姓名とは、だからこの父とこの母から生まれたという事実による署名なのかもしれないが、しかし、伯母の名のりのことを思うと、人は名づけられる名だけではなく、みずから名のる名も持ってしかるべきなのではないか、とさえ思えてくるのである。

　三番目の姉が生まれてから数年後、待望の男児が生まれた。やっと生まれた未来の惣領息子は〝隆夫〟と名づけられた。このときばかりは父親を差し置いて祖父――つまりわたしにとっては曾祖父――が名づけを買って出た。大酒呑みで、あまり酒癖のよくない祖父のことを孫である姉妹はみな煙たがった。母がよくこぼしたのは、いつも一番風呂に入っては、湯につかったままタオルでごしごし体を擦って洗うので、あとから入る家人はみな湯面いっぱい浮いた垢に閉口させられたという話である。そんな祖父がはじめて誕生した男児の孫につけた〝隆夫〟という名は、地元選出の代議士、斎藤隆夫にちなんだ名だった。

わたし自身が斎藤隆夫の名を知ったのは、たぶん日本史の教科書でだったと思う。それは、昭和初期から戦前にかけて、日本という国家、そして社会が近代化以降いちばんきな臭くなっていった時代の記述に、必ずと言っていいほど登場する名ではないだろうか。

特筆されるのは、昭和十一年に勃発した二・二六事件を受けて当時の国会で行った「粛軍演説」、さらに下って昭和十五年には発足したばかりの米内内閣に対して、日華事変処理をめぐって、いたずらに戦線を拡げようとする軍部の独断専行を許している政治責任を厳しく問いつめた、いわゆる「反軍演説」だろう。とりわけ後者では、斎藤隆夫は、満州事変以来の「五族協和」とか「東亜新秩序の建設」といった美名を隠れ蓑に中国大陸において軍事力を恃んで先走り、この間一貫して立憲君主政体のありうべき政治プロセスをふみにじってきたと軍部を痛烈に批判した。これが軍幹部の逆鱗に触れ、斎藤こそ「満州国建国」に賭けた「皇国」の悲願、「皇軍」の勲《いさおし》を愚弄する亡国の徒であると轟々たる非難で迎えられた。結局、軍の意向に迎合する議員を中心に斎藤に対して除名動議が提出され、賛成多数で斎藤はいったん下野することを余儀なくされる。にもかかわらず、次の総選挙にふたたび立って、最高得票数を集めてみごと衆議院に返り咲きをはたす——こうして斎藤隆夫は憲政史上にその名を残すことになったというのが教科書的な記述の結句だが、両親のあいだにはじめての男児、つまり母の長兄が生まれたのは大正十三年だから、もちろん〝隆夫〟の名を授けた祖父はそんな代議士の来たるべき晩節の奮闘を知る由もない。おそらく当時すでに斎藤隆夫は当選を重ねて、地元ではとびきりの演説をする押しも押されもしない代議士として評価が定まっていたのだろう。

ともあれ、いくら待望ひさしい長男が生まれたとはいえ、村の過去長で遡れるかぎり、代々百姓を続けてきて、しかも親類もみな百姓という家で、こうした名をつけることは異例のことであったにちがいない。祖父が、そして両親が長男に寄せる並々ならぬ期待の重みがこの〝隆夫〟という名にかかっていたことがわかる。

昭和に改元されて二年目にはまた男児が生まれ、男兄弟の誕生に祖父はおおいに喜び、今度は〝重蔵《じゅうぞう》〟という自分の名から一字取って〝重由《しげよし》〟と名づけた。だから、わたしなんかが生まれたのはおまけみたいなもん、と昭和五年生まれの母が言うのも頷けてしまうところがあるのだが、しかし、きょうだいのなかではあいにく長兄がもっとも病弱に生まれついたらしい。

わたしも母の実家で古いアルバムに綴じられたその白皙の肖像写真を見たことがあるが、よく似た顔立ちの次兄や母のそれがともに健康そのものといったオーラを発散しているのに、この長兄はたしかに胸が薄くいかにも腺病質でたよりなげな体格だった。実際、長兄はよく風邪を引き、咳き込んだり、熱を出したりしたらしく、母が物心ついた頃は、何かと言えば母親が隆夫、隆夫と心配し、布団を敷いては寝かせていたという。

母は、年は離れていたが、怒ったところを見たことがないというほど優しく接してくれたこの長兄を慕っていた。しかし一方で、長兄や次兄ほど自分が可愛がられないことも感じていた。まだ神戸に働きに出る前の三番目の姉が家にいる頃で、家事のかたわら、女に生まれたら損なことばっかりや、と口癖のようにこぼし、それは幼い母に刷り込まれた。

家では牛を飼っていたから、仔牛の誕生も一家にとって大きなイベントだったが、男児の誕生をあれほど寿いでいた祖父や父親が、一転して今度は牝牛が生まれるのを心待ちにしているのを見て、母は素朴だが強烈な疑問を心に刻みつける。なぜ人が生まれるときは男の子が望まれるのに、仔牛が生まれるときは牝牛が望まれるのか？　問いを向けられた姉は、そら牝牛は仔牛を産めるからそれだけ高く売れるんや、と単刀直入に答えてくれたが、割り切れぬ思いを持ち越したまま、小学生の母は学校の作文にその問いを書きつづった。作文が得意だった母のその一文は、ある意味担任の女性教諭の胸に響いたのだろう。職員室でも教師のあいだで回し読まれ、いっとき物議を醸したそうである。

しかし、同じ年の冬のある夜、長兄は折から流行していた急性の感冒に罹って臥せってしまう。一夜にしてものすごい高熱が出、常備薬はおろか街の薬局に走って買ってきた薬を飲ませても、熱は下がらない。家族が不寝番で濡れタオルや氷嚢を換えながら看病したものの、翌朝、医者が往診に駆けつけたときにはすでに重篤な肺炎を起こしていて、昏睡状態に陥っていた。そして、医者の手当も病勢の急をとどめるには及ばず、長兄はその夜のうちにあっけなく息を引き取ってしまった。享年十八——あまりにも早すぎる長男の死に一家は首うなだれて打ち沈むことになる。ひとり母親だけが半狂乱になり、臨終を看取った医者に鎮静剤を打ってもらわねばならなかった。

ほんの二日前までおだやかに談笑していた長兄が、いまはもう冷たい亡骸となって目の前に横たわっている。人が、肉親がこんなにもあっけなく死んでしまうという事実は、母に生涯忘れられない衝撃を与えた。

女学校に進んでから、国語の授業で「わたしの兄弟」という題で作文を書くことになったとき、母は迷わずこの長兄の急逝前後の一部始終について書いた。それは学年で最優秀の作文に選ばれ、母は全校生の前で発表することになった。人前に立つのは苦手な母だったが、このときばかりは長兄を追慕しながら、一心に読み上げた。聴衆など眼中になく、読むことに没頭していたとき、ふいに会場のそこかしこから洩れてくるすすり泣きの声が聞こえてきた。するとその泣き声に呼び覚まされるように長兄の臨終の時がまざまざとよみがえり、自分のなかにも涙が込み上げてきて、嗚咽をこらえながら作文を読み終えることになった、というのが母の回想である。読んでるわたしのほうがもらい泣きしてしもたんよ、と母はいまも懐かしむ。

四

後年、姓名判断に凝るようになった三番目の姉は、当時を振り返り、〝隆夫〟という命名がよくなかったのだとしきりに蘊蓄を傾けた。そして、祖父が自分の名から「重」という一字を次兄に与えたことが皮肉にも次兄を跡継ぎにすることを暗示していたのだと語った。なぜなら「重」とは代を「重ねる」という意味だから、というのがこの姉の云い分だった。これは後付けの論理だが、たしかにそうかもしれないと母には納得するところがあった。

〝重由〟と名づけられた次兄――やがてわたしにとって母のきょうだいのなかでもっとも存在感の大きくなる伯父――は兄の死に目に会えなかった。機械いじりが好きだった次兄は、高等小学校を卒業すると、家を出て、職工見習いとして、兵庫県南部の都市――そこは、ほぼ四半世紀のちに家を明け渡さなければならなくなったわたしたち一家が着の身着のままでたどりついた街でもあったが――にある軍需製品を生産する工場で住み込みで働いていた。

わたしが見た当時の写真で強く印象に残っているのは、まだ少年と言ってもいい顔立ちの伯父が軍帽を被り、白地に何やら墨跡の記された日の丸をバックに唇をきつく結んで、両手で表彰状のようなものを広げている一枚である。工場ではめきめき腕を上げ、職工として将来を嘱望されていた矢先に、しかし兄の訃報がもたらされた。伯父は後ろ髪を引かれる思いで職場を去り、郷里に帰って家を継ぐことになる。

もはや世の中そのものが、後戻りの利かないまでに深く戦争の圏内へと突き進んでいた。

わたしはふと思うのだが、長兄が急逝し、伯父が急きょ家に呼びもどされた頃、それは時あたかも、長兄の名の由来となったあの斎藤隆夫が衆議院を除名され、下野したあと、地元で捲土重来を期していた頃だったのではないだろうか。ほどなくして斎藤は衆議院に返り咲くのだが、しかし時代の波濤はそんな彼の「反軍演説」や、それゆえの除名を覆すばかりの最高得票数を得ての再当選を文字通り仇花のように浮かべたまま、彼に一票を投じた人々をも戦争へとなだれ込む暗渠に押し流していった。

もし長兄が生きていたら、とわたしは考えてしまう。伯父の運命はどうなっていただろうか――。

大正十三年生まれの長兄は長らえていれば、満二十歳になる昭和十九年に徴兵検査を受けていたはずだ。厳密に言うと、この年は徴兵検査が義務付けられる年齢が二十歳から十九歳に引き下げられていて、ちなみに大正十五年生まれのわたしの父は、翌昭和二十年、十九歳のときに受けて甲種合格となり、すぐに召集されている。人一倍病弱だった長兄は、徴兵検査を受けたとしても合格はおぼつかなかっただろうが、だとしても長兄が家に健在であるかぎり、伯父は職工として都市の軍需工場に身を置くことになったはずで、それは伯父の運命を大きく変えずにはいなかっただろう。

母によれば、家に帰ってきたとき、伯父、つまり兄は大人びて口数も少なくなり、その言動も「皇国青年」のそれになりきっていたという。それは当時同年輩の男子には珍しいことではなかったが、母にはかつての温厚で笑顔を絶やすことのない少年であった兄が別人の鎧をまとっているようにも感じられた。

母は母で、亡くなった長姉の勧めにしたがい女学校に進んだものの、入学したときはすでに学校生活は戦時一色で、戦局の悪化とともにほとんど授業らしい授業も行われなくなり、勤労動員に明け暮れることになった。

わたしが何度も聞かされたのは、背中に背負子、手には鉈か鋸という出で立ちで一応登校はするものの、校門の門柱に貼ってあるルーズベルトとチャーチルの写真に「鬼畜米英」とばかり、えいっ、えいっ、と握り拳をくれると、校内には入らず回れ右をして、山道をたどって山中の炭焼き小屋をめざす。これが普段の登校風景で、雨天の日だけ、教科書を持参して校門をくぐり、教室で授業を受けたという話である。

教室よりも炭焼き小屋で過ごす時間のほうが長い学校生活。そのせいで爪のあいだや指紋にはいくら洗っても取れない黒ずみが残り、顔もいつのまにか煤けてしまうのだが、だれ一人それを恥ずかしいとも感じなくなったモンペ姿の女学生たち——母もそんな一人として黙々と鉈を振って木の枝を切り、束にして背負い、せっせと炭焼き小屋に運んだ。

唯一の楽しみは炭を焼いている窯の脇で休憩中に

文芸部の仲間と語らうことだった。その語らいは東京から疎開してきた一人の転校生が加わることで俄然活気づいた。彼女は桁違いの数の文学書を読破していて、母にとってはロシア文学への扉を開けてくれた存在だった。一年あまりの同窓だったが、母は戦後帰京したこの転校生と、彼女が他界したほんの数年前まで半世紀以上ものあいだ変わらず年賀状を交換していた。

雨天の日の教室では、昼休みに本の回し読みをするのが母たちのささやかな活動だったが、そのつかのまの楽しみに水を差しにくるのが顧問を務めていた歴史の教師だった。赤く腫らしたような団子鼻を持つこの中年の教師を母たちが〝赤鼻〟と呼んで忌み嫌っていたのは、ことあるごとに、君たち、そんな軟弱な本ばかり読まんと、ヒトラー総統の『わが闘争』を読んでみなさい、と口をはさむからだった。毎朝校門に立って、生徒がルーズベルトとチャーチルに鉄拳を喰らわしているかどうか、陰湿な目を光らせているのもこの〝赤鼻〟だった。ただ、母には単に忌み嫌うだけではなく、複雑な感情がわだかまっていた。というのも、〝赤鼻〟が授業中「挙国一致」だの「一億一心」だの決まり文句を散りばめて垂れるお説教の中身は、語彙はちがっていても、兄が家で折に触れて漏らす戦争に対する考えと、ほぼ同じだったからだ。

サイパン、グアム、硫黄島、そして沖縄までが米軍の手に落ちていき、それにつれ本土空襲がいよいよ重なり、関西でも大阪、神戸といった大都市が米軍の爆撃機の大編隊による無差別爆撃にさらされるようになると、母もさすがに戦争の行く末に暗澹たる思いを抱くようになった。神戸にいた三番目の姉は、空襲で焼け出されてほうほうの体で家に戻ってきたし、同じように都会から疎開してくる人は周囲にも増えていた。金品や着物を抱えて列車でやってきては、米と交換してほしいと村の家々を訪ね歩く人々の姿も目立つようになった。その姿を見るたび、母は、級友から仄聞していた、町では食糧が底を突きつつあるという現実を実感することになった。

人々は、農家に行けば何とか食べ物にありつけるだろうという思惑でやってくるのだが、しかし、農家は農家でぎりぎりまで供出米を吐き出させられ、ほとんどの家の米櫃には家族が食いつなげるだけの飯料米しか残っていなかった。家でも、病気で伏せりがちの母親に代わって、祖父、両親、きょうだい四人という七人家族の三食をまかなっていたのは自分と帰ってきた姉だったから、それはいつわらざるところだった。

玄関先にはたびたび一見して町の人だとわかる訪問者が米を分けてほしいとやってきたが、分けてあげられるときはまれで、駅から三キロあまり上り勾配の道をわざわざ歩いてきた彼らの窮状を気の毒に思いながらも断らざるをえないというのが実情だった。ときに祖父が応対することがあり、それは彼らには余計気の毒な結果になった。祖父はいつも邪険に断り、しかもたび重なるにつれ、人を人とも思わない態度が露骨になってきたからだ。庭先から彼らがやってくるのが見えると、祖父は彼らが玄関まで来る前に石垣の上から見下して、ありせん、ありせん、と大声で告げるのだった。まるで野良犬を追い払うような仕種で、と母は振り返ったが、生真面目な兄がその様子を見とがめると、訪問者の面前も憚らず口論になったという。

なかには収穫高をごまかして供出米を抑え、その分の米を溜め込んで闇で売って儲けている家がある、といった噂も村には飛び交っていた。敗戦直後から全開となる闇米の売買が戦時中からじわじわと山里の村落にも根を降ろしていたわけだが、母の目には、とにかくだれも彼もが食べていくことで疲弊していた。「挙国一致」とか「一億一心」とか、学校で吹き込まれる言葉がにわかに罅割れて聞こえてきたのもその頃だった。

そやけどいちばん不思議なんは、と母は遠くを見るような目をしながら、ぽつりと言った——そんな日々のなかでも、だれ一人として日本が戦争に負けるとは、つゆほども疑っていなかったのだ、と。相も変わらず虚空に打ち上げられた「本土決戦」、「一億玉砕」といった最後の幻を茫然と見つめながら——。ほんとうに奇怪で、怖ろしいのはそのことかもしれない、というのが数十年後の母の述懐である。

母が、たぶん生涯にただ一度兄が逆上するのを目の当たりにした場面があった。それは敗戦間近の初夏のことだった。

その年の田植えも例年どおり一家はそろって田圃に出た。山側の棚田から始めて、家周りの田圃、そしてその日は、最後に取りかかる川の支流沿いの平坦な一帯、一枚当たりの面積が広くいちばん稔り多い田圃だった。梅雨の晴れ間、一面に広がる水を張った田圃が鏡のように陽光を撥ね返していた。

朝から始めて午前もなかばに差しかかった頃だった。祖父が素っ頓狂な声を上げた。

――おい……えらい地響きがするがな。

足首まで泥田に浸かり、苗を持ったまま祖父は上体を起こして立ちつくした。その声に田に入っていた父親、兄、姉がおもむろに体を起こした。母もそれにならい、自分の足裏に神経を集中してみた。たしかに泥田はかすかな振動を伝えているようだった。地震かと思ったが、それにしては揺れは小刻みだった。ややあって、田植えを続けようとしたとき、今度は明らかに足の裏にはっきりと地響きが伝わってきた。そして、それはいっそう持続して感じられた。

――こりゃあ、きっと姫路あたりが空襲に遭うとるんじゃ！

祖父は断言するように言った。

大阪、神戸が米軍の空襲によって炎上し、その惨状を身近で見聞きするばかりかみずからも被災していた姉の話では、その恐れはおおいにあった。祖父は、押し黙ったままの家族にダメを押すように続けて言い放った。

――こんな何十里も離れた山里の田圃にまで空襲の地響きが伝わるようじゃあ……戦争は負けじゃ！もう日本も終わりじゃ――。

次の瞬間、泥を蹴散らして大股で祖父のもとへ歩み寄る兄の姿が目に入った。兄は血相を変えていた。そして頭ごなしに怒鳴りつけた。

――重蔵お爺！　ほんまにそう思うんやったら、いますぐ納屋へ戻って首括って死んだらどうやっ！

あまりの兄の剣幕に、祖父は腰を抜かしたように泥田に尻餅をついてしまった。

晴れわたった初夏の田園にゆるやかに流れていた時間が一瞬にして凍りついたようだった。

あとでこの日のことを振り返ったとき、母には兄の心情が痛いほどわかる気がした。

現実に起こっていたのは、はたして祖父の言ったとおり米軍爆撃機によるはじめての大がかりな姫路空襲だった。爆撃の標的となった飛行機工場一帯には、兄が住み込みの職工として働いていた関連部品を生産する工場も含まれていた。祖父が足裏に地響きを感じとり、過たず空襲だと察知したとき、兄は反射的にそのことに思いを巡らせたのではなかったか。

かつて寝食をともにした同僚たちがいましも空襲による業火に焼かれている。それはひょっとしたら兄自身の運命だったかもしれないのだ。もし自分がそこにいたら、という思いは胸中渦巻かずにはいなかっただろう。あるいはそれは、自分もまたその生産点に身を置いているべきではなかったかという呵責とめまぐるしく入れ替わったかもしれない。

わたしの父が満十九歳で徴兵検査を受け、そのまま召集されたこの年、時の東條内閣は、さらに動員力を高めようと徴兵検査が義務づけられる年齢を満十七歳以上へと引き下げている。しかも十七歳未満の男子についても、志願すれば徴兵検査は可としているから、実質的に兵役を担える男子は年齢にかかわらず総動員しうる体制を整えたわけである。新聞の紙面は、徴兵検査に合格した、伯父と同年輩もしくは年少の少年兵の姿を報じていた。

――自分もすぐあとに続く。空襲で亡くなった仲間たちの分も戦う覚悟はできている――これは母の、というよりわたしの伯父の心中への忖度だが、そうした心中を容易に明かさなかった伯父の、もはや口外する必要もない魂魄だったのではないか。そして、その魂魄が唯一賭けられる対象としてあったのは「本土決戦」、「一億玉砕」という幻以外になかったのではないだろうか。


この年の夏、母には忘れられない出来事――時の断面があまりにも強く鮮烈な光を放っているので、その眩しさがほかのいっさいを翳らせてしまうような出来事が三つあった。一つ目は、田植えの日、あの兄が逆上したこと、二つ目は、日本が戦争に負けた日、その第一報を聞いたときのことだった。

八月十五日、この日も一家は朝から炎天の野良に出ていた。昼前に昼食を摂るためいったん三々五々家路についた。姉とともに畦道から日を浴びて白く光る坂道に出たとき、町のほうからやってくる何やら大声で囃し立てるようにかしましい一団と出くわした。

——えらいこっちゃあ。日本が戦争に負けたでえ。昼から天皇陛下のラジオ放送があるらしいでえ。……町役場のほうは、こないなっとるわぁ。

先頭で盆踊りの仕種よろしく手に持った団扇を大気を煽るように忙しく動かして、大声を張り上げながらやってきたのは、麦藁帽を被り、単衣の着物を尻からげした、何かと耳が早く、頼まれもしないのにいつも村じゅうに触れまわる役を任ずる人物だった。そのあとをぞろぞろついてくる人たちのなかには近所の顔見知りも混じっていたが、母たちには目もくれず、みな一様に紅潮した顔つきで村の上《かみ》のほうへ歩いていった。

立ち止まって彼らをやり過ごし、思わず姉と顔を見合わせながら、……ほんまやろうか、という言葉がほぼ同時に二人の口を吐いて出た。

——日本が戦争に負けたやなんて……何かのまちがいだろう……

第一そんなこと、あんなにはしゃいだように口にすることがらではないはずだ。彼らの昂奮ぶりが異様に思え、あらためて怪訝な気持ちで一団を見送りながら、母は歩度を速めた。日は中天に高く、坂道の照り返しは目を細めなければならないほど強くなった。

日本が戦争に負けたという公的な事実をはっきり告げられたという経験が、結局母には残らなかった。家に帰ってすぐラジオをつけ、病気がちで臥せっていた母親も助け起こし、一家は神妙にいわゆる玉音放送を聴くことになるのだが、母の記憶では、それは始終雑音で寸断されるうえに、音声もひどく聴き取りにくく、ほとんど内容が理解できないものだった。のちに新聞紙上でその全文を目にして母が思ったのは、漢文調の古めかしく難しい文体ではあったが、明瞭に聴き取れてさえいれば、その言わんとするところ――ポツダム宣言を受諾し、無条件降伏するという趣旨だけは自分でも理解できただろうということ、そしてひるがえって考えれば、当時、村でラジオ放送だけでそのことを受け止められた人はほとんどいなかったのではないか、ということだった。

日本が負けたというのはほんとうのことなのだろうか？　それならなぜ、その日と同じように明くる日がやってきて、また次の日も同じように明けていくのだろう。長兄が亡くなったときのように、家族みんなでぎりぎり堰止めてきた生を決潰させるように訪れる決定的な死の瞬間、そしてそれに続く喪の時間を経験することのないまま時が過ぎていくのが不思議だった。

不思議と言えば、そんな宙吊りにされたような敗戦直後の時間、兄がどんなふうだったか、母はあまり憶えていなかった。周りの人間がみな貧しくも変わりない日常に埋没するなかで、兄だけは茫然自失し、気配を消してしまっていたのだろうか。

ただ母には、田植えの日の光景――あの温厚でおとなしい兄が祖父に怒りを爆発させた場面がますます鮮明によみがえってくるのだった。母の知るかぎり、日本がほんとうに戦争に負けてしまう以前に、そのことを言い放ったのは祖父だけだった。もちろん祖父にそれを見通すだけの見識があったわけではない。代々受け継いで守ってきた大事な田圃の泥深く浸かったみずからの足裏に伝わってきたただならぬ地響き――。祖父に思わず敗戦を口走らせたのは、その土着の百姓としての、かたくなな、なけなしの身体感覚にすぎなかっただろう。しかし、それは兄にとって、自分が持ちこたえ拠り所にしてきた「挙国一致」、「一億一心」、あるいは「本土決戦」、「一億玉砕」といった檄語の世界を一瞬にして霧散させてしまう許しがたい暴言だった。しかもいまとなっては、それは過たず現実を指さしていたことが白日のもとに曝されてしまっている――。あの日、兄のあまりの剣幕にうろたえて尻餅をついたのは祖父だったが、心の奥底でほんとうにうろたえていたのは兄のほうだったにちがいない。

五

ここで一挙に時間を速回しすることになるが、わたしは、母のこうした一連の話を聞きながら、わたし自身が経験したある身体感覚を遠く呼び覚まされていた。昭和二十年の初夏に米軍の激しい空襲を受けた都市から母の実家のある村——わたしにとっての曾祖父がその地響きを足裏に感じた田圃までの六十キロあまりの距離を、わたしは高校三年の夏休みに自転車で走破したことがあったからだ。

当時、その都市にある高校の硬式野球部にいたわたしは、最後の夏の大会となる県予選に臨んでいた。春先から好調で快進撃を続けたわたしたちのチームは、数年ぶりに百十数校の出場校中十六校選ばれるシード校の一角に名を連ねていた。しかもチームの監督は、ほかならぬその数年前にシードされたチームの主将として県大会をベスト8まで勝ち上がった経験があった。「目標ベスト8」——当然のようにこれが合言葉となり、わたしたちの鼻息は否が応でも荒くなった。しかし、間の悪いことに大会直前にエースが故障で投げられなくなり、代わって登板した手薄な控え投手が四死球を出しては打ち込まれ、チームはシード校にもかかわらず初戦でコールド負けを喫するという屈辱を味わうことになってしまった。わたしの高校野球最後の試合は、こうして一時間半ほどで終わった。その半分以上の時間をサードの守備位置にいて、次々とホームベースに生還する相手チームの選手の背中を見送りながら……。

——しばらく野球のことなど考えたくもない。わたしはそう思った。それで——衝動的にというべきかもしれないが——思い立ったのが、高校野球の喧騒から遠い母の実家にこもって、ほっぽらかしにしていた受験勉強でもやってみようということだった。もとより首尾は問題ではなかったのだが、それにしても、なぜ自転車で行こうなどと思ったのか。悪夢のような初戦コールド負けのやるかたなさ、体じゅうに疼いている持ち腐れの戦意を一刻も早く費消してしまいたかったからか。不思議なほどわたしに迷いはなかった。

自転車は通学で乗っている変哲もない三段変速のサイクリング車だった。家人がまだ寝静まっている早朝、わたしは、後ろの荷台に着替えと教科者や問題集、参考書類を入れたスポーツバッグ、前籠にバッグに入りきらない辞書などを入れた紙袋を積み、出発した。最初の二十キロこそ快調だったが、真夏の太陽が高く上り、日射しが容赦なく身を灼きはじめる頃、少しずつだが蜿蜒と上がり勾配になって続く道中にしだいに体力を奪われていった。吹き出した汗が目に入り、ペダルを踏み込むたびに大腿四頭筋が鉛のように重くなる。立ち漕ぎしようとして前籠に積んだ紙袋の重みにハンドルを取られ、辞書など持ってこなくてよかった、従弟のを借りればいいのだから、と後悔に駆られる。

途中何度か休憩しながら、見覚えのある峠道に差しかかったとき、そのむこうに待っている郷里の街を感じ、懐かしさと活力が身内に広がったが、しかし、蛇行しつつ街に入る旧街道から岐れてまっすぐ北を指して伸びている未知のバイパス道路が目に入ると、わたしは迷わずその近道を選んだ。街を過ぎた先に待っている最大の難所たるあの「分水嶺」を越えるまではできるだけ体力を温存しておきたかったからだ。昔の因縁のわだかまっている街並み、そして生家の前を通ることを避けたいというわたしのなかの思いがそうさせただけかもしれないが——。

そして、ありったけの力をふりしぼってペダルを踏み込み、汗だくでそこを越えたとたん、道は急な下り勾配になった。何キロものあいだペダルを漕がなくていいどころか、ブレーキをかけながらでないと走れないほど自転車は加速した。顔は猛烈な空気抵抗になぶられ、ハンドルを持つ両手に激しい振動が伝わり、この間、たぶん時速四、五十キロぐらいのスピードが出ていたのではないか。対向車が大型のトラックのときなど、すれちがいざま危険を感じるほどの風圧を浴び、いつのまにか全身の汗は退《ひ》いていた。こうして上りの四十キロで汗だくになった全身の疲労が、下りの二十キロでおのずと恢復するという道のりをわたしは三時間半ほどかけて走破した。

炎熱、汗、渇き、疲労、恐怖感すれすれの風を切るスピード感——この「分水嶺」を越えていく道のりが三時間半かけてわたしの体に刻み込んだもろもろの感覚の紆余曲折の記憶からは、その距離を一挙に伝播してしまう空襲の地響きというものは、やはり、とうてい想像できなかった。その分、母の語るあの田植えの日の曾祖父の言動のほうが昔話的な牧歌の陰影すら帯びてしまうのだが、それはしかし、わたしの身体感覚が、どのように反芻しても昭和二十年の米軍爆撃機による空襲——雨あられと降り注ぐ爆弾や焼夷弾が地上で炸裂し、燃え上がり、人やモノを焼き尽くしてしまう無差別爆撃という歴史的経験についに届かないことを冷徹に物語っているのだろう。高校三年の夏、汗だくで自転車のペダルを漕いでいたわたしの足裏の感覚は、地響きする泥田を踏みしめていた曾祖父の足裏の感覚とはけっして通底できないのだった。

もっとも、わたしと曾祖父とはそもそも時空を共有したことはないのだから、それも仕方がないと言えば言えるのかもしれない。

敗戦を告げられた夏、伯父は、六十キロあまりの道のりを自転車で走破したときのわたしと同じ十八歳だった。そのとき伯父は、曾祖父とともにしていた時空が視野のなかで激しく歪み、捩れ、軋みを立てるのを聞いたのではないだろうか。そして、同じ田に足を踏みしめていた曾祖父に敗戦を宣告されて激昂し、死ね！、と口走った自分はこれからどのように生きていけるのか、いや、死ぬべきなのか、という不可能な問いに乗り上げてしまったのではないだろうか。おぼろげに覚悟していたみずからの遠からぬ死の後ろ盾であった「本土決戦」も「一億玉砕」も、曾祖父の、身の丈のエゴそのものである即物的なリアリズムに逆に死を宣告されていたのだ。

しかし、とわたしは思う。「本土決戦」、「一億玉砕」こそ、伯父にとっての牧歌だったのではないか。じつは誰もがそうと知らず発していた、とてつもなく血なまぐさく救いのない戦いへの叫喚に、少年の日の伯父は、ブレーキをかける術も知らないまま急坂を滑り落ちるように唱和しつつ、晴れやかで勇ましいだけの牧歌の甘美な旋律を聞いていたのではないか、と——。

母にとって忘れられない三つ目の出来事が起こったのは、敗戦の日から一カ月経つか経たない頃だった。母は、ふたたびあの村の御触れ役とも言うべき人物の囃し立てるような甲高い声を聞いた。今度は庭先にいて聞こえてきたその声は、こう伝えていた。

——アメリカさんが来るらしいでぇ。明日あたり進駐軍の車がぎょうさん町に入ってくる、言うとるでぇ……。

母にとってそれは、敗戦の知らせよりも、具体的な恐怖が差し迫ることを感じさせる点で身を固くさせるものだった。アメリカとの戦争に負け、米軍に国土を占領されるということは、すなわち男は殺され、女は犯されることであり、そのような所業をなす「鬼畜米英」たる敵と日本は決死の戦いを戦っているのだと散々吹き込まれてきたからだ。

——こんな田舎にまで、もう米軍の魔手は伸びてきたのか。

そう思いながらも、しかし、母は「アメリカさん」という言葉に微塵も緊迫感が感じられないことがいぶかしかった。

そもそも戦争に負けることの恐怖と悲惨を母たちに植え付けていた学校が煮え切らなかった。二学期が始まって、炭焼き小屋への勤労動員はなくなったが、土を掘り返して畑として耕していた運動場を元に戻すという、徒労感を蒸し返されるような新たな勤労動員に母たちは駆り出されるばかりで、授業らしい授業もない学校生活は相変わらずだった。教師たちの誰一人、これからの日本がどうなるのか、生徒たちは何をめざして生きるべきか、その片鱗でも母の胸に届くような言葉で説くことはできなかった。

現実に起こってしまったらしい敗戦と、それを受けとめる言葉とがおそろしくちぐはぐで、その裂け目をなし崩しに開いていくように時間は見当のつかない方位へと進行していた。そんなときにもたらされた進駐軍がやってくるという報は、敗戦という事実が自分たちが足を着けて立つほかないこの村をすでに羽交いじめにしていることを母に思い知らせた。それはまぎれもなく身近に迫る破局であるはずだった。ところが、その破局をともにこうむるはずの周囲の空気には、何か目に見えない真綿のような緩衝帯が朦朧と棚引いているようだった。誰も逃げも隠れもせずに、さしあたりの茶飯事に恬淡といそしんでいる。敗戦の知らせを聞いたとき、顔を見合わせて、ほんまやろうか、と囁きかわした姉もあまり動ずるふうもなく夕餉の支度に余念がない。進駐軍がやってくるという知らせと、そのことに無頓着に進行しているように見える暮らしの時間、その双方から宙に吊られるように母は呟いた。

——これはみんな、ほんとうのことなんやろか。

翌朝、朝餉の支度をしようと台所にいた母と姉を納屋に通じている戸口から呼ぶ声が聞こえた。兄の声だった。行ってみると、兄はいつにない出で立ちで立っていた。軍帽を被り、背中に使い古しの背嚢を負ったその姿は、軍需工場で職工として働いていたときのそれだった。ただならぬ気配を感じている二人に兄は淡々とした口調で告げた。

——わしは死に場所を探す。……姉ちゃんらは……淵《ふち》に身ぃ投げえ。

淵というのは、坂道を奥の村のほうへ二百メートルほど上ったところに築かれた堤が湛えているかなり大きな溜池の通称だった。このときまた母は姉と顔をあらためて顔を見合わせることになる。

神戸空襲で務めていた洋裁店を焼かれ、命からがら家に帰ってきた頃、姉は夜毎、床を並べて寝る母にその想像を絶する恐ろしさ、酸鼻を極めた焼け跡の光景について憑かれたように語った。

——火で焼かれるんは絶対いやや。

目に焼き付いて消えない黒焦げの屍体を振り払うように姉は何度も繰り返した。あんな死にざまを強いられるくらいなら、みずから死を選んだほうがましだとさえ言い、思いつめたまなざしで、もしいまここで死ななあかんとしたら、あんたはどうする？ と出し抜けに問いつめてきた。そんなこと考えられないと答えると、姉は畳みかけるように、うちは淵に身を投げる、ときっぱり言ったのだった。

そんな姉妹の一夜のやりとりを知る由もない兄が

いま、突拍子のない死出の宣言とともに、はからずも姉がひそかに思い決めていたはずの死に場所に図星を指してきた。たがいに見交わしながら母が姉の顔に認めたのは、その驚きと、もう死に場所のことなんか忘れていた自分を照らし出されたようなバツの悪さだった。

しかし、兄はそれだけ言うと、踵《きびす》を返してゆっくりと庭を横切り、坂を下りていった。まるで、下《しも》の田圃の草取りをしてくる、とでもいうような歩調で……。

——兄さん……どないするつもりなんやろ。

——重《しげ》ちゃんの考えとることは……ようわからん……。

台所に戻り、とりあえず朝餉の支度を済ませた頃、父親が起きてきた。兄の姿が見当たらないのに気づいた父親に、シゲはこんな早うどこ行ったんや、と聞かれた母は事情を説明しようとして姉に強く袖を引っ張られ、朝早く出て行ったが、どこへ行くのかは別に聞かなかったと答えた。嘘をついたわけではないが、隠し事をしたという気持ちが朝食を食べているあいだも尾を引いた。

朝食が済むと、病気がちで伏せっている母親の世話や家事を引き受ける姉を残して、いつものように自分と弟は登校し、父親と祖父は野良仕事へ出かけた。しかしその日は汽車での行き帰りのあいだも、女学校にいるあいだも、兄のことが喉に刺さった小骨のように気になってならなかった。あとでわかったことだが、父親に兄が家を出ていく際に告げた言葉を隠そうとした姉もまた、兄の行方が気にかかり、昼食のあと母親が午睡しているあいだに、こっそり家を抜け出し、淵まで行ってみたらしい。兄を探しに行ったというわけではないが、自分の口を吐いて出てしまった死に場所の磁力のようなものを恐る恐る確かめたいという気持ちに体が引っ張って行かれたのだという。ただし、堤の上を行ったり来たりしたものの、水面を覗き込むことだけはどうしてもできなかったようだが——。

友人と連れ立って下校し、駅に降り立ったとき、母は駅前から街道筋にかけて普段とちがう人出があるのに気づいた。そして友人と別れ、人垣を縫うように一人家路を急いでいたときだった。背後から分厚く響くエンジン音が迫って来た。振り返ると、何台かの自動車が車体を連ねて走ってくる。軍用トラックを挟んでジープが数台——その全体が草色の車列があっという間に母の眼前に近づき、猛スピードで北へと走り去って行った。

やがて母が嫁ぎ、そこでわたしや妹を産むことになる商家の前を、そして幼いわたしと妹を連れてバスに乗って里帰りすることになる街道を、さらに高校三年のわたしが汗だくで自転車のペダルを漕いで越えることになる「分水嶺」をいっさんに通り過ぎてきたはずのその車列を、人々に交じって母はただ茫然と見送った。最後尾のジープに乗っていたヘルメットを被った兵隊服の男が一瞥をくれたようだったが、そう思ったときには彼の長い首からうなじにかけての肌の白さが目を射ただけだった。

あれが「鬼畜米英」と呼んできたアメリカの進駐軍? どちらかと言えば、「アメリカさん」と呼んだほうがふさわしいような——。

あまりのあっけなさに母は立ち尽くしていた。例の人物は「町に入ってくる」と触れまわっていたから、進駐～占領されるのでは、と戦々兢々たる関心を掻き立てられた人も多かったろうが、話半分どころか事実は一割、いや一分にも満たない、ただ街道を通り抜けるだけのことだったのだ。しかも、その瞬く間の通行は、おまえたちのことなど眼中にない、そこ退《の》け、そこ退けと言わんばかりの走りっぷりだった。

肩の力が抜けたようになって歩き出したとき、にわかに兄はどこにいるのだろうという思いが突き上げてきた。

あとから考えてみると、兄がある場所で発見されたのはちょうどその時分のことだった。兄は、きょうだい全員が通った小学校——当時の呼び名で言えば国民学校の一角にある奉安殿の玉砂利にへたり込んでいたところを初老の小使さんに声をかけられたのだった。その日、兄がどこをどのように彷徨したのかは、兄自身が語ろうとしなかったから結局のところわからない。ただ、兄のことを覚えていて、父親とも知り合いだった小使さんの話では、発見されたとき兄は憔悴し、目はうつろで、服も着くずしていて、何を聞いても答えられない状態だったらしい。小使さんはなだめるように兄を立ち上がらせ、家まで送っていくと申し出てくれた。

その頃、父親は野良仕事を終え、畦道から坂道に出たところで兄を探してくると告げて家へ帰る祖父と別れ、街道のほうへと下った。その途中で小使さんに伴われた兄とおあつらえにばったりと出くわした。こうして兄は父親とともに家に帰ることになるのだが、二人とも無言で帰って来たので、姉もいつ帰って来たのか気がつかなかった。

父親に付き添われて帰る道すがら二人のあいだにどんな言葉が交わされたのか、それはもうわからない。母が憶えているのは、その夜、兄は家族の目を避けるように食卓にも顔を出さず、早々に床を取ってしまったということだ。ところが翌朝、母と姉が起きて台所に行くと、すでに起きていた兄は麦飯でお結びを作って黙々と頬張っていた。それからの兄はゆっくりと時間をかけて、生来の温和で、篤実な人柄に戻っていったような気がすると母はしみじみと振り返った。

六

この敗戦から一カ月前後の頃に起こった伯父の死出をめぐる未遂のエピソードを聞いているうち、わたしのなかに啓示のようによみがえってくる母の実家でのふたつの忘れがたい思い出があった。

ひとつは、二階のほぼ全体を占めている納戸で同い年の従弟が持たせてくれたあの抜き身の小刀、その柄巻きを握りしめたときの感触だった。

伯父は死に場所を探して家を出たとき、あの小刀を背嚢のなかに忍ばせていたのではないか。それは代々家に受け継がれてきたもので、百姓が表向き帯刀できなかった名残でずっと納戸の長持ちのなかに保管されてきたのだろう。むろんちゃんと鞘に収まった姿で——。あの納戸の薄暗がりのなかで小学生のわたしの掌にずっしりと重みを伝えてきた鈍色の刀身を思い起こすほどに、その鞘を払ったのは、母の語る米軍進駐の日の早朝、家を飛び出した十八歳の伯父だったにちがいないと思えてならなかった。

話はもはやわたしの想像の域に入っているわけだが、その日、伯父は死に場所を求めて彷徨したというよりも、おそらく死に場所は決めていて、ただ覚悟が満ちるまでどこかに身を潜めていたのではなかろうか。

――「本土決戦」、「一億玉砕」という牧歌は霧散してしまったとしても、そこに自分が吹き込んできた抜き身の魂魄はこの現実のどこかに突き立てられねばならなかった。そうでなければ、自分は戦いの何ものも経験しないまま、生ける屍のように敗戦後の現実のなかに遺棄されるほかない。

伯父は無意識のうちに、ただひとり負け戦を経験しようとそこに赴いたのではないだろうか。そのためのなけなしの手段が納戸の長持に眠っていた小刀とみずからの身体だったのだが、しかし、結局それらを交わらせることはできなかった。おそらく身体そのものがみずから殉じようとする牧歌に激しく抵抗したからだ。牧歌に魂魄を供することはできても、身体を殉じさせるには越えがたい懸隔があることを伯父はこのとき思い知ったことだろう。抜き身の小刀をみずからの身体に正しく致命的に突き立てるためには、精神の専横に身体を倒錯的に従属させる技法を操らねばならないからだ。だが、伯父の精神はあまりに若く、未熟で、そして何よりも健康だった。

こうして伯父の死出は未遂に終わった。ただ、伯父は鞘に戻すことを考えずに小刀を抜き放ったのではないだろうか。それは一度きりの行為でなければならず、だからこそ鞘はどこかに捨て去られた。そのとき伯父の魂魄は、おのずと元の鞘に収まることを放棄していたのだろう。もはやどこにも回収しようのない情動の燠《おき》を冷ましながら、そして悲愴な滑稽さともいうべき自身の行為の余韻を噛み殺しながら、伯父は敗戦後のいくばくかの時を緘黙しつつ生きたにちがいない。たとえその姿が周囲には抜けがらのように見えていたとしても――。

もうひとつの伯父にまつわる思い出はわたし自身

の身体の痛み——伯父の節くれだった手の指で鋏《やっとこ》のようにつかまれた二の腕に刻み込まれた痛みの記憶である。

あれはたしか小学校四年の夏休みのことだ。その頃わたしの精神状態は、父の金銭上の不始末をめぐって紛糾する家の雰囲気に当てられ、かなり鬱屈していた。家にいるあいだは抑え込んでいるのだけれども、母の実家に来ると、なぜかそれを解放したいという衝動に駆られるのだった。家に帰る日が迫ってくるにつれ、その衝動は昂じた。

翌日はもう家に帰ることになっていた、お盆も終わるという日の午後、わたしは従弟と川遊びに出かけた。石垣の植え込みが作る緑陰をくぐり、日盛りの坂道を横切って白く光る砂利道を川の方に降りて行くと、先に来ていた従兄が釣り糸を垂れている木橋のたもとから土手の草むらを踏みしめて河原に降りていった。街道沿いに流れ日本海に注ぐ川の支流であるその小さな清流は、わたしたちにとって格好の川遊びの場所だった。

浅瀬でメダカを追いかける従姉や妹を尻目に、わたしは従弟とともにゴム草履のまま川のなかに入り、じゃぶじゃぶと川上へ遡っていった。わたしたちの背中に、あんまり奥へ入るなよ、という従兄の声が飛ぶ。従兄はもう高校生だったはずだ。かまわずわたしたちは少しずつ水かさが増してくる川上へと足を踏み入れていった。

わたしは、上流の岩陰に身を潜めている魚を手づかみにしたり、草の繁茂する川岸をザルで浚って川海老を捕まえたりするのに熱中しはじめていた。獲物は持ち帰って庭の裏の池に放つ、それだけのことなのだが、じつは従兄に倣って釣りをしたくないばかりにわたしは従弟を促し、無言で上流へと踏み行っていくのだった。

数日前まで従兄の手ほどきで木橋の上から三人並んで釣り糸を垂れていたとき、釣果は従兄が一番、従弟が次で、わたしはかなり差をつけられてビリというのが定番になっていた。透きとおった流れのなかで、わたしの釣り糸の先の針の周りで遊ぶように身をくねらせては逃げていく魚たち——わたしはおもしろくなかった。わたしにとって母の実家で経験する出来事は、すべからく自分が家で被ってきた精神の暗雲を吹き払ってくれる昂奮で満たされているべきだったからだ。わたしは釣り竿を投げ出し、さらなる昂奮を与えてくれる獲物を求めて、経験豊富な水先案内人である従弟をうながして川を遡った。しかし、連日わたしたちが荒稼ぎしたせいか、その日の獲物は乏しかった。両岸から枝を差し交わした木々の、重なり合う葉叢を通して降り注ぐまだらな陽光を浴びながら、わたしはいつしか従弟の先に立って、波を蹴立てるように流れの奥へ奥へと入って行った。

それまでは川の深さが膝頭を越えるあたりまで来れば、獲物もそこそこ獲れ、体もほどよく疲れてくるので、そろそろ引き上げようという雰囲気が二人のあいだにできあがったのだが、その日はわたしが依怙地になっていた。遅くなるから、もう帰ろうという従弟に耳を貸さず、行けるところまで行ってみようと言い張った。

しぶしぶついてくる従弟とさらに行くと川幅は急に狭くなり、流れは冷たく、そして速くなった。頭上をトンネル状に覆いはじめた木々の枝葉のせいで川面も暗くなった。川幅が二、三メートルほどになり、水深が半ズボンの裾を足の付け根までたくし上げたわたしたちの太腿の上のほうまで及んだとき、この先は蛭がいっぱいおる。岩場もないから魚を手づかみするのは無理や。ぼくはもう帰る、と従弟が言い出した。その言葉に呼応するように、どこから現れたのか一群の羽黒トンボが川の精の使いだとでも言うように音もなく飛び交いはじめた。わたしは舌打ちをして、手に持っていたザルで川面を打ちすえた。

仕方なく引き返そうとしたとき、水面を透して自分の太腿のあたりに黒っぽい影のようなものが見えた。顔を近づけて覗き込むと、何とイモリが二、三匹、内腿にへばりついていたのだった。わたしは悲鳴のような大声を張り上げ、手で水中の太腿を叩き、そしてもがいた。その拍子に川底の砂に足を取られ、水面に体ごと突っ伏すように倒れ込んでしまった。全身びしょ濡れになり、必死で起き直ったわたしは、流れが、脱げた片方のゴム草履を川面に浮かべて、わたしたちが帰るべき川下へと運び去るのを見送るしかなかった。

従弟はわたしを助け起こそうともせず、ひとしきり腹を抱えて笑っていた。まるで今日いちばんの、とびきり愉快な出来事だというように——。川下へ引き返しながら、わたしはさんざん毒づき、当たりちらしたが、従弟は笑いをこらえながら、ぼくが止めたのに、あんな奥まで行こう言うたんは自分やで、と返してきた。まったくそのとおりだった。

ようやく木橋が見えるところまで戻ったときには、従兄たちの姿はなく、空は暮れかかっていた。このまま濡れ鼠で帰るのは何としても癪だった。わたしは流れていったゴム草履を探すと言って、木橋の下をくぐり、行ったことのない川下まで足を伸ばそうとした。そんな草履なんかほっといて、早よ家に帰って風呂に入らなあかんと、従弟は今度は真顔でたしなめた。日が暮れてしまうまでのあいだだけと、わたしはなおも言い、コンクリートでできた堰の低い段差を降りた。

流れは堰でゆったりと貯えられ、そこから川筋は細くなり、川幅の約半分が両岸の河原に占められていた。もうゴム草履を探す気も失せていて、ただ引き返す踏ん切りがつかないまま、もう片一方のゴム草履を手に持って裸足で河原の平坦な砂地を歩いた。すると、目の前に膝の高さほどで整然と一列に並んだものが現れた。近づくと一つひとつは石を積んだ簡素な台座に果物や花が供えてあり、どうやらお盆のお供え物のようだった。見ていてもいっこうにおもしろくもなく、わたしは、投げやりな気持ちで何となく手近なひとつをゆっくり蹴り倒した。と、遅れて歩いていた従弟が強い制止の声を上げて追いつき、わたしの肩をつかんだ。昂ぶったわたしは従弟の手を振りほどき、走りながらそれらの列を撫で斬りになぎ倒していった。体は濡れているのに、顔はほてって、呼吸は荒くなっていた。そのとき、背後から従弟のものではないよく通る声が聞こえた。振り返ると、木橋の上から従兄がわたしたちの名を呼んでいた。わたしたちを心配して呼びにきた従兄の目に、わたしの狼藉の跡は隠れもなかった。わたしたちは首根っこをつかまれるようにして家に連れ帰られた。

居間の上がり框でわたしたちを迎えた伯父の、従兄から一部始終を聞いたあとの、その豹変をどのように言えばいいだろうか。いまもそれを形容するにふさわしい言葉が見つからない。というのも、伯父は表面的には無表情に見えたからで、ただ眼だけを大きく見開いて土間に降りると、突然わたしたちの腕をつかみ、外に連れ出した。伯父の太い指が喰い込んだ二の腕がひどく痛かったのに、声を出さなかったのがわれながら不思議だった。間髪を入れず厩《まや》の柵を開けると、伯父はその暗がりなかにわたしたちを放り込み、荒々しく閂を下した。突然の闖入者に驚いたのか、牛は間の抜けた一声を発した。この間、せいぜい数十秒間の出来事だったのではないか。この容赦のない迅速さ、しかも、終始無言で無表情であったことが、伯父の行為にある妖気すらまとわせていた。わたしが「痛い！」という声を発することさえできなかったのも、その妖気のなかにすっぽりと包み込まれていたからではないだろうか。

真っ暗な厩のなかで稲藁と牛糞の匂いに全身が包まれた頃、従弟がしくしくと泣きはじめた。わたしは、はじめて従弟に済まないことをしたという後悔の念に駆られた。稲藁の上にしゃがみ込んで膝に乗せた両腕に顔を埋めている従弟の背中にわたしはそっと手を置いて、謝った。しかし、今度手を振りほどかれるのはわたしの番だった。わたしは従弟の悲しみがよくわかった。自分は止めたのに、いっしょにやったと決めつけられ、いま暗くて臭い厩に閉じ込められている。もしそんなふうに父親に誤解され、懲らしめられたら、だれだって悔しくて泣きたくなるだろう。では、そのときわたしを見舞っていた感慨は何だったのだろうか。それは悲しみではなかった。強いて言えば、わたしは怖ろしかったのだ。

その頃のわたしは、祖父が憤怒の形相で怒声を上げたり、父が口をきわめて悪態をついたりする場面を家で何度も見ていたので、大人が怒りや憤懣など激情を発するときの言動には慣れっこになっていたと言える。しかし、この夜の無表情のまま一言も言葉を発しない伯父の怒りの表現——わずか数十秒でわたしたちを引き据え、有無を言わせず厩に放り込んだふるまいの、体全体から燃え立つような怒気は、祖父や父のどなり声などと比べものにならないほどの恐怖をわたしに与えた。

この夜のことを思い起こすと、わたしは、伯父が魂の奥深く埋蔵していた抜き身をそのとき一閃させたのだと思えてならないのである。

この夜、わたしは、自分が風呂と食事にありつけたのか、布団に入って眠りについたのか、まったく憶えていない。やがて全身を疲労が浸し、従弟と同じ姿勢で稲藁の上にしゃがみ込み、うとうととしては、牛の荒い鼻息がかかったり、尻尾が触れたりして目を覚ますということを繰り返しているうちに、とてつもなく長い夜をそこで過ごしたという感覚だけが残っている。

翌朝になっても、伯父はこの件について、一言も叱ったり、小言を言ったりしなかった。ただ憶えているのは、帰りのバスのなかで、夕べあれから伯父と従兄は懐中電灯を持って河原へ行き、お供え物をできるだけ元に戻し、それから伯父はそれらを供えたらしい付近の家を一軒一軒訪ねて、謝ってくれたという話を母から聞かされたことだ。わたしと従弟は、伯父が帰ってくるまで、伯父の言いつけで厩のなかで寝たままにされていたらしい。

いま母のきょうだいで健在なのは、次姉、次兄、そして末っ子の弟の三人である。わたしにとっては、木橋で釣りの手ほどきをしてくれた従兄の母親である伯母、抜き身を埋蔵しつつ一家の当主となった伯父、そして庭で写真を撮ってくれた叔父ということになる。母の三番目の姉である、みずからを名づけた姓名判断の伯母は、旺盛な生活欲が衰えることはなかったが、極端な医者嫌いがたたって死病の発見が遅れ、二十年ほど前、古希を過ぎたばかりで世を去っていた。

数年前のことだが、伯父の連れ合い、母にとっては従姉に当たる嫂が八十三歳で亡くなり、葬儀、一周忌、三回忌の法要と、親戚が一堂に会する機会がたび重なった。母の次姉である伯母は齢九十を越え、わたしは十年以上もこの伯母と会ったことがなかったが、従兄によれば、介護施設に入っていて、だんだん赤ん坊に戻っていくようで、こういう場に出るのはもう無理だとのことだった。伯父は、ひさしぶりに集まった甥たち、姪たちを見ても、だれがどの姉や妹や弟の息子なのか、あるいは娘なのかを見分けることができなくなっていた。母はさすがにそんなことはなかったが、だんだん耄碌していく次姉と兄の背中を見ながら、自分もいずれああなるだろうと諦観じみた嘆息を洩らしていた。

三回忌の法要のときには、母とわたしと妹が実家に着くと、同い年の従弟がすぐに伯父の前にわたしたちを連れていき、親父の妹の息子と娘やで、と説明してくれた。伯父は、しばらくわたしと妹の顔を見つめると、おう、おう、と相好を崩し、何度も頷いた。

寺での法要が終わり、墓参したときのことだった。一同が合掌し、線香を手向けおえると、伯父は突然だれに言うともなくぼそぼそと先祖の墓石の説明を始めた。鬱蒼とした竹藪を切り開いた墓地の一角には、大小十基ほどの墓石が肩を寄せ合うように二列に並んでいた。前列は台石が二段重ねられた上に竿石が載ったわたしなどにも馴染みの墓石だったが、後列には、背が低く、一見してみすぼらしい石板のような墓石が土中から生え出た筍のように連なっていた。先が尖った薄っぺらな楕円形の石のなかに仏像が粗いタッチで浮彫された墓石も混じっていた。手狭な墓地には多すぎる参列者を遠巻きにする格好になったので、伯父の声は聴き取りにくく、わたしは後列のほうの墓石に刻まれた「弘化」とか「安政」といった文字を読み取っていた。

墓参のあと、懐石料理の膳が並ぶ座敷に場所を移すと、伯父と従兄のあいだにわたしの座は設えてあった。従兄は、墓石を指さしながら曾祖父母、高祖父母ばかりか、さらに先代の碑銘まで説明した伯父に感心しきりで、どうしてそんなによく知っているのかと尋ねた。伯父は、先祖の墓について懇切に教えてくれたのはもっぱら曾祖父——終戦間近の田植えのとき、みずからの剣幕で泥田に尻餅をつかせたあの〝重蔵お爺〟——だったと答えた。わたしはとっさに、亡くなった「姓名判断」の伯母が母に漏らした、「重」という字は代を「重ねる」ことを意味しているという言葉を思い起こしていた。

やたらにこにこして、わたしと従兄がちょっとでもグラスや盃を空けようものなら、酒を注ごうと待ち構えている伯父の様子を見て、いったい伯父の記憶中枢はどうなっているのだろうと思っているとき、お酌して満座を回っていた従弟が太鼓腹を揺らしてわたしたちの前にやってきて、よっこらしょと胡坐をかいた。ようやく緊張を解いた表情の彼と酒を酌み交わしながら、ちょうど当事者も揃ったことだし、わたしはちょっとした好奇心も手伝って、小学校四年の夏休みの、わたしのあの川での一件について憶えているかどうか尋ねてみた。従兄も従弟ももちろんよく憶えていた。伯父にもその話を向けてみると、おう、おうと、相変わらず笑ったまま頷いた。従兄は、おまえはちょっとした問題児やったぞと言い、従弟は、とんだとばっちりやったと言い、わたしを冷やかしたが、三人共通して憶えていたのが、とにかくあの夜の伯父が怖ろしかったということだった。わたしが、伯父の強い力で二の腕を掴まれたときの痛さをいまでも忘れられないと言うと、そうかい、そんなこともあったかのう、と伯父は応じ、済まんこっちゃった、とぺこりと頭を下げ、酒を注ごうとした。いや、謝らなあかんのはこいつのほうや、と従兄がわたしを指さし、わたしもぺこりと頭を下げ、先に酒を注いだ。伯父は美味そうにゆっくりと盃を干したが、急に何か思い当ったようにあらたまった顔になり、わたしのほうに向き直って尋ねた。

——それはそうと……あんたさん、どなたさんでしたかいのう?

一瞬、間を置いて、三人の従兄弟たちは顔を見合わせ、大笑いとなった。

三世帯が住めるよう建て直された母の実家の居間の壁には、一枚の航空写真が掲げられている。といってもかなり低空からのもので、おそらく高度二百メートルぐらい、ヘリコプターから空撮されたものだろう。四十センチ×六十センチぐらいの画面のほぼ中央にこの家が小さく見て取れ、すぐ右側を縦に一筋坂道が貫いている。そして視線をさらに右に移すと、坂道とほぼ平行に例の川筋が伸びているのがわかった。橋はさすがにコンクリートに変わっていたが、位置は昔のままだった。しかし、それ以外の風景はすべてわたしの記憶を萎えさせるものだった。そもそも川筋がすっかり見えるということは、両岸から覆いかぶさるように繁茂していた樹林がなくなったということだった。何の木だったか、夏になると蛍が枝いっぱいに光を灯していた大きな木立も見当たらない。川岸ぎりぎりところまで、きれいな長方形のかたちに区画された田畑が迫り、全体に自然の地形の凹凸を削り取ったような平板な印象を与えている。なかでも異様な翳を落としているのは、画面右上でまるで巨人の脚さながらに聳え立っているローマ水道のような高速道路の橋脚だった。あの淵《ふち》はどうなったのだろうか。どこにもそれらしき溜池は見えない。庭から山側へ歩いていった突き当りにあった、松の内が過ぎると正月のお飾りを焼いて焚火をしたドンド場と呼ばれる崖下の赤土がむきだしになった広場も、そこから山頂の城址に登るつづら折りの山道もすっかり見えなくなっている。

——昔とはだいぶ様変わりしたやろ？

いつのまにかかたわらに来ていた従弟がぼそっと言った。

従弟によれば、わたしたちがもういっしょに遊ばなくなってから——それはわたしが中学に入り、野球にのめり込むようになって、夏休みにここに来れなくなってから、ということだが、大がかりな耕地整理が二度あり、川筋だけを残して、周りの風景が一変したという。

ただ、それだけだったら田畑以外の山林や村道はそんなに昔と変わっていなかっただろう。とどめを刺したのは何と言っても高速道路が通ったことだった。うちの山林も建設予定地に含まれて、よその山林といっしょに結局、山ひとつまるまる国が買い取っていった。そのときの工事で淵も、ドンド場もなくなった。城山に登る者も減ってきて、道を知っている者も年を取ったら登れなくなるし、いまはあの山道も廃道になってしまった。こうして村の自然の地勢を活かしたインフラが劣化してしまった。そのくせ、城山だけは「天空の城」とかいう触れ込みで全国区の名所になってしまって、観光バスが引きも切らず新しい道路を上がっていく。有料化されて、麓の人間も昔のように気軽に登れなくなってしまった……。

ざっと経緯を語ったあと、息を吐いて従弟は口を閉ざした。そして、しばらくして、そやけどな、とふたたび口を開いた。

――山が売れたおかげで子ども三人私立大学にやれたし、長男が結婚して帰ってくる言うんで、この家も建て換えることができたんや……。

並んで見上げていた写真から、従弟は力なく笑いながらわたしのほうに視線を移した。その目を見ているうちに、わたしのなかに突然、ひとつの問いがためらいがちに浮かび上がってきた。

――あの小刀のことを憶えているか？　あの抜き身の小刀はいまもどこかにあるのか？

しかし、口ごもっているあいだに従弟はふたたび、そやけどな、と言葉を継いだ。

親父はいまでも、下草を刈ったり、間伐したりしていた時期になると、黙々と山仕事の支度をする。長年の習慣だけは体に染みついていて忘れない。親父に、もう山はないんや、と言い聞かせていると、ほんとにこれでよかったのかと自問することがある。朝が早い親父は、着替えやタオルが見つからないとき、いまでも死んだお袋の名を呼ぶ。あれと同じで、親父にとってはお袋みたいに山も死んでしまったんだと思う。

わたしはもう従弟に問うべきではないと思った。伯父のなかの抜き身はとっくにその切っ先を魂の深みに鎮めてしまっているのだから。

七

四年間在籍した大学を辞め、それでも学生のふりをして新聞配達のアルバイトで喰っていた頃、わたしは一度だけ臨時の家庭教師をしたことがある。新聞販売店の店長から甥の高校生の数学の勉強を見てくれと頼まれたのだった。むろん大学生と見込まれてのことだった。人に勉強を教える柄ではなかったし、分けても数学は苦手だったので、最初は断った。しかし、夕刊の配達のない日曜日だけ都合のつく時間に行けばいい、月末、月初のわたしの配達地域の集金も代わりにやるからと熱心に請われ、こっちのほうの条件と臨時収入に誘惑され、結局引き受けることになった。

各駅停車の私鉄電車に乗って七つ目、駅前の小さなロータリー正面の商店街のトバ口にある喫茶店の二階が、わたしの生徒の住まいだった。教科書を開いて、学校の授業の進み具合や、わからないところがあるか、いくつか質問してみると、彼はおそろしく無口で、反応が鈍かった。とりあえず練習問題をやってみることにしたが、あまり呑み込みはよくないようだった。それでもわたしの言う手順で素直に問題に取り組んでくれたので、思った以上のペースで教科書の頁を進めることができた。ところが、ある単元に入ったところで、急ブレーキがかかってしまった。

立ちはだかったのは、Σ《シグマ》を使って数列の和を求める計算問題だった。彼は、そもそも数列という考え方がピンと来ないうえに、例題に指数のついた数列が出てきたりすると、中学で習ったはずの累乗の計算もおぼつかないようで、金縛りに遭ったように鉛筆が動かなくなってしまった。わたしは、中学の教科書を出してもらい、先に累乗の計算を復習することを提案した。ひょっとしたらそれが屈辱感を与えたのだろうか、彼はそれまでの従順さをかなぐり捨て、居直ったように「わからない」を連発しはじめた。なぜnのマイナス1乗はn分の1であり、nの0乗は1になるのか？　それがわかるまではテコでも動かないとでも言うように、執拗にわたしに食い下がった。わたしはうまく説明できなかった。わたし自身そんな疑問を持ち、考えたことすらなかったから。そういう約束事なんだと等式を覚え込んでいたにすぎないからだ。

帰途、夜乗るといつも照明が足りないと感じる電車の座席に腰を沈め、わたしは、闇を敷いた鏡のような車窓に映った自分の顔にむかって、やっぱり家庭教師なんか引き受けるんじゃなかったなと無言で語りかけていた。nの0乗はなぜ1なのか？　ぼうっと疲れた頭のなかの解答欄にはいかなる言葉も浮かんでこなかったが、なぜか教科書の例題にあった$2^0+2^1+2^2+2^3+\cdots\cdots+2^n$という数列が思い出され、わたしにむかって漸進してくるのが見えた。1+2+4+8+……という、1を切っ先にその後背に楔の形で無限に広がる2の累乗の隊列――それは強い既視感をともなっていた。黒板に白墨で書いた逆三角形がいくつも重なったような図が記憶のなかから浮かび上がってくる。それは高校の数学の授業の場面だった。たぶん、こんな数列なんか勉強して何の役に立つのか、といったいくぶんふてくされたような質問が教師に飛んだのだった。それには直接答えずに、彼は黙々とこの図を書き上げると、たとえばこの数列が表しているひとつの意味について考えてほしいと言った。自分がいて、父母がいて、祖父母は二人ずつ、曾祖父母は四人ずついて……という、遡るほどに無限級数化していく出自――そして、遡れば遡るほど自分の祖先というのは人類のなかに拡散していくのに、人間というのは血筋とか血統とか「ただひとつ」という意味づけに固執しようとするのだと続けた。

――数学的に言えば、虚妄に過ぎません。まして「万世一系」なんて、とんでもないウソです。……でも、そんな虚妄なしには生きていけないのも人間なんですね。

想起すること、さらに想起したことを書きしるすことはデフォルメすることだから、もうわたしの言葉になってしまっているかもしれないが、その数学の教師はおおよそそんなふうに言った。

授業の合間に教室の窓の外を見やりながら、一人ごとのようにぽつりぽつりとあらぬエピソードを語りだす表情がやけに鮮明に残っている。

小説家志望で大学は文学部に入ったが、戦時中のことで折から召集の刻限が迫っていた。経済学部、工学部と転学を繰り返し、少しでもその刻限を延ばし、遺作になるはずの渾身の一篇をものそうと努めたが、しかし志ならず、ついに学徒出陣を経て応召。終戦間際には鹿児島県のある半島の海浜にいて、ひたすら穴を掘っていた。いや、掘らされていた。そこに土嚢を積み上げ、「本土決戦」にそなえて、真っ先に「御盾」となるべく砲座を設えるためだった。

――貴様らの墓穴になるんだ。そのつもりで魂を込めて掘れ！

穴の底でスコップを振っているとき、頭上でがなり立てていた下士官のだみ声がいまも耳に残っていると苦笑まじりに語った。

戦後、復員して職探しに歩きながら、藁にもすがる思いで再開された大学に立ち寄ったとき、自分が七科目もの教員免状を有していることがわかった。徴兵逃れのために学部を転々としているあいだ、片っぱしから教員資格を取得していったのをすっかり忘れていたのだった。これなら喰いっぱぐれはないだろうと迷わず教師になった。なぜ数学の教師になったのかは語らなかったが、なぜかこちらの胸にすとんと落ちる、経験の鉱脈から切り出された結晶のような一語一語は、その飄々とした語り口とあいまって数学の授業でも独特の磁力を発していた。わたしのような生徒が大学受験のための数学の授業に曲がりなりにもついていけたのは、この教師に出会えたおかげだった。

ただ、車内が暗いなと思いつつ腰を沈めた私鉄電車の座席で思い起こした、彼が黒板に書いた2の累乗の数列の図は、そのときnの0乗はなぜ1なのか？ をそっちのけにあらぬ啓示をわたしにもたらしていた。記憶のなかの黒板に描かれた、その数列の切っ先にある1――2の0乗としての1に、わたしの目は釘付けになっていた。1は単独で見れば、ただの1でしかない。しかし、こんなふうに2の累乗の数列の始まりに置いて見つめると、1はただの1ではなく、2と0によっても表記されうるのだ。2の0乗としての1――どう言えばいいのか、2としては未成だけれども、2としてのポテンシャルを携えている動態としての1ということだ。おおよそこんな連想をしながら、わたしは、たぶん――誇張して言えば――個としての人間をめぐる通念をひょっとしたら一変するかもしれない認識のトバ口に立っているような感覚をまさぐっていたのだと思う。

関連して、数年来、読んできた吉本隆明の著作のなかでも、よく咀嚼できていなかった『共同幻想論』のなかの「対幻想」という言葉を、そのとき想起したことはたしかだ。「対幻想」としての2。そのO乗としての1。いや、それでは2^0という表記が帯びているせっかくのニュアンスが殺がれてしまう。むしろ2^0こそが「対幻想」なのではないか。1を端的に「自己幻想」だとしよう。そのとき、しかし1は、じつは2^0としての「対幻想」を霊魂のように身に帯びていることに気づいていないのだ。そして、その気づいていないということが0乗の意味なのではないか――。

このたわいもない着想をわたしはそれっきりにしてしまったが、電車が七つの駅の区間を通過するほどの時間、それに夢中になることで家庭教師先での後味の悪さをすっかり忘れていられたことだけはたしかだ。

ちなみに家庭教師のほうは、二か月目が終わった頃、新聞販売店の店長から甥は来月から塾に行くことになったと、やんわり断られた。数学以上に、じつは英語がおぼつかなく、二教科いっぺんに格安で教えてくれるところが近所に見つかったらしいので……と、店長は申し訳なさそうに弁解した。まちがいなく自分があのおそろしく無口な生徒に見限られたんだろうなと思いながら、わたしは了承した。そしてそのときはじめて、ほんの数日前、息子同様いたって無口な母親から、最後になった月謝が入った封筒といっしょに、これを、と手渡された紙包みは餞別だったのかと合点が行った。なかには靴下が三足入っていた。二階の息子の勉強部屋へ階段を上がっていくわたしの靴下の踵が擦り切れて、ほとんど破れそうになっているのがいやでも目についたのだろうか。わたしはこの靴下をありがたく履かせてもらったが、履くたびに、彼女が休憩時間に運んでくれた熱いコーヒーと美味しいケーキが白分の日曜日から失われてしまったことを惜しんだ。だが、何と言っても家庭教師を馘になったことの最大のダメージは、またしても日曜日をつぶして新聞代の集金に回らねばならない月末と月初が戻ってきたことだった。それは、もろに反動として、以前に倍する苦役となった。大学生のふりをしている一アルバイターのむなしさ、よるべなさをいや増すように、それは毎月、無慈悲にわたしを追い立てた……。

こんなとりとめもない顛末を思い出したのには訳がある。これから父方の家族誌を綴ろうとして、前節までかなり克明に記述してきた母方のそれとの、そのあまりの非対称性を前に言葉が立ちすくんでしまい、その暗がり、空隙を見つめるほどに、そこにあの2の累乗の数列――しかも欠落した系としてのそれが蟠居していることが浮かび上がってきたからだ。

その意味は行文において明らかになるとして、非対称性のひとつは、端的に記述に要する言葉の量の差に現れるだろう。母方のそれを綴るのにわたしは六つの節を要した。しかし、父方のそれには、その五分の一ほどの記述で足りるはずだ。前者では、わたしは記述者であると同時にその対象たる家族誌の登場人物でもあり、記述する自己と記述される自己との裂け目を縫い合わせるために、思いのほか言葉を費やすことになったのに対して、後者ではわたしはほとんどそこに登場しないからだ。ただ、ある場面、ある情景の断片をかろうじて映し出す視覚としてのみみずからの記憶を関わらせうるにすぎない。しかしいずれにせよ、前節までも、これから先もわたしの記述を駆動しているのは、ただひとつ――わたしはいったいどこから来たのか、という問いであるだろう。

八

追上《おいあげ》、上生野《こうじくの》、老波《しわなみ》、曲《わだ》――幼い頃、何回か父に連れられて行った親戚の家があった近在の、こういう一風変わった地名はいまでも耳に残っているとはいえ、そこが祖父の、あるいは父のどういう縁戚の家だったのか、わたしはもうしかとは憶えていない。母に訊けば、ひととおり説明はしてくれるだろうが、それを聞いたところで、もはやここに書きしるすに足る言葉にはならないだろう。追上《おいあげ》でも上生野《こうじくの》でも老波《しわなみ》でも曲《わだ》でもなく、祖父や父が本家と呼んでいた家――ここでわたしが書きしるすことができるのは、その家に住んでいた人たちのわずかな記憶にすぎない。

祖父が生まれ、出奔してきたその家だけが地名ではなく、本家と呼ばれていたのは、つまりは祖父自身がそう呼びならわしていたからだが、曾祖父と喧嘩別れし、百姓を捨てて出てきた実家を、曾祖父が亡くなり、みずからが呉服屋として一家をなしたあとも、本家と呼んで自家を傍系としてわきまえたのは、明治生まれらしい祖父の少々堅苦しい律儀さのせいかもしれない。母の言うには、祖父は親戚筋のなかでもいちばん甲斐性があったので、曾祖父亡きあと、残された家族は何かと家のことで祖父に頼るようになり、祖父は祖父で、自分が出奔してしまったあとの本家の行く末に心を砕く仕儀となったらしい。ある種の相互依存が生まれたわけだが、祖父の姉とすぐ下の妹はすでに他家に嫁いで、子をもうけていた。残されていたのは、年老いた曾祖母と、祖父が出奔の際その位牌を持ち去った幼死した弟と年子の末の妹だった。祖父はさっそく本家に乗り込み、親類縁者を招集して親族会議を開き、妹に婿養子を迎えることにした。こうして本家の代替わりに祖父は一肌脱ぐのだが、しかし皮肉にも、自分と妻とのあいだに子ができなかったように、妹と婿として迎えた養子とのあいだにも子はできなかった。姉とすぐ下の妹は嫁いで子をもうけたにもかかわらず、自分が家を出たばかりに家を継がせることになった肝心の末の妹に子が授からなかったのだ。祖父と、その末の妹——わたしにとっての大叔母が亡くなってずいぶん経ってから聞いたことだが、たぶん遺伝的に祖父には子種がなく、同じくその妹である大叔母もいわゆる石女《うまずめ》だったのではないかというのが母の想像である。

年号が大正から昭和に改まり、ある未亡人が産み落とした生後八カ月の庶子を養子に迎えたとき、祖父は三十四歳だった。商売に明け暮れするなか、所帯を持ってから、ついに自分と妻とのあいだには子が授からないと観念し、養子縁組を決断するまで、祖父はどれほどの歳月を待ったのだろうか。いずれにせよ祖父のことだから、決めてから実行に移すまでは迅速だっただろう。だが、自分の肝入りで婿養子を取った妹にも子ができないまま時が過ぎていったとき、祖父はおそらく自分のとき以上にやきもきしたのではないだろうか。結局、大叔母夫婦もまた祖父母同様養子を迎えることになるのだが、母に聞いたところでは、その養子縁組に祖父は直接には関与しなかったという。養子となったのは婿に入った夫の遠縁に当たる娘で、彼女の生家の余儀ない事情による不遇に同情した大叔母が強く望んで養女にしたということらしい。たしかに、みずから家を飛び出して外に一家をなしてしまったからこそ、本家の存続に人一倍心を砕いていた祖父なら、女児を養子に迎えるなどまず考えなかっただろう。

ともあれ、この養子縁組によって本家に迎えられた養女とわたしの父とは、ともに父母と血のつながりがない義理のいとこ同士となることで本家とわたしの生家とに奇妙な対称性をもたらすことになる。この場合、二人の「義理」は父母との関係に本人同士の関係が掛け合わされ、二乗されていると言うべきだろうか。

たまに本家にわたしを連れて行くのはたいてい父だったが、当時はすでに自分が祖父母の実子ではないことを知っていたはずの父は、やはり同様の境遇の従妹をどんな目で見ていたのだろう。わたしが〝本家のおばちゃん〟と呼んでいたこの従妹と父が、たとえば玄関先で言葉を交わしているような情景をどうしてもわたしは思い出すことができない。それればかりか彼女の顔もぼんやりとしか思い描くことができない。かろうじてわたしにむかって囁きかけるような声の余韻が残っているが、彼女の存在の輪郭は、わたしが記憶をまさぐるほどに過去の薄闇のなかにむなしく掻き消えていくようだ。

彼女は、婚姻に際しては婿養子を迎えていた。母によれば、このときも祖父はさしたる役割をはたしていない。養女として迎えられたうえに、さらに婿養子を迎え、彼女を起点に本家の家系のなかに「義理」が累乗していくのを祖父はいったいどのような心境で見守っただろうか。

それでも夫婦は子宝に恵まれ、一男三女をもうけた。最初に生まれた子から三番目までが女児であったと言うと、母のきょうだいと同じだが、末っ子にようやく男児を授かる。ただ、この四人きょうだいの面影はその母親と同じくやはり希薄である。たしか上の二人はわたしよりも年長で、下の二人がわたしや妹と同年輩だったように思うが、長女が美しい顔立ちをしていたというかすかな記憶を除けば、一人一人の顔がはっきりとは浮かんでこない。ほとんどいっしょに遊んだこともなかった。わたしが本家に連れて行かれる機会が少ないうえに、それ以上に彼らがわが家を訪れることのほうがまれだったからだ。それは、同じ田舎町の町中《まちなか》と近在に住む親戚同士としては不自然なことだったが、結局、親同士に行き来できるようになるまでの親和力が醸成されなかったのだろう。父と〝本家のおばちゃん〟とのあいだには、やはり二乗された「義理」が分泌する独特の距離感があったのかもしれない。

わたし自身、父方の親戚の家と言えば、とかく物理的に行き悩む記憶ばかりが残っている。どこも直線距離ではほんの数キロに過ぎないのに、左に崖、右に谷を見ながら蜿蜒と蛇行する杣道、あるいは天井の露岩を伝って滴り落ちてくる水滴を除けながら通り抜ける地肌むきだしの隧道、といった道中は、幼いわたしには億劫だった。人はどうしてこんな不便なところに住みつくのだろうか――当時のわたしの素朴な感慨を言い表せば、おそらくそんな身も蓋もない言葉になったと思う。

本家への道のりもまた同類だった。

土埃を巻き上げて走り去るバスを見送りながら、バス停の標識の立つ場所から脇の笹の茂みを掻き分けて、長い下りになっている谷合いの道をひたすら降りていく。憶えているのは、夏、半ズボンを履いていると、ふくらはぎに笹の葉の尖った先が当たるちくちくする感覚だ。本家への道中は、そんなふうに皮膚を刺戟されながら、ひんやりと小暗い場所に下降していく感覚に領されている。思い起こすと、日盛りに白く照り映える坂道を上っていく母の実家へのそれと完全なコントラストをなしているのは、わたし自身が非対称性の感覚に先導されて、似つかわしく記憶を成型してしまっているからだろうか。そうではない、と言い切れるだけの自信はないが、しんとして、どんよりと長い道のりを下りおえたその底に、藁葺き屋根の大きな家がうずくまっているという本家のイメージはどうにも動かしようがない。

　祖父は、本家の養女夫婦や子どもたちが日頃から自分の家に対して疎遠なのをこころよく思っていなかったはずだ。そこを見かねてか、折節祖父のご機嫌伺いに訪れるのが、大叔母や、祖父が見込んで彼女の婿にとった大叔父だった。この二人は代わる代わる、ときに二人そろって家に来てくれては、わたしや妹をたいそう可愛がってくれた。大叔父は腕のいい大工で、気さくで元気がよく、とても話好きだった。大叔母もほがらかな声で弾けるようによく笑う人で、評判の働き者だった。初対面の人でもこの夫婦に話しかけられれば、いつのまにか打ち解けて談笑するようになる、そう思わせるような二人だった。父母にならって〝庚太のおいさん〟〝小春のおばさん〟と、わたしや妹は呼んでいたが、直接話しかけるときは〝おいさん〟〝おばさん〟で足りた。

　たとえば祖父の読経の嵐に吹きまくられたあとの日曜日の午後、店の吹き抜けに快活な声を響かせて訪ねてくる〝庚太のおいさん〟や〝小春のおばさん〟の姿は、わたしにとってひとつの僥倖だった。二人はかならずわたしや妹が喜びそうな手土産を持参してくれたし、何よりも居間のガラス障子を開けるやいなや始まる、読経のあとの重苦しく澱んだ空気を吹き払うような一気呵成のおしゃべりがありがたかった。わたしはひそかに〝おいさん〟と〝おばさん〟が自分のお祖父ちゃんとお祖母ちゃんであったら、どんなにいいだろうと思ったものだ。自分にとってだけでなく、子ども心に、父のためにもそのほうがすべてのことがうまく運ぶだろうに、と——祖父には悪いが——信じられてしまったのだ。

　いま振り返ると、二人は似た者夫婦と言うか、同じように奥歯が見えるまで口を開けはなって笑う丸顔がだぶって思い出せるほど、わたしのなかで似てしまっている。五分刈りの胡麻塩頭の〝おいさん〟と、白髪交じりの髪を引詰《ひっつめ》にした〝おばさん〟とを重ね合わせると、頭髪以外はぴたりとひとつの笑顔に一致するような気さえするのである。それでいて〝おばさん〟一人の顔貌を想起すると、切れ長の目もと、頬骨、鼻梁の形がやはり——じつの兄である——祖父とまぎれもなく似ていたという事実が思い出されてくる。〝おいさん〟と〝おばさん〟は似ている。そして〝おばさん〟は祖父と似ている。数学ではA＝B、B＝CであればA＝Cなのだから、その伝で、では〝おいさん〟と祖父が似ていたかというと、それはしかし、絶対にありえない。〝おいさん〟と祖父とは似ても似つかない顔をしていた。これは、わたしの記憶の相対的な不十分さ、あるいは記憶というものが孕んでいるデフォルメ作用のせいというより、人間の顔——表情というものの持つ動性の不思議さに由来するのだろう。

〝庚太のおいさん〟の話好きは親戚じゅう知らぬ者はなかったが、おしゃべりの質量という点では、じつは〝小春のおばさん〟の足元にも及ばなかった。そのおしゃべりの恩恵にもっとも浴したのは母だったろう。呉服屋に嫁いできたばかりで右も左もわからないとき、家の切り盛りについてあれこれと教えてくれたのは〝おばさん〟だった。祖父と本家との複雑ないきさつや父の出生のことも、母は彼女のおしゃべりを聞いているうちに、ごく自然ななりゆきで知ったのだった。〝おばさん〟があえて語らなかったのは自分が子どもを授からない体であること、そして口をつぐんだのは母が父の二人目の嫁であるという事実だけだった。

わたしがいま書きつつある言葉は、すでに述べたように語り部としての母の言葉を出自としているが、その母に、嫁いでくる以前の父方の家の事情まで遡ってことこまかに語り継いでいたのは、もう一人の語り部である〝小春のおばさん〟だったわけである。

わたしが子ども心に〝おいさん〟と〝おばさん〟が祖父母であれば、とひそかに念じるようになるずっと前——わたしが生まれる前に、〝おばさん〟はあたかも姑が嫁にするように母に語り部としての言葉を授けていたことになるが、こう書きながら、わたしの頭のなかのスクリーンには、あの2の累乗の数列——移植と弥縫の跡もあらわな家系が浮かび上がってくる。〝おいさん〟と〝おばさん〟はこの家系の一原基である2として、次なる2へ代を継がせようとし、そればかりか親族間を緊密に結びつける環としても献身的に努めていた。そのことは疑いない。その意味で二人は、少なくともわたしには祖父母よりも2としての輝きを放っているのだが、家系を維持するためには祖父母と同様、養子を取るという手段を選ばざるをえなかった。そのおかげで預かった本家は子の代を経て、四人の孫にも恵まれた。ところが、こうして本家を八人家族で営むまでになってから、二人は数奇とも言える不幸に立て続けに襲われることになるのである。

それはわたしたちの一家が町を去ってからのことだったから、もはや時系列を正確に記すことはできない。父母と祖父とわたしと妹の五人家族が仮住まいする狭いあばら家に、それは郷里からの訃報として突然舞い込んできたはずだ。最初に届いたのは〝本家のおばちゃん〟の訃報だった。もちろんわたしは子どもだったから、訃報そのものを憶えているわけではなく、ずっとあとになって母から聞いたときのことを憶えているにすぎないのだが……。

母が言うには、〝本家のおばちゃん〟は、養女として本家に引きとられたあと、〝おいさん〟と〝おばさん〟にとても可愛がられて育った。しかし、長じるにしたがって周期的に深刻な塞の虫に取りつかれるようになる。結婚と出産によって一時期小康を得たかに見えたそれは、しだいに夫や〝おいさん〟、〝おばさん〟がどう元気づけなだめても、そしてだれよりも本人がもがくほどに、深みにはまり込んでいくような底無しの気鬱の沼と化していった。生来、気質的に持ち合わせていた鬱の性《しょう》があるときからふつふつと湧き出て、彼女自身を呑み込んでしまったのだろうか。ついに死の想念が片時も彼女を去ることはなくなってしまった。わたしが知りえた精神医学の用語を使うなら、強固な自殺念慮ということだろう。そして痛ましいことに、いちばん朝の早い〝小春のおばさん〟がその不幸な結末を見届けることになる。家人が寝静まっていたある未明、彼女は太い梁に縄を掛け、みずから縊れて果てていたのである。

本家の不幸は、しかしそれだけにとどまらなかった。

四人の子どものうち、母親の気質を強く受け継いでいたらしい三姉妹の下の二人の娘もまた長じて同様の気鬱にとらえられ、まったく同じ仕方で立て続けにみずから縊れ果てていったのだという。彼女たちが死を選んだのは、まだ本家にいるときだったのか、それとも就職や結婚で本家を出たあとだったのか、そのことをわたしに語ったとき、もう母はさだかに憶えていなかった。おそらくわたしは、この母親と二人の娘によって繰り返された縊死という不幸を、そのときどきにではなく、あるときひとつの数奇な顛末として母から語り聞かされたにちがいない。あの谷間にうずくまっている藁葺き屋根の本家の暗がりのなか、縊れ果てた三人が梁の下に並んでぶら下がっている不吉な図が頭にこびりついて消えないのである。

ある哲学者の言葉だが、わたしたち——日本人と言ってもいいと思うが——は、かけがえのない他者の死に際して、打ちひしがれ、悲しみに沈みながら、その現実を名づけようとして、「死ぬ」という自動詞を、文法的な規矩を超えて「死なれる」という受動態に変換して使うことを覚えたのだと教えられた。他者が「死ぬ」ことを、その死者だけの動詞にとどめず、みずからを主語とした受動態においてその死者を受け止めるために——。わたしは深く納得させられた。

たとえば長年連れ添った連れ合いに先立たれたとき、残された者はその喪失感をまさに「死なれる」という受動態で経験するだろうし、その経験をくぐらなければ、おそらく連れ合いがいないという現実を時とともに受け入れていくこともかなわないのだろう。しかし、そのかけがえのない存在がみずから命を絶ったとき、その死はもはや「死なれる」という受動態の閾を超えてしまうはずだ。それは、残された者が一方的に傷つけられ、しかも「死なせてしまった」という責《せめ》を負いつづける経験に変ずるのではないだろうか。

〝庚太のおいさん〟と〝小春のおばさん〟は養女として迎えた娘と二人の孫娘にみずから縊れるとい

う仕方で相次いで「死なれた」。まるで人事を超えた何かに魅入られたように打ち続くその不幸は、二人が石を積むようにこつこつと重ねてきた暮らしの根幹をどんなにか損なったことだろう。いまとなってては想像もできないほどだ。〃おいさん〃と〃おばさん〃は、三人を「死なせてしまった」と、きっと自分を責めたにちがいない。自分たちの不幸によってすでに町を逐われていたわたしたちの一家が、その間、娘と二人の孫娘がみずからの命とともに無惨にもぎ取っていった〃おいさん〃と〃おばさん〃の生の質量、そして、その果肉のような断面がむきだしになった傷跡を目の当たりにせずにすんだことは、まだしも幸いだったのかもしれない。

祖父が亡くなって以降は、たまに旬の野菜や新米が送られてきては、盆暮れの付届を返すといった儀礼的なやりとりを除けば、本家との行き来はほぼなくなった。〃庚太のおいさん〃と〃小春のおばさん〃の消息についても間遠になった。わたしが最後に〃おいさん〃の姿を見たのは、父が亡くなって二年後、郷里の菩提寺で行った祖父の七回忌と父の三回忌を兼ねた法要の席でのことだった。〃おばさん〃には会う機会があったのかどうかさえさだかでない。ただ、二人が養女と二人の孫娘に「死なれた」ことを母に聞いたあと、二度と触れてはならない痛ましい伝説の主のように、わたしは二人の思い出を心の底に沈めていたようだ。

もう生家や本家のある郷里のことも、よく遊びに行った母の実家のことも完全に過去の世界に退いて、いま現在の自分と、それ以上にその先に待っている世界にしか関心がなくなっていた大学生の頃、わたしは一人のシンガーソングライターの創り出した一枚のアルバムに夢中になった。「氷の世界」——井上陽水が歌うこの楽曲の小宇宙はほとんどわたしを虜にした。ただし、レコードは買えたとしても、それを聴くためのオーディオを買う金もなく、何よりそれを置けるスペースもない三畳一間を塒としていたわたしは、小さなラジカセを買い、友人に録音してもらったカセットテープをもっぱら聴くことになった。「あかずの踏み切り」に始まり「おやすみ」で終わる十三曲をわたしは何百回——いや、ひょっとしたら何千回聴いたことだろう。しまいには音がひずんだり、くぐもったり、途切れたり、それでもかまわず再生していると、テープがもつれてデッキのヘッドに絡まりつき、とうとうおシャカになってしまった。靴を履きつぶすという言い方にならえば、文字通りテープを聴きつぶしたことになる。

このカセットテープではじめて全曲を聴いてみたとき、終わりから二番目の曲が思いがけずわたしを過去に連れ戻した。曲が流れているあいだ、ある鮮烈な強度で、弾けるように笑う〝小春のおばさん〟の顔が蘇ってきたのをわたしは忘れることができない。はじめてのときは、一度ポーズボタンを押して曲を止め、ひとしきり〝おばさん〟の追憶に思い入れることとなしに曲を聴き終えることはできなかった。この曲——「小春おばさん」を歌う陽水の突き抜けるように伸びやかな声は、かえって深々と哀しみの感覚でわたしを浸したのだった。

九

若き日の祖父がそこを出奔して以来、父方の家系——本家とわたしの生家が三世代にわたって不妊、養子縁組、そして自殺によって翻弄される数奇なさまを跡づけていくと、あらためてそのようにしてまで存続されようとする家＝イエとはいったい何なのだろうか、という思いにとらわれる。このイエを存続させようとする脈々たる衝動とは——それは何やら無人称の、アメーバのような前進運動がひたすら生きながらえようと蠢動しているさまを思わせるが——ふたたび吉本隆明の『共同幻想論』の語彙を使えば、はたして「対幻想」のそれなのだろうか。それとも、それはもう「対幻想」の界面を内破するようにはたらいている別の何かなのだろうか。

いまわたしにわかるのは、それ、つまりイエが祖父、父、大叔父と大叔母、その養女と娘たち、それぞれの不幸を緊密に結びつつ点綴することで長らえながらも、それらひとつひとつの不幸の面ざしはどうしようもなく孤独だということだ。たとえば母の実家でわたしが無意識に全身をゆだねていたような親和力が、ここにはまったく生成していないようにみえる。それはなぜなのだろうか。

わたしのなかには、またあの2の累乗の数列が明滅しはじめる。しかし、その切っ先にある2の0乗としての1は、今度は2になろうとする1ではなく、逆に原基としての2が産み落とす末端としての1にこそ見えてくる。この数列が意味しているのは、じつは1の出自は0ではなく、2にほかならないということなのではないか。

祖父母も大叔母夫婦も、この原基としての2を生きることができなかった。それは一義的に不妊という所与に強いられた不幸であっただろうが、みずから子をなしえないがゆえに、イエの存続という観念に取りつかれてしまったことがむしろ祖父母と大叔母夫婦の2に不幸を刻印してしまったように思える。

祖父母は、生みの母親に見放された生後八カ月の庶子を引き取り、まるで盆栽のように自分たちの意のままに呉服屋の跡取りとして育てようとした。このとき祖父母は、自分を産み落とした原基としての2から見捨てられた1である父を、まったき0として養育しようとしたのではないか。ここに太初《はじめ》の錯誤があった。なぜなら生まれおちたということ自体が1であり、どんな1も2の痕跡を受け継がずに生きることはできないからだ。

一方、大叔母夫婦は祖父母とは正反対のいわば自然人であったから、本家の家督を継がせるという思惑よりも、遠縁の娘を不遇な身の上から救い出すという動機が勝っていたことだろう。その点、大叔母夫婦は、十二分に原基としての2たりうる存在だったのだが、しかし、引き取られた娘は、1であることを思いつめるあまり1であることに耐えられなくなる性《しょう》を病んでいた。二人が2として愛情を注げば注ぐほど、娘は2の0乗から1のなかにかたくなに閉じこもってしまい、そして、先に述べた不幸な結末を迎えてしまった。

ひたすら生かされるほかなかった父の場合、不幸はどこに胚胎していたのだろうか。

母からはじめて父の生い立ちについて聞かされたあと、たとえばテレビドラマや映画のなかで「どこの馬の骨かわからない」といった台詞を聞くたびに、わたしは反射的に、何かとても不憫な思いで父のことを思い出したものだ。「どこの馬の骨かわからない」というのは、つまりまったき0だと烙印を押されることではないのか。祖父母は「どこの馬の骨かわからない」子をあえて引き取り、まったき0から跡取り息子に仕立て上げようとしたのだ。しかもそれは、イエという無人称の、盲目的な前進運動のなかに原基としての2を解消してしまったことによる祖父母自身の不幸でもあった。わたしは、祖父母も父も、それぞれが寂しくむきだしになった1のまま親子を営んでいたのだと思えてならない。ひとり父だけではなく、おそらく祖父母もまた原基としての2を知らなかったのだ。

　わたしはどこから来たのか、という問いが、答えるにあまりに抽象的で、茫漠としているのはわかっている。しかし、わたしの父は、母はどこから来たのか、と問うた場合、問いはにわかに具体的な過去の相貌を呼び起こす。性懲りもなくまた、あの2の累乗の数列によって換言するなら、$2^0+2^1+2^2+2^3+……+2^n$と$2^0=1$とのあいだ――1が2^0に橋を架けようとするそのあいだに問いと応答が生まれるのだと思う。わたしは……という問いは、こうして1から発せられ、どこから……という志向性において2^0以降の数列を遡っていくように発見する過程だと言えるかもしれない。そのなかで問いは、おのずと父は、母はどこから来たのか、という問いにも重なっていく。

　たとえばそのようにしてわたしは、母はどこから来たのか、という問いには答えられると思う。しかし、父は？　という問いには答えられない。父はいまも世界のなかに「どこの馬の骨」かも知れぬ1として産み落とされたままだからだ。炭坑の落盤事故で死んだ無名の坑夫の1と、彼が身ごもらせた寡婦の1とがともに骨片のように散乱したままの世界に……。

　2としての父と母のことを思うと、わたしは、二人が何かの拍子にふとした偶然から結びついてできた蝶番のように思われてならない。その蝶番はわたしを世界のなかに産み落とし、わたしにとっての世界を繋ぎとめる一対としての2なのだが、同時にそれは非対称きわまる二つの家系の扉を繋ぎとめる蝶番でもある。わたしはまず母の背後にある重い扉を開け、母はどこから来たのか、という問いに歩み入った。しかし、父の背後にある扉を開け、かろうじて前節を書き終えてみて直面したのは、父はどこから来たのか、という問いそのものの消失点だった。だとすればわたしは、わたし自身がどこから来たのか、という問いの半身も失ってしまうのだろうか。そうかもしれない。――依然として問いは、父、炭坑の落盤事故で死んだ無名の坑夫、彼が身ごもらせた寡婦、それぞれの1とともに消え入りそうになるのをこらえつつ、自噴しようとするのだが、いまはひとまずこの非対称な二つの扉を閉じることにしよう。

ブロック塀に囲まれた家郷

一

――昭和三十九年十月二十六日、月曜日、わたしたち一家は家を明け渡し、町を出て行った。

雲ひとつない秋晴れのその朝、先にバス停で待っていた父と、妹の手を引いた母のもとにわたしが歩いていくと、三年生、四年生と持ち上がりでわたしのクラスを担任してくれた先生が母に顔をくっつけんばかりに別れの挨拶を述べているところだった。彼女は母の女学校の一年先輩で、戦時中、ともに勤労動員で炭焼き小屋に駆り出され、煤にまみれながら炭を焼いた仲だった。わたしが近づくと、先生は大きな瞳に涙を溜めて、わたしの手を握り、無言で餞別の品である紙包みを持たせてくれた。バスが走り出してから開けてみたそれは二冊の本だった。一冊はもう忘れたが、一冊はマーク・トウェインの『王子とこじき』だった。この本はずいぶん熱中して読み、大事にしたことを憶えている。

その後、わが家の有為転変のさなかも粗末な書棚で生き延び、長く顧みられることのないまま、かれこれ三十年後には娘の夜伽のネタを探していた妹の手に渡り、姪っ子にとってお気に入りの読み聞かせの本にもなった。そしてふたたびわが家に舞い戻り、いまは擦りガラスの嵌った観音開きの扉に閉ざされた時代物の本棚のなかで、祖父の遺品である『法華経大講座』や『日蓮上人遺文大講座』とひっそり肩を並べている。

とはいえ、正直を言うと、担任してもらった正味一年半のあいだ、わたしはこの先生が苦手でならなかった。依怙贔屓とまでは言わないが、その言動や態度の端々にわたしに目をかけていることが子ども心にありありと感じられたからだ。特に放課後、わたしだけにこっそり本を貸し与えたり、執拗に読書感想文を書くことを勧めたりするのにはほとほとまいった。わたしはそんな彼女の蜘蛛の糸のようにからみついてくる言葉をいくたび振り切り、その手をすり抜けて、級友たちが三角ベースに興じている原っぱへと脱走したことだろう。

皮肉なことに、彼女の干渉から自由になってはじめて、わたしは彼女が最後に与えてくれた『王子とこじき』によって、彼女が何とかしてわたしに教えようとした本を読む愉しさに触れることになった。それは、引っ越しによる生活環境の激変と転校先での学校生活にすぐにはなじめないことから来るエアポケットのような時間がもたらした経験だったが、めずらしく本に読みふけるわたしを見て、母はさかんに本のお礼を書き送るようにせかした。しかし、生涯最初の愛読書と言えるこの本には、同時に先生への負い目めいた複雑な感慨がまとわりついていて、わたしはずるずるとうっちゃってしまった。結局、母がしたためた長い手紙の末尾におざなりなお礼を書き添えただけで済ませてしまったというほろ苦い記憶がある。ただ、そんな顛末があったからこそ、わたしは瞳に涙を溜めた先生のことを忘れずにいたし、『王子とこじき』を手放せなかったのだと思う。

いや、じつはそれ以上にこの先生を忘れられなくする出来事が別離のときに演じられたのだった。

わたしたちがいよいよバスに乗り込み、ドアが閉まろうとする寸前、先生はステップを上がってきて、運転手に言った。

——お願いします。この先の橋のたもとで子どもたちがお見送りをします。スピードを落としていただけませんか？

そしてわたしのほうに向きなおると、甲高い声を車内に響かせた。

——みんなとお別れしなさい！

言い終わるが早いか、バスを降りてしまった彼女の姿はそれっきり見えなくなった。

わたしは、バスが動き始めるとすぐに左右の座席の背もたれをつかみながら最後尾の座席にたどりつき、幅広い車窓から橋のたもとに差しかかるのを待ち受けた。バスは生家の裏を流れる川に沿った街道を下流のほうへ二百メートルほど走ると、左にゆるやかにカーブを切りながらその橋にさしかかる。はたして橋のたもとではひと塊りになった級友たちがさかんに手を振っていた。わたしも車窓に身を乗り出し、負けずに手を振った。そのときわたしをとらえていたのは、別離の悲しみとか名残惜しさといった感情だけではなかった。ほんの二言三言でそんな場面を現出させた先生のふるまいが何かありえない秘儀のように感じられ、しかも、自分が手を振っているその先にもう彼女がいないということがとりかえしのつかない過ちのように思えた。わたしは級友たちの姿が見えなくなったあとも、あとずさっていく車窓の風景を茫然と眺めてその座席を動かなかった。それは、わたしたち一家が赴こうとしている方向にかたくなに背を向けているように映ったかもしれない。バスは川の流れに沿って街道をひた走り、河口のある街までわたしたちを送り届けることになっていた。

二

わたしたち一家がその場所にたどり着いたとき、晩秋の短い日はもうすっかり暮れていた。そこはブロック塀に囲まれた工場の敷地のようなところだった。閉ざされた正門の通用口をくぐり、煌々と明かりが洩れているガラスドアを開けて、わたしたちは事務所らしい建物に入っていった。そこで待たされているうちに、わたしはソファで居眠りしてしまったらしかった。どれぐらい時間が経ったのか、突然母に起こされると、不機嫌さと眠気でおぼつかなくなった足取りで、今度は事務所を出て敷地の奥のほうへ歩いていく父母についていった。妹は母の背中におぶさっていた。父母の先を歩く大柄な中年の男が正門と反対側のブロック塀が見える一角まで来て、こぢんまりとした二階建ての家の前に立ったとき、やっと自分たちの新しい住まいに着いたと思った。しかしそこでも玄関先に出てきた家の人と立ち話が始まり、なかに入れる様子はない。立っているのがつらくてしゃがみこもうとしたとき、ようやく大人たちが家の裏手へ動きはじめた。そこには軒を接するように倉庫のようなのっぺりした木造の建物があり、わたしたちは、鉄製の手摺の錆が強く匂う外階段を上っていった。家から出てきた初老の男が錠を開け、点灯して照らし出した一室がわたしたちの塒《ねぐら》だった。一応畳表が敷いてある八畳ほどの部屋だったが、壁はベニヤ張りで天井はなく、梁がむきだしになっていた。外が見える窓はなく、梁の高さに近いところに明り取りの小窓があるばかりだった。タコ部屋——この言葉をもしわたしが知っていたとしたら、必ずそう思ったことだろう。

この部屋に転がり込むまでの一部始終は一生忘れることはないと、のちに母はよく語ったものだ。


わたしたち一家がたどり着いたのはある製菓会社の構内だった。そこは父の新しい職場だったが、家の事情を知った祖父の知己が、同郷の出で自分と昵懇の仲のある人物が会社を起こして成功し事業拡大のために人手を求めている、とても面倒見のいい人だからぜひ父のことを頼んでみよう、と仲介してくれたことでかなった再就職だった。ところが、いざ家族ともども行ってみると、じつはのっけからとんでもない行き違いがあったのだという。

——何や、みな出てきたんか！

自分たちを迎えた社長——わたしに大柄な中年の男と見えたその人が、開口一番発した驚きの声を母は何度も再現してみせた。

母の言う行き違いとはこういうことだ。

社長は、父がまず単身出てきて、事務所の二階にある社員寮に住み込み、ある程度仕事に慣れたところで適当な住まいを見つけ、家族を呼び寄せるという心づもりだった。面接の際には、父に当面のあいだ家族が身を寄せる先を確保するよう重々念押ししておいた。ところが、職にありつきたい一心で社長の注文を安請け合いしたものの、父のほうは店の後始末と引越しの準備に追われて、実際には何も手を打てないまま当日を迎えてしまっていた。一方、母は父の口ぶりからてっきり家族で社宅のような住まいに移れるものと思い込んでいた。自分の身の振り方は自分で決めるというのが口癖だった祖父だけは、いち早く伝手をたよってわたしたちが引っ越す街の近郊にある遠縁に当たる人の大きな屋敷の離れを間借りする手はずを整えていたが、それを聞かされて一抹の薄情さを感じた母も、いざ行き違いが発覚したときは祖父の「身の振り方」に脱帽することになった。わたしが母からこのときの顛末を聞かされたのは、例によってずいぶんのちのことだったが、たしかに、もし祖父がわたしたちとともに郷里を離れるバスに乗り込み、さらに街のターミナルでバスを乗り継いだあげく一日の終わりにたどり着いたのがあのタコ部屋だったとすれば、そのあまりのみすぼらしさに逆上し、それこそ憤死しかねなかったのではないかとさえ思う。

しかし誤解してはならないのは、このタコ部屋を与えられたのもわたしたちにとってはひとつの恵みだったということだ。社長にしてみれば、父の不名誉な前歴をすべて呑み込んだうえで——おそらくは社内の反対意見を押し切って——同郷の誼から社員として迎えようとしたのに、約束を反故にして厚かましくも家族連れで押し掛けた父を門前払いにしてもおかしくなかったのだから……。

——何や、みな出てきたんか!

母が何度も語ったこの社長の第一声は、約束がちがうじゃないかという驚きと怒りの入り混じった声であっただろう。しかし、父の背後に不安げに立つ母の表情、その手に引かれた妹や、さらに背後に突っ立っているわたしの疲れ切った様子を見て、社長はぐっとその感情を抑え込んだようだ。そのあと父と二人で社長室に入ってなかなか出てこないので、母はどうやら自分たちは歓迎されていないらしいと察知することになった。ただ、父をともなって出てきた社長は、来てしもたもんはしゃあないな、と苦笑いしつつ、そそくさとわたしたちをうながして事務所の外へ歩いていったのだった。

母にとっては、この夜の顚末は父という人間の性根をあらためて思い知らせる出来事だった。

父は、社長との約束——家族の身を寄せる先を別途算段したうえで、単身出てくるという約束について、いっさい母に隠していた。というより、言いそびれているうちに時日を空費してしまったのだった。おそらく社長室で二人っきりになって社長に問いただされたとき、父は、八方手を尽くして祖父の落ち着き先は確保したが、家族のほうはかなわなかったとか何とか言い逃れをしたにちがいない。母は茫然自失の態で、社長に導かれるまま子どもを連れてタコ部屋に転がり込むほかなかった。そして、そこで始まったばかりの肩身の狭い暮らしに耐えながら、父をなじりつづけることになった。

――どうして相談してくれなかったのか？　前もって相談さえしてくれていたら、実家に頼み込んでしばらくのあいだ自分と二人の子どもの身を寄せるぐらいの手は打てたのに……。社長さんの厚意があったからよかったけど、もし家族まではとても面倒見きれんと言われたら、どうするつもりだったのか？　わたしが子ども二人連れてまたバスに乗って引き返して、実家に泣きつけばいいと思っていたのか？　こんな甲斐性のない話があるだろうか！

母が怒るのはもっともで、わたしはしばしばこの話を聞かされたが、父が亡くなってからは怒りはおのずと歳月に濾過され、話はむしろ父という人間の性《さが》を探りあてようとする方向に転じていった。わたしに語りかけながら、母は自問自答するように言ったものだ。

――社長との約束を守るためには父自身が母の実家に頭を下げに行かないといけない。それがいやでずるずるとわたしに隠しとおしてしまったというのは、まだしもわかる。しかし、肝心の社長にはどう申し開きするつもりだったのか。事前に何の相談もなく、いきなり家族連れで押しかけるのは、どう考えても厚意を逆なでして、すべてをご破算にしかねない愚策ではないか。それとも社長の厚意を底無しに当て込んだ一か八かの賭けだったのか……。

郷里で父が繰り返したいくつかの不祥事を思い起こしながら、父のなかには、人の善意につけ込む狡知が本能のように潜んでいたのではないかとさえ母は疑った。重ねてきた嘘や隠し事が露見して、いよいよどん底に突き落とされるという土壇場――自分の手がうしろに回るかもしれない、一家が離散するかもしれない、そのすんでのところで人の懐に飛び込んで難を逃れてしまう仕業を父は性懲りもなく繰り返してきたからだ。たしかにいつもだれかの救いの手が差し延べられてきたという意味では、父はとことん悪運が強かった。それがわたしたち一家を紙一重でつなぎとめたのだろうし、背後にわたしたち家族がいたからこそ、父はだれかの善意を呼び込むことができたとも言えるかもしれない。

ただ、少し距離を置いて父を見る眼を持ったまま成長してしまった息子には別のものが見えてくる。父は、おそらく母が疑うような狡知を持ち合せていたのではない。この出来事と、母から聞いたその他いくつかの似たようなケースからわたしが見出すのは、父のある単純で、盲目的なまでに受け身の、それでいてかたくなな行動パターンである。

たぶん父は純粋な自分の欲得というものから嘘をついたり、隠し事をしたりすることがなかったのではないだろうか。あったとしても、それはごく他愛のないもので、すぐにバレてしまう体の嘘や隠し事だった。しかし、他人との関係に強いられ、その圧力に負けてひとたび嘘をついたり、隠し事をしたりするようになると、父は自分の嘘、隠し事の奴隷になってしまうのだった。金銭がからんだときはなおさらそうだった。そうなるともう父は、火を見るよりも明らかな破滅的な結末から目を背けて、モグラのようにひたすら嘘や隠し事の巣穴を掘り進め、その痕跡を周到にカムフラージュすることに没頭するしかできなくなる。みずからそれらをリセットすることなど、思いもよらない禁じ手になってしまうのだった。だから、父によってかたくなに掘り進められてきた嘘や隠し事の、長く曲がりくねった坑道のような全貌が明るみに出るときは、必ず、そのきっかけとなり、欺きつつ維持してきた他人との関係の重みが支えきれなくなって、一挙に落盤して押しつぶされてしまうときだった——。

いや、わたしはあまりに先走りすぎてしまったようだ。このときの一件から父の死まで、さらに十余年の歳月のあいだにわたしたち一家が見舞われてきた出来事を経てようやく思いいたったことを、ここで書きつけてしまうことは性急に過ぎるだろう。何よりもこの件では、父はいっさいカムフラージュをしていない。むしろそれを放棄して、母の言うような出たとこ勝負——それもみずからは勝負そのものを投げ出して、相手の出方にすべてを委ねるという、自棄的にも見える賭けに出ているのだから……。いずれにせよこの一件は、父の行状の全体を俯瞰したとき、父という人間の性根を物語るひとつの典型的なエピソードであるにはちがいない。

ともかくも、そんないきさつでわたしたちは約一カ月間、このタコ部屋を塒とした。わたしが『王子とこじき』に読みふけったのもここだった。本というものは、熱中すれば、こんなにもあっという間に読めてしまうものだという経験を、そのときはじめてわたしは味わった。それは幽閉されたような暮しにあってささやかな慰謝の時間だったが、しかし、わたしたち一家がひと月余りでそのタコ部屋を脱出できたのは、それが与えられた以上の恵みがわたしたちにもたらされたからだった。

三

夕闇に沈んだ社屋、工場、倉庫の黒々としたたたずまいがどこか異界のように映った引っ越し第一夜が明けて、二日、三日、そして一週間、二週間と白昼の暮らしが始まってみると、そこはわたしたちにとって存外居心地のよい緩やかな共同生活の場となった。その場を宰領しているのは、いうまでもなくわたしたちを迎えてくれた社長だったが、この人は実業家としての強面とともにすぐれて篤志家的な横顔を持っていた。父を受け入れてくれたのも、金銭上の過ちを犯した同郷の人間を何とか自分の許でやり直させてやりたいという思いからだった。そういう一面は、会社の敷地内に社員ばかりでなく、その家族までがひとつの大家族を構成するように居住しているという事実にもうかがわれた。

事務所のある社屋の二階はすべて寮になっていて、地方から中卒、あるいは高卒で出てきたばかりといった若い社員が常時十人ぐらい住み込んでいた。一階の事務所の隣に食堂と厨房があり、その奥にはかなり広い風呂場があった。タコ部屋に転がり込んだ当座は、この食堂で社員たちに混じって夕食を食べ、風呂にも入らせてもらった記憶がある。そして、タコ部屋の前の二階家に住み、わたしたちを案内して鍵を開けてなかへ入れてくれた初老の人物は会社の工場長だった。年の離れた奥さんと、小学校三年と一年の二人の男の子がいたが、この兄弟はわたしの最初の遊び友だちとなった。わたしたち一家四人が加わり、敷地内に居住する人数は二十人ほどに増えたのだが、実質的に切り盛りしているのが、通いで来て、賄いのいっさいと寮母の役割を果たしていた社長の実姉だった。この人は寡婦だったが、いったいいつやってきて、いつ帰るのかわからないほど、朝早くから夜遅くまで立ち働く姿があった。

さらに、しばらくするうちにわかってきたのは、会社のすぐ近くの似たような造りの一戸立ての家々から家族持ちの社員の何人かが通ってきていることだった。かつての市営住宅が一区画まるごと払い下げになった際、会社がまとまった戸数を社宅用に買い上げ、格安の家賃で住めるようにしたためで、そこは大家族的な会社の外延部とも言うべき一帯だった。ほかにも社長の肝煎りで、給料、貯え、家族構成からこれという社員をピックアップして面談をし、意志の固まった者から持ち家を建てられるよう住宅ローンその他で便宜を図るという社の方針もあった。わたしたち一家にタコ部屋を与え、またそこから脱出させたのもこういう社長の篤志家的な一面が発揮されたおかげだった。

『王子とこじき』を読み終え、ぼちぼち新しい学校にもなじみはじめた頃、タコ部屋は、四人家族が暮らしていくにはさすがに息がつまるとわたしにも感じられた。いつまでここにいるのかと言い出せないでいるとき、仕事から帰ってきた父が、倉庫の使っていない一角を住まいに改築してもらって、年内にはそこに移れることになったと告げた。

そこは門を入ってすぐ右脇にある古い大ぶりな木造の建物だった。瓦屋根が二層になっていて、棟木を跨ぐ上層は比較的庇の短い屋根だったが、その下の通気と明り取り用の小窓があるだけの白壁の根元からは、広い裾野を思わせる下層の瓦屋根の斜面が長く伸びていた。その広い瓦屋根の軒下のほんの一隅がわたしたちの新しい住まいにあてがわれることになったのだった。

何しろ話は急だった。ある日、社長室に呼ばれた父はいきなり、正月をあそこで迎えるわけにはいかんやろ、と切り出された。そのときには社長の腹積もりはできていたようで、父のナマ返事もそこそこに話はどんどん進んでいった。自転車の荷台にアイスキャンディを積んで売り歩くところから製菓業を起こしたという苦労人の社長は、下積み時代、喰えないときは大工見習いの経験も積んでいた。

——金はかけられんから図面はオレが引くし、材木もできるだけあり合わせを使う。正月ぐらいはお祖父さん呼んで、家族そろうてちゃんとした畳の部屋で御節を囲めるようにせんと、格好つかんやろ。

このうえ、さらに一肌脱ごうというだれにも文句のつけようのない社長の提案のとおりに、実際にことは運んだ。社長みずから引いた図面は、二畳ほどの板の間の台所と四畳半・六畳の二間という必要最小限と言える間取りだった。それは、わたしが十歳の誕生日を迎えたばかりの十一月も終わりに近いある日、朝、学校に行くときはなかったのに、帰ってきたときはもうできていたというほどの早業で現実のものとなった。師走に入ってすぐ、わたしたちはその住人となったが、結局、一家はまる九年間そこに住みなすことになった。わたし自身は高校を卒業して、大学進学のため親元を離れるまで八年間そこで起居し、そこから通学したが、いま思うと、妹とともに育ち盛りで少年期から青年期にさしかかる多感な歳月をよくもそんな狭苦しいところで過ごしたなという感慨がこみあげてくる。

わたしや妹がことさら不遇をかこっていたからではない。

上半分に大きなガラスの嵌めこまれた、どこかの床屋で使い古されていたかのような傷だらけの固い木でできた玄関ドア、安っぽいベニヤの化粧板を張った居間の壁、床材がヤワなため部屋の真ん中の畳が撓んでしまう六畳間……どこから見てもそれはあばら家であり、おまけに風呂はおろかトイレもなかったから、不便というほかない暮らしだったはずだが、ほとんど何の違和感もなくそこでの新生活に慣れていったことが、むしろ不思議でならないのである。

門を入って左側に事務所、食堂、寮などからなる社屋があり、わたしたちが住まうあばら家を含む倉庫の建物がそれに向かい合うかたちで門の右側に位置していた。四、五メートルほどもある鉄扉が一対、内側に開いている正門の存在は、なぜこんな幅の広い門が？　と当初はいぶかしく感じたが、運転手がハンドルを何度も切り返しながら出入りする四トントラックを目撃したとき、合点が行った。

わたしたちが、たとえば普段用を足すには、いったん家を出て、この正門の広い幅を横切り、社屋と別に、事務所玄関脇に塀に貼りつくように位置するブロック造りの社員用トイレまで歩いていった。毎朝、学校に行く前に、正門から出社してくる社員と、出ていく営業車やトラックが行きかう合間を縫って、二十メートルほどの距離を往復するのである。本降りの雨のときは傘をさして行った。事務所や工場や倉庫で働く社員はもちろん、出入りの業者も用を足しにくるトイレだったから、行ってみるとふさがっているということも当然あった。——たとえばそういう暮らしを八年間も淡々と繰り返していたという事実を、いまのわたしは、だれか別人の人生のひとコマを覗き込んでいるような感覚なしには振り返ることができない。

そこで暮らしはじめた当座は、とにかくあのタコ部屋を抜け出せたといううれしさが勝っていた。また、当人には気の毒だったが、気難しくて、他を圧伏せんばかりの声で経を唱えることを日課とした祖父との気づまりな同居がいったんなくなり、期せずして親子だけの団欒が実現されたことがわたしと妹にはじめての解放感を与えたのもたしかだろう。寝所になった六畳の部屋に比べて倉庫の屋根の傾きの都合でかなり天井が低くなっていた四畳半で囲む食卓には、かえってほのかな温もりがあった気がする。

程度にもよるだろうが、単に衣食住のレベルが落ちるだけなら、子どもというのはそれらに対して受動的であるほかなく、しかも受動することにおいて可塑的な存在だから、大人以上に貧しくなることに順応してしまうのかもしれない。ただ、そういう日常が当たり前になり、学校にも慣れ、新しい友だちができて、子どもなりの社会生活を営んでいくと、その自分の順応した貧しさが今度は他人との比較を通して自他のまなざしにさらされることになる。わたしが不思議な気がするのは、そうなってからもわたしはほとんど抵抗も違和感もなく自分の貧しさになじんでいったということだ。妹もそれは同様だった。
たとえば級友のなかには仲良くなって、家に遊びに行くまでになった友だちが四、五人できたのだが、年が改まるとそれぞれが誕生日を迎えるたびに「お誕生会」に招かれるようになった。できて日が浅い公団住宅の、こぎれいで日当たりがよく、いかにも使い勝手のよさそうなダイニングルーム。玄関の引き戸を開け、左の庭、右のガラス障子のあいだのまっすぐな廊下を進んだ先のこぢんまりとした和室の居間。買い物客のひしめく商店街の一角にある家業の飲食店の奥まったところにある座敷。そして広い庭のある鉄筋コンクリート造りの豪邸の離れの一室――わたしは友人たちの母親がもてなしてくれるお祝いの席に、なけなしの小使いをはたいて買ったプレゼントを小脇にいそいそと出かけていったものだが、どの住まいにもそれぞれの友人と家族の暮らしの蓄積された質量感のようなものが醸し出されていて、当然のことながら、ささやかな団欒を紡ぎはじめたばかりのわがあばら家には、それだけは絶対的に欠けているものだった。

早生まれの友だちから始まり、季節の移ろいにつれ次は誰々君、その次は誰々君と「お誕生会」は各自の住まいに場を変えて開かれ、秋が深まった頃、いよいよ次はわたしの番だということになった。わたし自身はその日を心待ちにしたが、製菓工場の製造ラインで働くうえに日々の家事にも追われていた母は、どうも気が重そうだった。担任の教師の家庭訪問にも腰かけてもらう場所もないとこぼしていた母には、そんな狭苦しいあばら家に腕白盛りの男の子の一団がやってくるというのはちょっとした脅威だったのだろう。ただ、当日の「お誕生会」に来てくれた友人たちは母の思いをよそにお行儀がよかった。それはわたしにとっても意外なほどで、彼らそれぞれの「お誕生会」のときの大はしゃぎはすっかり影を潜めていた。彼らにとって母は初対面だったので、みんな他所行きの顔になってしまったのかもしれないが、それ以上におそらく、人や車が行きかう会社の敷地のなかの倉庫の、さらにその片隅に安普請されたあばら家に足を踏み入れてみて、その穴倉のような場所に人が住まいしているということに驚きを禁じえなかったのだと思う。

その翌日だったたか、なかの一人が学校で、おまえんとこ隠れ家みたいや、また遊びに行ってもええか？　と明るい声をかけてきた。父親が手広くスーパーを経営していた彼の住む豪邸には広い庭があり、そこには二階建ての鳩舎があった。それは、どうかすると家族四人が食卓を囲むあばら家の天井の低い居間よりも広い気がするほどだったが、伝書鳩の飼育に入れ込んでいた彼の父親はそこにおびただしい数の鳩を飼っていた。その鳩見たさ、触れてみたさにわたしたち友人グループはこの豪邸によく集まることがあった。当時は遠足のときぐらいしか口にできなかった苺やバナナ、そして豪華な缶に入ったビスケットやクッキーのたぐいを彼の母親が惜しげもなくふるまってくれるのも、わたしたちを引き寄せる強力な磁力になった。たしかわたしが誕生日を迎えた頃、彼は、来年は小学校の最終学年を迎えるということで、母親から難関で知られる地元の私立中学受験にそなえて塾に行くことを強く迫られて弱っていた。まだ周囲に塾に通う子どもなどほとんどいなかった時代である。わたしの家が隠れ家みたいだと目を輝かせたとき、彼はひょっとしたら母親の眼を逃れて身を隠せる場所が見つかったと思ったのかもしれない。ともあれ、それから彼も、他の友だちも思い出したようにわたしの住むあばら家に遊びに来てくれるようになった。それはわたしたちが小学校を卒業するまで続いた。

彼らとの交友の深まりのなかで、わたしは自分の生活に欠けているものばかりを目にしていったと言ってもよく、言葉に出せば、うらやましい、と感じる機会には事欠かなかった。しかし、それはあばら家で営まれるささやかな団欒に自足していく生活感と矛盾しなかった。うらやましいと思う気持ちもほんとうなら、あばら家こそ自分の住処だという気持ちにもウソはなかった。

はじめて鳩を見せてもらいに二、三人の友だちと豪邸に呼ばれたとき、庭の離れで遊んでいるうちに用を足したくなったわたしは、母屋にあるトイレの場所を聞き、靴下が滑ってやたら歩きにくい、広くてぴかぴかの廊下の角をいくつか曲がりながら、これならうちのトイレのほうがよほど近いぞと笑いを催したものだが——つまりそんなふうにわたしは、自分の暮らしに絶対的に欠けているものと、逆にそこに確実に息づきはじめた、ある自足した貧しさとをバランスさせていたのだと思う。それはわたしの無邪気さ——ある意味で野生の適応力を秘めた子どもの無邪気さともいえるものだったろう。だとすれば、いまのわたしが内省的に取り出すのがもっともむずかしい資質でもあるはずだが、当時、それらしいことを子どもながらに触感させられたことがあった。それはわたしたちがあばら家に引っ越して最初に、郷里から〝庚太のおいさん〟が訪ねてきてくれたときのことだ。家に入るなり、台所や部屋の壁や天井など造作に目が行ってしまった〝おいさん〟は、しばし声を呑んでいるふうだった。腕のいい大工である彼の眼に、その安普請のありさまは無惨と映ったのだろう、わたしと二人きりになったとき、わたしの両肩をつかんで自分のほうに向き直らせると、言い聞かせるようにつぶやいた。

——あんな立派な家で生まれたのに、こんなボロ家に住まなあかんとはのう……。不自由やろうけど、いまは辛抱せえよ。お父ちゃんが今度家建てるときは、〝おいさん〟も絶対一肌脱がせてもらうかしらな……

しかし、わたしにとって、これほど不可解な言葉はなかった。生家の記憶はまだ生々しかったけれど、もう一度あんな家に住みたいという気持ちはさらさらなかった。〝おいさん〟に言われてみて、むしろいまの「ボロ家」のほうが住み心地がいいとさえ感じた。わたしには「辛抱」しているという感覚はなかったのだ。

いまもってよく憶えているということは、このときに感じたギャップに、わたしは大人というものが自分を誤解するときのある原型的なパターンを受け取ってしまったのかもしれない。どこまでも善意の人だった〝庚太のおいさん〟にその矛先を持って行くのは筋違いというものなのだろうが……。

あるいは、わたしはまだむきだしの貧しさに直面していなかっただけなのだろうか。ふとそう考えてみて、髣髴とよみがえってくるある少女の笑顔がある——。

それは、やはり大学を辞めて新聞配達をしていた頃、最初で最後となった家庭教師体験が終わってからのことだ。その新聞販売店に勤めはじめて二年目だったわたしは、アルバイトとしてはもう古株になっていた。店長夫妻以外は全員アルバイトで賄っていたその小さな販売店では、三人の古株のアルバイトが一カ月ずつ交代で、未明に新聞社の印刷工場からトラックで直送される朝刊の梱包を解き、配達員の部数ごとに仕分ける作業をすることになっていた。だれよりも早く来て店を開け、店先の歩道に転がされた新聞の梱包を運び入れることから仕事が始まるのだが、ときには店を開けたあとにトラックが到着することもあり、そんなとき運転手はわたしの目を憚ることもなく荷台から荒々しく新聞の梱包を放り投げると、早々に走り去ってしまうのだった。読者に届く前の商品なのに、ずいぶんな扱いだなと驚いたりもしたが、その早出の仕事に当たる月はわずかながら手当ても出たので、わたしは眠い目をこすりこすり何とか遅滞なくこなしていた。

翌月がわたしの番だというある月の終わり、その月の担当をしていたアルバイト歴三年ほどの主婦の小母さんから、来月から自分の口利きで近所の知り合いの小学校五年の女の子が配達のアルバイトに来ることになったので、よろしく頼むと申し送りがあった。母子家庭の子だけど、とてもしっかりしていて、お小遣いを稼ぎたいとはりきっていると聞いた。月があらたまり、わたしが早出を担当しはじめると、実際その女の子はどのアルバイトよりも早く店に現れた。初対面のとき、背が高かったので中学生のように見えたが、話してみると無邪気に笑う快活な女の子だった。わたしは新聞の梱包を解くと、まっさきに彼女の配達分を仕分けなければならなくなったが、部数はたぶん百五十部ぐらいだったろうか。店長の奥さんが配達していた店周辺の区域の一部を受け持つことになり、彼女は歩いて配達するようになったが、一時間ちょっとで終わる程度の仕事だった。最初に順路を教えながらいっしょに歩いた奥さんもとても呑み込みが早いと太鼓判を押していたので、わたしも他のアルバイト同様淡々と彼女の配達分を仕分けていた。ところが、次にわたしが早出を担当した月、それはもう梅雨に入った頃だったが、ある土砂降りの雨に見舞われた朝、新聞をナイロン袋に入れるのに手間取って出遅れたわたしは、急いで自転車を走らせて近くの角を曲がったとき、偶然、傘を差した女の子らしい人影が、かたわらのやはり傘を差した小さな人影に束ねた新聞を渡しているところに出くわした。とっさにブレーキをかけ、滴の垂れる雨合羽の透明なフード越しにしばし見守っていると、二つの影は別れて別々の路地へ消えていった。配達を終えて、戻ってきた店でそのことを小母さんに告げると、雨降りの日はどうしても時間がかかるので二つ下の弟が手伝っているらしいとのことだった。それを聞いて、わたしは傘のなかに束ねた新聞を抱きかかえるようにして立っていた後ろ姿の残像が消えなくなってしまった。そして次の日から、あまり手間は変わらないと思い、女の子と弟の分、二つの束に新聞を仕分けるようにしたのだが、女の子がそのときだけはあらたまった面持ちで、とても大人びた礼を言ってくれたことを思い出す。

わたしのちょっとした気遣いがどれだけ二人の労を軽くしたかはわからない。しかし——そのときは自覚できなかったけれども——大学を辞めて、早朝と午後、新聞配達という労働をする以外は安アパートの一室に逼塞していた当時のわたしにとって、たとえば未明の雨音で目が覚めて最初にやってくる、今日も早出だから起きなければ、という苦役への意識が、あの二人に新聞を仕分けてやらなければという動機に変わることで、万年床から跳び起きるバネになっていったことは否定できない。つまりわたしは、まちがいなく二人に日々の励みを与えられていたのだ……。

新聞配達をしなければならなかった女の子の、母子家庭だという家の貧しさをわたしは知る由もなかったが、いつも無邪気に笑っているようにみえた彼女が垣間見せた大人の貌《かお》は、彼女の目に映じている大人の世界——世の中というものの世知辛さを映し出していたのだろうか。わたしの目に焼き付いた姉と弟が土砂降りのなかで新聞を手分けして黙々と配る姿は、母親がかばいきれずに降り込んでくる世間の風雨を二人がかいくぐっていくけなげなふるまいのようにも思い起こされる。そのとき二人は生活者として早熟たらざるをえなかっただろうし、じかに貧しさに抗って生きるすべを子どもながらにまさぐっていたにちがいない。

わたしの回想は二人に感情移入しすぎているだろうか。それも、さながら山田洋次の映画の、あるいは倉本聰のドラマのある種のステロタイプのごとくに……。そうかもしれない。ただ、この姉、弟と、あばら家に引っ越し、住みなじみはじめた頃のわたしと妹とが年齢的にほぼ重なることに思いいたるとき、わたしは、自分たちがいかに生活者として無垢でいられたかを痛感せざるをえないのである。二人が直面していた貧しさと自分たちが経験したそれを比較しているのではない。そんなことに意味はないし、第一できはしない。わたしは、家運が傾き、急激に暮らし向きが悪くなるなか、その現実を子どもなりにわきまえながら、自分たちがまだ存分に子どもでいられた、その事実をあらためて教えられた気がするのである。

それを可能にしたのは、豪邸に住む友だちが「隠れ家」みたいだと評した倉庫の軒端に即席に造作されたあばら家、そこでひっそりと暮らすわたしたち一家を外界からかくまうように遮っていた製菓会社のブロック塀、そして、その塀に囲われた敷地のなかでさながら大家族のように営まれていた共同生活の空間だっただろう。

父は菓子のセールスマンとして営業車のパブリカ・バンに製品見本を積み込み、月の半分は出張で鳥取、岡山、香川、徳島を走って家にいなかったし、母も毎日製菓工場で製造ラインに立っていたので、わたしと妹は、当時流行り言葉にもなった、いわゆる鍵っ子だった。しかし実際は、あばら家の使い古しのドアに鍵穴があったかどうかもさだかでないほど、鍵を開けた記憶がない。たぶん朝も昼も夜もドアに鍵をかけたことなどなかったのではないだろうか。これは、わたしたちの暮らしにとって、内と外との闘が会社の正門にほかならなかったことを如実に物語っている。

学校から帰ってくると、構内を行き来している社員のだれかしらがわたしに声をかけてくれたし、なかでも寮に住み込みの若い社員はよき遊び相手にもなってくれた。

夜、従業員が家路につき、最後の営業車が戻ってくると、彼らのうちの当番のだれかが正門の鉄扉を閉め、閂をかけることになっていた。太く長い鉄の丸棒を左右の鉄扉に二つずつついた金具の真ん丸な穴のなかに差しとおすだけのことなのだが、様子を見ていると、どういうわけか丸棒がなかほどで少し曲がっていて、四つの穴にスムーズに差しとおすには一筋縄ではいかないコツがありそうだった。下手な社員は最後まで差しとおすことができずに、鉄の軋む音を立てるばかりで、押しても引いても丸棒が動かなくなってしまうこともあった。かたわらで見ていたわたしも思わず手を貸したりするのだが、結局、音を聴きつけて寮の窓から顔を出す別の社員の助け舟を待つことになるのだった。そんなことを繰り返しているうちにわたしは四、五人の住み込みの社員と名前で呼びあうほど親しくなった。

ふだん寮の風呂を使っていた彼らは、土曜日の夜だけはわたしたち一家が通っていた銭湯に出かけた。夕食のあと父と行った銭湯で彼らと出くわすこともしばしばだった。そんなときは彼らのうちのだれかが風呂上りのわたしによくコーヒー牛乳を奢ってくれた。彼らはつねに手ぶらで銭湯に行き、タオルを借り、備え置きの桶を使った。わたしはそれが不思議だった。銭湯を出て、国道沿いの商店街のほうへ向かう彼らと別れて家に帰る途中、その訳を尋ねてみると、父は、彼らがこれから目当ての若い女の子が働いている呑み屋に繰り出すからだという。大きな洗面器抱えて、酒呑みに行くなんちゅう不細工なことできんやろ、というのが父の答えだった。そう言えば、ときには父も自分の洗面器をわたしに押し付けて、彼らとともに国道のほうに歩み去っていく夜もあったような気がする。

彼らがいちばん遊び相手になってくれたのは日曜

日だった。外へ遊びに行かずに家にいる日曜日は、たいがい彼らのうちで寮に残っているだれかと敷地内でキャッチボールをした。昼下がり、手持ち無沙汰に外へ出ると、同じような風情で日向ぼっこをしているだれかと目が会う。すると、彼は笑いかけながら右手を投げおろす仕種をして誘いかけてくる。わたしはうなずいて、すぐ家に戻り、グラブとボールを手に出て行って、彼とのキャッチボールが始まるのだった。さらに一人、二人と加わり、五、六人にもなると、敷地のいちばん奥まったところの工場長の家の兄弟も誘い出し、きまってソフトボールをすることになった。

キャッチボールには十分な広さの構内も、チームに分かれてソフトボールをするには、打球が当たって工場の窓ガラスを割る惧れが多分にあったから、よくよく気を遣わねばならなかった。打球が飛びそうな窓ガラスの前には、だからかならず守備者を置いたが、いざ打席に立つと、みんなそんなことはおかまいなしにボールをかっ飛ばそうとバットを振った。一階が製造ライン、二階が袋詰めと梱包の作業場になっていた工場のスレート葺きの屋根に当てたらホームランという決まりになっていたので、わたしもホームランをねらってフルスイングしたものだ。じつはわたしたちが引っ越してくる以前に彼らは何度もガラスを割った前科があり、キャッチボールはまだしも、ボールをバットで打つソフトボールはご法度になっていた。

始終、目を光らせていたのが、彼らが〝鬼軍曹〟と呼んでいた寮母の小母さんだった。わたしには神出鬼没と感じられたこの小母さんは、日曜日だけは遅い時刻にやってくるようで、彼らは鬼の居ぬ間とばかり、時間を見計らいながら、せわしなくプレーしていた。日が傾いてきて、そろそろやってくるかも、という頃合いには、だれかが脚立を立ててブロック塀に身を乗り出して、彼女がやってくるはずのバス停のある通りの方角を見張ることさえあった。はたして〝鬼軍曹〟の姿が見えたときは、その歩哨役の一声で即ゲームセットとなり、選手たちは蜘蛛の子を散らすようにその場からいなくなるのだった。そんなにも戦々兢々とプレーする彼らの空気はわたしにも伝染し、遊びとはいえ、ゲームに参加しているあいだは、あともう一打席打ちたい、という気持ちと、いつゲームセットが宣せられるかしれないスリルのなかで集中が途切れることはなかった。

　こんなふうに会社の敷地を舞台に営まれる共同生活を、いる、いないにかかわらずコントロールしていたのは、この〝鬼軍曹〟たる小母さんにほかならなかった。とにかく彼女には圧倒的な存在感があった。わたしと妹にとっては、何事にも口うるさく、お節介が過ぎるけれど、親身に世話を焼いてくれる祖母ができたようなものだった。わたしたち、そして母が彼女から押し付けるように提供された物品、とりわけ食糧は計り知れない。賄いで使いきれずに余った肉や野菜、ときには旬の果物のあれこれ、桜餅やかしわ餅、栗饅頭などなど、彼女は惜しげもなくわたしたちの手に持たせた。しかも、それを恩に着せるそぶりはみじんもなく、次の日にお礼を言っても、そんな他人行儀な真似はするなというふうだった。しかし、こういう驚くほどさっぱりした気性は、敷地内に住まうだれかれに向けられる忌憚ない言動にもいかんなく発揮された。それこそが〝鬼軍曹〟と呼ばれるゆえんでもあったのだが、わたしもまた、朝、顔を合わせたときの挨拶や、学校の行き帰りのときの身だしなみなど、人目があるのも構わず、まるで身内にするように大声で注意されることもしばしばだった。寮に住み込んでいる社員たちは、日常の起居ふるまいのすべてにおいて、彼女のこうした視線にさらされ、その声を浴びていたはずだった。それは、十代後半から二十歳過ぎぐらいの青年たちにとって、どんなにか鬱陶しいことだっただろう。しかし、彼女のけれん味のないからっとした物言いとすぐれて気質的な公平さが、彼らを根本のところで信頼させていたのだと思う。

　こうして彼女の威光は寮ばかりでなく、会社の敷地全体にあまねく及んだ。彼女は、寮の社員たちだけではなく、わたしや妹、ときには父と母、そして工場長の一家にとっても寮母だったのだ。そのことが、わたしたちに受け入れられたのは、彼女がけっして権柄ずくでふるまうのではなく、一つひとつの言動が彼女自身の素心から出ていることがおのずと伝わったからだが、何と言っても、彼女の敷地内に隈なく注ぐ眼光に端倪すべからざる力があったからである。

たとえば寮の社員たちとソフトボールに興じていて、敷地の奥深くへと転がっていった打球を見失い、いくら探しても見つからないときもあった。前述したようにわたしたちは、彼女に現行犯で見つかることだけは最大限の注意を払って免れていたのだが、首尾よくその場はごまかせたとしても、もう見つからなかったボールのことも忘れはてた頃、信じられないことに彼女は工場とブロック塀の隙間に落ちていたと言って、仁王立ちでわたしたちの眼前にまさにそのボールを突きつけるのだった。そればかりではない。あくなき掃除魔であった彼女の眼光は、父の行儀の悪さも見逃さなかった。父には、たとえば寒い冬の夜、深酒したときなど、トイレまで歩くのを億劫がり、つい家を出てすぐ脇のブロック塀にむかって立ちションをする悪癖があった。昼間、正門が開いているときはちょうど鉄扉で隠れるところだったが、彼女は、その鉄扉が正門を閉ざしてブロック塀があらわな日曜日、構内を掃除していて、その場所を探りあてた。わたしたちにそれがわかったのは、「立ちション厳禁！」と大書された貼紙があったからだが、敷地内の住人には、これだけでだれが立ちションをしているのか明白なのだった。父にお灸をすえながら、正門が開く平日は鉄扉で隠れるこの貼り紙の効能は心憎いばかりだった。

——この小母さんの目は絶対ごまかせない。

それに類することは彼女によってたびたび引き起こされたので、わたしは嘆息まじりに観念しなければならなかった。

こうしてブロック塀に囲まれた製菓会社の敷地のなかで、わたしたちの卑小な悪事を睥睨する寮母の威光のもとに、わたしたち一家、寮に住み込みの若い社員たち、敷地奥に住まう工場長一家の全員を擬似家族とする独特の肌合いの共同生活はつつがなく営まれていった。わたしは、いまあらためて、子どもの自分がその肌合いに包《くる》み込まれるようにして外界から庇護されていたことを実感する。

もちろんそれは自分の立ち位置しだいで裏腹の関係にもなる。塀に囲まれた世界は、それ自体閉鎖的であることをまぬかれないものだ。

わたし自身がそのことを感じはじめたのはいつ頃だっただろうか。たぶん六年生になって少年野球のチームに入って以来、塀の外の世界――思う存分ボールを投げ、打つことのできるグラウンドのなかに自分の居場所を得てからのことだろう。

中学でも迷わず野球部に入ったわたしは、たまに試合を終えて、夕方、ユニフォーム姿のまま帰宅することもあったが、そういうときに寮母の小母さんに出くわして挨拶しても、わたしを見返す彼女の目は概して冷淡だった。構内でのソフトボールを忌み嫌っていた彼女は、その延長で野球に熱中していくわたしに眉を顰めていたのだろう。それならそれでいっそ見放してくれたらよかったのだが、わたしの行く末を案じてくれていたのか、多少なりと期待をかけてくれていたのか、母をつかまえてわたしの学業について根掘り葉掘り聞くようになった。あげくに高校進学が具体的な日程に上る頃になると、どの高校に行くつもりなのかと尋ねるまでになった。まったく大きなお世話というほかなかったが、こういう穿鑿には、実弟の社長の三人の息子が全員地元で一番の進学校から、旧帝大系の国立大学に現役で合格していたという背景があった。

わたしは高校でも野球を続けるつもりだったから、自分の成績に見合う公立高校に入れれば格別不満はなかった。ただし、へぼチームで野球をするのだけは御免だった。

三者懇談で、お寺の住職でもあった慎重居士の担任教師から受験する候補として提示されたのは、偏差値で言うと二番目と三番目の高校で、前者を受験するなら、滑り止めに私立も受けたほうがいいとのアドバイスも付いてきた。母はそちらに乗り気だったが、わたしはもし落ちたときにはとてもその私立に行く気にはならないこと、何より授業料も馬鹿にならないことを言い立て、後者を受験することを主張した。それを納得させたうえで、二つの高校が中学から歩いて行ける距離のところにあったので、放課後、こっそり両校の野球部の練習を偵察しに行ってみたりもした。前者はただ漫然とキャッチボールやトスバッティングをしているだけで、練習に意図が感じられず、目を惹く選手一人いないへぼチームだった。それにひきかえ後者のグラウンドでは、はつらつとした声と球音が響いていた。そこには中学の野球部の先輩の姿があり、中学時代はさほど目立たなかったのに、フリーバッティングで見ちがえるような打球を飛ばしていた。驚いたのはグラウンドの金網越しに熱心な見物客がたくさんいたことだった。ひとしきりそんな練習風景に見入っているうちに、このチームで野球がしたいという気持ちが沸々と湧いてきたのを憶えている。

ちなみに、この高校に合格したという報せを母が寮母の小母さんに伝えたとき、彼女はあからさまに落胆の色を浮かべたらしい。

しかし、今度こそ晴れて彼女から匙を投げられるだろうと思ったのに、あに図らんや、そうはならなかったのである。朝、制服の詰襟のホックを止めずに、ズック靴の踵を踏んだまま、自転車に乗って登校しようとするのを見咎められ、注意されるぐらいは聞き流してすませられた。だが、突然あばら家を訪ねてきて、分厚い参考書や問題集のたぐいを何冊も置いていかれるのには閉口した。聞けば、三人の甥っ子たちが受験勉強で使ったもので、霊験灼《あらたか》だからこれで勉強してみろという。それまで彼女にはさまざまな貰い物をし、正直、あまりありがたくない物もままあったが、これぱかりは有難迷惑を通り越して脅迫的な意思をさえ宿しているように思えた。

高校二年になると、彼女に加勢してさらに強力なカードが一枚参戦してきた。それは社長その人だった。姉に請われて息子たちの参考書類を渡していた彼は、この頃には父をつかまえて、わたし自身の大学進学について聞いてくるようになっていた。

――私立にはようやらんから、行くんやったら国公立に受かってくれ。

父がわたしに言うのはこれだけで、わたしも黙ってうなずく――父とわたしのあいだではその程度のやりとりしかなかったので、社長に話を向けられても父は同じことを繰り返すだけだった。要領を得ないと思ったのだろう、社長は、朝、車で出社してきて、ちょうど入れちがいに自転車に乗って門を出ようとするわたしを呼び止め、いきなり志望校の具体的な大学名を挙げるよう訊いてきた。朝っぱらから立ち話でする話ではないだろうと困惑したが、わたしは適当な大学名を口にした。それはけっして口から出まかせではなく、受けるかどうかは別にして、まだ高望みが許されるその時点で名を挙げるとすれば、まあ妥当な線の大学だった。ところが、その大学名が社長の口から彼の姉へ、さらに父へ、母へと伝わることで、わたしを追いつめて独り歩きを始めるようになった。

当時のわたしは、連日の朝練習のために二時間目の授業が終わった頃にはもう空腹に襲われ、休み時間の早弁が日課となっていた。いきおい、以降の授業では耐えがたい眠気に負けて居眠り常習者となりはてていた。試験ではかならず物理と化学のどちらかで——ときには両方で——赤点を取っていたが、化学のときは最悪だった。化学の教師は野球部の顧問にして、担任でもあったからだ。社長にいきなり尋ねられて口にしてしまった大学名を面談でこの教師に告げると、彼が手にした赤点のついた答案用紙をひらひらさせて哄笑しはじめる——そんな白日夢をわたしは何度も頭から振り払わねばならなかった。大学受験について云々する以前に、進級できるかどうかを心配しなければならないような超低空飛行をわたしは続けていたのだった。

しかし、そんなふうにはからずも二人がかりでわたしを追い込んでいる寮母の小母さんと社長——このもう一組の姉と弟！——を、わたしはけっして恨みがましく思ったことはなかった。わたしたち一家にとって大恩人であるという分別がベースにあったのはたしかだが、二人の干渉の動機に、相当押しつけがましくはあるものの、嘘のない厚意があるのも伝わってきたからだ。

だが、そんな思いとは別に、わたしのなかで、こ——ブロック塀に囲まれた会社の敷地、倉庫の軒端に営まれたあばら家、それらすべてが形造っているこの共同生活の場——から出ていかねばならない、という覚醒に似た強い思いはほどなく熟していった。

グラウンドにしばしば顔を見せるＯＢのなかに、練習終了後も部室で話し込む先輩が一人いた。彼は、自宅と予備校を往復する日々の気晴らしに来ていたのだが、話しているうちに自然に野球よりも浪人生活と受験勉強の話になった。そして、その語る言葉はほとんど愚痴になっていった。彼にとってわたしと話し込むことが気晴らしになっていたかどうかわからないが、わたし自身は彼と話すたび、うちではとても浪人はできないな、という覚悟をいやでも突き付けられることになった。かくして、どうしても現役で大学に合格しなければならないという当為が、この家――ブロック塀に囲まれた世界を出なければならないという覚醒を呼び寄せた。わたしにとって、大学進学ははじめて現実的な課題となった。

寮母の小母さんが一年以上も前に置いていった問題集をわたしがようやく押入れの奥から引っ張り出したのは、二年生の冬休みになってからだった。昼間の自主トレで十キロの走り込みをこなして帰宅すると、早々に夕食を済ましてひと眠りし、深夜に起き出しては、それを少しずつ解いていった。一ページ終わるのに汲々とする夜もあったが、ひとりで問題に取り組んでいる時間は、どことなく昼間十キロを走り切った自分をもう一人の自分が追走してラップを刻んでいるようで、思いのほか集中できたことを思い出す。

わたしたち一家がそこで糧を得、そこで暮らしてきたブロック塀に囲まれた会社の敷地と倉庫の一角のあばら家での九年間をひといきに振り返ってみると、そこは、わたしにとってある意味で理想的な家郷だったのではないかという思いにゆくりなくも浸されていく。実の家郷を逐われたばかりのわたしや妹を、そんなことに心理的負債を感じる暇《いとま》もないうちに、有無を言わさずブロック塀のなかに囲って庇護してくれ、そして、やがて成長していくにつれ、わたしたちにおのずとその塀の外の世界へ出て行かねばならないという意志と欲求を育んでくれた、という意味で……。

その理想的な家郷に、わたしは大学進学のためにそこを発ってから、二度とふたたび足を踏み入れることはなかった。余儀ない事情がそうさせたのだが、その経緯を物語るには、父がひた隠しに掘り進めていた不穏きわまる坑道のなかに瞳を凝らして足を踏み入れてみなければならない。……が、まだそのときではない。その前に記しておかねばならない言葉を、この家族誌はまだ少なからず懐胎しているのだから。

四

祖父と別居しているあいだ、わたしはほとんどその存在を顧みることを忘れていた。あばら家に越した当初こそ、休みの日に寮の若い社員たちと川釣りに行く父にくっついていった帰り、よく足を伸ばして祖父の許を訪ねていた。ただ祖父よりも、行けばいつもわたしの頭を撫でてくれた、祖父の遠縁にあたるという家主である坊主頭のお爺さんの大きくて分厚い掌のほうが記憶に残っている。しかし離れて暮らしながら、本人が知らないところで祖父は確実にわたしたちの暮らしに影響を及ぼしていた。だれよりも祖父のことを気にかけていたのが社長だったからだ。

裸一貫から行商して製菓業に参入し、会社を興すまでになった彼は、同じように丁稚奉公から呉服の行商で頭角を現し、一家をなした祖父に同郷の先達として一方ならぬ敬意を払っていたようだ。緊急避難的に転がり込んだタコ部屋での雑魚寝がいつまで続くのかと思いはじめた頃、あばら家が提供されたように、それがはっきりと形を取ったのは、またしても唐突なことだった。わたしがいよいよ来春は中学生になるという晩秋、社長は突然、あばら家が壁一枚で接する倉庫の一角をつぶして祖父を迎え入れられるようさらに一部屋増築すると父に告げたのだった。中学生になるわたしのために勉強部屋を作るという意図も併せて、こうして六畳の部屋が一部屋間取りに加わることになった。

この増築を一手に引き受けてくれたのが〝庚太のおいさん〟だった。父が家を建てるときは一肌脱ぐと言ってくれた〝おいさん〟は、まずわたしたちと祖父が同居するために自慢の腕を振るってくれることなったのだった。〝おいさん〟のおかげでその部屋はあばら家のなかでもっとも頑丈で、唯一建て付けに狂いのない一室となった。それなのに、鋸を引き、玄翁を振るうその姿をわたしは思い出せないでいる。倉庫の古い壁を取り壊すところから造作まですべてを一人でやってのけてくれたのだから、その間〝おいさん〟はあばら家に泊りがけだったはずだが、母ももう当時のことをはっきりと憶えていなかった。ひょっとしたら、と例の茶封筒のなかの写真を漁ってみると、普請中の〝おいさん〟を撮った貴重な一枚が出てきた。〝おいさん〟は倉庫の屋根の上にしゃがみ、見下ろし加減に真ん丸な顔いっぱいに笑みを浮かべている。地上でカメラを構えていたのはたぶん父だろうか。かたわらにはわたしや妹もいたかもしれない。ねじり鉢巻を締め、鋸を手にしたその〝おいさん〟の写真を見て、母も思い出したことを語りはじめた。

〝おいさん〟は天井を補強していて、瓦を乗せている野地板やそれを支える垂木がところどころ腐りかけているのを見つけ、このままでは雨漏りするからと、新しい部屋の屋根三分の一ぐらいをやり替えてくれたらしい。材木代を自弁するという〝おいさん〟を社長が制し、たしか全額出してくれたのではなかったか、と言う。祖父が身を寄せていた屋敷の離れは、調度も立派なうえに十分に広く、よく手入れされた庭にも面していたから、家族とひとつ屋根の下に起居できるとはいえ、ブロック塀に囲まれた会社の敷地内のあばら家に移るのは、祖父にしてみれば窮屈な思いをしなければならなくなることだったろう。しかし、そのささやかなひとつ屋根も、社長の太っ腹と、〝おいさん〟の献身的な大工仕事とが阿吽の呼吸で――いまふうに言うと――コラボしなければかなえられなかったのだ。

〝庚太のおいさん〟の手で増築された六畳間は、わたしと妹の勉強部屋兼わたしと祖父の寝室となった。あてがわれた倉庫の一角が六畳よりも多少広く、〝おいさん〟はそれを利用して押入れの脇に半坪ほど余分な板の間をしつらえてくれていた。そのおかげでわたしと妹の机を並べて置くことができたのだが、椅子の下からやたら節の多い木目が覗いていたことを思い出す。この六畳間でわたしは、中学、高校の六年間、祖父と蹠《あなうら》を向い合せるかたちで寝所をともにした。こちらは憶えている、いないというより、信じがたいことにしか思えない。わたしは寝るとき、祖父に「お休み」と言っただろうか。朝起きて「おはよう」と言っただろうか。そういう祖父との肌合いのようなものがまったくよみがえってこないのはどうしたことだろうか。

わたしが憶えているのは、いっしょに暮らすようになった祖父はもはやかつての祖父ではなくなっていたということだけだ。小学生から中学生へと成長していくわたし自身の視点の上昇のせいもむろんあるが、それを差し引いても、いつも背筋を伸ばしてかくしゃくとしていた祖父は、目に見えて猫背になり、肩幅は半分ぐらいになったように感じられた。そして何より、もっとも老い衰えていたのは声だった。あの必要以上に朗々と響いていた祖父の声は、まるで別人のように声量を減じ、変哲のない老人の声に変わっていた。さらに思いがけなかったのは、その衰えに照応するように祖父がまったく読経をしなくなったことだった。小さな本尊と位牌を入れただけの粗末な木箱を祖父は仏壇代わりに持っていて、新しい部屋の和箪笥の上にも置いたが、それは置かれただけで礼拝の対象とはならなかった。口のなかで、なんみょうほうれんげきょ……なんみょうほうれんげきょ……と語尾をくぐもらせがちに呟くことはあったが、それは口癖のように洩れ出るにすぎず、かつてのように仏壇に対座して一途に捧げられた読経の、その朗々たる声の片鱗もなかった。読経は、祖父にとって近親の死者の魂を所有する儀式であるとともに、現世的には呉服屋としての成功と暮らしの安泰を烈しく希求する行為であったから、その呉服屋という生活の底が抜けてしまったとき、それ自身の発信源もいっぺんに萎えてしまったのだろうか。

それでも、あらためて変わらないなと思って聞いたのは、毎朝の習慣で祖父が朝刊の一面を広げて淡々と音読する声だったが、しばくすると祖父は、あらぬときに、読経の代わりともつかぬ謡《うたい》のような声を洩らすようになった。おそらく歌舞伎や浄瑠璃の出し物、そのなかのきまって泣かせどころ――怒りであれ悔恨であれ悲嘆であれ、感情が最高潮に高まるとびきり有名な場面――の決めの台詞を祖父はひとくさり唸っていたのだが、それはそれで奇妙なパフォーマンスだった。というのも、そんなとき祖父はその台詞を吐いている役柄になりきっていて、まるでわたしや妹が存在しないかのように自分一人の感情移入に耽っていたからである。ときにそれは台詞から嗚咽になって終わることもあった。わたしたちは気味悪がって、そっと別室に行ったり、外に出たりしたものだが、いま思い起こすと、祖父はかなり堂に入った節回しで唸っていた気もする。かつての耳を聾するばかりの読経も、祖父にとってみずからをそこに没入させるパフォーマンスにちがいなかったろうが、同時にそれは、その場にいる者らにとっては、声によるこれみよがしの示威行為でもあった。ところが、歌舞伎や浄瑠璃のひとくさりを唸っている祖父は自分の声のなかに一人きりで閉じこもっていた。いまのわたしなら、そんな祖父のなかに秘められていたなけなしの文学――吉本隆明の言葉を借りれば、感情の自己表出のありかを感知して、あるいは対話を始めることができたかもしれないが、当時のわたしにはただただ敬遠するほか術がなかった。

祖父は、父や母が家にいるときはみじんもそんなそぶりを見せなかった。

わたしは何度も繰り返された気がするある場面を想起する。それは、母が工場での勤めを終えて帰宅し、台所で米を研いだりしているときの情景だ。ドアを開けて外に出た祖父が車や人の往来の合間を縫って、事務所前のトイレまで着物の裾をはためかせながら、たよりなげな足どりでとぼとぼと歩いていく。その姿を窓ガラス越しに眺めながら、母は吐息を漏らすようにこうつぶやく。

――考えたら、お祖父《じい》さんも気の毒な人や……

何度も繰り返されたのはむしろ情景よりも、かたわらのわたしに母がつぶやいたこの言葉のほうだっただろう。祖父と同居するようになってから母が独り言のように洩らしつづけたそれは、やがてわたしと妹の耳にこびりついていった。

かくてわたしと妹は、母が知らない祖父の唸る歌舞伎や浄瑠璃の台詞と、祖父が知らないところで母が洩らす祖父を思いやる繰り言とを両方聞いていたことになる。たぶんどちらが欠けていても、わたしはそれらを思い出すことすらなかっただろう。妹とともに自分が祖父の声と母の言葉とのひそかな通底器になっていたという感覚——その感覚の名残りが、わたしにそれらを思い出させたような気がする。そして、父だけがそのいずれも知らないまま月の半分を出張先で過ごしていたのである。

五

あばら家のなかにいる父の記憶は——酒を呑んでいる姿を除けば——郷里の呉服屋に暮らしていたときと同様、あまり鮮明ではない。家の前に止めてある営業車を念入りに掃除したり、開けたボンネットのなかに屈み込んでエンジンを手入れしたりする姿。工場の二階からベルトコンベアで次々と降りてくる段ボール箱をトラックに積み込むのを手伝ったり、うまそうに煙草を吹かしながら運転手と談笑したりしている姿。会社の構内でそんなふうにしている父の姿はよみがえってくるのだが……。

忘れられないのは、父が二週間の出張を終えて、あばら家のドアをあわただしく開けて帰ってきたときのふるまいだ。夕暮れにはまだ時間があるのに、父は一升瓶の栓を抜くと、コップになみなみと冷や酒を注ぎ、一気に呑み干してしまうのだった。そのさまはまるで、わたしが野球の練習の合間に蛇口に口をつけて水を呑むときのようだった。そして呑み干すやいなや、ものも言わずにドアを開け、営業車に積み込んでいた菓子の見本を両腕いっぱいに抱えて事務所に入っていくのだった。長いあいだわたしは、コップ酒が普通の酒の呑み方で、徳利と盃で呑むのは元旦のようにかしこまった飲食をするときだけだと思い込んでいたのだが、寒くなっても父は銅製の銚釐《ちろり》で燗を付けてもっぱらコップ酒をあおっていたから、子どものわたしがそう思うのも無理はなかっただろう。父の遺品らしい遺品と言えば、古色蒼然たるツイードの背広や、だれも着られない羽織や着物がわずかに遺っているばかりだが、この銚釐も四十年近く使われないまま、食器棚のどこかに伏せられているはずで、じつは父を偲ぶにいちばんふさわしい一品なのかもしれない。

家にいる月の半分、父の酒量は一升瓶五本と決まっていた。決めていたのは家族五人の所帯をやりくりする母だったが、たまに月の明けないうちに五本とも空になり、もう一本買ってこいという話になる。母はむろん頑強に撥ねつけたので、父は隙を見て——たとえば母が妹を連れて銭湯に行ったりしているあいだにこっそり酒屋まで走り、ツケで一本もらってくる。そんなときの、いつのまにか家を抜け出して、気がつくと一升瓶をぶら下げて戻ってくる敏捷さはほとんど動物じみていた。そして翌月母が払いに行くと、持ち合わせでツケが払えなくなっているので家でひと悶着起きるという具合だった。しかし、銚釐から注がれた酒がたまさかコップからあふれるように、父の大酒が引き起こす悶着がせいぜい一升瓶一本分程度で済んでいたのは、あばら家での日常の平穏を物語るものだったかもしれない。

こういうとき、父と母のあいだでかならず水掛け論になる問答があった。母が、家でこれだけ呑むんだから、出張先でもツケで呑んでいるのではないか、と問い詰めると、父は、出張中は車に乗らないといけないから呑めない。だからこそ、家に帰って呑むんだと応じる。もっともらしさが余計胡散臭さを掻き立てるような答えだったが、しかし、たしかにこと車の運転に関しては、父は潔癖すぎるほど潔癖だった。普段から神経質なまでに車の掃除やメンテナンスを怠らなかったように、父は車を運転することそのものを愛《め》でていたと言ってもよかった。車を大事に、できるだけ無駄な負荷をかけずに、スマートな走りで運転してみせることが父の自負であり、それは、免許を取って以来何十年も無事故・無違反を通していた事実にも現れていた。わたしは、父以外の人物の運転する車に乗る機会が増えていくにつれ、そのことに少しずつ気づいていった。コップ酒が当たり前だと思っていたように、子どものわたしは濃やかな意思が隅々まで貫かれた父の運転が当たり前だと思い込んで、そのありがたみを知らないまま助手席で居眠りしたりしていたのだ。

ただ、母に問い詰められた父の窮余の答えはやはり胡散臭いものだったようだ。

会社に出入りの運送会社の社長で、父ととてもウマの合う人がいて、出張から帰ると父は彼をよく家に連れてきていっしょに呑むことがあった。社長と言っても、自分もトラックのハンドルを握りながら運転手四、五人を使って運送業を営んでいる運転手の親分のような人物だった。父は、ルートセールスのかたわら新規開拓をしていて、新しく注文を取れた先には初回納品時にトラックに同行し、運転手の顔つなぎの挨拶をすることになっていて、そんなとき、いつもトラックのハンドルを握るのがこの社長だったようだ。

父とは別に、わたしと妹が彼を歓待する理由があった。それは、彼がすこぶる気のいいおじさんだったということに加えて、当時子どもだったら知らぬ者はなかったと思うが、脇役ながら、ある人気漫画のキャラにそっくりな顔をしていたからである。わたしは彼の顔を見たとたん、あっ〝小池さん〟だ、と思ったのである。あの「オバケのQ太郎」に出てくる、いつもインスタント・ラーメンをすっている天然パーマに黒縁眼鏡の〝小池さん〟に彼はそっくりだったのだ。初対面のときからふざけて〝小池さん〟と呼ぶようになったわたしや妹に、彼もまた遊び心で、ラーメンをすする格好をしながら応じてくれたので、〝小池さん〟はほんとうにわたしたちにとって〝小池さん〟になってしまった。いまとなってはもう本名も思い出せない。

〝小池さん〟はいささかお人好しが過ぎて、酒が入るとどんどん口が軽くなり、三朝温泉の宿では朝まで呑んだなあ、とか、道後温泉まで足伸ばして遊んだときは芸者衆がようさん来たなあ、とか、父が伏せておきたかったことまでぽろっと口を滑らせることがよくあった。〝小池さん〟を連れてくるたびに自分の家での大酒の口実の胡散臭さをバラしているようなものだったが、それでも父は〝小池さん〟を連れてくるのを止めなかった。それほどに彼は無二の酒の相手だったのだ。

わたしたち一家が敷地の一角に住みつき、父がセールスマンとして月二週間程度の出張営業に出るようになった頃、会社はちょうど菓子問屋から菓子メーカーへと脱皮しようとする転換期を迎えていた。大小の菓子メーカーの製品卸を手広く営んで会社の屋台骨を作ってきたものの、いくら商っても利が薄く、そんな収益構造を抜本的に改善するべく、社長は細々と続けていた自社製品の製造・販売に思い切って人と金を投入する方向へと舵を切ったのだった。かくして社運をかけた新製品が開発され、そのための製造ラインが敷設され、新たに製造・販売を担う従業員が増員された。父も母もその要員として雇い入れられたわけで、こうした時の巡り合わせがなければ、いくら社長が同郷の篤志家であったとしても、わたしたちを一家ごと迎え入れてくれるような幸運はまずありえなかっただろう。

大酒の口実はともかく、父がセールスマンとしてかなり貢献していたことは事実のようだ。新規開拓と新製品の売り込みに精出し、着実に売り上げを伸ばしていった。それが社長に認められ給料も数年のうちにだいぶ上がったという。そんな母の言うところを聞きながら、当時食べ盛りであったわたしが思い出すのは、たしかにこの時期に、またかと思うほど食卓に出ていた鯨肉がいつのまにか豚肉や牛肉に変わっていったことだ。東京オリンピックのあと一気に全面化したこの国の高度経済成長の潮流は、新製品の開発・製造に舵を切った会社をその波に乗せ、その最後の余滴であばら家の食卓も潤していたということだろうか。

そう言えば、新製品として開発された米菓のかき餅も既存の自社製品——金平糖、ポン煎餅、クラッカーといったいかにも子ども向けの駄菓子と比べて、格段においしく、高級感があった。子どもから大人まで幅広く賞味できる、というのが売り文句だったが、その狙いがうまい具合に時代のニーズに合致したのだろう、思いがけないほどのヒット商品となった。わたしと妹ももちろんこのかき餅を食べた。いやというほど、と言ってもいいぐらい食べたが、それはしかし、店で売っている透明な袋に入った商品たるそれではなかった。このかき餅は焼き上げ、乾かしてから、袋詰めするまでのあいだにどうしても一定数の割れが発生したが、その割れものばかりを多めに入れた徳用袋も正規の商品並みに売れ行きがよかった。そしてじつは、わたしと妹がもっぱら食べていたのは、この徳用袋にも入れてもらえなかった欠片《かけら》たちだった。工場で一階の製造ラインに立ったり、二階の袋詰め作業をしたりという仕事をローテーションしていた母は、たまに、従業員だけが与れるおこぼれであるそんな欠片ばかりを詰めた一斗缶を抱えて帰ってきた。わたしと妹は歓声を上げて迎え、すぐに蓋を取る。醬油と味醂が混じった焼きたての香ばしい香りが鼻をつく。これでしばらくはおやつを買わずに済むという母の思惑をよそに、わたしと妹はすごい勢いでそれを貪り喰らい、母をあわてさせるのだが、残り四分の一ぐらいになった頃には飽きてきて、食べなくなる。他のお菓子をねだっても、母は一斗缶が空になるまでは買わないと言い張り、そのうち湿りが来て、口に入れても風味や食感はすでに失せている。ふてくされたわたしは欠片を投げ上げて大きく開けた口で受けて食べようとしたり、失敗すると、それを妹に投げつけたりしていた。ちょうどそんな悪ふざけをしているときだった。仕事から帰ってきた父がそれを見咎め、わたしを叱り飛ばした。

——わしが苦労して売っとる大事な菓子を……そのおかげで食べていけるようになった菓子をおもちゃにする奴は出て行け！

自分が必死に売り込み、ある意味でそれに支配されているその対象が弄ばれることは自分自身が愚弄されることだ。父はとっさにそう感じて、怒りを爆発させたにちがいない。わたしのなかにこの場面がいまも生々しい感触で保存されているのは、後にも先にも素面の父にこれほどの怒声を浴びせられたことはなかったからだ。父は、しかし思わずかっとなってしまったにすぎず、怒声はわたしのふるまいの何がどういけないのかを教え諭すような言動にはならなかった。怒りはあくまでも一過性で、相変わらず父は息子たるわたしをまったく訓育することのない父親でありつづけた。

六

父に、勉強しろ、と言われた記憶がわたしにはまったくない。たまに本を読んでいると、本を読むヒマがあるなら勉強しろ、と言われた覚えはあるが、不思議なことにその数十倍ぐらいの頻度で漫画に読みふけっているわたしを見ても、父は何も言わなかった……。

そんな父がわたしを連れ歩くうち、はからずもその沃野へと目を見開かせてくれたのが野球というスポーツだったが、わたし自身がその沃野に走り出て白球を追う愉しみにめざめてからは、父とともに野球観戦に行くことはすっかりなくなっていた。わたしはもっぱら野球仲間と連れ立って、自転車で、バスで、電車で方々の野球場へと出かけていった。その最大の舞台が甲子園の高校野球だった。あと少しで六年生の新学期が始まるという小学校五年の春休み、センバツ高校野球を観戦するためにはじめてこの球場に足を踏み入れたとき、美しいグラウンドの土と芝、それを囲繞するアルプスと呼ばれる観客席に目を奪われて立ちすくんだものだ。以来、毎年春と夏には仲間の何人かといっしょに、海沿いを走る私鉄電車を乗り継いで甲子園に詣で、高校野球を観戦するのが恒例行事となった。

明るい屋外から入場門をくぐり、小暗いコンクリートの通路を歩き、目を慣らしながら階段を上がっていくと、蒼空を四角く截った観客席に通じる入り口からまばゆい光とともに歓声と球音が谺してくる。わたしは何とも言えない胸騒ぎを感じて、一刻も早くグラウンドの全景を視野に収めようと階段の最後の数段を駆け上がる——。そこは、幼い頃からまみえてきた野球場という野球場のあまたのたたずまいを貫いて、やがてみずからが躍り出て、白球を追いかけるべき輝かしい世界への開口部のように存在していた。

余談だが、大学時代、ほとんど授業にも出ず、大阪の街をほっつき歩くようになったとき、わたしは昼間、まだ難波のど真ん中にあった大阪球場でデイゲームを観、夕暮れには千日前の一角にあった名画座に潜り込むといった日を過ごすこともあった。ぶらりと試合途中の球場に入ったり、三本立ての二本目の途中から映画館に入ったり、気ままな時間つぶしにすぎなかったが、ほどなく沈潜するように映画のスクリーンに対座するようになったとき、ふとそれが、かつて野球場の観客席への入り口に感じたように、しかし、まったく対照的なある世界への開口部として、わたしにむかって輝いているように思えた。背後から投じられる一条の光が現象させるスクリーンのなかへ自分はけっして躍り出ることはできないのだが、その扁平な四辺形のなかでは、巨大な暗箱のなかに一対一でそれに向き合うために不特定多数の人々を蝟集させる、ひとつの確乎たる世界が燃焼しているのだ、と——。

ところで、勉強しろと言ったことがなかった父は、野球にのめり込んでいくわたしには好意的な放任といった態度だった。わたしの打順が何番で、ポジションがどこかぐらいは知っていて、試合があると勝ったか負けたかは聞くが、それ以上ではなかった。チームメイトの父親のなかには、試合を見にくるのはもちろん、ときに応援が昂じて、監督の采配に声を荒げて野次を飛ばすような熱い御仁もいたが、父にとっては、わたしのチームの勝敗は阪神タイガースのそれの十分の一、いや百分の一ぐらいの関心しか呼び起こさなかったのではないか。それでいて、それなりに金がかかる野球の道具——グラブ、バット、スパイクシューズの類は、スポーツ用品店についていきて、母を怒らせるにちがいないような高価なものを気前よく買ってくれていた。つまり、野球少年のわたしにはこれ以上ない都合のいい父親だったのである。

一方でしかし、わたしはしだいに自分が父の息子であるという事実に直面することになった。それは端的に、身長一五八センチという父の短躯をなぞるように、幼い頃からずっと背が低く、しかも華奢であるというわたしの体格的な与件として現れた。それは必ずしもハンディとばかりは言えず、ときに人一倍の身の軽さとなって、跳び箱、鉄棒、雲梯などでいかんなく発揮されはした。体育の授業ではみんなの前で、でっぷり太った運動音痴の担任教師から、たとえば飛び込み前転や高鉄棒での逆上がりの手本を見せてくれと指名されるのはいつもわたしだった。ところが、六年生のいつだったか、身体測定のあとのホームルームの時間で同じ教師にすっぱ抜かれたのは、男女四十数人のクラスのなかでわたしだけがただ一人体重三十キロにわずかに満たなかったということだった。

——おまえ、これからはわしの分もやるから、給食二人分食べてええぞ！

教師の一声でクラスはどっと沸いたが、わたしは自分が最軽量であるという事実を突きつけられ、周囲に渦巻く笑い声のなかで顔が火照るほどの屈辱を感じていた。

中学の野球部に入ってからは日々の練習で体は強くなったものの、三年間、わたしはチームでいちばん小柄な選手であり、ずっと二番セカンドで通した。試合の局面によっては、フォアボール取ってこいという監督の指示で、わざとクローズド・スタンスで打席に立ち、上体がベースに被さるように構えて、相手ピッチャーを投げづらくしてはまんまと四球で出塁し、重宝がられもした。望むところではなかったが、父に似て小兵たる自分の、それが野球のスタイルなのだと納得するほかなかった。

ただ、よくよく考えてみると、こうした自己納得には、一方で母による長きにわたる刷り込みが掠めた手から作用していたのではないか。

忘れもしない、あれは六年生の正月のことだった。

わたしは小学校に入った頃から人並みに漫画本に親しむようになったが、友だちのほとんどが熱中していた手塚治虫の漫画ではなく、当時、ひとつの主流をなしていた戦記漫画ばかりを好んで読みふけっていた。思い出すまま挙げれば、加藤隼戦闘隊を描いた九里一平の「大空のちかい」、辻なおきの「ゼロ戦太郎」や「ゼロ戦はやと」、貝塚ひろしの「ゼロ戦レッド」、小沢さとるの潜水艦漫画「サブマリン707」や「青の6号」といったラインナップがそれぞれの絵とともによみがえってくる。外に出れば野球に興じ、家に帰れば戦記漫画を読みふけり、プラモデル作りに凝っていた自分の嗜好がどんなバランスで成り立っていたのかもうわからないが、そんな並みいる作品群を渉猟するなかで、わたしがひときわ傑出した作として胸に刻み込んだのが、ちばてつやの「紫電改のタカ」だった。この作品は、漫画週刊誌に連載されていたときから欠かさず読み、登場人物とストーリーを諳んじられるほど繰り返し愛読し、さらには主人公滝城太郎と愛機紫電改の絵をまねて描くようになり、熱が昂じてとうとうコピー作品を描こうとペンを執って粘りに粘ったものの挫折し……といった経験をさせるまでわたしを虜にした。

——で、その正月、かねて行きつけの半分が貸本屋、もう半分が文房具屋になっている店に陳列してある漫画を描くための文房具セット一式に目をつけていたわたしは、店が開くやいなやお年玉をポケットに入れて店頭に走ったのだった。ここぞとばかりお年玉をはたいてそれを自分のものにしたわたしは、意気揚々と家に帰ってきたのだが、母はポケットを空にして帰ってきたわたしに顔色を変えた。

——いくら欲しいもんがあっても、お年玉というものはもらってすぐ使うもんとちがう。なんであんたはいっぺんに全部使うてしまうんや！

わたしの両腕を痛いほど強く握りしめ、言葉をひとことずつ発するのに合わせて母はわたしの体を揺さぶりはじめる。怒っているのに、目にはだんだん涙が溜まってくる。それは、いやあな叱られ方だった。抗弁することのできないまま、わたしは母が鎮まるのを待つしかない。たとえ鎮まったとしても、余韻を引きずらないといけないような、それは叱られ方だった。わたしは、数年前のやはり正月、まだ郷里の町にいた頃にも同じように叱られたことを思い出していた。そう、あのときはお年玉の百円玉を握りしめて駅前通りの本屋に走っていた——。〝怪傑ハリマオ〟のカルタだった。幼いわたしはお年玉の百円玉を握りしめて駅前通りの本屋に走っていた——。

わたしを叱りながら、母がわたしのなかに父を見ていたのは明らかだった。その眼は、呉服屋だった生家を人手に渡す引き金になった父の金銭上の不始末に始まって、野球に熱中するようになったわたしに自分のやりくりの苦労もかまわず高価なグラブやバットを買い与える父と、もらったお年玉をいっぺんに使いはたしてしまうわたしとをつないでいる一本の因果の糸を透視せずにはいられなかったのだろう。その因果の糸を断ち切ろうとして、母は父にあらかじめ失われていた訓育する父親の貌をしてわたしに立ちはだかったのだった。それは、みずからを駆っていかにも無理な役回りを演じている息苦しさを醸していた。そして、そのあとは必ず過剰に母親の貌に戻ろうとした。当時――つまり六年生の頃には、わたしはこうした揺れ動く母のジレンマが手に取るようにわかるようになっていた。しかし、そんな母の奮闘にもかかわらず、わたしが母から受け取っていたのは、母の意図を汲んだ感化ではなく、ただ自分が父の因果の糸から逃れられないという、ひとりでに足枷となる刷り込みだったように思われる。しかもそれは、きまってわたしが野球を続けていくなかで限界として表れたのである。

わたしの入った中学の野球部はそれなりに強いチームで、在籍した三年間、市内二十四校で争うトーナメントではいずれもベスト8以上まで勝ち進んだ。最後の三年生のときには過去二年敗れていた強豪校を下して優勝し、念願の県大会にも進んだ。しかし、その初戦で当たった甲子園常連校を高等部に持つ私立の中高一貫校の中等部にはまったく歯が立たず、大惨敗を喫した。相手はそのまま勝ち進んで県大会を制し、さらに近畿大会でも優勝を遂げるほどだったので、抜きんでた力を持ったチームだったのだが、わたしがその試合で思い知らされたのは、野球選手としての彼我のパワーの絶対的な差だった。試合前の挨拶でホームプレートをはさんで彼らと面と向かったとき、わたしは高校生と試合をするのかと思った。上背のある選手ならチームメイトにもいたが、相手はそれだけでなく腰回りから尻、太腿までがっしりとたくましい選手がそろっていた。試合が始まると、ピッチャーの球の速さ、キャッチャーの肩の強さ、バッターの腰の据わったスイング、その打球の速さにわたしたちは圧倒された。このチームはそのまま全員が高等部に進学して、のちに甲子園出場をはたし、そのなかからプロ野球選手や、大学野球、社会人野球で活躍する選手も輩出したから、当然の結果と言えばそれまでだが、わたしはしばらく野球をするのがイヤになるくらい打ちのめされた。ゲームセットが宣せられて呆然とベンチに引き揚げたとき、意外にさばさばした表情の監督から言われたひとことが忘れられない。

——お前がセカンドベースに牽制に入って相手のランナーと並んだとき、子どもが大人相手に試合してるようなもんやと思た。こりゃ勝てんわ、と……。

彼は苦笑いだったたが、わたしは言葉を返せなかった。

そのとき、わたしはもう父の身長を越えていたはずだ。しかし、わたしは自分の非力を父の子として引き受けている体格のせいにした。そして、高校で野球を続けるには、体を鍛えるにしろ、技量を身につけるにしろ、それを克服しなければならないと思うようになった。

同じ頃、体育の授業でたまたま試金石のような機会が訪れた。それは千五百メートル走のタイムトライアルだった。わたしの念頭には、旧制中学時代、陸上部で父が出したという四分三十数秒というタイムがこびりついていた。幼い頃、町別対抗の運動会などで、同年輩のランナーをぶっちぎってテープを切る父の走りっぷりを見ていたので、あながちいい加減なタイムでもないと思えた。わたしはひそかに父のタイムを超えられるかどうかトライするつもりだったが、うまい具合にいっしょに走るクラスメイトに陸上部員がいて、格好のペースメーカーになってくれた。運動場に白線で引かれた二百メートルのトラックを七周半。わたしはペースを度外視して、とにかく陸上部員についていこうと最初から飛ばした。最後まで走り切れるか、途中で息切れるか、賭けだった。五周目までは何とか彼の二、三メートルあとをついていった。しかし、六周目に入った頃から少しずつ彼の背中は遠ざかっていった。最後の周回のコーナーにさしかかったときには、彼の姿は目の前に伸びている直線のさらに先のコーナーを曲がりつつあった。もうわたしにスパートする力は残っていなかった。ゴール目前でうしろから来たランナーにも抜かれ、わたしはつんのめるようにゴールに転がり込んだ。

五分を越えること数秒。それがわたしのゴールタイムだった。トップでゴールインした陸上部のランナーは四分三十秒だった。彼は、ようついてきたな、とねぎらってくれたが、わたしは息を切らせて頷きながらも、秘密の落胆を噛んでいた。クラスで三番目、まずまずのタイムでゴールしたことは頭ではわかっていたが、ねぎらってくれた彼との大きな差がほかならぬ父とのあいだに横たわっているようで喜べなかった。そしてその夜、わたしは夢を見た。正夢の反対——現実に起こったことの心にもたらした圧迫が寸分たがわず射影された、ある意味でもっとも凡庸な夢を。——わたしの前方を父が走っていた。短躯だが、肩幅の広い背中をわたしは必死で追いかけている。しかし、父はわたしとの距離を少しずつ広げていく。わたしは小さくなる父の背中にむかって何ごとか叫んでみるのだが、声にならない。父の背中はますます遠ざかり、やがて点のように小さくなって消え入ってしまう……。

自分の千五百メートル走のタイムも、ましてこんな夢を見たこともわたしは父に黙っていた。いまごろになって、父に話していたらどんな反応を示しただろうかという問いが、沼底の泥濘から立ち昇る泡のように心の水面に浮かび上がってくる。

そんなこんなで少し落ち込んでいた頃だった。

中学三年の五月だったことははっきりしている。わたしはあらためて野球への血をたぎらせる僥倖とも言うべき機会に恵まれたのである。その僥倖をもたらしてくれたのは、あの〝小池さん〟だった。〝小池さん〟は、例によって父に引っ張られてあばら家にやってきたある夕べ、甲子園での巨人戦のナイターのチケットが三枚手に入ったと告げた。自分の会社の取引先から運よく貰い受けたので、三人でいっしょに見に行こうと誘ってくれたのである。

その年、阪神タイガースには、東京六大学のホームラン記録を大きく塗り替える通算二十二本のホームランを放った法政大学の強肩・強打のキャッチャー田淵幸一が鳴り物入りで入団していた。地元の球場では、毎年春先にオープン戦があり、いつも満員札止めになるのが日本シリーズ常連同士の顔合わせである巨人×阪急戦、次に人気なのが阪神×南海戦だった。わたしは例によってチームメイトの何人かと、当然のことながらルーキー田淵のホームラン見たさに後者のカードに駆けつけた。

はじめて見る田淵は背はめっぽう高いが、いかにも線が細いと感じられた。まず目を惹いたのは強肩だった。ショートのポジションを売り出し中の藤田平に譲り、セカンドで現役最後の年を迎えていた吉田義男が二塁ベース上で構えるグラブに糸を引くように吸い込まれる送球は、わたしにあのボールが捕れるだろうかと思わせるオーラを発していた。しかし、肝心のバッティングはさっぱりで、まっすぐを見逃し、ボール球の変化球を空振りし、最後は一度もバットを振らず、田淵は三打席を手玉に取られて連続三振を喫した。わたしは愛想をつかし、仲間をうながして球場をあとにした。ところが、翌朝の新聞のスポーツ欄を見ると、最後の四打席目でライナーの左前打を放ったことが写真入りで報じられていたのである。田淵の打棒を待ちきれなかった自分の不明が情けなかった。

〝小池さん〟がもたらした甲子園での観戦チケットは、その意味でもわたしにとって願ってもない雪辱の機会を与えてくれた気がした。もちろん相手が当時V5をめざしていた宿敵巨人であるだけに、それは息づまるような緊張を強いるだろうし、負けたら負けたで地獄へ逆落としの敗北感を味わう夜になるだろうが、いざ見参するしかない戦いへの招待状なのだった。

甲子園に着いたとき、ちょっとした手違いが発覚した。〝小池さん〟がポロシャツの胸のポケットから取り出した二つ折りにした三枚のチケットをよく見ると、それらが続きの席ではなく、二枚は一塁側のボックス席だが、一枚はグラウンドが間近に見えるグリーンシートだったのだ。わたしは三人いっしょに坐れないことより、グリーンシートそのものに色めき立った。そんな気配を察知して、〝小池さん〟は即座にその一枚をわたしに譲ってくれた。こうしてわたしは、一塁側の阪神のダグアウトがすぐ右側に見えるこれ以上ない席に陣取ることができた。振り返ると、父と〝小池さん〟は、後方十五メートルあたり、階段状にせり上がったスタンドの席に並んで坐っていて、わたしは手を振ったが、試合が始まってしまうと、一度も二人のほうを振り返ることはなかった。

毎年高校野球を見に来ていたので、甲子園は知り尽くしているつもりだった。しかし、カクテル光線を浴びて浮かび上がったダイヤモンドはまるで別世界に見えた。その中心にあるなだらかなマウンドに、体を揺すってゆっくり歩いてきた江夏が立ったときから、わたしの目はグラウンドに釘付けになった。田淵のミットに小気味よい音を響かせて速球がテンポよく決まる。かと思えば、コーナーいっぱいにブレーキ鋭く落ちる変化球。江夏は巨人打線につけ入る隙を与えず、王、長嶋にも真っ向勝負で三振を奪ってみせる。対して巨人先発の堀内も帽子を飛ばしながらの力投で、まっすぐと落差の大きい独特のカーブのコンビネーションに阪神打線も打ちあぐねるばかりだ。試合はスコアボードに0を連ねながら、あっという間に中盤にさしかかった。場内アナウンスで両エースの名が告げられたときから、投手戦は予想したものの、まれにみる息づまる試合運びに、チェンジになるたび体が固まっているのに気づく。

一方で、はじめて目の当たりにする阪神×巨人戦をわたしはまちがいなく堪能してもいた。おそらくテレビで同じ試合を観戦していたら、応援したり、野次を飛ばしたり、選手の一挙手一投足に一喜一憂していたことだろう。しかし、甲子園のグリーンシートで、わたしはただ息を詰め、声を呑んで、江夏の、堀内の投げ込むボールに、そして長嶋の躍動感に満ちたフィールディングに、藤田平のしなやかな流し打ちから弾き出されるライナーに見とれていた。

――野球は、じつに美しい！

彼らを見つめながら、勝敗を超えたところで、自分のなかで騒いでいる野球の血に聞き入っていたのである。

さて、雪辱を期待していた田淵はどうだったか。江夏のボールを受ける彼は落ち着いたキャッチングをしているように見えた。すぐ目の前のウェイティングサークルから堀内の投球を見据えるその顔つきも、オープン戦で見たときよりはるかに精悍だった。ただ、打席では堀内のボールをなかなか打ち返せないでいた……その瞬間までは——。

その瞬間はたしか六回の裏にやってきた。ランナーが一人、いや二人出ていたかもしれない。とにかく願ったりかなったりのチャンスで田淵に打席が回ってきたのである。大観衆の昂奮はいまや最高潮に達していた。

不思議なもので、ある決定的瞬間の光景というものは、その眩さで前後の光景、あるいはそこに至るプロセスを見えなくすることがあるらしい。その瞬間——田淵が堀内の投げ込んだ速球をもののみごとに打ち返し、そしてその打球が夜空に高々と舞い上がり、カクテル光線のなか美しい飛跡を描いてレフトスタンドに飛び込むまでの時間も、まさにそのような光景としてあった。春のオープン戦で目撃した三打席連続三振は目に焼き付いているのに、その夜の、ホームランに至るまでの打席をわたしははっきり憶えていないのである。

田淵のバッティングをこの目で見たのは、そのあと高校に入ってから野球部のチームメイトと観戦した地元の球場でのオープン戦、ペナントレース開幕後の甲子園でのゲームなど三、四試合だと思うが、結局、彼がホームランをかっ飛ばすのを目の当たりにしたのは、後にも先にもこのときだけだった。それだけに余計この中三の五月の夕べ、甲子園のグラウンドが目と鼻の先に見えるグリーンシートで見た巨人戦での決勝ホームランが戦慄的な一本として目に焼き付けられることになったのだろう。

高校生になったわたしが甲子園で見た田淵の打球といえば、じつは、首が痛くなるほど頭上高く見上げなければならなかったポップフライの記憶である。地上二、三十メートルと目される甲子園の大銀傘を優に超えて打ち上がったポップフライ。それはしばしば得点圏にランナーを置いてむなしく打ち上げられたので、落胆とともにいっそう印象に刻まれた。これまで観戦してきたプロ野球の試合を振り返ってみても、田淵ほどボールを高く打ち上げる打者をわたしは見たことがない。しかし、多くの阪神ファンとともに嘆息を洩らしつつ見上げたそれらのフライの高さは、自分自身高校のグラウンドでピッチャーが投げ込んでくる硬球を打ち返す経験を重ねるにつれ、田淵の並外れたスイングの速さがボールに強烈なスピンをかけることによりホームラン級の大飛球と紙一重に生み出す高さなのだと気づくことになった。いくらフルスイングしても、あんなに高くまでボールを打ち上げられるものではない。

テレビの実況ではホームランになった打球を指して「抛物線を描く」などと言うわけだが、わたしが甲子園で何本も見た田淵のポップフライこそ抛物線そのものだったと思えてならないのである。外野まで飛ばずに内野手のグラブに収まることの多かったその飛跡は、たとえば二次関数のグラフが座標上に描く凸型の抛物線に似ていて、真上に打ち上がってキャッチャーフライとなるときは筆記体のℓに近い抛物線となった。「ヒットの延長線がホームラン」という言い方があるが、田淵の場合、「ポップフライの例外がホームラン」とさえ言いたくなるほどである――。

中三の五月の夕べにわたしがかぶりつきで陣取っていた甲子園に戻ると、その夜、田淵の放った――ツーランだったかスリーランだったか――決勝ホームランがわたしたち阪神ファンの溜まりに溜まったエネルギーを一挙に解放したことは言うまでもない。わたしの周りも観客総立ちとなり、田淵がホームインする姿は隠れて見えなかった。帰りの電車のなかで父と〝小池さん〟が教えてくれた、昂奮してグラウンドに降りてきたファンが土下座して田淵を迎えたという話も、翌朝の新聞で確かめることになった。江夏の完封ともども黄金バッテリー誕生を告げる完勝であり、わたしはその朝、何度も何度もその記事を読み返した。結果的に父と野球を見に行った最後の機会となったことも――試合中まったく父のほうを顧みることなく、観戦に没頭していたという記憶とともに――なおさらこの試合を忘れがたいものにした。

高校入学後、わたしはすぐに野球部の門をたたいた。いま思い返しても、滑稽なほど気負い、張り切っていた。新調したユニフォームに袖を通し、買ったばかりの硬式用のバットとグラブを携えて、わたしは初練習に参加した。わたしが持参した自分用のバットを見た先輩たちのいくたりかはにやけた笑いで迎えた。おっ、有望新人が入ってきたな、と冷やかす声も聞こえた。反射的に、たいしたことないな、と思った。だが、一週間後、わたしは彼らのにやけた笑いに隠された真意を思い知ることになる。

　キャッチボール、トスバッティング、ティーバッティング、シートノックとだんだん硬球を扱うことに慣れてきて、十人ほどの新入部員が待ちに待ったフリーバッティングをすることになった。みな上気した顔つきでヘルメットをかぶり、バットを持って、順番にバッティングケージに入るのだが、わたしだけが野球部の備品ではない自分のバットを手にしていた。いまでは高校野球と言えば金属バットだが、当時はまだ木のバットが使われていた。ヘッドからグリップの上のところまで黄色いニスが塗ってあり、そこからグリップエンドまでは白木で、掌にしっくりとなじむバットだった。はじめて打つピッチャーの投げ込んでくる硬球は、しかしその掌に重い衝撃を伝えてきた。芯でとらえたときはいい手応えで強い打球を弾き返せたが、意外なほどボールが飛ばない。たしか一回の打席で十本、それを五回ずつ交代で打つことになっていたと思うが、回を重ねるごとにわたしは遠くへ飛ばそうと、強振するようになった。そして最後の回に臨んだとき、相当力んでいたのだろうが、インコースに食い込んでくるボールを強振すると、手にいやな衝撃を残してバットが急に軽くなった。打球はサード前に力なく転がり、手元を見るとバットはひび割れ、グリップとヘッドがかろうじてつながっているにすぎない。バッティングピッチャーをつとめていた先輩の顔に、一瞬、してやったりの表情がよぎった。くそぉ……と思ったが、あとの祭りだった。下したてのバットを、わたしは五十スイングもしないうちにへし折られてしまったのだった。もう先輩たちは笑わなかったが、これがまぎれもない硬式野球の洗礼なのだった。

　子どもの頃から野球に親しんできて、わたしははじめてボールという存在にぶつかったのかもしれない。家に硬球を持ち帰り、中学時代に慣れ親しんでいた軟球と交互に握っては、重さのちがいを確かめてみたりもした。軟球だったら、どんなに速いインコースに食い込んでくる球を打っても、バットが折れることはない。たぶん質量のちがいと同時に、重要なのは密度のちがいだった。ゴムでできた球体の、その内部が空洞になっている軟球と、コルクの芯の周りに十重二十重に糸を巻き付けて球体にし、それを牛皮や馬皮で包み、縫い合わせてできている硬球のちがい——。

じつはバッティング以前に、わたしはボールを捕るときも投げるときも、そのちがいにとまどっていた。さして強くない当たりなのに、グラブを押し込むようにバウンドが伸びてくるゴロ。捕球して、フットワークを使って、一塁にいい球を投げたつもりなのに、ベースの前でワンバウンドになったりする送球……。ある日の昼休み、当番だったグラウンド整備を終え、部室の小さな本棚にルールブックと並んでいた「硬式野球入門」といった教則本のたぐいのページをめくっていて、偶然わたしは自分のとまどいの理由を数字で指摘された。そこには「硬式球」について重さが何グラム、円周が何センチ、縫い目は一〇八あり……といった記述のあとに、「硬式球」でプレーするには体重が五十五キロ以上であることが望ましいと書かれてあったのである。高校に入学してすぐの身体測定では、わたしは身長一六三センチ、体重五〇キロだった。

——そうか、そういうことか……。身長が低いことはあまり関係ない。重要なのは、「硬式球」の質量と密度に負けないこちらの体の質量と密度なのだ。バットをへし折られたときは、同時に鼻っ柱もへし折られたが、このときは妙に納得する自分がいた。

しかし、妙と言えば、フリーバッティングのときバットの握りをグリップエンドから一握り、ときには一握り半余して持ったり、キャッチボールでできるだけ相手と距離をとってどこまでノーバウンドで届くか遠投してみたり、自分なりの工夫を始めた頃から、わたしは急に体が大きくなりはじめたのだった。

中学時代、友だちがみな脱皮するように次々と一回り大きな制服に買い替えていくなか、わたしは一度も制服を買い替えなくて済んだ。入学前に母が見っともないぐらいだぶだぶの制服を買い、三年間それを着て、中二でちょうどいいサイズになり、卒業のときはさすがにちょっと窮屈というぐらいだった。ところが、高校生になって新調した制服はあっという間に窮屈になった。一年の終わり頃、クラスで友だちとふざけているとき、何かの拍子に肩口から袖が裂けた。そのときは従兄のお下がりで間に合わせたが、さらに一年後にはそれも窮屈になってきた。あと一年で卒業という時期に、母はあきらめ顔で制服を買い替えてくれた。

じつはこうなることを予言していた人物がいた。祖父である。中学時代、母が同学年の友人たちに比べてわたしの背はちっとも伸びないとこぼしたとき、祖父は、人は必ず手足の大きさに見合った背丈になるものだ、心配しなくともこれから背は伸びると断言したという。祖父の目に留まるほどの手足をしていたという自覚がわたしにはなかったが、高校に入ってからわたしに遅れてやってきた脱皮の経験は、祖父の言うところをわたしに得心させることになった。

脱皮、あるいは殻を破るという体感を、高校時代、わたし自身がはっきりと自覚する瞬間はたしかにあった。

野球がオフシーズンになる冬、わたしたち野球部員は毎日十キロの走り込みを課されていた。それさえこなせば、あとは——帰宅することも含めて——何をしてもいいという自主トレだった。わたしたちは学校を出て、昔、学校行事として行われていたというマラソン大会のクロスカントリーのような丘陵地のコースを走った。それが終わると、キャッチボールやティーバッティングをしたり、サッカーボールを蹴ったり、ときには何もせずチームメイトと街へ繰り出したりしたが、とにかく家に帰ると空腹で、どんぶり飯を喰らい、毎晩疲れはてて眠った。そして、そんな明け暮れのなかで、目が覚めると、手足が伸び、背が高くなっていると感じられる朝があった。昼間みっちり走り込み、一晩ぐっすり眠ると、目に見えて大きくなる自分――身内から湧き出てくるような、そんな体感をたしかにわたしは感じていたのだ。

愉快だったのは、毎年五月の連休に組まれていたある他校との定期戦での再会劇だった。相手チームには、親しかった中学時代のチームメイトが一人いたのだが、彼は試合前にホームプレートをはさんで挨拶するたびに、わたしのほうを見て目をぱちくりさせた。かつてわたしを見下ろしていた彼は、そのたびに逆にわたしを見上げるようになっていたのである。はからずも彼は、わたしに人一倍遅れてやってきた脱皮、あるいは殻破りを定点観測するハメになったのだった。

そして、高二のひと冬を越して、春の気配を含んだ陽射しのなかで、その年最初のフリーバッティングに臨んだときのことだ。最後の学年に向けて冬のあいだ十分にバットを振り込んできたわたしは、満を持してバッティングケージに入った。思いのほか軽く感じられるバットをグリップエンドいっぱいに持って構え、二、三球打ってみたところ、ライナー性のいい打球が飛んだ。わたしは、さらに大きくテイクバックを取ってボールを呼び込み、フルスイングした。打球は外野手の頭上を越えていった。そのあとも続けさまに外野に大きな飛球を飛ばしたので、ケージの周りで順番待ちをするチームメイトから口々に驚きの声が上がった。そして最後の一本、わたしはインコース寄りのボールを思い切り引っ張った。それまで感じたことのない手応えだった。ボールをとらえたという感触さえ振り抜いて掻き消してしまったようにおそろしく軽い手応えだった。打った瞬間、上がりすぎかと思ったが、打球は大きな弧を描き、レフトを守っていた後輩は見上げたまま、ほとんど追おうともせずそれを見送った。見送るだけの滞空時間があった。ボールは金網フェンスをはるかに越え、隣の団地の敷地に飛び込んで大きく撥ねた。その飛距離が自分のものとは信じられず、わたしはケージのなかで消えた打球の方向を見やっていた。しばし息を呑んでいたチームメイトが背後でいっせいに快哉を叫ぶのが聞こえた――。

この日、何かがわたしの体のなかで覚醒したことはたしかだった。残念ながら夏の大会に間に合うように、それを再現し、持続する術を体得するまで打ち込むだけの時に恵まれなかったが、最初の公式戦が始まる春休みにそなえて、わたしは二年ぶりにバットを買い求めた。新学期が始まって恒例の身体測定をしてみると、わたしは入学時よりも身長が十二センチ伸び、体重は十五キロ増え、チームでも大きい部類になっていた。

母もそんなわたしの変化にあらぬことを言い出して、わたしを驚かせた。

ある日、学校から帰って新調したばかりの制服を脱ぎ、ハンガーに掛けていると、背後から母の声が聞こえた。

——あんた、この頃お祖父さんに似てきたな……

なかば発見するような、なかば思い出されるふうな口調だった。

——まさか！

そう思って振り返ると、お祖父さんがまだ元気で餅をついていたときの背中を思い出す、と言う。わたしはてっきり同居している祖父のことだと思ったのだが、母は自分の父親のことを思い出していたのだった。たしかに言われてみれば、母方の祖父は明治生まれにしては大柄な骨太の農夫だった。

幼い頃、母の実家で見た餅つきの情景が、そのとき立ち込めていた湯気を通したようにぼんやりと浮かび上がる。ちょっとした祭事のように掛け声とさまざまな音が交錯するなか、人々の熱気が家のなかに満ちわたるその日、その中心で祖父は黙々と杵を振るっていた。わたしがよく憶えている祖父の背中は、餅つきの杵を伯父に譲ったあと、二階の納戸でこれまた黙々と草鞋を編んでいる、少し年老いた、しかし大きな後ろ姿のそれなのだが……。寡黙な人で、言葉を交わした機会は数え上げられるほどだったろう。それでもこよなく酒を好み、同居していた祖父の声ほど鮮明ではないが、上機嫌のときは歌が出ることもあった。若い頃から毎年農閑期には村の衆と神戸の灘にある蔵元に出稼ぎに行き、杜氏として働いていた。そこですっかり酒の味を覚え、呑むと当時を思い出して酒造り唄が口をついて出てくる

——そんなことを教えてくれたのも母だった。

わたしが中一の十二月、クリスマス・イヴにこの祖父は八十一歳で他界した。葬儀の日、わたしは祭壇の横に置かれた座棺のなかに額に三角巾を巻いて眠るように座していた祖父とお別れをした。そして雪の降りしきるなか、深い竹藪に抱かれた墓地へ音もなく歩いていった野辺送りの葬列の記憶――孫の一人であるわたしは、儀礼的に座棺を入れて運ぶ輿を担う役として名を呼ばれ、実際にはわたしに代わって担ってくれた近所の屈強な大人の横に付いて歩いていった。墓地に着くと、きれいな立方体のかたちに掘られた穴のなかに、大人たちは縄をかけた座棺を慎重に降ろした。伯父が最初に一鍬の土をかけ、わたしも何人目かに回ってきた同じ鍬でひと掬い土をかけた――。

母は、しかし、わたしの背中にふいにこの祖父を思い出したとき、まったく別のことを想起したにちがいない。わたしが思いがけず自分の父親である祖父に似てきたことを発見した母は、わたしが父の子として父に似るにちがいないと思い込んでいた自分の牢固たる信憑がほどけていくのを感じたのではないか。祖父―父―わたしと続く父系の因果の糸ばかりに目を奪われて、ほかならぬ自分自身を通してわたしに受け継がれていた自分の父親から発するそれについて思いを致すことを母は忘れていたのではないだろうか。

わたしは、引っ越しを目前に過ごした生家での最後の日々、母がふと〝槇太郎〟というこの祖父の名から「槇」の一字を取って考えていたと洩らした、わたしの幻の名前について思いを馳せた。母はその名を憶えているだろうか。たとえそれを忘却していたとしても、母を責めようとは思わない。わたしもまた、あれほど体格的なハンディと非力をそのせいにした父の存在をいつのまにか心のなかで置き去りにしていたのだから。それは、甲子園で父と席を隔てて巨人戦を観戦することにわたしが何の痛痒も感じなかったときから、すでに始まっていたのだろうか。わたしは、父によってそのトバ口へと導かれた野球という長い産道をくぐり抜けることによって、無意識のうちに父の子という宿命から脱出しうる肉体へと変態《メタモルフォーシス》を遂げようとしていたのかもしれない。

丘の上の四二間《しにけん》の家

一

高校でわたしが野球に没頭していくのと並行して、あばら家では、いよいよ家を建てて、ここを出るという話が具体化しはじめていた。家を建てること――それは祖父には悲願であり、母には宿願であっただろうが、はたして父にとっては何であっただろうか。

仕掛け人は、例によって社長だった。会社の敷地奥に住んでいた工場長の一家は社長の肝煎りでローンを組み、すでに新築した戸建て住宅に引っ越していた。社長がその次に白羽の矢を立てたのが父だった。

空家となった工場長の住まいとともに、わたしたち一家がこの地に来て最初に転がり込んだタコ部屋のあった倉庫も取り壊されることになったと母に知らされたとき、わたしは時の経過というものに少しだけ感傷的になった。気がつけば、かつて構内でいっしょにソフトボールに興じた社員たちも、みな転居、結婚、退職等により寮を去っていた。しかし、取り壊された跡地にこぎれいな建物が建ち、ブロック塀の一角を道路に面して開けて、売れ行き好調なかき餅の直売店となってオープンしたとき、変化の波がこの敷地にも押し寄せているのを感じた。あばら家をかき抱いたような二層の瓦屋根の倉庫が、にわかに時代遅れのたたずまいを晒しているように見えた。

社長が父に、次はおまえのとこやぞ、と話を持ちかけたとき、当然、共稼ぎの父と母の給料、わが家の蓄えなど、金銭的な条件がある程度整ったという判断があっただろうし、加えて篤志家的な動機としては、祖父のために終の住処を、という思いがあっただろう。しかし、実業家としては、わたしたちが仮寓する老朽化した倉庫を建て変えたいという思惑が優っていたのではないだろうか。ちなみに直売店オープンを発案したのは、その頃、大学を了えて常務として社業に加わった社長の長男だと聞いた。新任の常務が、図体を持て余しているふうの倉庫を建て変えの次の標的として社長に進言したとしてもおかしくなかっただろう。

社長がもたらした家を建てるというミッションに対して、祖父と母は大乗り気だが、父はどことなく及び腰だったように思う。しかし頭の上がらなかった社長の前では、父は家族の先頭に立っているふりをしなければならなかった。家のなかでもっぱら財布のヒモを締めているのはいうまでもなく母だったが、祖父もまた商人の算盤勘定の血が疼きだしたのか、父母がいないときに茶箪笥の引き出しから預金通帳を取り出し、覗き見したりしていた。たまたま目撃したわたしが何の気なしに母に告げると、母は何も言わず、しばし憂い顔になった。

わが家が市内から北へ七、八キロほど行った丘陵を切り開いた造成地に土地を買ったのは、わたしが高校三年の初冬の候だったろうか。郷里の方角にローカル線の駅四つ分戻った、播州平野が山裾にすぼまっていくあたりの郊外の地だった。家が建つ前のその更地をわたしが見たのはただ一度きり、とある日曜日に、父の営業車であるパブリカ・バンに一家五人ぎゅうぎゅう詰めになって繰り出したのだが、家族全員が同乗した最初で最後の機会でもあったのではないか。そこは眺めのいい東南の角地で、眼下には雑木林と田畑のむこうに生家の裏を流れ下ってきたはずの川筋が鈍色に光っていた。風の冷たい日で長居はできなかったが、この場所に自分の帰るべき家が建つのは悪くないと思った。そして、大学生になって、川べりを走るローカル線の小さな駅で電車を降り、田畑のあいだを歩き、雑木林のなかの段だら坂を上がって、そこに帰って来る自分を想像した。

だが同時に、この日を境にわたしは、大学に入れたとしても、これから住宅ローンを組むことになる親に学費の面倒をかけられないわが家の事情を噛みしめなければならなかった。

社長に問いただされて、ついその名を口にしてしまった大学に実際にわたしは願書を出すことになった。父が頭が上がらなかったように社長に告げたその名に呪縛されたからではない。模擬試験等を重ねているうちに、たまたま成績がそれらしい偏差値をはじき出すようになったまでのことだ。しかし、そこ一本に賭けて受験するようなマネはできないので、わたしは前哨戦もかねたすべり止めとして阪神間と京都にある私学二校を受験することにした。こちらが受かって本命をすべるという結果も当然起こり得、そうなると、私立にはようやらんから国公立に受かってくれ、という父の唯一の言いつけには違えることになるが、その場合の学費負担を担保する手段も講じておかなければならなかった。何よりも現役合格してあばら家を出ることがわたしにとって至上命題となっていたからである。

そして、これもたまたまだったが、担任の化学教師との面談の際にそんな事情を打ち明けると、彼は少し考えて、役に立つかどうかわからんがこんな方法もあるから参考までに、と、机の抽斗から取り出した大きな封筒を手渡してくれた。家に帰って開けてみると、なかには新聞奨学生募集のパンフレットが入っていた。読んでみて目に留まったのは、給料に加えて奨学金をもらえ、しかも住まいがあてがわれるうえに朝晩の賄いも付くという条件だった。これなら私学の学費でも何とか払っていけるだろう。少なくとも生活費については仕送りに頼らずに済むはずだ。わたしは即決していた。小学生でも知っている新聞配達という仕事がどういう日常を要求するものであるかということをよく考えもせずに……。

翌朝、わたしはホームルームが終わると廊下で担任の教師をつかまえ、新聞奨学生に応募したいと告げた。彼は驚いて、よう考えたんか、ご両親と相談したんか、と畳みかけてきた。父は出張中だったし、母にはちらっと言っただけだったが、押し隠して、一晩じっくり考えて結論を出したと答えた。彼はとまどい顔で、まあ、三年間野球をやっとった君やから体力は心配ないやろが、応募の締め切りまでひと月近くあるから、もうちょっと考えてみなさい、と言った。結局、一週間後にわたしは新聞奨学生に応募する申込用紙を彼に提出することになった。

それによって気が楽になったことはたしかだった。ブロック塀の外に出て行く道がついたという気がした。受かるかどうかは依然時の運だったが、それまで以上にわたしは受験勉強に集中していった。ときおり頭休めに、京都の私学の学生になって、春爛漫の古都を闊歩するのも悪くないな、などと思いながら……。しかし、相変わらず新聞配達をしなければならない自分の姿は見えないでいた。

ともあれ年が明けると、春はすぐにやってきて、受験シーズンが始まった。そしてあっという間にその二か月をくぐり抜けてしまうと、時の運は予想を超えてわたしに味方してくれた。私学二校、第一志望の公立大学のすべてにわたしは合格したのである。家族は言うにおよばず、担任の教師も大いに喜んでくれた。

ただ、第一志望の公立大学に合格したことで微妙な軋みがわたしのなかに生じていった。

いまの時代、こんな昔話をしても、同世代の人間を除けばピンと来ないとは思うのだが、当時の国公立大学の学費は私学のそれに比べて文字通り桁違いに安かった。わたしが入学する前年の昭和四十七年度から、じつは全国の国公立大学の授業料は三倍になった。一挙三倍はべらぼうな値上げだと思われるだろうが、事実は年間一万二千円の授業料が三万六千円になったのだから、月謝に換算すると、千円が三千円になったという値上げだった。しかもそんななか、わたしが合格した大阪府の公立大学、さらに京都府、東京都のそれは、それぞれ革新系知事の英断（?）により授業料が据え置かれていた。月謝千円で大学に通えることになったとき、わたしはありがたいのを通り越して、なかば茫然としてしまった。何しろ、ついこのあいだまで通っていた公立高校の月謝が八百円だったのだから。対して、受かった関西の私学二校の学費は、ともに全国の私学の平均的なそれに比べて安いほうだったが、それでも年間十五、六万円はかかることになっていた。公立大学の十倍以上も払わなければならなかったわけである。

――これなら、新聞配達なんかしなくても何とかなるのにな……。

わたしのなかでそう呟く声が聞こえはじめた。しかし、旅装を整え、大阪の新聞社のビルのなかにある奨学会の事務局に出向き、配属先の新聞販売店の店長に引き合わされる日は十日後に迫っていた。その日は、ブロック塀に囲まれた世界から出て行く、待ちに待った日でもあったはずなのだが、日が迫るにつれ、そんな新聞配達に対する尻込みが旅立ちの足枷になっていった。——しかし、ともかくもその日はやってきた。朝、わたしは買ったばかりのブレザーを着て、事務所に入っていき、社長と居合わせた社員に挨拶をしたあと、家族に送られて会社の正門を出て行った。

そのときは晴れがましい気持ちで出立したつもりだったが、大学生になる前にまず住み込みの新聞配達員にならなければならないという使命が、数日のうちに現実の具体的な表情となって迫ってきたとき、出立の晴れがましさは消え入りそうになっていた。

わたしが入った大学は大阪市の南に隣接する衛星都市に位置していたが、配属された新聞販売店は、そこからさらに和歌山方面へ国鉄で一時間ほど下った田舎町にあった。泉州と呼ばれる土地で、通学時間の半分ほど反対方向へ電車に乗れば和歌山に出ることができた。駅に降り立ったとき、わたしはずいぶん南へ来たと思った。

雇主である店長とその奥さんはすこぶるいい人で、わたしを温かく迎え入れてくれた。住まいとしてあてがわれたのはアパートの三畳間だったが、案内してくれた奥さんは、四畳半の部屋が空いたらそちらに移れるよう大家さんに頼んでいるので、それまではここで我慢してね、と申し訳なさそうに言った。はじめて見る三畳間はいかにも狭かったが、あばら家ではかなわなかった自分の城ができたようなものだった。

しかし、いざ新聞配達という労働に従事するようになると、わたしは店長と奥さんの親切をかえって重荷に感じざるをえなかった。というのも、わたしは二人の期待に報いることのできない、まったく適性を欠いた人員だったからだ。まず、朝起きられなかった。これはどうしようもなかった。高校時代、野球部の朝練《あされん》には起きられていたのに、早朝というより未明に目覚めなければならない朝刊配達には起床できなかった。目覚まし時計が鳴っても反射的に消して、また寝入ってしまう。毎朝、奥さんがアパートへわたしを起こしに来てくれた。何日経っても自分で起きて来られないわたしに業を煮やしたのは、古株の専従の配達員である強面の小父さんだった。彼は、目覚ましが鳴るよりも早い時刻にわたしを叩き起こしに来るようになった。荒っぽいやり方にはまいったが、そのショック療法が効いたらしく、わたしはようやく自分で寝床から這い出し、店に出て行けるようになった。とはいえ、新聞の束を自転車の荷台に括りつけ、前籠にも入れ、明け方の街なかへペダルを漕ぎ出してみたものの、頭の芯はまだ眠りに浸されたままで、手足も重かった。目覚めが完全に点火せず、ペダルを漕ぎながら、あっ、いま寝てたな、とサドルの上で気づくことがしょっちゅうあった。静まりかえった府道を猛スピードで走ってくる長距離トラックと行きあうことがたまにあったが、よく交通事故に遭わなかったものだといまさらながら思う。そんなわたしの「前後不覚」がいかなるものであったかを物語る、いまも忘れられない「事件」が二つある。

新聞配達員にとっては、いったん自転車を降りて、郵便受けや新聞入れのある門口まで歩いていかねばならない家が多いほど手間がかかるし、逆に自転車に乗ったまま、門や玄関に作り付けだったり、門扉に掛けられたりの郵便受けや新聞入れの前に止まり、荷台や前籠から抜き取った新聞を入れることができる家が多いほど楽だということになる。ところがわたしには、自転車のサドルに跨ったままのその楽な状態こそが、抜け出そうとしている眠りにふたたび自分を誘い込む呼び水になるのだった。

新聞を郵便受けに入れ、その家の塀が折よく自分の胸のあたりの高さだと、わたしはサドルに跨ったまま、つい塀のへりに肘をつき、手に頭を乗せてしばし瞼を閉じてしまうクセがついていた。それはほんの数秒だったり、長くて数十秒という時間だっただろうが、必ずわたしがそれをしてしまう〝うとうとスポット〟があった。その家には郵便受けを作り込んだ立派な門柱があり、高さは格好、おまけに最上部は真四角なテーブルのようになっていて、肘をつき頭をもたせかけてうとうとするには持ってこいの場所だった。ある朝、わたしはいつも以上に長くそこでうとうとしてしまったらしかった。いや、うとうという水深を超えて眠りの深みに引き戻されてしまったにちがいない。どれぐらいの時間そうしていたのか、目が覚めたのは、門柱から肘がはずれ、自転車もろともくずおれるように転倒してしまったときだった。頬を擦りむいたらしく、痛みがあった。立ち上がり、自転車を起こし、前籠から散らばった新聞を拾い集めようとかがんだとき、血がしたたって新聞の上に落ちた。しまった、と思っていると、玄関の明りが灯り、物音を聞きつけたパジャマ姿の家の主が何ごとかという顔で出てきた。彼は親切にもわたしに血を拭くタオルと絆創膏を提供してくれた。

もうひとつの「事件」は衝突事故だった。

わたしはそのとき、やはりサドルの上でなかば寝ている状態でペダルを漕いでいたらしい。そしていつも曲がる角で習慣的にハンドルを切ったとき、止めてあった自転車が目に飛び込んできたのである。いや、正確に言えば、その自転車にぶつかった衝撃で目を覚ましたのだった。わたしの自転車の前輪がぶつかったせいで立ててあった両足スタンドが元に戻り、その無人の自転車はよろぼうように前に進みながら、ゆっくりと横転して大音響を立てた。荷台の箱いっぱいに積まれた牛乳瓶が路面に打ちつけられ、乳白色の飛沫を飛び散らせて砕け散った。そこまでの光景がまるでスローモーションのように目に映じた。暗い路面に散乱した瓶のかけらを浸して、乳白色の小川が生まれていた。わたしは自転車を降りて、木偶のように立ち尽くしていたようだ。気がつくと、小柄な小母さんがかたわらにたたずんでいて、同じように途方に暮れていた。わたしが、しかし、その牛乳配達の小母さんにどんな言葉も発することができないでいると、信じられないことに彼女はひとことの咎め立てもせず、割れるのを免れた乳酸菌飲料の小瓶を一本拾い上げ、これでも飲んで目ぇ覚まし、と差し出してくれたのである。そして愚かにもわたしはそれを飲み干したのだった……。

この執拗な「前後不覚」症候群を脱するのには二カ月ほどかかった。それはあの高校の担任の教師が請け負ってくれた体力以前の問題だった。むしろその体力が欲する眠りが得られないとき、体に点火して一気に起動させる使命感がわたしに装填されていなかったということなのだろう。この二カ月は、同時に大学生活最初の二カ月でもあったので、そこにも影響を及ぼさずにはいなかった。

ただでさえ、大学に受かるための勉強は即席で詰め込んだけれども、大学で何を学ぶかはろくに考えたこともなかったので、経済学部の授業に出ていても少しも心が動かなかった。そんなわたしに階段教室のいちばんうしろの席は恰好の居眠りの場所になった。机の上に突っ伏していぎたなく眠りこけ、目が覚めると次の時限の講義が始まっていることもあった。いくら授業料が高校並みでも、授業中の居眠りまで高校の延長とはな……と、さすがに自嘲のため息が洩れ出た。

大学に無事たどりつけない日もあった。通学の国鉄の電車に乗って、運よく――ではなく、皮肉にも、と言うべきかもしれないが――席に坐れたときが曲者だった。当然のように居眠りしてしまい、私鉄への乗り換え駅を乗り過ごし、終点の大阪市内のターミナル駅で目が覚めるのである。二度、三度ぐらいまでは急いで大学に引き返したが、たび重なるうちに開き直ってその駅の改札を出、商店街の古本屋を軒並み覗いたり、図書館や喫茶店で過ごしたり、午前中の映画館に飛び込んだりする愉しみを覚えた。そうなると、電車で坐れる坐れないにかかわらず、思い立ったときはもう確信犯で大学をサボって終点まで行くようになった。乗換駅でいっせいに降りていく学生たちの一群のなかから顔見知りの同級生が、平然と席に坐ったままのわたしを怪訝な顔で見たとき、ウィンクを返してやったこともあった――。

しかし、どれほど気ままにふるまったところで、三時半までにはわたしは夕刊配達のために店に帰っていなければならなかった。毎日、店と大学、あるいは大阪の街とをあわただしく往復しながら、わたしは、何のために大学に入ったのか、何のために新聞配達をしてまで大学に通っているのかが見えない、ある虚脱した時間を生きていたのだった。

受験前にいちばん心配していた金銭面で困ること

はなかった。店の奥さんは朝も晩も十分すぎる食事を出してくれたし、昼は昼で学食で驚くほど安く食べられた。よく食べたのは、どんぶり飯、焼き魚とかおでんといったおかず一品に漬物と味噌汁が付いた定食で、たしか百二十円だった。ときおり小腹が空いた昼下がりなどに、がらんとした長テーブルで啜っていたラーメンは五十五円だったと記憶する。こんなふうにとりあえず食べる心配はしなくてよかったので、給料と奨学金は半分以上残った。

依然として朝起きるのは苦行だったものの、そして出席する授業よりもサボる授業のほうが俄然多くなっていったものの、同級生たちが〝五月病〟とやらに見舞われる頃、わたしは一応〝苦学生〟としての日常に慣れていった。新聞販売店の店長も奥さんもそんなわたしを見て一安心したらしかったが、しかし、わたしの慣れと二人の一安心とはすでに別々の方向を向いていた。新聞配達の仕事が何とかさまになってきたなと思えたとき、わたしが考えはじめたのは、いつこの仕事を辞められるだろうかということだった。うらはらに二人が抱いたのは、これで少なくとも二年間は配達員としてがんばってくれるだろうというわたしへの期待だった。そのことを知ったのは、毎月一回、店を訪ねてくる新聞社の奨学会の事務局員と面談したときだった。

――奨学生はだいたい教養課程の二年間、新聞配達をして、三回生になって辞めていくというのが不文律みたいになってる。専門課程に入ったら勉強に力入れんと、卒業できんかったら親御さんにも申し訳ないからね。

彼が何気なく洩らしたこの言葉は、わたしの心に棘となって刺さった。

二年もこの生活が続くのはたまらないと思った。朝早く起きなければならないことや新聞配達という労働が、ではない。それらをたまらないと感じる段階はもう過ぎていて、そのときのわたしは、言ってみれば自分が独りで気ままに過ごせる時間に飢えていたのである。これから二年も、毎日午後三時半には店に帰って来なければならない生活を続けるのは心底たまらないと思ったのである。和歌山まで一本の電車で三十分ほどで行けるのに、大学までは国鉄と私鉄を乗り継いで一時間半かかるという店の立地も災いしていた。わたしは、とにかくこの一年間は我慢して勤め、それで辞めさせてもらおうという腹積もりでいた。大学のクラスでたまたま席が近くて、言葉を交わすようになった二、三の同級生とは、まだ律儀に授業に出ていた頃、昼になるといっしょに学食に行き、帰るまで行動をともにしていたが、彼らの塒である大学周辺にたくさんあるらしい学生アパートが家賃一万五千円ぐらいで朝晩賄い付きであることや、学生課の掲示板に求人票が張り出してあるアルバイトの相場などを見るにつけ、その腹積もりは現実的な可能性として裏打ちされ、ますます動かしがたいものになっていった。

ただ、そうなればなるほど、わたしは、店長や奥さん、同僚に隠し事をしているようで、心から打ち解けることができなかった。無愛想な男だ、と思われていたかもしれない。そして日を経るほどに、新聞配達を辞めたあとを夢想するわたしの精神の志向は、緊張感の欠如や不注意によるミスといったかたちで現れるようになった。

月が変わると、購読を止めた家や、逆に新たに購読を始める家など、配達先に異動が生じる。だから月末になると、配達員は、店長から聞いた翌月の異動を自分の配達区域の順路帳に書き込んで確認する手はずになっていたのだが、わたしはついその作業を怠ってしまったのだった。結果、月初めに配らなくてもいい家に誤配、配らなければいけない家に不配というミスを犯すことになった。前者はともかく後者は致命的だった。わたしが通学のために出かけたあと、店にはかんかんに怒った新規購読者からクレームの電話が入り、店長や奥さんの手を煩わせた。夏のあいだ、暑気に当てられてうわのそらになっていたのか、わたしはふた月続けてその致命的なミスを犯した。新規開拓を担当していた強面の小父さんからは悪しざまに罵られたが、ひとことの弁解もできなかった。聞きつけて、新聞社の奨学会事務局からは例の担当者がやってきた。彼はカウンセラーのようにわたしの気持ちに探りを入れてきた。その時点では、しかしわたしはまだ辞意を明かさずにいた。

かくして、わたしはだれが見ても無気力かつ無能な配達員になりさがっていった。

二

母からは始終手紙が来た。筆まめを通り越して、手紙魔と言ってもいい母だったから、予想はしていたが、前の手紙を読み終えないうちに次便が届くのには閉口した。しかし、おかげで家のことは手に取るようにわかった。母がこまごまと書いてよこす文面から浮かび上がってくるのは、新居を建てる段取りが具体化していくのに並行して、祖父が夏風邪をこじらせて臥せりがちになっていく様子だった。わたしとともに寝所にしていた〝庚太のおいさん〟が普請してくれたあの六畳間で、くぼんだ眼窩の底で見開いたまなこを天井の一点に据えて、大きな息遣いで、声にならない声を洩らしながら臥せっている祖父の姿が浮かんだ。

九月下旬にはいよいよ新居の上棟式を行う運びとなったと、母は知らせてきたが、その同じ手紙で母はわたしに大きな違和感を感じさせることがらもしたためていた。それは、このたびの新居の設計図面もあばら家のときと同様、社長に手がけてもらうことになったという報せだった。いくら大工の下積みの経験があると言っても、すでにある倉庫の一角を簡易な造作で改築するのと、更地に一軒まるまる家を建てるのとでは訳がちがう。ほんとうに大丈夫なのか？　一肌脱ぐと請け合ってくれていた〝庚太のおいさん〟には相談したのか？　わたしはこのときばかりはすぐにその疑念を母に書き送った。

母からは折り返し、返信が来た。それによると、社長はわたしがあばら家を後にした春頃から父と母を呼びつけては、新居は何を措いても祖父の意向を反映した間取りにすべきだと主張し、祖父の言い分をよく聞いておくように言いつけていたという。祖父が臥せりがちになってからは、あばら家を見舞い、枕元で直接祖父の希望を聞き出そうとした。わたしの想像だが、おそらく慢性的な微熱に侵されて、かつて丹精込めて造作しながら、いまは人手に渡った商家の残像にうなされて祖父が口走った言葉を、社長はなけなしの希望として聞き取り、手帳にメモった。次に父母が社長室に呼ばれたときは、それはラフな間取り図として二人の前に提示されることになった。そのときには社長はもう自分の手で図面を引くつもりになっていた。母は、そんな社長の熱烈な厚意を無にすることはできないし、実際に家を建てるのはプロの大工さんなのだから、わたしの懸念はきっと杞憂で、自分たちは必ず立派な家ができるものと信じている、と返事をよこした。

――しょうがないな……。

わたしは諦めに近い感慨に浸されていった。正しいかまちがっているかではない。これは、水が高いところから低いところに流れるような、重力、あるいは力学のなせる業であり、後戻りさせることができないことがらなのだ。

しかし皮肉なことに、祖父の生命力もまたその頃、現世の重力に耐えかねるように急速に衰えていった。祖父はすっかり寝たきりになってしまい、上棟式に出ることもかなわなかった。そして、十月の声を聞いてほどなくあばら家の六畳間で息を引き取った。臥せったまま社長の引いた家の図面と数葉の上棟式の写真を見た以外、祖父が新居の姿を思い浮かべることはできなかった。祖父が亡くなったとき、その新居はようやく外形的な家の姿を立ち上げたばかりで、施工業者は内装にとりかかっている最中だった。しかし、社長の、せめて葬式だけでも新しい家から出したげななぁ、という一声で、祖父の葬儀は施工中の新居で行われることになった。

わたしは、訃報を聞いて新聞販売店から休みをもらい、取るものも取りあえず帰省したが、日々の通学と配達に追われる気ぜわしさのなかでの参列だったためか、ほとんど祖父の葬儀のことを憶えていない。その六年前に亡くなった母方の祖父の死に顔はよく憶えているのに、一つ屋根の下で寝ていたこの祖父のそれは思い浮かばないのである。貸衣裳屋で借りてきた喪服が窮屈だったこと、祖父の亡骸を納めた柩が置かれた新居の八畳の座敷は青畳の匂いが立ち込め、壁が塗りたての光沢を放っていたこと、そして外は篠突く雨が降っていたこと――憶えているのはそれだけである。

結局、わたしにとっては、あばら家を後にした日が祖父との別れになってしまったので、祖父はわたしの前からあっけなく姿を消してしまったという印象しかない。しかし、例によってのちに母から臨終間際の様子を聞くと、やはり祖父は最後の最後まで一筋縄ではいかないみずからの業を貫いていたことがわかった。

亡くなる十日ほど前、往診に来たかかりつけの医師が帰り際に母に耳打ちするように告げたのは、いまのうちに近しい人を呼んで祖父の顔を見てもらっていたほうがいいということだった。こうして田舎から親戚や商売で所縁《ゆかり》のあった人たちが見舞いにやってきた。あばら家の六畳間に入れ替わり立ち代わりいろんな人がやってきて、祖父の顔を覗き込んだ。

そんなある日、枕元に〝庚太のおいさん〟〝小春のおばさん〟ほか数人の見舞客が侍っていたときのこと、祖父は母を呼び、体を起こしてくれと頼んだ。寝込んで以来、食事やトイレのとき以外で、自分から起こしてくれと祖父が言うのはめずらしかった。母に助けられて布団の上に上体を起こすまではけわしく、苦しげな表情だったが、胡坐をかいて見舞客の顔ぶれをひとわたり見すえたときは眼をかっと見開き、一筋の霊気が宿ったようだった。何か言いたいのだと母が感づいたとき、祖父はある掛け軸を持ってくるように言いつけた。それは生家の二階の座敷の床の間に飾ってあった掛け軸らしく、日蓮上人が辻説法をしている図が描かれていたという。祖父は見舞客に見えるよう柱の釘にそれを掛けさせると、これはそもそも日蓮上人が何をしておられるところか、から話しはじめた。最初はぼそぼそと聞き取りにくい声だったが、話が日蓮の事績に及ぶとしだいに声は大きくなり、最高潮の件では、かつて生家で毎日読経を唱えていた、あの朗々たる声調を取り戻したというのだ。母も見舞客も、祖父が滔々と語る説話めいたお話にはうわの空になっていったものの、祖父の声のまごうかたなき復活にただただ耳をそばだてていた。母の隣りに坐していた〝小春のおばさん〟が耳元でささやいた。

——お祖父さん、持ち直してやで！

話がひととおり終わり、祖父がふたたび臥せると、〝おばさん〟は、皆さん、お茶にしましょか、と声をかけ、見舞客を四畳半の居間へとうながした。母が掛け軸を片付けようとすると、祖父は寝床のなかからもう一度見せてくれとせがんだ。枕元で母が広げたそれをしげしげと眺めた祖父は、もう病者の弱々しい声に戻って、ひとことこうつぶやいた。

――わけのわからん人らや……

怪訝に思った母が、えっ、だれが？　と訊き返すと、祖父は、説法を聞いてる人や、と答えた。しかし、掛け軸に描かれているのは辻説法する日蓮の姿だけで、聴衆は一人も描かれていない。母は、ひょっとして祖父の話を聞いていた自分たちのことを言われているのかと、はっとしたが、それ以上問いただすことは止めて、掛け軸を巻き戻した。すると、祖父はまた母の名を呼び、庚太を呼んでくれという。二人だけで話しておきたいことがある、というのである。

居間に戻った母と入れ替わりに、こうして〝庚太のおいさん〟が六畳間に入っていくことになった。長いあいだ、〝おいさん〟は出てこなかった。時間にしてどれくらいだったろうか、とにかく母は長く感じた。自分の死期を悟った祖父があらためて家族のこと、そして腕のいい大工である〝おいさん〟には特に、近いうちに完成する新居のことをくれぐれもよろしく頼むと、話し込んでいるのだろう――母はてっきりそう思っていた。しかし、小一時間もしてようやく居間に戻って来た〝おいさん〟はすっかりしょげかえっていた。母と目が合うと、ひきつったような苦笑いを浮かべて、こう言うのがやっとだった。

――もう、とうに済んだことやと思とったのに、いまごろになって、また蒸し返されて、責め立てられたわ……

「また」という言葉だけが母の耳に突き刺さるように甲高く響いた。

ぽつりぽつりと〝おいさん〟が洩らしたのは、十年前、父の金銭上の不始末がもとで生家を手放すことになる直前に、祖父―父―〝おいさん〟のあいだで演じられたあるトラブルの一件だった。

当時、父は追いつめられ、何をもくろんでいたのか祖父の実印と生家の登記証書を持ち出し、〝おいさん〟を言いくるめて、ひそかに家の名義を祖父から〝おいさん〟に書き換えてしまったのだった。祖父が呼びつけてまで蒸し返そうとしたのは、その父の画策に〝おいさん〟が易々と加担してしまったことへの恨みつらみだった。持ちかけたのは父のほうであり、人の良すぎる〝おいさん〟は、父の苦しまぎれの泣き落としに押し切られ、言いなりになってしまったのだが、そのいきさつを承知していながら、祖父はどうしても〝おいさん〟を責めずにはいられなかった。いまはの際に枕元に呼びつけてまで祖父が伝えようとしたのは、自分が見込んで本家の跡取りとして妹の婿に迎えた〝おいさん〟が自分を裏切ったこと——その事実を赦してはいないということだったのだ。

母によれば、このときも父は出張で家を空けていた。それから二日後に祖父は息を引き取ったという。

ずっとあとになってこの話を聞いたとき、〝おいさん〟には気の毒だが、わたしはいかにも祖父らしい最期だと思った。己を持するに頑迷なまでの一徹さ——だが、その一徹さを貫いているのは皮膚感覚と化した商人の打算であり、あくまでも他人を手段とする生き方だったのではないだろうか。〝おいさん〟を赦すことができなかったのは、祖父が最期の日まで手放さなかったこの生き方ゆえであり、父と母の前でけっして泣き言めいた言葉を洩らさなかったのも、二人が仕事に出ているあいだに貯金通帳を探し出して、こっそりわが家の蓄えを覗き見したりしたのもそのせいだっただろう。零落して病臥し、実の子ではない父と、その嫁である母の世話になっている自分——その自分にとって、と祖父は六畳間の天井を見つめて思ったかもしれない——父と母も……しょせん他人だ、と。

それは、とりもなおさず祖父が父とのあいだに、そして母やわたしや妹とのあいだに家族の情愛を育むことに失敗してきたということを物語っていた。そして遡れば、それは祖父の不幸であることを通して、父にとってより深刻な不幸となり、一家の不幸となって伝播、流転していったのだった。

母のように身近で刻々と変わる祖父の最後の日々

の表情を見ることのなかったわたしは、遠くから、それこそ他人を見つめる遠近法で祖父の生き方をスケッチしていることになるかもしれないが、その人となりの核心ははずしていないつもりである。少なくともわたしにとって、祖父は不可解な存在ではなかった。妙な言い方になるが、おたがいけっしてわかりあえることはないだろうと割り切れるという意味で、祖父はわかりやすい人物だった。ひたすら敬して遠ざける、というのが同居しているときのわたしの対し方だったと言ってもよい。

新居が完成してはじめて帰省した正月、葬儀を行った真新しい座敷の長押《なげし》に掲げられた祖父の遺影を目にしたとき、さすがに新居の完成に間に合わずこと切れた祖父の生涯に一抹の憐憫を感じた。——考えてみたら、お祖父さんも気の毒な人や。母の口癖だったこの言葉が遺影の周囲に御香のように立ち籠めているようだった。

この家族誌に手を染めてから、折に触れてわたしは、古いアルバムやアルバムに整理しきれず大きな茶封筒に溜まった昔の写真を見るともなく眺めてきたが、祖父の写真を漁っていてはじめて気づいたことがある。祖父は八十一年の生涯を、おそらく一日も途切れることなくずっと着物を着て通したのではないか。写真のなかの祖父は、呉服商としてのしあがり、一家を構え、羽振りがよくなるまでの姿をコマ送りのように見せながら、一貫して着物を、さまざまな装いでまとっていた。そのことに気づくと、わたし自身がともに暮らした歳月、祖父が洋服を着た姿を一度たりとも見たことがないという事実があらためて啓示のように閃いたのである。祖父は生涯を着物で通した——生家の呉服屋の前で写された、ソフトを被り、紋付の羽織を着て背筋をピンと伸ばした全身像から、わたしの脳裏の最後の残像——ネルの寝間着の裾をはためかせて、あばら家と会社のトイレのあいだをとぼとぼと往復する猫背の姿まで、別人のように身をやつしながら……。それもまた呉服商、着物の人としての祖父の一徹さだったにちがいない。

この一徹さこそ、父に本質的に欠けていたものだった。というより、祖父がそれを過度に貫くことで、かえって父から去勢することになった本質だったのかもしれない。

あとから父のさまざまな行状を振り返ってみると、優柔不断なうえに、大事な局面になればなるほど、父は臆病風に吹かれて立ちすくんでしまうか、あわてふためいてあらぬふるまいに出るかのどちらかだった。たとえば例の生家の登記簿を〝庚太のおいさん〟の名義に書き換えたのも、わたしは、いざというときに借金の形《かた》に生家を祖父から自由に処分するための外堀を埋める算段だと思っていたのだが、よくよく考えてみるとそれだけでは合点が行かないのである。というのも、祖父は父の身元保証人にほかならないのだから、どうあがいたところで生家に累が及ぶことは避けられないはずだからだ。とするると、わたしの思い込みとは逆に、じつは父は自分の借金の累が及ぶことから生家を守ろうとして、とっさに〝おいさん〟を巻き込んでことに及んだのではないか。——結果的にはあえなく生家は人手に渡ってしまったのだが、そのふるまいにはほんとうの意図はどうだったのか不明な痕跡が散らばっていて、父はいまもわたしにとって不可解な存在でありつづけている。

三

祖父が亡くなり、わたしを除く一家三人は十一月の上旬にあばら家を出て、新居に引っ越した。そして十二月、祖父の四十九日の儀が親戚や会社関係者への新居のお披露目をかねる機会となった。生家を手放してから、ほぼ九年で新居を建てたことは、直前にその完成を見ることなく祖父が逝ってしまったという不幸があったものの、父にとって面目を新たにする快挙にちがいなかった。

わたしは引っ越しにも、四十九日にも帰ってこれなかったので、その仔細は母からのちに聞かされることになったが、建ち上がった新居は、しかし皮肉なことに、わたしが手紙で母に伝えていた懸念をもろに具現化してしまっていた。

わたしがそのありさまを目の当たりにしたのは、正月に帰省したときだったが、社長の手になる図面は、祖父からじきじき聞きとった意向——日当たりのいい東向きの広縁、仏間を兼ねた八畳の座敷、その南側の四畳半の居室——ありきで引かれていたため、その過剰なスペース取りがそれ以外の間取りにシワ寄せされ、台所やトイレや浴室などをぎゅうぎゅうに詰め込んでいたのである。浴室にいたっては洗面所も脱衣所もなかった。

だが、もっと大きな災いとなったのは階段だった。

座敷の西隣りは父母が寝室に使うことになった和室、その南隣りがダイニングキッチンになっていた。はじめて玄関を入り、靴を脱いで板の間に上がり、左手の擦りガラスの引き戸を開けてダイニングキッチンに入ったわたしがまず目を奪われたのは、隣の和室とのあいだに斜めにひどく出張った階段の側板だった。極端に言えば、ダイニングキッチンの鴨居の左端から敷居の右端までまるで対角線を引いたように、階段の側板が板壁と化して和室とのあいだを遮っていたのである。背を伸ばしたまま和室へ行こうとすれば、左側の壁に身を摺り寄せるように行くしかないし、部屋の真ん中を通ろうとすれば、身を屈めて側板の下を潜っていくしかない。

どうしてこんなことになってしまったか。さして広くない建坪のなかで、幅一間の広縁と八畳間の座敷——仏間や床の間も含めると都合十五畳分のスペースを惜しげもなく取ってしまったせいで、二階への階段の上り口が西側にずれ込んでしまったためだった。

この階段の位置取りは二階の間取りそのものも誤らせていた。直階段で上り口とその方向が限定されてしまえば、上がり切ったところに二階の部屋の出入り口を作るしかない。階段は結果的にそれを家のいちばん西側に押しやり、二つの部屋を南北に振り分けることになった。

無惨だったのは北側の六畳間だった。西側には隣家の壁が迫っていて、北向きにサッシ戸二枚分の開口を取り、ベランダもしつらえていたが、切り開かれた丘陵の赤茶けた崖が立ちはだかっていて、目隠しをされているようだった。どうして日当たりのいい東側にそれが取れなかったのか……。

——と、こんなふうにいま、かつての新居のありさまをわたしにスケッチさせているのは、十九歳になって間もない元旦、はじめて新居の敷居をまたいだそのときの記憶、あるいはその後、この家で過ごしたときの記憶だけではない。はじめて帰省したときは一泊しただけで、新聞販売店に戻らなければならなかったし、そもそもわたしがこの家で寝泊まりした日数は全部合わせても一カ月に満たないだろうから。わたしは、家族のなかでただ一人この家で暮らしたと言える経験を持ち合わせていない人間である。にもかかわらず、わたしはこの家の不具合のほぼすべてをかなり正確に再現し、あげつらうことができる。そこにはじつは、この家族誌の冒頭近くで触れた、不動産情報誌の編集者だった二十代後半の頃の経験があずかっている。

当時、わたしは、日々おびただしい数の間取り図に目を通し、ちぎっては投げという具合に選り分けては印刷会社に入稿していた。いつしか必要に迫られてトレースのペンを執り、自分でも描けるようになると、ふと生家の間取り図も再現できるのではと手を染めてみたのだが、記憶の暁闇に消え入りそうに揺曳するそれを完全に描くことはついにできなかった。

それに比べれば新居は、帰省時に短時日を過ごしたにすぎなかったものの記憶に明度があり、造作もさほど複雑ではなかった。わたしは、仕事の合間、帰省したときの寝所であった二階北向きの六畳間の大きな開口とベランダを日当たりのいい東向きに配するところから逆算して間取りを描き直せないかと記憶をたよりに方眼用紙に鉛筆を走らせてみた。

たしか階段は東西方向ではなく、南北方向に上がるようになり、むろん側板の迫り出しは消え、一階の座敷、広縁は縮小、四畳半の和室は消滅して、洗面所や脱衣所のスペースを生み出し、社長が祖父のために腕まくりしてしつらえた間取りは大幅にダウンサイズしたはずだ。

たしか……はずだ、というのは、全体のラフな間取り図が書き上がったとき、机を並べていた同僚が手元を覗きに来たので、あわてて隠し、しばらくして取り出して眺めていたのだが、急にむなしくなり、丸めて屑籠に放り込んでしまったからだ。——

あれを取っておけばよかった、といま後悔している。

それから三十年後、わたしにそう思わせるあるものが出てきたからである。例の茶封筒に放り込まれた雑多な写真を漁っていて、新居を背景に家族が写っている一枚が見つかったのである。しかもその裏には、帰省したわたしがはじめて敷居をまたいだ、まさに「昭和四十九年元旦」という日付が記されていた。

写真のなかの年若い自分に再会するのはつねに面映ゆく、ときに自己嫌悪をもよおしたりするものだが、この一枚はそんな自分に面と向かわなくて済んだ。わたしたち家族よりも家そのものにフォーカスして撮られた、それは一枚だったからである。シャッターを押したのはだれだったろう。たぶん年賀の挨拶に来ていた叔父だったのではないか。わたしが子どもの頃、母の実家の庭で、カメラに凝っていた叔父は、盆と正月、定点観測のようにわたしたち——十人ほどのいとこたちを並ばせて撮ることをまるで自分の使命のごとく励行した。その元日も、はじめて新居を訪うた叔父は記念にわたしたち家族を撮ることを思い立ち、しかし、だんだん家の全景をファインダーに収めようと後ずさり、シャッターを切ったのではなかったか。

わたしたち家族はルーペで見てようやく顔がわかるほど小さく写っていた。玄関の引き戸の前に父母が並び、高校二年生だった妹は、そのむかって右手、玄関ポーチの丸柱を抱えるように立っている。わたしは、といえば、むかって左手に少し離れた位置、門扉の近くに立っていて、とっくりの赤いセーターを着て、腕組みをしている。髪がもう少しで肩に届きそうなほど伸びているのは、いかにも時代を感じさせて気恥ずかしい想いに駆られるが、しかし、繰り返せばこの写真の被写体はやはり家だった。

家族四人、そろって上半身だけが写っているのは、門柱まで連なるブロック塀に遮られていたためだった。ブロック塀の下には石垣が組まれ、むかって右手に行くほどそれは高くなり、家の前の道路の勾配を伝えている。そして左端、道路から石段を四段上がったところに写真の白縁に断ち切られそうになって門扉が写っていた。

この一枚の写真がわたしにとって貴重だったのは、その屋根組みまでもそっくり写っていたからだった。そのありさまこそは、家の間取りの不具合をみごとに反映していた。それに気づかせたのも、おびただしい数の住宅の間取り図を閲してきたかつての不動産情報誌の編集者の眼だった。そしてその眼は、この写真に、かつて走り書きしたあの間取り図を重ね合わせれば、一挙に家の不具合の立体像を透視できるのに、という悔いさえ呼び起こした。

写真を見て、まず違和感を感じたのは、門扉を入って真正面が台所の勝手口になっていることだった。通常、その場所には玄関を配するものだ。庭のスペースがそれなりにあればこそ、あえて玄関まで距離を取り、石畳のアプローチを作ったり、植栽をあしらったりすることはあるが、家の壁面とブロック塀との幅は一メートル半ぐらいしかなかっただろう。設計者は、土庇《つちびさし》を戴いたこれみよがしの玄関ポーチを家の中央に配するのに力こぶを入れて、門扉との位置関係など眼中にないように思えた。

だが、玄関ポーチをそのようにブロック塀にむけて窮屈気に押し出したおおもとが八畳の座敷、その東向きの広縁、南側の四畳半の居室という間取りであることは、やはり透けて見えていた。そして、それこそが屋根組みを奇異な形状にしていた当のものだった。

南側から家の正面を撮った写真には、一階、二階に架けられた切妻の屋根が写っていたが、何が奇異であったかというと、そのむかって右手、一階部分だけにもう一つの切妻屋根が直角に組み込まれていたことだった。南北方向に架けられた二階建ての切妻屋根に、一階だけ東西方向の切妻屋根が継ぎはぎされている。写真を見つめるほどに、そこだけがまるで建て増しされたかのようなちぐはぐさを醸しているのである。

丘の上にわが家が購入したこの程度の敷地、建坪で建てる二階建ての木造住宅なら一方向の切妻屋根でまとめるのがオーソドックスだといえる。収まりがつかなかったのは、あきらかに座敷、広縁、四畳半和室の三点セットのせいであり、継ぎはぎされたように見えるもうひとつの切妻屋根はこの一階間取り部分に架けられたことは疑うべくもなかった。この屋根が二階東向きの壁面を塞ぐかたちで組み込まれていたため、二階の二部屋はほぼ眺めを封殺されてしまったのだった。

結局、わたしがはじめて更地に立ったときに得られた眺望は、この家ではかなえられなかった。わずかに二階の南側、妹が使っていた洋間の東向きの壁に、屋根の傾斜を避けて申し訳程度に開けられた小さな窓から覗けるだけだった。写真に写っているそれは、玄関左脇にあったトイレの小窓とほぼ同じ大きさだった。

「一度は悲劇として、二度目は茶番として」という言葉をゆくりなくもわたしは思い浮かべていた。写真に見入っているうちにつくづく思い出されたのは、吹き抜け、店を見下ろす二階の廊下、その先の客間としての座敷というかつての生家の三点セットだった。新居にしつらえられた座敷、広縁、四畳半の和室という三点セットは、祖父の執念の乗り移ったその紛うかたない反復だと思えたのだ。ただし、この反復劇は一度目も二度目も本質的には「茶番」だったが……。しかし、とわたしは、そう思うわたし自身に留保したくなった。祖父の臨終を介在させることで二度目は「悲喜劇」となったのではないか、と——。

記憶、走り書きの間取り図、写真……。ここまで、しかしそれだけを以て、わたしはこの家の不具合を再現できたわけではない。じつは、新居の異様についてわたしにむかって使嗾しつづける言葉を先立って聞いていたのだった。それは、わたしが出られなかった祖父の四十九日の席で母が聞いた〝庚太のおいさん〟が発した言葉だった。

四十九日の儀が終わって、八畳の座敷と隣の和室の二間をぶちぬいての宴席となった。社長に上座に坐ってもらうと、自然に会社関係者がその近くに陣取り、親戚や祖父に所縁の人たちの大半は、いやでも斜めに迫り出した階段が影を落とす和室に座を占めることになった。父は上座のほうでビールを注いでまわり、自分も注がれてそのうち社長の正面に腰を下ろしてしまった。母はおのずと次の間でお酌することになり、伯母たちがそれを手伝った。

　母は〝おいさん〟がそわそわと落ち着きがないことを感じていた。葬儀のときは祖父を送ることに心が占められていて、内装も完成していない家を吟味する余裕もなかった〝おいさんは〟この日、大工の眼になってそれこそ舐めまわすように家の内、外を見ていた。やっと宴席に着いて、母から注がれたビールを呑み干しても、周りの伯父や伯母の話に加わることなく、腕組みをしてどことなくふくれっ面をしているように見えた。

　そのうち座敷の会社関係者のあいだでも、こちらの親戚のあいだでも話題が新居のことに集まり、座はおおいに盛り上がった。しかし親戚の話に相槌を打ちながら、母は、一人盃を口に運んでいる〝おいさん〟が赤ら顔になっていくのを見ていた。しばらく座の話に聞き入っていた〝おいさん〟は、突然それをさえぎるように口を切った。

　――これはな、四二間《しにけん》いうてな、わしら大工は絶対やらん間取りや！

　そこから堰を切ったように、家の造作を仮借なく鑑定する言葉が続いた。それはとめどなくあふれ出、元来おしゃべり好きで、酒が入るとますます饒舌になるいつもの〝おいさん〟の口吻になっていた。

　〝おいさんは〟座敷上座の社長のほぼ対面に坐していた。座敷の人たちの耳目を感じて、母がはらはらしていると、あわてて父がやってきて、〝おいさん〟をうながしてダイニングキッチンへ連れて行った。〝おいさん〟が始めた長広舌は絶対に社長の耳に入れてはならないものだったのだ。父は声をひそめて、しかし執拗に〝おいさん〟をたしなめることになった。

　母から聞いたこの「四二間」という〝おいさん〟の発した言葉は、数年後に自分が不動産情報誌の編集にたずさわるなど思いもしなかったわたしのなかに、その不吉な響きとともに刻みつけられたらしかった。

　八畳間が二間続きになった間取り――それが「四二間」という言葉の意味であり、〝死に〟に通じて縁起が悪いとされ、間取り図を引くうえで必ず忌避される――わかってしまえば、どうということはない言葉だが、おびただしい数の木造住宅の間取り図を見ていて、ふと思い出したその言葉を定規のように当ててみると、たしかに八畳間が二間続きになったようなものには出くわさなかった。

しかし、わたしは思う。〝おいさん〟が四十九日の席で言いつのっていたのは、そんなことにとどまらなかったはずだ、と。「四二間」という言葉は、〝おいさん〟が言いたかったこと全体の符牒のようなものであり、おそらくわたしがこの言葉を母に聞いたあと、記憶と、編集者時代に描いてみた間取り図と、そしてたまたま見つけた新居の写真とに触発されて、自分でも思いがけない時を経て発見することになった家の不具合の立体像と、さほどちがわなかったのではないだろうか。母はそれを聞き取ることができず、父はそれを封じ込めてしまったのだ。

わたしはいま、祖父の義弟〝庚太のおいさん〟に言いようのない申し訳なさを感じる。

頑固一徹の祖父の、つねに話し相手になり、わたしたち家族があばら家に祖父と同居できるように献身的に大工の腕をふるい、しかし、かつて金銭に不甲斐ない父に手を差し延べたばかりに臨終の祖父になじられ、小学生のわたしに家を建てるときは必ず一肌脱ぐと言ってくれたのに、新居を建てるに際しては蚊帳の外に置かれ、しかも実際に建ち上がった家は、大工の自分の眼からはとうてい赦せないような欠陥が露呈している――〝おいさん〟が四十九日の日にぶちまけようとした鬱屈、憤懣は、けっして一時の激情に駆られて噴き出したものではなかった。それは、わたしたち家族が郷里の生家を出て、あばら家に移り住み、祖父の死を経てようやく新居にたどりつくまでの紆余曲折に満ちた時間を、やはりマグマのように孕んでいたはずだ。

もし――とわたしは、絶対ありえなかったことがわかっている仮定をしたくなる。――もし、わたしが不動産情報誌の編集者をしているときに、この家で〝おいさん〟と差し向かいで酒を酌み交わす機会があったなら、わたしは〝おいさん〟の鬱屈と憤懣のすべてを受け止め、わたしたちはおおいに肝胆相照らすことができただろう。〝おいさん〟はわたしにとってあまりに老いすぎ、わたしは〝おいさん〟にとってあまりに稚なすぎた、というほか、わたしには術はない——。

だが、〝おいさん〟が「四二間」という言葉で吐露しようとしてできなかった鬱屈と憤懣の呪力は、消え失せてしまったわけではなかった。

母も妹も、引っ越した当日からこの家の欠陥に直面していた。何といっても洗面所と脱衣所がないのは、女二人にとって最悪だった。日が射さない二階のベランダも洗濯物を干せない無用の長物で、結局祖父のためにこしらえた東向きの広縁がその代わりになった。そして、あの階段の斜めに出っ張った側板——いちばん家族が集まり、長居するダイニングキッチンで視野の半分をさえぎっているその側板は、この家の欠陥を象徴する代物だった。せいぜいポスター式の一年分のカレンダーを貼ったり、状差しや壁掛けを掛けたりして覆い隠すものの、日常の起居の邪魔になることおびただしい。

相変わらず地方回りの出張で月の半分家を空ける父が帰ってくると、母は、暮らしてみて次々とあらわになっていく家の欠陥を訴えざるをえなかった。しかし、社長に頭の上がらない父は、これまでの仮住まいに比べたら一戸建ての家に住めるだけでありがたいんや、と取り合わない。そのくせ自分は、家にいる月のもう半分、明け方トイレに起きたり、深酒して夜遅く帰宅したりしたときなど、きまってこの側板にしたたか頭をぶつけては、さんざん階段にむかって悪態をついていたという。

〝おいさん〟の発した「四二間」の呪いはこうして生きつづけ、やがて思いもかけない結末を迎えるまでこの家に憑くのである。

〝丘の上の四二間の家〟——わたしはいつからか記憶のなかのその家をこう呼ぶようになったが、しかし時が経つにつれ、ダイニングキッチンや居間、玄関先からトイレや浴室といった、家族がすったもんだしながら、頻繁に出入りしたり、長時間過ごしていたりしていた空間よりも、祖父のために作られ、あまり使われることのなかった仏間のある八畳の座敷、東向きの広縁、東側と南側に窓のある四畳半の和室のほうが思い出されるようになった。電車を乗り継いで通学しなければならなくなった妹が朝いちばんに出かけ、次に父と母が出勤すると、家のなかはからっぽになる。三人が家にいるときでさえ、たまにしか人が入ることのなかったそこは、思えばこの家のなかでもっとも長い時間空虚でありつづけた場所だった。無人の家のなかに、巨きな空《うろ》のように抱え込まれたまま、陽の移ろいをカーテン越しに映し取りながら時間だけが過ぎていく座敷、広縁、四畳半の和室。そして、座敷の長押に掲げられた祖父の遺影だけがその時間を見据えている——これが、いまも、わたしのなかにひっそりと息づいている〝丘の上の四二間の家〟である。

四

ここで時計の針を、正月にはじめて新居に帰省し、一泊しただけで新聞販売店に戻らなければならなかった大学一回生のわたしの、さらにその二カ月近く前まで戻さなければならない。

「他人の家の釜の飯を喰う」と言うが、その頃のわたしは、その言葉の重みを賄いの朝食、夕食のときの箸の上げ下ろしに感じざるをえないような気づまりな状態で過ごしていた。相変わらず無気力な配達員であったわたしは、辞めるとも言い出せず、さりとて学業にも身が入らず、惰性のままにどっちつかずの学生生活を送っていた。

唯一、わたしが一日も目を離さず注視していたのは、プロ野球のペナント・レースの行方だった。シーズン終盤、阪神タイガースは宿敵巨人と熾烈な首位争いを演じていた。前半戦は両チームとも首位をうかがうこともできないほど、調子が上がらなかったのだが、夏場からまれに見る団子レースを抜け出して一騎打ちの様相となったのである。

この年、江夏豊と田淵幸一の黄金バッテリーは、文字通り阪神タイガースの投打の柱だった。入団以来毎年二五〇～三〇〇イニングスを投げてきた江夏は、登板過多のせいか、あきらかに球速そのものは落ちていた。それでも修羅場を踏んで会得してきた投球術でセ・リーグ最多の二十四勝を上げ、夏には甲子園で中日相手に延長戦のノーヒット・ノーラン、しかもみずからのサヨナラホームランで試合を決めるという史上初の快挙をやってのけた。田淵もまた、五月の甲子園での巨人三連戦で二試合にわたる四打席連続ホームラン、ペナント・レース終盤の首位争いとなる同じく甲子園での巨人戦でも逆転満塁ホームランを放って乱打戦にケリをつけるなど、不動の四番にふさわしい打棒でチームを引っ張った。一方V9をめざす巨人は、勝負どころでの粘り強さと試合巧者ぶりは相変わらずだったが、王、長嶋はじめ長年レギュラーを張ってきたベテラン選手に衰えが見え、もはや他を圧する力はないと思えた。

——今シーズンこそ優勝できるチャンスだ！

わたしは、連日自分の配達する朝刊のスポーツ欄に目を走らせつつ、そう思った。とりわけ田淵の逆転満塁弾、江夏のリリーフで巨人を下してほぼ二カ月ぶりに首位に立った十月初旬には、それを確信した。ところが、この試合に勝てば優勝が決まるという二十日のナゴヤ球場での中日戦、田淵の犠牲フライで先制しながら、先発の江夏が打ち込まれて逆転負けを喫してしまう。巨人打線に立ち向かうマウンド上の並々ならぬ闘志がトレードマークで、勝ち投手となった中日先発の星野仙一が、試合後「阪神に勝たせてやりたかったが、Aクラスがかかっていたので負けられなかった。勝っても、うれしくない一勝」と洩らしたのは語り草となった。そして翌々日——昭和四十八年十月二十二日、阪神は甲子園に巨人を迎え撃ち、シーズン最終試合となる大一番で雌雄を決することになる。泣いても笑っても、勝ったほうが優勝、である。

この試合はデーゲームだった。わたしは当然のように授業をサボり、実況中継を観るために学生会館のテレビの前の椅子に陣取った。あれほど重苦しい緊迫感で身を硬くしながら、しかも、その他大勢の観衆とともにテレビで野球観戦をしたことは後にも先にもなかった。

阪神先発は、江夏に次ぐ二十二勝を上げていた右のエース格、アンダースローの上田次朗。巨人先発は阪神が苦手にしていた左腕の高橋一三で、やはり上田と同じ二十二勝を上げていた。わたしは、阪神が先制して上田が中盤まで何とかリードを保てば、江夏のリリーフ投入で逃げ切れるのではないかと勝ち筋を読んでいた。しかし、ゲーム展開はそんな思惑をまたたく間にむなしい皮算用にしてしまった。上田は立ち上がり巨人打線につかまり、逆に先制されてしまう。二回にもやすやすと追加点を奪われ、あえなく降板。そのあと登板したピッチャーも巨人打線の攻勢を止めることはできず、わたしはもうそれ以後の試合経過を憶えていない。たしか七、八点か、それ以上取られたはずだ。対照的に阪神打線は高橋の緩急自在の巧投に手も足も出ず、凡打の山を築いた。手玉に取られるという言い方があるが、まさにこの試合の阪神打線がそうだった。

試合を観つづけることは、ほとんど精神的ななぶり殺しに遭っているようなものだった。それでも——それだからこそ、わたしは椅子から立つことができなかった。この日の、この甲子園での、この巨人との試合でなければ、とっくにその場を立ち去っていたことだろう。

学生会館には立ち見も含めて四、五十人ほどの観衆が詰めかけていた。そのうちのどれぐらいが巨人ファンであるかは、ゲームが始まってすぐにわかった。われらが阪神ファンは六、七割というところだったろうか。ただ、中盤までに試合の大勢が決まってしまったので、授業に出るために、かたや安心して、かたや席を蹴って退室していく者もいれば、授業が終わってどやどやと入ってくる者もいて、その勢力バランスは流動していた。

わたしはしだいにテレビの背後の壁の上方に掛けられた丸時計を気にするようになった。いつもなら夕刊配達のために下校する時刻を過ぎていたからだった。にもかかわらず、いまさらここを動けない、という気持ちが錘のようにわたしの肚の底にあった。一方で、配達は必ずやるつもりでいたので、あと十分、あと十分と思いながら、時計に目をやってはテレビ画面に向かいつづけることになった。こうして、ずるずるとわたしは最終回、阪神の最後の攻撃のときまでそこにいた。

そして、ついにその瞬間がやってきた。

九回も二死、打席に立ったのはウィリー・カークランド――かつてルーキーの田淵を見ようと駆けつけた地元の球場でのオープン戦で、特大の場外ホームランをかっ飛ばしてわたしの度肝を抜いた彼は、打てようが打てまいがいつも高楊枝だったことで有名だった。その日も楊枝をくわえたカークランドは、まるでその試合が、わたしたちがこれほどまでに刮目している大一番ではなく、ペナント・レースの一試合だと割り切っているかのように無造作に打席にはいり、簡単に追い込まれ、高橋が釣り球として投じた高めの糞ボールを派手に空振りして三振に倒れた。ゲームセット！　一九七三年の阪神タイガースのペナント・レースが〇・五ゲーム差の二位に終わった瞬間だった。

わたしのうしろでは巨人ファンの連中が歓声を挙げはじめた。振り向くと歓声の主たちは十人に満たないほどだった。大半はわたしと志を同じくする者たちらしく、一様に重苦しく虚脱したような表情を浮かべて押し黙っている。やがて、くそぉ、とか、うおぉ、とか、口々に唸るような叫《おら》ぶような声が聞こえてきたが、ふたたびテレビ画面に向き直ったわたしは、そこに映し出された光景に目を奪われていった。

甲子園の阪神ファンが次から次とグラウンドになだれ込み、巨人のダグアウトめざして殺到していたのだ。いままさにバックネット脇からフェンスを乗り越えようとする人影が映し出されたとき、わたしは、反射的に四年前の五月のナイターをグリーンシートから身を乗り出すようにして見ていた自分のことを思い出した。そればかりか、中学三年の野球部員だったわたし自身がその人影に重なってグラウンドに躍り出るのを見ていた。そして、見ているだけでなく、やれ、やれ、やってまえ！　という声にならない叫びを自分が発しているのを聞いていた。こうでもしなければ、なぶり殺しの恥辱を振り払うことはできないのだ。あとからあとからファンはなだれ込み、グラウンドを走りまわった。そのなかにわたしは、父や、〝小池さん〟の姿さえ探そうとした。

と、そのとき、背後でけたたましい金属音が響いた。われらが残党の一人が、灰皿のスタンドを蹴り倒したらしかった。テレビ画面のなかで繰り広げられる甲子園のファンのやけくそで、やるせない蜂起、それを仰々しく伝える実況アナウンサーの甲高い声にあきらかにわたしたちは煽られていた。その一蹴りを合図とするようにいっせいに椅子やソファ、テーブルをひっくり返しはじめた。なかにはそう簡単にひっくり返せるものでは飽き足らず、フロアの隅に置かれた背の高い観葉植物を鉢から引っこ抜き、床にぶちまける剛の者までいた。――やれ、やれ、やってまえ！ わたしは立ち上がってそのありさまを凝視していた。

ふと時計を見ると、もう四時を過ぎていた。急いで帰っても、夕刊配達に出られるのは五時過ぎだろう。いつもより二時間弱の遅れだ。晩秋の日暮れは早いから、配達が終わったときは外は暗くなっているだろう。その前に、二時間も遅く帰ってきた理由を問いただされるかもしれない。電話一本かけなかったことを必ず専従の強面の小父さんからなじられるにちがいない。しかし、もう一度時計を見たとき、いや、ひょっとしたら、店長か奥さんか、最悪この小父さんが、わたしの帰りを待ちきれず、代わりに配達に出てしまうかもしれない、という暗澹たる予感がやってきた。それだけは絶対に避けなければならなかった。この自分だけの惑乱と、そんなことにおかまいなしのその場の熱狂とが、そのときのわたしのすべてだった。わたしは、体が少し汗ばんでいるのを感じながら、いますぐここを立ち去らなければ、と悟った。そして、何の恨みもなかったが、坐っていた椅子を思い切り蹴り倒すと、学生会館を出て、正門のほうへ走った。途中、巨人ファンのだれかがわたしたちの〝暴挙〟を見かねて通報したのだろう、あわてた様子で学生会館めざして走ってくる数人の学生課の職員とすれちがった――。

店に帰りついたとき、わたしの配達分はまだ残っていて、幸い、わたしはだれとも顔を合わせることなく配達に出られた。大急ぎで自転車を走らせ、六時半過ぎには配達を終えることができた。店に帰ると、気まずい夕食が待っていた。わたしは謝罪の言葉を温めていたが、いきなりそれを口にする機会を奪われてしまった。例の強面の小父さんが立ちはだかって、怒りに任せて先制攻撃をしかけてきたのだ。普通に話していても語気の荒い泉州弁で頭ごなしに面罵され、わたしもわれを失った。とりわけそのときばかりは――彼の知ったことではなかっただろうが――甲子園での優勝を決する対巨人最終戦の阪神タイガースの大惨敗というなぶり殺しにひどい目に遭っていた。そして何よりも、その恥辱を晴らそうとする甲子園のファンのデスペレートな熱狂に感染していた。このうえ一方的に攻撃され、なぶり殺しにされるのはまっぴらだった。やる気がないんなら辞めえ!、という売り言葉に、おう、辞めたるわ!、という買い言葉の呼吸で言い返した。双方突っ立ったまま対峙し、話は一分で終わった。店長と奥さんはいちおうなだめてくれた。小父さんの物言いをたしなめ、わたしを慰留してくれたが、しかし、そこに熱意は失せていた。すでにわたしに脈がないと匙を投げていたのかもしれない。

数日後、例によって新聞社の奨学会から担当の事務局員がやってきた。しつこく慰留されるのはうっとうしいなと警戒したのだが、彼はもうわたしが店を辞めるのを前提に、いつまで勤められるか、その残務期間の調整のためにやってきたのだった。いささか拍子抜けだったが、結局わたしが最初に目論んだ翌年三月末まで勤めて、辞めるということになった。あとになって気づいたのは、出会いがしらの偶発事故のようなものだったが、このタイミングで辞意を告げてよかったということだ。というのは、わたし自身、高三のとき新聞奨学生に応募したのがちょうどこの時期だったからである。新聞社の担当者も、おそらくそのことを念頭に、わたしの慰留よりも、この際、後釜を探すほうが店のためにも得策だと考えたのだろう。

とはいえ、わたしにとっては、翌年の三月末までの五カ月間ほど、気づまりで寡黙な暮らしを強いられたことは人生でまたとなかった。「針の筵」という言葉があるが、まさにその上に坐るとはかくのごときか、という思いをしこたま味わった。

引っ越しの日は、泣きついて父の手と足を借りた。父は〝小池さん〟に頼み込んで、彼の会社のトヨエースを借り、遠路駆けつけてくれた。引っ越し先は、大学近くに見つけた三畳一間の学生アパートだった。机と椅子、大学生協で買ったスティール製の本棚、数十冊の本、衣類とファンシーケース、寝具一式を入れた布団袋——持てるもの一切を荷台に積み込んで走り出した、父がハンドルを握るトヨエースの助手席で、わたしは、毎日、早朝と午後、新聞を積んだ自転車で走り抜けた街並みを車窓に見送りながら、この街に戻ってくることはもう二度とないだろうと考えた。しかし、街を後にして、車が大阪方面に向かう幹線道路を走りはじめたとき、ふいにある人物の顔が浮かんできた。新聞配達を始めたばかりの頃、わたしが寝ぼけて自転車をぶつけ、配達中だった牛乳瓶のほぼすべてを割ってしまったのに、ひとことの文句も言わなかったあの小母さんの顔だった。そのあとも朝、顔を合わせるたびに挨拶してくれ、ときどきは短い言葉を交わすようにもなっていた。せめてひとこと、今月で店を辞めて街を出ることになりました、と彼女に告げるべきだった。その気になれば機会はいくらでもあったのだから。後悔の念がじわっとこみあげてきたが、トヨエースはいまや刻一刻と街から遠ざかり、さらに遠ざかろうとひた走っていた。——もう遅い、もう、引き返すことはできない……。車を出してすぐ煙草に火をつけ、吹かせていた父がそのとき半分ほどウインドーを下ろした。こもっていた煙とともに風がわたしの後悔も吹き散らしていった。

五

〝丘の上の四二間の家〟が建ってからおよそ二年ほどは、この家族誌が特段記すべきことは起こらなかった。それは、新聞配達を辞めたわたしがともかくも大学生らしい生活を送ることになる二回生、三回生の二年間に相当していた。この章の最後に書きしるすのは、その間、家族誌の空白で演じられた幕間劇、あるいは傍白に当たるだろうわたしの独り芝居である。

とりあえず授業に顔を出すようになったものの、さんざんサボっていたツケで、わたしはほとんどの授業を新入生とともにしなければならない二回生だった。要するに一年遅れで大学生活をスタートしたようなもので、友だちづきあいをするようになったのも一学年下の学生たちだった。

母はわずかだが、仕送りをしてくれるようになった。一年間新聞配達をしたおかげで多少の蓄えはできたが、それにはなるべく手をつけず、当座の持ち金が乏しくなると、わたしは、パン工場での学校給食用のパン作りやら、運送会社でのトラック運転手の助手やら、短期のアルバイトをした。

概してありふれた、気ままな学生生活にすぎなかったが、この二年間で、その後のわたし自身の生のベクトルを決定づけることになった経験をひとつ特筆するとすれば、俄然、文学や思想関係の本を読みはじめたことが挙げられるだろう。この家族誌のなかでもすでにその名に触れたが、吉本隆明の巨大な山脈のような著作集を読みはじめたのもこの時期だった。鴎外、漱石、芥川、太宰、第一次戦後派、第三の新人、高橋和巳、大江健三郎……小説もずいぶん読みふけった。しだいに亢進していくこうした読書欲は、しかし、またしてもわたしを授業から遠ざけるように作用した。

たとえばこんなことがしばしばあった。

朝、寝坊して布団のなかで寝ぼけまなこをこすりながら時計を見ると、もうアパート付設の食堂の賄い飯の時間は終わっている。こりゃあ、第一時限サボりやな、とつぶやきながら、とりあえず何か口に入れようと、パジャマ姿のまま湯沸かし器を持って共同の台所へ行き、水を入れる。部屋に戻って、お湯が沸いたらカップ麺を作り、布団の上に胡坐をかいて食べはじめる。食べながら、ふと手近にあった文庫本——たとえば漱石の『それから』を読みはじめる。わたしはあっという間に作品の世界に引き込まれ、カップ麺を食べ終わると、今度は布団の上に寝そべって読みふける。わしづかみにして離さず、結局、第二時限以降の数理経済学、マーケティング論、債権法といった授業をやすやすと放棄させてしまう——こんなふうにして、わたしはどれだけの授業を放棄したことだろう！

ただ、そんな日でも、昼下がりの間の抜けた時間に必ずキャンパスには出没した。食堂で遅い腹ごしらえをし、学生会館でコーヒーを呑んだあと、生協の書籍売り場、中央図書館、経済学部付属図書館、気候のいいときは農学部付属のだだっぴろい農場を気ままに回遊するようにして時を過ごした。

わたしはこうして、だれに率いられているわけでもないのに授業から授業へ従順な羊の群れのように教室を移動していく学生たちからはぐれていった。いったい何を、わたしはしたかったのだろう。群れのなかに入りたくなかったのはたしかだ。嫌悪していたからではない。何をしたいのかを探そうと思って歩きまわったり、立ち止まって考え込んだりしているうちに一匹の迷える羊になってしまった――そうとしかいいようがないのである。

そんなふうに教室からのあぶれ者として過ごしているうち、わたしは、自分の入った大学が目に見えないビニールハウスに覆われた温室のような空間であることに気づいていった。

学生自治会というものがあり、日本共産党系の学生組織がそれを牛耳っていることは知っていた。牛耳るという言葉を使ったが、学内には少なくとも名のりを上げて彼らと党派的に対立するような動きはなかったから、この民青と略称される組織に属する学生がかなりの数の層として、ただ無葛藤にそこに棲息していたというべきかもしれない。ざっくりいえば、こんなにうようよいるのかと感じる民青と、特に数えてみようとも思わない、大多数のいわゆる一般学生――羊の群れだけがいたのである。そこが一九七四年という時代にあって、いかに知的、思想的、かつ政治的な刺戟の及ばない辺境の地であったかは多言を費やすまでもないだろう。と、こう書いたところで、同時代の空気を呼吸していた人にしか通じないかもしれないし、ひょっとしたら、彼らにももはやリアリティを呼び起こすことのない昔話になってしまっているかもしれないのだが……。

授業にも出ずキャンパスをうろついている学生の姿というのは、それとなく人目についてしまうものらしい。校舎の廊下を、中庭を通り抜け、大学生協、学生会館、食堂が連なっている一角にむかって広場を横切っていたわたしは、知らず知らず同じ広場の一隅にあった自治会室の前を行き来していたようだ。あるとき——たしか図書館で新聞の閲覧台にむかっていたときに一人の学生に声をかけられた。彼は三回生の自治会の執行部の一員で、もちろん民青だった。そのときはどうということのない雑談を交わしただけだったが、二度、三度と声をかけられるうち、彼は自分たち——民青のことを話すようになり、政治向きの話題を振ってきた。わたしはその頃、高橋和巳、大江健三郎を集中的に読んでいて、そろそろ吉本隆明の本にも手を伸ばしかけていたので、彼に民青系の学生集会への参加を誘いかけられたときもきっぱりと断った。それでも、顔を合わせるたびに彼は親しげに話しかけてきた。何というか、わたしには正体不明の人当たりのよさを彼はそなえていて、ついつい話し込んでしまうのだった。

そんなある日、たまたま核兵器保有の是非に話が及んだとき、いかなる国家も核兵器を保有する正当な理由など持ちえないと確信していたわたしに、彼は笑みを絶やすことなく、余裕綽々といった態度で反駁してきた。それは世界情勢の如何に応じて判断されなければならない、という。アメリカ帝国主義が大量の核兵器を保有しつつ、ベトナムで侵略戦争を行っている現下の情勢では、それに対抗してソ連や中国などの社会主義陣営も核兵器を保有せざるをえないのだ。いま核兵器の全面的な廃絶をいうことは空想的な平和主義にすぎない、と。

この話をよく憶えているのは、彼とともに自治会室に足を踏み入れることになり、そこで彼の二号、三号……といった連中とも口角泡を飛ばすハメになったからだ。議論そのものの是非以前に、彼らが判で押したような言い回し、決まりきった語彙しか使わないことにとにかく閉口した。問答集よろしくああ言えばこう言うという理路の定型があるようで、全員がそれを覚え込んでいて、わたしが何か言うと、自動的に反論が繰り出されてくる。わたしはしばしば言葉に詰まり、何か言い返しても途中で言いよどみ、そして沈黙した。自治会室へたくみに導いた一号たる彼にわたしは、あなたたちの意見はよくわかった、でも、あなたたちはだれもが寸分たがわない発言しかしない、一人ひとりの意見の違いはまったくないのか、と問うた。彼は、織り込み済みだとでも言いたげに、にやりと笑うと、僕らは十分な討議をしたうえで意思統一している、だから言うことが同じなのだ、と答えた。

日本共産党が東西冷戦下の一九七四年の時点で、社会主義陣営が核兵器を保有することを積極的に是認していたというつまらない事実を傍証するエピソードにすぎないのかもしれない。

自治会室を出て、しばらく並んで歩いているあいだも彼は饒舌だった。

二年ほど前の直近の衆議院選で共産党が大躍進し、相当の議席数を獲得したことに触れ、当時一回生だった自分もかなり貢献をしたのだと自慢げに語った。せいぜい選挙運動に駆り出されたのだろうと思っていると、「票読み」というのを知っているかと訊いてきた。知らないというと、彼は学内であらゆる機会をとらえて選挙権のある学生に接近し、だれに投票するか決めているかと問いかけ、とくに浮動票を言葉巧みに共産党候補への投票へと誘いかけるのだという。自分の受講していない授業や他学部の教室にまで忍び込んで行うこともあったらしい。わたしに声をかけてきたときの、音もなく忍び寄ってくるような彼の気配が思い出された。

そんな手の内まで口を滑らせたのは、彼がわたしを見くびっていたか、よほど得意のなかにいたからだろう。「赤旗」の購読者数も大幅に伸びていて、近々、共産党に批判的な論調が売りの某保守系商業新聞の購読者数を上回るだろうとまでとうそぶいた。

——(ちっ!)

声には出さなかったが、わたしは思わず舌打ちしていた。間髪入れず、じゃ、これで、と言うと、足早に立ち去った。

アパートに帰ったわたしは、その夜からやおら大判のノートを開いて、綿々と何ごとかを書きつづるようになった。自治会室で民青にむかってできなかった反論を、彼らにではなく自分にむかって試みるために。ちなみに、わたしはノートにこう記したことを憶えている。

——彼らの言う「意思統一」とは「上意下達の金

太郎飴」になることである、と。

どんなに滑稽で、茶番めいているとしても、これが、わたしが日々出没していた大学という場の、知的、思想的、かつ政治的な現実のまぎれもない断面だった。ところが、このぬくぬくと閉鎖的な温室から一歩街路へ足を踏み出すと、ざわざわと時代の血なまぐさい空気が吹きつけてくるのだった。


全国各地で、大学構内にとどまらず、街頭や駅、ときに住宅地を舞台に頻発し、社会の耳目を集めていたのがいわゆる内ゲバだった。おもに革共同中核派と革マル派とのあいだでエスカレートしていったその内ゲバは、特にわたしが大学に入った一九七三年から翌七四年にかけての二年間、ほとんど毎日のように起こり、双方に少なからぬ死者を出すほど酸鼻をきわめた。何がどうなって、こんな殺し合いが続いているのか。具体的な争点も背景もわたしにはまったくわからなかった。毎日覗いていた生協の書籍部の書架にあった立花隆の『中核VS革マル』という本を立ち読みで読了してしまったのもその頃だったと思う。

内ゲバが市民社会を舞台としていかにエスカレートしたとしても、それはあくまでも当事者間のゲバルトの応酬であり、ときに当事者ではない人物を誤爆するケースはあったものの、彼らが市民社会そのものを敵視することはなかった。ところが一方で、翌一九七五年にかけて、まったくの死角から仕掛けられた火線が、経済社会の中核をなす企業体を標的として次々と炸裂する。〝東アジア反日武装戦線〟と名のる、市民社会に棲息しながら、党派でも、活動家でもない、貌の見えない工作者による連続企業爆破事件である。わたしは、テレビでガラスの破片の散乱する三菱重工ビルから血まみれの社員が運び出されるカラー映像を見たとき、何かが致命的に越境されてしまったと感じざるをえなかった。おそらく闘争の渦中ではそれがどこにあるかは見えなくなってしまう、だが、そこを越えれば反権力闘争がテロリズムと化してしまう、ある一線が……。

これらが、わたしが通っていた大学を近景としたとき、中景として見つめ、歩み入ることのできる社会に立ち込めていた、アモルフで、きな臭い霧のような大気を象徴していた。そしてさらにそのむこう、はるかな遠景で反権力闘争の孤高な烽火を上げている戦場が三里塚だった。

わたしはどんなかたちであれ大学の外に出てみることを欲していた。こんな温室にいたら、頭が腐ってしまう、そう思った。単に物理的に大学の外の空間に出て行きたいというだけでなく、この大学を覆うビニールハウスを一刺しして風穴を開ける言葉を手にしたいという、それは思いでもあった。

そんなある日のこと、経済学部付属図書館二階のゼミ室で学生有志主催の読書会があると知った。学生が自主的に読書会を企画するなどということはついぞ見かけたことはなかったので、わたしは、その有志というのが民青ではないと確認したうえで、どんな学生がやっているのかに興味を感じ、授業が終わったあとのそのゼミ室に足を運んだ。少人数の学生が集まっていて、ほとんどは一学年下の一回生で、教室で顔を見たことのある学生たちも混じっていた。一人だけ、あきらかに年長で物腰が異質な学生がいた。わたしは学外の人物だと直感した。読書会はその人物の発言から始まった。彼は、私鉄の最寄り駅から三駅目のところにある私立大学の学生だと自己紹介したが、すぐにわたしは嘘だと感じた。彼のわたしたちをまなざす自信に満ちた目と、理路整然たる語り口がそれを暗示していた。どこかの大学の大学院生、ひょっとしたら博士課程ぐらいの研究生ではないかとさえ思えた。

その日は、読書会の目的と今後の読書リスト、予定の説明で終わった。要は基本的なマルクス主義文献を系統立てて読んでいこうという会であり、手はじめにエンゲルスの『空想より科学へ』を次の会までに読んでくることになった。

最初に仕切った学外から来た人物が、以降はチューターと称して読書会をリードした。会を重ねるうち、この人物はある党派のメンバーで、彼にオルグされた学内の参加者は民青に隠れてその党派のメンバーとして活動を始めようとしていること、そして読書会をひそかにオルグの拠点にしようとしていることが窺がえた。そのうちチューターの彼は京大生らしいということもわかった。

わたしがそれでも読書会を離脱しようとしなかったのは、続いてエンゲルスの『フォイエルバッハ論』、レーニンの『国家と革命』、『なにをなすべきか?』などを読んでいくのが純粋におもしろかったのと、チューターとの質疑に民青の連中には感じたことのない刺戟を受け取っていたからだった。実際、連中は共産党発の安っぽいパンフレットのたぐいは山ほど読んでいるが、こうした文献をきちんと読んでいそうなのは一人もいなかった。そもそも学外からの他党派のオルグの侵入と拠点工作に気づいていないということ自体が、わたしに接触してきたあの民青氏の態度に象徴されるように、連中が泰平の夢を貪る選挙ボケにすぎないことを物語っていた。

チューターの京大生は、わたしの食いつきがよかったので、間もなくわたしを彼らの党派のデモや集会にも誘うようになった。こうしてわたしは温室から街頭へ出ていく機会を得ることになる。

「筑波大学管理法案粉砕!」「教育の帝国主義的再編反対!」——これが、当時、わたしが参加することになったデモや集会で掲げられたスローガンだった。が、正直、スローガンなどどうでもよかった。また集会での、拡声器で声が割れてよくわからない、長々としたアジテーションもどうでもよかった。わたしはただ、自分の身体を街頭にデモの一員として登場させ、都市の街路を貫いて相当の距離を踏破することに得も言われぬ新鮮さを感じていた。スクラムを組み、交差点に差しかかるとジグザグに大きくうねる隊列は、わたしの身体を弾ませ、エネルギーを吹き込んだ。

一方で、読書会では、わたしはしばしばチューターと対立するようになった。本の内容についての議論ばかりではなかった。わたしの本の読み方、どんな本を読むかという選択の自由を彼は露骨に掣肘しようとしたのである。

レーニンの本を続けて取り上げたとき、わたしは、レーニンが哲学的に思索を深めているような本も少し齧ってみたいと思い、読書会と別に二巻本の『唯物論と経験批判論』を読み出した。ところが、これは上巻だけでギブアップしてしまい、読書会の場で雑談にまぎれてそのことを洩らした。

レーニンはかなり疲れている状態でこの本を書いたのではないか。論理展開に難渋して同じ論旨が何度も反復されている。だから途中で放り出してしまった、と。

冗談めかした言い訳のつもりだったのだが、しかし、それを聞いたチューターは急に態度を硬化させ、わたしを叱責しはじめた。

――君にはまだその本を読むのは早すぎる。いま読んでも誤読するのが落ちだ。その前に順番に読まなければならない本がたくさんあるのだから。今後は勝手に読書リストにない著作を読むことを禁ずるので、そのつもりで……。

わたしは即座に反論した。

――そんなバカな！　誤読でも何でも、そのときの精一杯の読み方をすればいいのであって、すべからく本を読むとはそういうことではないですか。かりに誤読であっても、それをこういう読書会で他のメンバーに開放するからこそ正解に近づいていけるわけでしょう。このプロセスを否定したら、弁証法なんて成立しないでしょ。

わたしは一本取ったと思った。

だが、この日を境にわたしは、結局のところ、彼らも「上意下達の金太郎飴」集団を作ろうとしているにすぎないと悟ることにもなった。民青以上に結束力が強く、そして自由度の少ないそれを――。チューターのほうでも、あきらかにわたしを見る目が変わったのがわかった。要注意人物、という眼《がん》をつける目つきだった。読書会をオルグの拠点とするうえで、わたしが〝攪乱分子〟になると思ったのかもしれない。

最後に出席した読書会で読むことになった本は何だったか、もう忘れてしまった。ただ、わたしが何か発言したことに対して、チューターがこう言ったのを憶えている。

――君のその発想は、トロツキズムに傾斜する危険性があるぞ！

彼をして、彼らにとって全否定の符牒である「トロツキズム」という言葉をわたしに投げつけさせたのは、わたしのどんな「発想」だったのだろうか。それももう思い出せないが、トロツキーを読んだことがなかったわたしは、その言葉を忘れず、彼らと袂を分かったのち対馬忠行訳の『裏切られた革命』をじっくり読み込んだ。そして、トロツキーのほうがスターリンを頂点に戴く官僚体制が不可避的にはらむ「革命」を誤らせる「危険性」を抉り出していることを知った。

最後に彼らの党派のデモに参加した日——十月二十一日の国際反戦デーのことはよく憶えている。

午前中「フォード来日実力阻止！」というスローガンを掲げ、伊丹空港にデモをかけたあと、私鉄電車と市電を乗り継いで京大まで移動。そこで「全関西学生総決起集会」を行い、終了後、隊列を組み、構内から出発して市内をデモし、円山公園に到着。ふたたび集会ののち流れ解散。古都はもうすっかり夜の帳が降りていた。

よく憶えている、と書いたが、じつははっきり憶えているのは京大構内での出来事だ。

わたしたちは総勢六、七十名ほどで、京大生のグループに先導されて、とある階段教室に集結した。一時間ほど、入れ替わり立ち替わり各大学の代表が登壇し、それぞれにアピールを行った。それが「全関西学生総決起集会」なのだった。外に出て、時計台の前に集合したとき、これからデモに出るんだと思っていると、そこでも全員が腰を下ろし、アジテーションが始まった。読書会のチューターだった彼もマイクを手にした。

そろそろうんざりしはじめたわたしの目に、そのとき正門から入ってくるわたしたちとほぼ同じぐらいのボリュームの赤ヘルのデモ隊の姿が映じた。彼らはわたしたちから少し離れたところに留まり、そこで何かを始めるふうだった。わたしは、自分たちの集会のアジテーションはうわの空で、隊列を解いた彼らが何を始めるのかが気になって仕方なかった。何しろはじめて目にする京大赤ヘル部隊である。わたしからいちばん近い側に立っていた一人がヘルメットを脱いだかと思うと、長く豊かな髪がはらりと落ちてきて、色白の横顔が見え、はっと息を呑んだことを憶えている。

そうこうするうち、彼らがいっせいに時計台を仰ぎ見る姿勢になった。ほとんど同時にわたしたちの頭上にも、わたしたちの集会のアジテーションを圧するような大音量の声が降ってきた。見上げると、時計台のてっぺんから一人の男が拡声器を持って、身をよじらんばかりにアジテーションを始めていた。男はヘルメットを被っておらず、長髪で眼鏡をかけ、髭をたくわえていた。わたしはそのアジテーターに耳目を奪われていった。わたしたちの集会のアジテーションと重なって、何を訴えているのか、内容はよく聴き取れなかったが、独特のリズムで身をくねらせるその動きが強烈なある訴えを体現していた。交錯する二つのアジテーションはほぼ同時に終わった。あわただしくデモに出発する身支度が始まるなか、旗竿を持つことになっていたわたしは、相棒である長身の京大生と車寄せのあたりに寝かせていたそれを担ぐために小走りに急いだ。と、そのとき、時計台の正面出入り口から件のアジテーターが現れた。彼はわたしの目前七、八メートルのところを歩いて、赤ヘルの一団のなかへ消えていったが、その長髪、眼鏡、髭に一体化した顔貌を間近に見た瞬間、ある名前が閃いた。

——滝田修！

ほんの数日前、『只今潜行中・中間報告』という本を本屋で立ち読みしたばかりだった。まさか全国指名手配され、公安警察から追われている身の滝田修が、白昼堂々、時計台の上でアジテーションをしているとは！　公安警察への挑戦状ともいえるこの本を発刊したのが赤軍派系の出版社だとは知っていたが、それにしても京大という場所は一体全体どんな地下世界との通路を持っているんだ。すっかり仰天してそのことを相棒に告げると、彼は呆れはてたという目つきでわたしを眺め、冷淡に言った。

——何アホなこと言うてんねん。大学の周りで私服が目ぇ光らしてるのに、滝田がおるわけないいやろ。影武者や、影武者。あんなんがここには何人もおるんや。

まだ時計台のどてっぱらにチェ・ゲバラの肖像がでかでかと描かれていた頃の話である。

そして、その日からほぼ一カ月後、わたしは二十歳になった。

従順な羊の群れからは自然にはぐれていき、「上意下達の金太郎飴」集団からは意志的にはぐれていく。大学二年目のわたしの一年は、それだけで暮れていった気がする。

秘密の会合に出たり、アパートの部屋で夜っぴてガリを切ったり、そうして刷り上がったビラを手によその大学に出没したり、自分でもよくわからない趣旨のカンパ活動のために団地を戸別訪問したり、数カ月のあいだ、わたしの意識は自分の大学の外に、街頭に在ることを欲した。だが、結局わたしが登場できたのは、当時にあってさえ、旧態依然たる学生運動の因習めいた一幕にすぎなかった。

明けて三回生になった一九七五年、わたしはふたたび一匹の迷える羊に戻っていた。いちおう大学には顔を出したが、元の木阿弥に戻ってしまったなという感慨に落ち込んだ。授業に出ても、自分がいったい何をしたいのかわからないという思いは変わらなかった。

アパートに帰ると、長らく一ページも読んでいなかった文学書をふたたび読みはじめた。それまで拾い読みしかしていなかった『吉本隆明全著作集13政治思想評論集』をもう一度最初から、おびただしい傍線を引きながら読み通したりした。ページの上をさまよい、疲れると、本を閉じて街にさまよい出たが、そのときにも文庫本を携え、電車の吊り革につかまりながら、喫茶店のソファで珈琲を呑みながら読んだ。そういう場所で好んで読んだのがリルケの『マルテの手記』であり、梶井基次郎の諸作だった。小林秀雄の「Xへの手紙」も何度も読んだ。彼らの作品ほど街をさまよっている自分の内面にしっくりと入り込んでくる言葉の世界はまたとなかった。だが、雑踏を歩いていて、そんな言葉への自意識が煩わしくなると、それを忘れるために映画館に足を踏み入れた。封切館は敬して遠ざけ、もっぱら二本立ての名画館に潜り込んだ。

この年に、わたしはいわゆるアメリカン・ニューシネマの洗礼を浴びたといってよい。「イージー・

ライダー」「バニシング・ポイント」「真夜中のカウボーイ」「スケア・クロウ」「ミーン・ストリート」などは、わたしが映画館に飛び込む動機を百パーセント満たしてくれた。その年がわたしにとっての映画元年であり、以降、映画館に入り浸るようになる大きな契機となったのだが、それらの映画はそれから二十年ほどわたしを年間百本は観る映画好きにしただけではなかった。ロックやポップ・ミュージックをも摂り込んだその重層的な作品世界は、自由なる精神がいかに見えない社会の掟に鬱屈し、衝突し、打ちひしがれていくかを描いていて、アメリカ社会がどこへ向かおうとしているのか、という問いをわたしに喚起した。そこにベトナム戦争の影が落ちているのは疑いなかった。

十年以上にわたって軍事介入してきたベトナム戦争からアメリカはすでに撤退していたが、ベトナムは依然として泥沼の戦場であり、学生運動の集会やデモのなかでも「アメリカ帝国主義を打倒せよ！」というシュプレッヒ・コールはいまだ定番だった。しかし、アメリカン・ニューシネマがわたしに示唆してやまなかったのは、じつはアメリカのなかにこそ「アメリカ帝国主義」にまつろわぬエートスが息づいているのではないかということだった。

そして、そんなふうにアメリカン・ニューシネマに遭遇したこの年——アメリカがベトナムに介入してからじつに十六年目の年、出口が見えないままま延々と続くように思えたベトナム戦争が、北の侵攻、南の敗走、サイゴン陥落というかたちで一挙に終結したのである。それから十年ほどのあいだ、マーチン・スコセッシの「タクシー・ドライバー」、ジョン・フリンの「ローリング・サンダー」、カレル・ライスの「ドッグ・ソルジャー」、マイケル・チミノの「ディア・ハンター」、ハル・アシュビーの「帰郷」、フランシス・フォード・コッポラの「地獄の黙示録」といった作品群が陸続とスクリーンに現れるのを目にするたび、わたしは、この戦争がアメリカ社会に加害と受苦とを分かちがたく綯い合わせて刻み込んだ精神の傷痕を、あらためて実感することになった。

何が起こるかわからない。世界はどう生成変化していくかわからない、とわたしは思った。さらに、その生成変化の結果何が現実にもたらされるのか、まして、その生成変化の渦中の実相から自分は遠く隔てられている、と。だが、そのように世界は未知であることにおいてこそ、絶望と希望が拮抗しているのであり、だとすれば、それはわたし自身の未来についてもあてはまるのであり、そこに生の可能性があるのだ、と。

何が起こるかわからない。世界はどう生成変化していくかわからない——しかし、その感覚を反芻していくと、それは何もこの二年間の幕間劇だけを支配していたわけではないことが見えてくる。

——高校に入った年は、大阪万博の狂騒が渦巻いていた。やっと収まった頃、自衛隊市ヶ谷駐屯地での三島由紀夫の割腹自殺の報が飛び込んできた。放課後、どこでその情報を仕入れたのか、最初に知らせてくれた同じクラスの剣道部のIは三島を愛読していたらしかった。翌年の五月、やはり放課後、そのIとサッカー部のOが、タカハシカズミが死んだな、と話し合っている場にわたしは加わった。三人はなぜか気が合い、部活が始まるまでのちょっとした時間によくダベっていた。ただしIもOも読書家だったが、わたしだけがそうではなかった。タカハシカズミと聞いたとき、巨人のピッチャー高橋一三と思い込み、思わず二人の話に割って入って問いただした。二人は笑いながらも、わたしをバカにすることなく、高橋和巳という作家がいて、どんな作品を書いてきたか、京大で中国文学を講じる一方、大学闘争にかかわっていったことなどを教えてくれた。大学に入って本を読むようになり、現代作家のなかではまっさきに高橋和巳を読みはじめたのは、このときの印象がよほど強かったからだ。翌々年は、初頭から連合赤軍によるあさま山荘事件、山岳ベースでの連続リンチ事件を新聞、テレビがほぼ連日報道した。屍に彩られた画像と、おどろおどろしい見出しの乱舞……。前者はテレビの実況中継にもなった。十キロのランニングを終えて帰宅したあと、巨大な鉄球が何度も山荘の壁にぶつけられている映像をまんじりともせず観ていた記憶……。五月には、パレスチナ人民との連帯を標榜して中東に潜伏していた日本赤軍メンバーがテルアビブの空港で銃を乱射、二十六名を射殺した。秋にはミュンヘンオリンピックで、イスラエル選手団宿舎を急襲したアラブ・ゲリラが選手を人質にイスラエルに拘束された仲間の釈放を要求、拒否されると人質とともに脱出しようとして警官隊と銃撃戦となり、ゲリラ全員と選手十一名が死亡するという事件もあった——。

映画のラッシュ・フィルムのようにわたしの脳裏を流れていくこうしたトピックもまた、それぞれが、何が起こるかわからない世界の生成変化そのものの乱反射だったように思える。

——新聞配達というはじめての労働、〝前後不覚〟の衝突事故、阪神タイガース大惨敗のあとの騒擾、その日のうちにはずみで漏らしてしまった辞意……、民青がわが物顔で割拠する温室のようなキャンパス、ひそかな読書会で読んだエンゲルスやレーニンのページ、その読書会から離れたのち読んだ一冊のトロツキー、ジグザグデモのなかでスクラムを組みうねり歩いた都市の街路、京大の時計台のてっぺんでアジテーションしていた影武者の滝田修——大学に入って以降の、これらラッシュの映像がそれ以前とちがうとすれば、わたし自身が曲がりなりにもそこに在ったという点だろう。わたしは、その場その場で、時々刻々、わたし自身の生成変化をとおして世界の生成変化を体感していた。しかし同時に、それ以上に切実だったのは、この場所とあの場所、昨日と今日とで、わたし自身が否応もなく分裂していくという感覚だった。この場所のわたしはあの場所のわたしを裏切り、今日のわたしは昨日のわたしを欺いていた。どうあがいても、流動していくそれらの場と時を統覚する確乎たる自我《エゴ》が見当たらなかった——わたしはひたすらラッシュ・フィルムを回しているばかりで、それを編集するいかなる視点も持てなかったのだ。

だが、この分裂していくという日常的な感覚こそは、じつは七〇年代という——わたし自身にとって十六歳からの十年間に当たる——時代が現前させた世界の多様性《ヴァラエティ》そのものの反映にほかならなかったのではないか。その世界の多様性《ヴァラエティ》の現前に向き合おうとすると、わたし自身が高速で細胞分裂しなければならない。その細胞分裂に感覚は追いすがっていったとしても、言葉はけっして追いつけない――これが、日常的な分裂という当時のわたしの感受の淵源だったのではないだろうか。

わたしが民青にできなかった反論を自分にむかって試みるために書きはじめたノートは、いつのまにかそんな分裂に何とか稚拙な言葉の橋を架けようとする足場となっていった。いまも仕事部屋を片付けていると、肩に届きそうなほど髪を伸ばしていた頃に書いたらしいノートの断簡が出てきて、写真を見る以上に懐かしく、そしてそれ以上に恥ずかしくなることがあるが、日付が書かれていないのは、当時のわたしが時を記すことに無頓着だったためだ。書くことだけが目的で、ほとんど読み返すこともなく、もちろん残すつもりなど毛頭なかった。それならわたしがノートを棄てなかったのは、書くことが愉しくなったからか。断じてそうではない。書くほどにわたしは、わたし自身が書く言葉をとおして書くことを、そして言葉があるということを嫌悪した。

その頃読んだ『京大闘争』というアンソロジー所載の、羽田闘争に参加して機動隊と衝突し弁天橋上で斃れた京大生山﨑博昭が遺した言葉――「言葉が言葉である以上それはある程度の他者との伝達性を持っている。僕はこれがいやだ」という一節ほど、そんなわたしの嫌悪を言い当てた言葉はなかった。「他者との伝達性」そのものを嫌悪していたのではない。「他者との伝達性」を潜り抜けることでしか自己との「伝達性」に手を触れられないことを嫌悪していたのだ。そして、わたしが書くことを止められなかったのは、まさにその嫌悪のゆえだった。迷える羊。元の木阿弥。絶望と希望――これらの言葉は、おそらく当時のわたしの嫌悪をしこたま浴びているはずである。

――こうしてわたしの独り芝居は、言葉の荒野にさまよい出、索漠たるモノローグへと埋没していく……。

だが、そんなわたしの幕間劇は突然幕を降ろすことになった。というより、搦め手からこの家族誌の続きの幕が突然上がり、わたしは、襟首をひっつかまれるようにして、ふたたび登場人物の一人としてその舞台に拉し去られたのだった。

父の帳尻

一

わたしが〝丘の上の四二間の家〟に帰ってくるのは、夏休みの盆前後と冬休みの年の瀬と決まっていたが、一度だけ春休みに帰ってきたことがあった。それは三回生の長い春休みが一か月以上過ぎた三月下旬のことで、月があらたまれば四回生になるという時期だった。一度だけ、になったのは、それがその家に帰った最後の機会となってしまったからだ。

なぜ、そのとき――三回生の春休みに帰ってきたのか、その理由はよく憶えている。

当時の自分が自分自身の将来についていったい何を考えていたのか、と思いを巡らせていくと、あまりにつかみどころがなく途方に暮れてしまう。それでつい、何も考えていなかった、と片付けてしまいたくなるのだが、何も考えていなかったはずはなく、日々の自堕落な無為から目を逸らすための何か不埒な思料を飼っていたにちがいない。ただ、それを輪郭づけるような言葉をいまとなっては呼び起こすことができない。

卒業はしよう――しなければならない、とは思っていた。そのためには授業に出て、単位を取らなければならない。そんなわかりきったことを、わたしはずるずると先延ばしにしていた。朝、うまく起きられた日、気が向いたときだけ教室に顔を出すといった具合だったから、卒業というゴールまでの距離は縮まるどころか、日に日に空費しつづける時の堆積がそれを遠ざけているようなものだった。そもそも、大学を卒業したあとどんな職業に就くのか、まったく展望を持っていなかった。漠然と勤め人になるんだろうなと考えているばかりで、こんな仕事をしたいという具体的な欲求の片鱗すらなかった。

しかし、卒業、就職についてこれほど投げやりだったわたしも、ようやくおもしろがって取り組める授業がないわけではなかった。

一つは第二外国語として履修していたフランス語だった。正確に言うと、じつは授業にはほとんど出ないまま、気が向いたときに辞書と首っ引きでテクストを読んでいたのである。題名は忘れたが、ジョルジュ・シムノンの作品だった。中味がおもしろいというよりは、辞書を引き引き、とりあえずフランス語の文章を読んでいけるということがおもしろかったのだと思う。それなのになぜ授業に出なかったかというと、いつものサボり癖のせいだけではなかった。

頭の真ん中で分けたウェーブした長髪をきれいに撫でつけ、神経質そうな鼻梁には丸メガネ、ボウタイを締め、仕立てのよさそうな三つ揃いで決めた、生田耕作に師事し、パリにも遊学したという先生が圧倒的にすばらしい発音でまくしたてる、そのおフランス臭でむせ返るような講義がどうにも苦手だったのだ。学生たちはというと、自分たちは経済学部なんだから、という岩盤のような無気力にへばりついて、先生の口からほとばしり出るフランス語の奔流を適当にやりすごしている。そんな彼我のあいだを吹き抜ける空々しさのなかに、しかも彼らの一人としているのは御免こうむりたいというのが、教室からわたしの足を遠のかせた理由だった。二回生の授業の末席に潜り込んだ落第確実の三回生の言いぐさではなかっただろうが……。

だから、後期試験の日にひさしぶりに教室に忍び込んだときは小心翼々だった。試験を終え、一週間後だったか、結果が発表される日も恐る恐る教室に出向いた。それだけに、廊下の壁に張り出された画仙紙に自分の名前を予想以上の高得点とともに発見したときは緊張がほどけて、達成感に満たされたものだ。ほっとして、その場を立ち去ろうとしたとき、目の前に立っていたのは件の先生だった。

——君はほとんど授業に出てこなかったのに、試験はよく出来ていましたね。独学していたんですか？

眉間から皺が消えることのない授業中の神経質そうな表情と打って変わって、満面の笑みのなかに白い歯がこぼれていた。わたしが捗々しい答えもせず、照れ笑いをしていると、彼はかまわずに続けた。

——いや、それでいいんです。語学はね、初歩だけしっかり教わったら、あとは独学でどんどん勉強できるんです。テクストを読んでいけばいいんです。

そして、ちょっと待ってて、と断って部屋のなかに入っていった。

あるいはわたしは記憶ちがいをしていて、そこは教室ではなく、研究室だったかもしれない。しばらくして戻って来た先生は何冊かのペーパーバックを手にし、次に読むんだったらこういうのがありますよ、とページをぱらぱらめくって見せてくれた。一冊だけル・クレジオと知っている作家の名が読めたが、あとはすべて未知の作家の本だった。

それよりもわたしは、先生がいつものまくしたてる口調になって、なかなか話を切り上げそうになくなってきたので、わたしたちの大学と半々で講義に出向いている別の私立大学では仏文科で教えていると言っていた彼が、よもやわたしをそこの学生と勘違いしているのではないだろうな、といぶかりはじめた。

せっかくですが、とわたしは話をさえぎった。

——これでフランス語の単位はやっと終わったんです。まだ、ほかに取らないといけない単位が山ほど残ってまして……。

先生は少しのあいだきょとんとしていた。はたしてわたしが懸念したように、彼は勘違いしていたらしかった。

——……あっ、そうか、そうか。失敬、失敬……。

彼はきまり悪そうに言った。

この人は案外人懐っこい人なのかもしれない。わたしは小暗い繁みに小さな湧き水を見つけたときのような気持ちになったが、あいにく体のほうはその場を立ち去りたがっていた。気配を感じたのか、彼は本を持っていないほうの手を挙げて、じゃあ、と研究室のほうへ戻りかけ、しかし、心残りのようにわたしのほうに向きなおって言い添えた。

——でもね、語学はこれからがほんとうにおもしろいんだよ。

顔にはまだ笑みが残っていた。

いい先生に巡り遭いかけながら、出遭いそこねてしまったことになるのかもしれない。

それからしばらくしたある日のこと、わたしはとある書店の本棚にこの先生の名が訳者として記された本を見つけて目を見張った。手に取ってページをめくりながら、彼が見せてくれたペーパーバックの代わりにというのもヘンだが、その本を買って読もうかとも思った。それはマルクスの娘婿、ポール・ラファルグの唯一の著書だった。だが、タイトルがいけなかった。『怠ける権利』――わたしが入学以来泥み、沐浴するがごとくどっぷりと首まで浸かり、ようやく重い腰を上げてそこから抜け出そうとしていた怠惰と無為の沼に、それはもう一度引き戻しかねない不吉な響きを発していたからである。わたしは、ためらったあげく本をそっと元の場所に戻した。やはり、結局は出遭いそこねたのだ、というほかない。大学でただ一人わたしを褒めてくれた先生とは、そのあと二度と顔を合わせる機会はなかった。

一方で、めずらしく通いつめた授業が専門課程で二つあった。

どうあがいても数理的な思考は苦手だったので、自然とその要素に苦しめられる心配の少ない授業に足を向けるようになったのだが、わたしが三回生にしてはじめて教室で居眠りもせず九十分の講義を聴きおおせたのは経済学史の授業だった。大判の教科書とノートを小脇にゆっくりと歩いて登壇し、おもむろに講義を始める老教授の語り口に不思議な魅力があった。柔和でささやくようなその声は、マイクを通しても聴き取りにくいときがあり、わたしは受講するごとに一列、また一列と前方の席に陣取るようになっていったが、変らぬ口調でときおり皮肉の利いたジョークを飛ばす洒脱なセンスに惹かれていったのだろう。

授業内容そのものは語り口と対照的に骨太かつ大胆に構成されていた。経済学というものの起こりから、その思潮の流れ、考え方の変遷を、煩瑣な議論を避けながら、時代、時代の政治、宗教、社会風俗との相関において大づかみにすることがめざされていたと思う。悠揚迫らざる講義ぶりだったが、いま思えば、長年の経験によってわたしたち学生の知的水準と向学心のありのままを知り尽くしたうえでの苦心の内容だったにちがいない。

教授自身が旧制高校や大学で学んでいた頃のエピ

ソードが自在に織り込まれるのも興味深かった。しかもそれは、単なる息抜きの脱線ではなく、学問というものがいま学ばれるかたちで在るのは、営々たる歴史の産物なのだということを単位欲しさに出席しているだけの学生にも垣間見させるだけの機知に富んでいた。

よく憶えているのは重農主義の講義でのことだ。大きく板書したケネーの経済表についてひととおり説明したあと、教授はこんなこぼれ話を披露した。戦前、戦中の治安維持法のもとでは大っぴらにマルクスの著書を学ぶことは許されなかったのだが、自分が旧制高校の頃は、まだ特高警察も『共産党宣言』は血眼で没収するのに、『資本論』は見過ごすという間の抜けたところがあった。ところが、大学に入った頃にはすっかり取締りが厳しくなり、マルクスは一ページも読めなくなってしまった。そんなときケネーの経済表は、『資本論』の問題提起を裏技的に読み取るための貴重なテクストとしてゼミなどでひそかに重宝されていたのだという。

残念ながらこの興味深い話は、肝心の裏技をここで再現できるだけの学識としてわたしのなかに残っていない。ただ、そんな不如意な情況下で当時のゼミの先生、先輩から相伝されてきた思考の糧を一粒の砂金のように掌のなかに守って、わたしたちにそっと見せてくれているような彼の飄々たる語り口は耳に残った。この表情こそ柔和を絵に描いたような痩身の老教授は、わたしなどの想像を超えた過酷な時代の波濤に揉まれ、耐え抜いて、いま目の前に立っているのだという畏敬に近い思いが湧いてきたのを思い出す。

講義が進んでマルクスの『資本論』が取り上げられたときは、アダム・スミスの『国富論』や、マルサスの『人口論』とあまり変わらない比重で言及されたにすぎず、それが少々期待外れだったのだが、この教授ならではのスタンスだったのだろう。ただ講義の最後に彼が特に言い添えた言葉は強く印象に残った。

――皆さんが本学で学んでいる近代経済学に対立してマルクス経済学というものがあり、その原典として『資本論』という書物があるのではありません。つまり、たとえばケインズの『一般理論』があるように、それに対抗する位置づけとして『資本論』があるのではないんです。マルクスはあくまでも体系的な「経済学批判」の書として『資本論』を著したのであって、しかもそれは未完成のままなのだということをくれぐれも忘れないように――。

わたしはこの言葉を忘却せず、むしろ何度でも折に触れて思い出してきた。それは、しかし、この言葉が指示する方位に向けて思考することの途方もない困難さ、自分がほとんど一歩も踏み出すことのできないまま時を空費していることを思い起こすことでもあった。

もう一つ、わたしが通いつめたのは日本近世経済史という授業だった。この講座名はじつは記憶に自信がない。日本前近代経済史、あるいはあっさり日本経済史だっただろうか。いずれにせよ、わたしは、経済学というほとんど食指が動かなかった分野に、社会の歴史的な変動に応じて経済的な思考の論理がどのように変遷、展開してきたか、あるいは経済の動きそのものが逆に政治権力や社会体制をいかに胎動させてきたかという歴史性の領域を見出すことで、やっと自分から授業に耳を傾けられるようになったのだった。

この授業を受け持つ教授も、経済学史の教授と同じ年恰好の人物だったが、人となりは正反対だった。性狷介、考え方も保守反動そのもので、授業中あらぬことでねちねちと愚痴をこぼすことが多かった。何かといえば当時の革新府政に悪態をついていたのは、どうやら彼が府知事選で敗れた保守系前知事のブレーンを務めていたせいらしかった。講義の中味も地味なうえに、話しぶりもどこか独りよがりで、学生から敬遠される授業の見本のようだった。いつも十人前後しか学生がいない寒々しい教室のなかで、しかし、ひょっとしたらわたしはもっとも熱心な受講生だったかもしれない。

何がわたしを惹きつけたのか。

この講義の眼目は、日本がアジアのなかでほとんど唯一、西欧列強に植民地化されることなく、明治維新を通じて近代国家へと奇蹟的に脱皮していったその根本動因を、三世紀にわたる鎖国下で独自に発展、爛熟してきた江戸時代の経済社会に求め、さまざまな史料に基づいて、維新前夜にはすでに近代化のための経済的土台が整っていたこと、それは世界的に見ても特筆しうる水準に達していたことを実証しようというものだった。その手際がなかなかに堅実で説得力があった、というのがひとつ挙げられる。日本の歴史的時間が世界史に合流するのは明治になってからだと思い込んでいたところに、江戸時代の経済動向を世界との共時性において比較、検討しようとする発想は新鮮だった。

ところが、思わず鼻白んでしまうことに、傾聴に値するこうした講義の結語として、この教授はしばしば臆面もない日本人礼賛論をぶち上げることがあった。開国による欧化の影響をできるだけ少なく見積もりたいという主情が勝ちすぎて、「世界に冠たる日本民族」とか「アジアの盟主」とか、それこそ経済学史の老教授とは正反対の意味合いで戦前、戦中の亡霊まがいの語彙をよみがえらせるのである。地べたを這うように黙々と事実を博捜しているとみえた実証精神が日本民族の優秀性を妄信するドグマと、その下僕となって同居している姿は奇怪というほかなかったが、にもかかわらず、わたしが耳をそばだてていられたのは、その講義をまさに裏技的に聞き取ろうとしていたからだった。ちょうど野呂栄太郎の『日本資本主義発達史』を読みかじっているところだったわたしは、その「日本主義者」を自任する教授が語るそれなりに実証的な説得力のある講義を「日本資本主義発達史」近世篇として「史的弁証法」的に読み替えようとしていたのである。

その妥当性、首尾のほどは自信がない。しかしともかく、経済学史とこの講義ともにわたしはそろって「優」をもらった。専門課程の授業で「優」を取ったのはもちろんはじめてのことだった。

——今年は専門課程の必須単位、原書講読を受講できそうだから、シュンペーターの『世界の十大経済学者』を読むゼミに参加しよう。それから、経済学史の先生が隣県の国立大学から招聘した外部講師による『資本論』の集中講義には絶対出てみよう。

わたしはそんなことを考え、入学以来はじめてと言っていいくらい張り切って四回生の履修届けを出すために教務課の窓口に顔を出した。まだ卒業までは遠いけど、ようやく自分の食指が動く対象と単位を取ることとが同じベクトルになってきた実感があった。

だが、しかし——である。窓口でわたしに告げられたのは、その出鼻を挫く思いがけない事実だった。一年次に取るべき英語の必須単位が不足していて、それを取得して二年次の英語を終えてからでなければ、原書講読も受講できないというのである。つまり、四回生で一年次の英語の不足単位、五回生で二年次の英語の単位をそれぞれ取ったあと、六回生になってようやく原書講読が受講できるというのだ。このときはじめて、わたしは卒業するためには二年留年しなければならないことを知らされたのだった。

そう言えば過去二年、試験の日なのに、寝坊してすっぽかした課目がいくつもあったな、と、下腹にじわりと来る痛みのように身に覚えの記憶がよみがえってきた。サボりながらも、語学の必須単位だけは一年遅れで取って来たつもりだったが、大きな穴が空いていたのだった。

だいたい四回生になるというのに、わたしは人に訊かれても自分が取得した単位数すら答えられなかった。たぶん卒業に必要な単位の半分も取れていなかったと思う。一年留年することはとっくに織り込み済みだったので、とにかく四回生からは悔い改めて、あと二年授業という授業に精勤すれば、何とか残りの単位は取れるだろう、ぐらいの甘い了見でいたのだった。そんなありさまだったから、さらにもう一年余計に留年しなければならないことを告げられたときも、正直なところ、わたしはそれほど落胆しなかった。虚を突かれて苦笑いを洩らしはしたが、すぐに、それなら五回生のうちにできるだけ単位を取ってしまえば、最後の一年はあまり汲々とせず、じっくりシュンペーターの『世界の十大経済学者』の原書を読めるな、などと、心のどこかでうそぶいたりしたのだった。

しかし、長い春休みを過ごしているうちに、そんな自分だけの目論見とうらはらに、正月に家に帰ったときのことが心に引っかかりはじめた。母はわたしが四年で卒業するものと信じて疑っていなかった。わたしがいっこう就職に関する話をしないので、やきもきしている様子がそれとなくわかった。就職どころか卒業まで二年留年しなければならなくなっている——つまり、これからまだまる三年大学に行かないといけないという事態が発覚したのに、それを母に隠しとおすことは不可能に思えてきたのである。この一年、就職について頰かむりしたままやり過ごし、卒業の時期が迫ってから、じつは留年しなければならないんだと打ち明けることがもたらすショックは考えるまでもなかった。わたしは、かえって試験の結果がわかったこのタイミングが話を切り出すチャンスではないかと思いはじめた。むろん二年留年するということを言う必要はない。とりあえず一年留年することになったと告げ、次の一年については来年の春休みにまた切り出せばいいのだ。わたしはこの姑息な算段を、そのときばかりは素早く頭のなかに巡らせた。

これが、わたしがその春休みに〝丘の上の四二間の家〟に帰って来たまぎれもない理由だった。

それとは別に確かめておきたいこともひとつあった。

じつは暮れに出張から帰って来た父が狭心症らしき発作に襲われ、丘の麓から街の開業医に急きょ往診に来てもらうということがあり、わたしが正月に帰省したときも、父は、医者にはしばらく飲酒を控えて養生するように言われたらしく、神妙な顔つきで肩を落としていた。その父がどうしているか、気になったのである。気になったのは、むろん父の体調だが、ほんとうに父が酒を呑まずに過ごせているのかどうか、確かめてやろうというほどの気持ちでもあった。

前ぶれなく帰ってきたわたしに母は驚いていたが、訳は聞かなかった。父の様子を尋ねると、晩酌はもっぱらビールを呑むようになったという。常識的には、何だ、呑んでいるじゃないか、となるかもしれないが、元気なときは、どんなに暑い夏の日でも冷やでコップ酒というのが定番だったから、ビールで済ますというのは、父にとっては飲酒を控えているのも同然なのだった。実際、二、三日家で父と暮らすうちに気づいたのは、つねに体がまといつかせていた饐えたような酒息のベールが消えてなくなっていたことだった。父は何十年も欠かしたことのなかった日本酒を断って、ひとまず小康を得たようだった。

そんなある日、朝勤めに出る母に、父を往診してくれた開業医を訪ねて薬をもらってくるよう頼まれた。わたしは遅い朝食を済ませると、家を出て丘を降りた。雑木林のなかの段だら坂を下り、田畑のなかの小道を通り抜けて県道沿いに行くと、古い家並みのなかにひときわ古そうな屋敷のりゅうとした瓦屋根が見え、それがめざす医院だった。まるで時代劇に出てくるような門構え——あれは薬医門というのだろうか、切妻の屋根を載せたその門をくぐり、庭木のあいだをまっすぐ伸びた石畳を踏んでいくと、太い敷居と土間、その先に上がり框のある医院の受付窓口が見えた。来意を告げたわたしは、かたわらの椅子で薬ができるのを待つように言われた。いかにも旧家の応接間にあるようなよく使い込んだ肉厚のテーブルに、地味な着物の上に割烹着のように見える白衣をまとった女性がお茶を出してくれた。妙にくつろいだ気分になり、お茶をすすりながら、玄関から入り込む外光が天井の木目に黒光りに映えるのを見上げていると、ひと昔、ふた昔、いやそれ以上の昔からそこにある空気が自分を包み込んでいるような気がした。

——お父さんのお加減はどうですか？

声のする廊下のほうを向くと、ゆっくり歩いてくる初老の医師の姿があった。

わたしは立ち上がって往診の礼をいい、おかげさまでだいぶ元気になりました、と答えた。完全に酒を抜くのは難しいみたいで、晩酌にビールを呑んでます。大丈夫でしょうか、と尋ねると、温厚そうな笑みを浮かべて、まあ、ほどほどに……と頷いてから、近々一度診させてもらいましょう。都合のいい日にお越しください、と言ってくれた。医師は一礼して、診察室のほうに戻っていった。

窓口から薬を処方してくれたのは、お茶を出してくれた女性だった。外に出、外光のなかで薬袋を覗き込むと、五角形に折りたたまれた薬包紙がきれいに並んでいた。あの先生なら安心だ、という思いが自然に湧いてきた。いままさに花びらをほころばせつつある桜の木を右手に見ながら石畳を歩いて門を出てから、わたしはもう一度その門構えを振り返った。むかって右の本柱に掛かった分厚い一枚板の門札には「和辻醫院」と揮毫されていた。

そこが和辻哲郎の生家であり、父の急に駆けつけてくれ、その日わたしに声をかけてくれた初老の医師がその甥にあたる人だったとわたしが偶然知ったのは、それからずっとのち——父が亡くなって十年ほど経ってからのことだった。

二

家に帰ってきたそもそもの目的——母に留年することになったと告げることは、日一日と先延ばしになっていった。わたしが言い出せなかったというよりは、母がわたしが帰ってくるなり別の用件で急き立てることがあったからだ。

かつてわたしたち一家が転がり込み、足かけ十年にわたって暮らしてきた家郷であり、その暮らしを支える生計の場でもあったあのブロック塀に囲まれた世界に一大変化が訪れていた。母によれば、わたしたちが住みなしていたあばら家のあった古い倉庫は取り壊されて、新しい製造工場兼倉庫として建て替えられ、事務所や従業員寮のあった社屋ビルも全面的に改築されるとのことだった。なかでも母がいちばん強調したのは、寮が廃止になり、社長の姉である、あの〝鬼軍曹〟と渾名されていた寮母の小母さん——いまやお婆さんになっていただろう彼女が引退することになったということだった。母は、いいところに帰ってきた。最後の機会だから、世話になった彼女にお礼がてら挨拶しに行こうと言うのである。わたしはもちろん気が進まなかったので、言を左右してごまかしていたのだが、勤めを終えて帰宅するたびに母はそのことを言いつのった。普段のわたしなら、それでも何の彼のと口実をもうけて行かないまま押し通してしまったことだろう。しかし、はじめて家で過ごしたその春休みは何かがちがっていた。

二年留年することになってしまったとはいえ、そして母にはまだそのことを告げていなかったとはいえ、わたしは新学期から踏み出す歩みに期するものがあった。父は狭心症の発作で倒れたものの、地元のいい医師に助けてもらい、何十年かぶりで酒を抜いた体になった。そして時を同じくして、わたしたち一家の生を養い、つないでくれたあの〝ブロック塀に囲まれた家郷〟が跡形もないまでに新しい世界へと生まれ変わろうとしている。わたしは何か大きな時の変わり目を感じていた。寮母の小母さんに会いたいとは正直思わなかったが、わたしたちの危機的な時期を支えてくれた人にはちがいなく、その人もろともブロック塀のなかの自分たちの過去が消え去ってしまうという事態には心そそられるものがあった。もし母がどうしてもと言うなら、足を運んでみるのもやぶさかではないという気持ちにわたしは傾きはじめていた。

——そう、そんな矢先だった。あの一日がやってきたのは……。

まだ四月にはなっていなかったと思う。あと二、三日で四月の声を聞くという三月の最終週だったはずだ。いまの時点から振り返るからこそ、余計にそう思うのかもしれないが、その日に至る数日間は、とりわけうららかな陽気が続き、家に居ても鳥のさえずりが聞こえ、誘われるように雑木林のなかを歩くと草木が芽吹いているのがわかった。わたしははじめて丘に訪れる春を体感していた。

父母が出勤して家に一人になると、不思議にそれまでわたしたち一家を押し流してきた時がそこで流れを止め、溜まり江のように湛えられ、しいんと凪いでいるように思えたものだ——。

そうしてあの一日、わたしは遅い昼食を済ませた午後、のんべんだらりと居間のテレビでセンバツ高校野球を観ていたのだった。

ふいに玄関の引き戸が開き、そして閉まる音が聞こえた。だれだろう？　とは思わなかった。とっさに、母がいよいよわたしを寮母の小母さんに挨拶させるべく、これから会社に連れて行こうと帰ってきたのだと思った。ところが、いつまで経っても母は居間に現れなかった。怪訝に思って玄関口に出てみると、父が背中を向け、肩を落として框に腰かけていた。その横でこちらむきに框に両手を突き、顔を伏せてしゃがみ込んでいる母がいた。わたしはごく普通の口調で、どうしたん？　と聞いた。返事がなく、それを押し殺しているただならぬ沈黙があった。母のうつむいた顔を見たわたしは、思わず屈み込んでいた。母は息を詰めて嗚咽をこらえていたのだった。

――どないしたんや？

母の肩に手を置いて、思わず甲高い声を挙げていた。そしてかたわらで腰かけている父にも同じ言葉をかけたが、父は黙ったままだった。沈黙が見る間に不安に染め上げられていった……。

――あんた、説明してやって……。自分がやったこと、ちゃんと説明してやって！

突然絞り出すような、それまで聞いたこともない野太く震える声で母が叫んだ。顔を上げた母の頬からは涙と洟とがいっしょになって滴ろうとしていた。父は立ち上がり、わたしを上目遣いに一瞥してから居間に入っていった。母は急いで靴を脱ぎ、いつも自分が揃えているスリッパも履かずにわたしの腕を強くつかんで父のあとを追った。

食卓の椅子に足を投げ出すように坐った父の真向いの椅子にわたしを坐らせると、母は父に向き直り、いましがた玄関先で口走った同じ言葉をつとめて冷静に、しかし震える声で口にした。頬を伝う洟と入り混じった涙を拭おうともしない母の眼には強い光が宿っていた。わたしは立ち上がり、甲子園の球音や歓声、実況アナウンサーの声を伝えつづけるテレビのスイッチを切った。西日が台所のサッシ窓の擦りガラスを仄明るく染めはじめるなか、居間を重い静寂が満たした。椅子に戻ったわたしをちらりと見ると、父は深く腰掛けなおし、食卓に目を伏せたまま口を開いた。

父の話は断片的で要領を得なかった。どこからどこまでどんなふうに話せばいいのか、父自身混乱していた。それでいて酒気の抜けたその顔は、表情まで漂白されたようになまっ白く、どうかするとうわの空のような口《ち》ぶりになるときがあった。

――要するに、父のしでかしたこととは業務上の横領だった。それは、郷里の町で営んでいた家業の呉服屋で父がしでかしたことの、より時間をかけた、より多方面の関係者を巻き込んだ、より手の込んだ再演と言ってよかった。

この家族誌の二つ前の章で、わたしは筆を先走らせて、父は金銭上の難問に直面すると、すぐに安易な嘘や隠し事に逃げ、モグラさながらひたすらそれらを隠す巣穴を掘り進んではその跡を取りつくろっていくのを習い性としていた、と書いたのだが、まさにそのように本能的かつ無軌道に掘り進んだ坑道がこの日一挙に落盤したのだった。それがあまりに突然だったため、そして、あまりにおびただしい掘り跡を隠すのに汲々としてきたため、どこで落盤に見舞われたのか、どこが坑道の入り口だったか、自分でもわからなくなっていたにちがいない。

結局、父の話の要領を得ないところを引き取って、代わりに語りつくしたのは母だった。

その日、父は出勤するとすぐ社長室に呼ばれた。そこには社長に加えて専務に昇格した長男、前年大学を卒業して入社し、兄のあとを承けて常務になった次男、年配の経理部長の三人が父を待ちかまえていた。机の上には前もって開かれた帳簿が何冊も置かれていた。

長男が専務、次男が常務になり、さらに双子の弟である三男が取引銀行に入行して、会社では後継体制が着々と固められつつあった。社屋、工場、倉庫の増改築もそれと軌を一にしていた。それらの動きと並行して、専務と常務の兄弟を中心に社業を全面的に洗い直す作業が一年がかりで進められているところだったという。そんななか、父の担当する中国・四国地区の売掛金の帳簿上の処理に疑問符がついた。兄弟はさっそく得意先に飛んだ。新任の挨拶という名目で、先方の担当者全員と面談して取引の実態をつかんだ二人は、社に帰って逐一帳簿の数字を突合《とつごう》した。不祥事が発覚するのに時間はかからなかった。ただし、その全貌――父が盲目的に掘り進んだモグラの巣穴のような坑道の全体が未回収の売掛金の額として算定されるまではしかるべき時間がかかったようだが……。

Aという菓子問屋から集金した売掛金の一部をくすねて、その分を未回収とする。翌月のその分の集金日には、別のBというスーパーマーケットからの集金の一部を当てる。結果できたB店の売掛金には、翌々月また別のC社からの集金をあてがう……。父が手を染めていたのは、比較的取引金額の大きい複数の得意先のあいだで売掛金から小金を横領しては補填し、バレないように帳簿を細工していくことだった。鳥取、岡山、香川、徳島の四県にまたがった、アルファベットの数ほどのこうした得意先は父が新規開拓したり、売り上げを伸ばしたりした問屋や販売店だった。父は営業成績もよかったし、青いインクで達筆な数字が丹念に記帳された帳簿は経理部で大いに信用されていた。しばしば集金が遅れることはあったが、売り上げ全体のごく少ない割合であり、十年以上ものあいだ経理部長は怪しむことはなかった。

午前中、父は社長室に缶詰めにされて、これらの「罪」を認めさせられた。専務と常務が「罪状」を調べつくし、外堀は完全に埋められていて、もはや言い逃れはできなかった。そればかりか社長による「判決」も言いわたされることになった。息子たちが突き止めた、帳簿上は集金済みにもかかわらず実際は未回収の隠れた売掛金——父が横領した金額を返済させる一手を社長は父に突きつけてきた。それは、家を明け渡せ、そうすればおまえが使い込んだ金は帳消しにしてやる、というものだった。父はその「判決」を受け入れるしかなかった。

午後になって、社長室には母も呼ばれた。母はまったく寝耳に水で父の「罪状」と、それに対する社長の「判決」を告げられた。さらに家の明け渡し、今日かぎりで父ともども馘首する、という母にとっては理不尽きわまる「罰」を言い渡されたのだった。

そこまで語ったとき、母は一瞬沈黙し、うっ、と声を漏らすと両手で顔を覆い、ひとしきり泣かなければならなかった。

昼まで普段と変わりなく雑談を交わしながら、いっしょに工場の製造ラインに立っていた同僚たちの前から突然社長室へと呼ばれ、そのまま挨拶のひとつもなく、忽然と姿を消してしまうことになった。もう同僚たちに合わせる顔はない！　わずか数時間前にわが身に降りかかってきた運命に母は胸塞がれて、絶句してしまったのだろう。

そして、相変わらず無表情な父に向き直り声を荒らげた。

――部長さんにされたこと、あんたは自分が情けないと思わへんのか！

ようやく「裁き」が終わって社長室を出ようとする間際、母の目の前でそれまで黙っていた年配の経理部長がいきなり手にしていた杖を振り上げて父になぐりかかったのだという。子どもの頃罹ったポリオのせいで足が不自由だった彼は、いつも杖を手放せなかった。その杖を床から振り上げたせいで、かえってよろめき、専務と常務に支えられなければならなかった。二人に抱えられながら、彼は喘ぐようにこう罵ったのだった。

――恩を仇で返しやがって……おまえみたいな外道は野垂れ死ぬんがオチじゃ！　どこなと行きさらせ！

彼は父のことを信用しきっていたのだと思う。まだ小学生の頃、朝登校するときにわたしは、父と彼が事務所のドアの脇で煙草を吹かしながら立ち話をしている姿をよく見かけた。父が彼に、そして彼が父に煙草の火を貸しているところを見たこともある。父を信用しきっていたからこそ、彼は帳簿を疑うことができなかったのだ。母によると、創業から片腕として社長を支えてきた彼は、寮母の小母さんと同じく年度末を以て勇退することになっていた。最後の最後に、父によって十年分の泥を顔に塗りたくられたのだった。

社長が立ち退きまでに与えた猶予はきっかり一カ月だった。四月中に引っ越し先を決め、一家は〝丘の上の四二間の家〟をきれいに引き払わなければならなかった。社長じきじき図面を引き、建ち上がったこの家の、〝庚太のおいさん〟が見出した「四二間」の呪いが、そのときこそ成就するのかもしれなかった。

わたしは、母の話を聞いて、母が社長室に呼ばれる前、父だけが呼ばれていた午前中、社長が父にどんな怒声を浴びせていたか、を思わずにはいられなかった。同郷の雇主としての篤志からありとあらゆる便宜を図ってきたにもかかわらず、信じがたい仕業で裏切られたのだ。その怒りは経理部長の比ではなかっただろう。いや、怒りという言葉では飽き足りない、十年間の篤志がそのまま反転した、灼き尽くすような瞋恚が彼のなかに渦巻いたはずだ。それがどんな言動となって浴びせられたのか、父はおくびにも出さなかった。そのなまっ白い無表情は、ブラックホールのようにそれを吸収してしまった跡だったのだろうか。

あまりに突然のことで、そのときのわたしに社長が下した「判決」、与えた「罰」の当否について考えうる器量はなかった。

むしろ反射的に思い出したのは、夏休みや正月に帰省したときに見かけた、明け方近くに起き出した父が広縁に据えた座卓に帳簿を広げ、さかんに算盤をはじいては記帳している姿だった。新聞配達を辞めてからのわたしは、その反動からかずっと宵っ張りで、特に家に帰ると、父と反対に空が明るんでくる頃にようやく床に就くようなありさまだった。そんな擦れ違いざまに目にする父の横顔ほど真剣な顔つきを見たことはついぞなかった。口には出さないまでも、親父もけっこうたいへんやな、と労いの感情を覚えたりもしたが、あれはまさに出勤までの時間、帳尻合わせのための偽装に身を削っている必死の形相だったにちがいない。

少しく歳月を経たのち——大学を中退し、アルバイト仕事を転々としたあげくやっと定職にありつき、人並みにサラリーマンになった頃、わたしはようやくあのとき社長が下した「裁き」の中味について振り返れるようになった。

家の明け渡しの要求と馘首の宣告。あれは父が穴を空けた金額に見合う「判決」だったのだろうか。それとも過酷な「罰」だったのか。いや、ひょっとしたら、それで全部チャラにしてやるという温情の「裁き」でもあったのだろうか。

あの一日からふたたび始まったわが家の急転直下

の漂流は、過去を顧みる材料の多くを散逸させたから、昭和四十八年に〝丘の上の四二間の家〟を建てるのにいくらかかったのか、それを調べる手立ては失われてしまっていた。当てずっぽうで言うのだが、一千万円から一千五百万円ぐらいだろうか。しかし、父の「罪状」が発覚した昭和五十一年の春の時点ではまだ住宅ローンの大半は残っていたはずで、折からの不動産ブームで資産価値は上がっていたことを勘定に入れても、はたして〝丘の上の四二間の家〟一軒で父が十年かけて蝕んだ売掛金の損失がチャラになったのだろうかという気さえしてくる。

社長はその日、父にむかって怒り狂ったかもしれない。しかし、その瞋恚は彼の篤志を上回ることはなかったのではないか。後者がかろうじて前者を抑え込んだのではないだろうか。考えれば考えるほど、わたしにはそう思えてくるのである。それは、郷里をあとにしてブロック塀に囲まれた世界にはじめて足を踏み入れた夜、よるべない不安に立ちすくんでいた小学校四年のわたしを、来てしもたもんはしゃあないなと、家族とともに迎え入れてくれた彼のよく通る声の記憶につながっていく。

馘首というのも、父は懲戒解雇のうえ賠償請求されて当然のところを表沙汰にはせず、母ともども明日から出社しなくていい、ただし二人とも自己都合退職で処理するので、失業保険はもらえるように手続きしておく、ということだったらしい(もっとも退職金は損金に補填されて引っ越し代程度しか出なかったようだが)。つまり、会社にとってはチャラになったかどうかはともかく、父と母にとってはチャラで再出発しなければならないという宣告だったわけである。

もちろん母にとっては、それは過酷極まる仕打ちにほかならなかった。

そのことに手を染めてから、深みにはまりつつ、うしろめたさを酒でごまかし、という日々をずっと送っていた父のほうは、仕事の一部と化した帳簿の偽装にあの手この手を凝らしながら、いつかバレる日が来るのではないかという恐怖を忘れたことはなかったはずだ。だから、実際に、唐突にその日が訪れたとき、社長室での「断罪」に打ちのめされながらも、耐えつづけた恐怖のポテンシャルから解放される自分を感じたことだろう。父は心のどこかでホッとしたのではないか。家に帰ってきた父のなまっ白い無表情は、単に酒気が抜けたせいだけでなく、その脱力の、放心の表情だったのかもしれない。

その日から一週間、わたしは家にとどまった。三人とも黙りこくったなか、母は家事をしながら、突然、感極まったように、情けない……ああ、情けない！　とか、お祖父さんが生きてはったら……、とか叫びと絶句とがいっしょになったような声を挙げた。

二日目の夜、母は三番目の姉である伯母に電話をかけ、いっさいを打ち明けた。一時間以上の長電話の半分を母は泣いていたが、翌日、伯母は大阪から駆けつけてくれた。下町の商店街で雑貨店を営む伯母は、母のきょうだいのなかでもっとも世知にたけ、酸いも甘いも噛み分けた苦労人だった。

丘の上の家にやって来た伯母は、すでに父母の身の振り方について考えてくれていた。父への手厳しい諫言も喉元まで出かかったはずだが、魂の抜け殻のようなその顔を見て呑み込んだのだろう、伯母はすぐにそれを語りはじめた。大阪東郊の衛星都市に建売住宅を買い、店の二階の狭小な住まいから夫婦で移り住んだばかりだった伯母は、一から出直すならその街に引っ越してくればいい、と言った。物価も安いし、仮住まいするにも家賃が安いので、何とか暮らしていくには持って来いの街だ。自分たちも近くに居るので何かと力になれるだろう。とにかく顔を見れば後ろ指を指されるだろう他人が居そうな土地からは、この際離れたほうがいい、というのが伯母の考えだった。

伯母は二晩泊まって大阪に帰った。その間、大阪の連れ合いに電話して、近々、父母が住まい探しに出向くので不動産屋に付き添ってくれるように、という手はずも整えてくれていた。新学期の始まる大学に戻るべく家を発つ朝、わたしは父母と丘を下り、ローカル線の小さな駅からいっしょに電車に乗った。乗ったとたん、この駅から三人で電車に乗るのははじめてだな、と思い、すぐに、そして最後になるなと思った。母は、伯母に話を聞いてもらい、伯母の話も聞いて、少し落ち着きを取り戻したようだったが、顔は憔悴しきっていた。車中では三人ともほとんど口を利かなかった。大阪駅で環状線に乗り換え、一つ目の駅で降り、改札口に迎えに来てくれていた伯母の旦那さんに父母を託した。住まい探しの前に、その駅から少し歩いたところにある職業安定所に連れて行ってもらうことになっていた。わたしは一人踵を返し、たよりなげな表情の父母に見送られて、ふたたびプラットホームへと階段を上がっていった。

三

いま思い返すと、あの一日、そしてそれから家で過ごしたあの最後の一週間、わたしは自分でも意外なほど醒めていたと思う。父のしでかしたことが発覚したときも、驚愕し、言葉を失ったが、ついに怒りと呼べるような感情を覚えなかった。覚えたとすれば、驚愕が徐々に薄れていったあとに、哀れみに近いような無力感にとらわれたぐらいだろうか。もちろん母の怒りや、やるかたない憤懣は痛いほどわかったが、どこかで完全に同調できずに距離を置いている自分がいた。その場で、そのようにまったく未知の体験が時を刻みながら自分のなかを通過していくことに、わたし自身がとまどっていたと言えばいいだろうか。

こうした醒めていた意識が遅れて攪拌しはじめ、千々に乱れていったのはアパートに帰って一人になってからだった。

今月のうちに父母は仮住まいを見つけ、引っ越ししなければならない。職探しはそれからになるだろう。わたしは、来月の部屋代を工面しなければ、と思った。貯金はもう底をつきかけていて、すぐにもアルバイトを探さなければならなかった。家族四人のうち父母は失職したばかり、わたしは稼ぎのない学生で、妹だけが一人地方の国立病院付属の高等看護学院で学びながら准看護婦として働いていた。ついこのあいだ、丘の上の家の居間で寝そべってテレビの高校野球を観ながら、時が静止しているかのように感じられたのは、じつは逼迫した時の決壊とともに急転直下、世界が瀑布のように奈落の底へとなだれ落ちて行く寸前の滝口を、春の陽気に惑わされたわたしが時の凪いだ淵であるかのように見まがっていたからではないか――そんな気がしてならなかった。わたしは部屋にじっとしていられなくなった。奇妙なことに、家にいるときよりもアパートに帰ってきてからほうが眠れなくなっていた。

まだ新学期が始まるまでには間があった。わたしは朝になって部屋を飛び出すと、よく授業をサボってほっつき歩いていた農学部の農場をつっきり、大学の寮への近道を歩き、金網フェンスの破れ目からなかに入った。親友と呼べる一学年下の学生がそこに住んでいた。部屋を訪ねたわたしは、彼にむかって自分の身に起こったいっさいを語ったように思う。脈絡がはっきりしない記憶のなかで、わたしはまるで部屋の主のように二段ベッドの下のベッドに腰かけ、彼にむかってまくしたてている。そして、どうやら寮にはいないはずのもう一人の、やはり一学年下の親友の姿もそこにあったようだ。あるいは彼もそこに訪ねてくる手はずになっていたのか。とにかくわたしは二人にすべてを語りつくすと、すぐにその場を立ち去った気がする。そして、その日の午後だったか、あるいは日を置いての午後だったか、狂おしいような焦慮に衝き動かされてひたすら歩くことになった。部屋代を払うために、アルバイトを見つけないといけない。わたしの歩みを駆り立てていたのは、そのことだった。

外は四月の眩く暖かい陽射しが満ちていたが、やたらに強風が吹きつのっていた。アパートを出ると、すぐ私鉄の駅が見え、改札口に通じる階段があり、大学に行くときはその階段を上がり、改札の前を通り過ぎ、反対側の階段を下りて、駅前のロータリーへと出る。そこから大学正門まで続く通りが延びていた。わたしは、駅の階段には向かわず、夜、一駅先にある銭湯に行くときのように、線路沿いの道を歩いていった。アパートに帰ってきた日には満開だった沿線の団地の桜が猛烈な風に吹き散らされていた。枝を離れた花びらは地上に落ちる前にいっそう高く巻き上げられていた。桜が散る、という言い方は、今日はまちがっていると思った。桜吹雪という言葉さえ生易しい。おびただしい桜の花びらが、枝々からいっせいに射出されたように、しかもそのひとひらひとひらがめいめいの意志によってか、狂気によってか、虚空にむかって、てんでばらばらに飛びすさっていくように見えた。いっそ、あのひとひらになってみたい、とさえ思った。

唐突に、「ああかがやきの四月の底を／はぎしり燃えてゆききする……」という「春と修羅」の一節が口をついて出てきて、おのずと歩行のリズムをつくった。しかし、そのリズムに乗って歩こうとすると、俺はいま職探しに歩いているのだ、という散文的な意識が足どりを重くした。そして、この線路沿いの道をまっすぐ歩いていくことは、仕事を見つけることと何の関係もないのではないか、と思いながら、わたしは、なおも呪縛されたように愚直にその道を歩いていった。相変わらず風は吹きつのり、路上に風になぶられる自分の蓬髪の影が躍った。父と母は職業安定所で再就職の足掛かりでも得られただろうか。いや、その前に失業保険をもらうための相談だけで手一杯だっただろう。こうして当てもなく、まっすぐな道を歩くことしかできない自分が、仕事を探すための世の中のルールや仕組みから放逐されてしまった族《うから》の一人のように思われてきた。すると歩きながら、またしても唐突に、今度は『それから』の最後の一ページ——家の外へと飛び出した主人公代助の目に飛び込んでくる世界の描写が鮮烈によみがえってくるのだった。

「兄の去ったあと、代助はしばらく元のままじっと動かずにいた。門野が茶器を取り片付けに来た時、急に立ち上がって、

『門野さん。僕はちょっと職業を捜して来る』と言うや否や、鳥打ち帽をかぶって、傘もささずに日ざかりの表へ飛び出した。

代助は暑い中を駆けないばかりに、急ぎ足に歩いた。日は代助の頭の上からまっすぐに射おろした。かわいたほこりが、火の粉のように彼の素足を包んだ。彼はじりじりと焦げる心持ちがした。

『焦げる焦げる』と歩きながら口の内で言った。

飯田橋へ来て電車に乗った。電車はまっすぐに走

り出した。代助は車のなかで、

『ああ動く。世の中が動く』とはたの人に聞えるように言った。彼の頭は電車の速力をもって回転しだした。回転するに従って火のようにほてって来た。これで半日乗り続けたら焼き尽くす事ができるだろうと思った。

たちまち赤い郵便筒が目についた。するとその赤い色がたちまち代助の頭の中に飛び込んで、くるくると回転し始めた。傘屋の看板に、赤いこうもり傘を四つ重ねて高くつるしてあった。傘の色が、また代助の頭に飛び込んで、くるくると渦を巻いた。四つ角に、大きいまっかな風船玉を売っているものがあった。電車が急に角を曲がるとき、風船玉は追っかけて来て、代助の頭に飛びついた。小包郵便を載せた赤い車がはっと電車とすれ違うとき、また代助の頭の中に吸い込まれた。煙草屋の暖簾が赤かった。売り出しの旗も赤かった。電柱が赤かった。赤ペンキの看板がそれから、それへと続いた。しまいには世の中がまっかになった。そうして、代助の頭を中心としてくるりくるりと炎の息を吹いて回転した。代助は自分の頭が焼け尽きるまで電車に乗ってゆこうと決心した』

さすがに「頭が焼け尽きるまで」という覚悟はなかったが、空腹か渇きかに負けて、これ以上はもう無理だというところまでは歩くつもりだった。そしてその前に、自分の足を止めてくれる何かにはっしとぶつかることへのほのかな期待があった。

銭湯の煙突が線路の反対側に見える一つ目の駅を通り過ぎると、その先の道を歩くのははじめてだった。電車の窓から見るともなく見ていた何ということもない路傍が、歩いている地べたの視野に未知の光景として映ってきた。二つ目の駅を過ぎ、三つ目の駅が間近に見えたとき、道は駅前の広場にいったん吸収された。そこから、乗り換えの国鉄の駅のホームを跨ぐ橋があり、それを渡ってさらに道なりに行くと、私鉄の線路から離れて車の往来の多い幹線道路との交差点に差しかかった。赤信号で立ち止まったとき、歩き出してはじめて立ち止まったことに気づいた。右へ行っても、左へ行ってもよかったが、信号を渡った先に見える通りの並木に惹かれてふたたびまっすぐ歩き出した。高い梢が風に揺れる、はじめて見る並木がつくる緑蔭は心地よかった。この通りをずっと歩いて行こう、そう思った矢先だった。歩道を三、四十メートルほど来たところで、とある店舗のガラス戸に貼られた何やら文字が手書きされた紙に目が止まった。わたしは立ち止まって、目を凝らした。黒々とマジックで書かれていたのは「配達員急募！　アパート・朝晩賄い有り」という求人だった。その日、やはりわたしはどうかしていたのだろうか。即座にガラス戸を開けて、その新聞販売店のなかに入ると、ごめんください！と大声で呼ばわっていた。二年前の春、ひと悶着のあげくほうほうの体で逃げ出してきたはずの新聞配達という労働への扉をわたしはふたたび開けてしまっていた。もう一度呼ばわると、二階から応える声がし、階段を下りてくる足音が聞えた。現れたジャージ姿の中年男が店長だとわかると、わたしは新聞配達のアルバイトをしたいと申し出た。彼は狐につままれたような貌をしていたが、すぐに面接をしてくれた。わたしに一年の経験があることを知ると、給料に加算しようと言ってくれた。わたしは冴えない作り笑いで応えた。帰り際、店長は笑いながら洩らした。じつは手書きの求人の貼り紙は、新聞の求人広告に出稿するのを忘れ、間に合わせに今朝書いたばかりだった、と。わたしは歩道を指して、背の高い並木ですね。何の木ですか？　と尋ねた。彼は、それが欅であり、この通りが〝けやき通り〟と呼ばれていることを教えてくれた。

——まったく、何が起こるか、わからない……。

帰り道、わたしは歩きながら独りごちていた。それは、わたしが世界に向けてする独り芝居にのめり込んでいる二年間、ことあるごとにつぶやいていた言葉だった。ただし、いまその言葉のベクトルは百八十度ちがっていた。自分の眼が時々刻々映し出す世界——その世界の生成変化に向けられていたその言葉は、何の因果か、いまやそれを見つめていた自分の眼そのものにブーメランのように返ってきて、視野を断ち割ろうとしていた。何が起こるか、わからない——そのなかの、もっともわからない何かが自分の身に起こりつつある、としか思えなかった。

部屋代の心配はしなくて済んだ。店長が軽四トラックで迎えに来てくれ、数少ない家財とともにわたしを新しい塒まで運んでくれた。店の前を通り過ぎ、〝けやき通り〟のなかほどを左折して住宅街を行くと、こんもりと茂った緑が見えてきた。軽四トラックが止まったのは、市街地の真ん中にこんなところが、と目を見張る、ごく小ぶりな前方後円墳を背景にした閑静な一角だった。その濠端に建つアパートがわたしの新しい塒だった。古い木造アパートだったが、たぶん昭和初期のモダニズム建築の流れを汲むアールデコ風のタイルを外壁にあしらった瀟洒な造りで、玄関を入っていくと、廊下、階段、部屋の隅々まで掃除が行き届いているのがわかった。あてがわれた二階の四畳半の部屋の窓を開けると古墳の緑、濠の水面が見え、ほのかに草いきれが匂った。三年間、三畳間に起居してきたので四畳半はずいぶん広く感じた。

こうして父母の引っ越しと再就職よりも先に、わたしのほうがそれこそ偶発事故のようにアルバイトとこれ以上ない住まいにありつくことになった。幸いにも自活できる算段がつくにはついたが、しかし、一度はトラウマと化した新聞配達という労働に向き合わなければならなかった。初出勤前夜も戦々兢々眠りに就いたものだが、ところが、まったく思いもよらない異変がすでにわたしの心身に起こっていた。その朝、わたしは目覚まし時計の鳴る前に跳ね起き、店へと自転車を走らせていた。そして、それを毎朝難なく続けることができた。二年前に辞めた店よりも配達部数はかなり多かったにもかかわらず、朝夕刊の配達をそつなくこなした。そればかりか配達区域の団地やマンションなどの空室に入居者の気配を察知すると、すかさずドアのポストに新聞を入れ、新規購読につなげてみせた。三か月経ったとき、店長はわたしに集金と拡張員の案内も任せたいと言い、大幅に給料を上げてくれた。

まさに、もっともわからない何かが自分自身の心身に化学反応のように起こった、としか考えようがなかった。わたしは、いったいいつ、どこで、どのように有能な新聞配達員へと豹変したのだろうか。あの、どこか狂おしい想いに駆られて線路沿いの道を当てもなく、ひたすらまっすぐ歩いていたさなか、おびただしい桜の花びらが風に吹きちぎられて、乱舞しているさまに見入っていたときか。『それから』の最後の一ページを思い出して、赤色の氾濫とともにパニックの波動を放射してくるような世界を想起していたときか。それらが一滴の劇薬としてわたしに点ぜられると、歩いているわたしを通して線路沿いの道全体が見る間に水脈《みお》が走るようにあざとく変色していく。そして、その道のりを歩きとおすことでわたしのなかのトラウマが脱色されていく――そんなイメージが何度も点滅した。

だが、その異変は同時に、わたしのなかでようやく動きはじめた向学心や知識欲をも思いもかけず白紙化してしまっていた。新学期が始まった大学にそれなりに張り切って登校し、授業に臨んだとき、わたしはそれを悟らされた――憑き物が落ちたように心が動かなくなっていたのだ。ほんの一カ月前には、その日を期して受講するつもりでいた講義が頭のなかを素通りしていく。あれほど胸のうちでページをめくりかけていたはずの『資本論』やシュンペーターも、図書館の奥の埃っぽい書架の暗がりに鬱然たる面持で遠ざかってしまった気がした。

さんざん授業をサボっていたときに読みふけっていた文学書や思想書も読めなくなっていた。読んでも読んでも字面を追っているだけで、なぜか心に響いてこなかった。授業に対する不感症はすぐに自覚できたが、こちらのほうは気づくまでに時間がかかった。そこには、こうした異変そのものの核心――もっともわからない何かをわたしにもたらした父の影が揺曳していた。

ふたたび新聞配達を始めたため、家の引っ越しには手伝いに行けなかった。ようやくわたしが、父母が流れ着いた大阪東郊の市街地のなかにある文化住宅を訪れたのは五月の連休中の新聞休刊日だった。国鉄の最寄りの駅までは複線、その先は単線となるたよりなげな二本のレールが間近を走る街はずれだった。駅前から続く家並みが建て込んだ路地を抜けると、生駒山系のなだらかな稜線が望めた。新しい住まいは階段を上がって二軒目、狭い台所と四畳半・六畳の二間続きの間取りだった。

母は一時の面やつれからは恢復したように見えた。引っ越しの日の苦労話を順を追って語り、ときどき笑いもした。引っ越しの足はまたしても〝小池さん〟が一肌脱いでくれたようだった。父がこんなありさまになったのに、いやむしろなったからこそ、会社の二トントラックを一台、好きなだけ使えと貸してくれたらしい。わたしは、経理部長から「外道」と罵られ、また、罵られてもやむをえない罪業に堕ちた父にも親身に手を差し延べてくれる〝小池さん〟のような呑み友だちがいてくれたことを心底ありがたいと思った。

母は早々と大手電器メーカーの孫請けくらいの近所の部品工場に職を得て、連休明けから出勤することになっていた。組み立てラインに立つことになった母は、お菓子から電器部品にモノが変わっただけで、ラインに立つ仕事は同じようなものだ、と語った。父のほうは失業保険を当てにして、職探しにはまだ本腰を入れていないようにみえた。わたしは、洗濯物が溜まってきた日曜日、朝刊の配達が終わってから父母のもとに帰って来ることが多くなった。戸口脇のコンクリートの外廊下に置いた洗濯機を回し、洗った衣類を干しているうちに、同じ階の住人とも自然と言葉を交わすようになった。みな気さくで話しやすい人たちだったが、母子家庭だったり、一人暮らしの老人だったり、どこかわが家とも共通するうらぶれた風情をまとっていた。ときどき近くに住む伯母がやって来て、わたしたちを夕食に招いてくれた。

四

あの一日の急転直下からわたしたちが奈落を落ち切って、とりあえず暮らしが着地する底を得た頃、わたしはしばしば父の郷里での不祥事のことを思い出した。とくに父が十日余りの失踪騒ぎを起こしたときのことを。わたしは小学校四年だった。居間には親戚が集まっていて、遊びから帰ってきたわたしは居間のガラス障子を開けようとして、〝小春のおばさん〟の甲高い声を聞いたのだった。

――泰《たい》ちゃんはな、あれは病気やで。兄さんみたいに怒るばっかりでは……。

とっさにわたしは、いま入ってはいけないと思い、二階へ上がったような気がする。そして、こう思ったのをよく憶えている。

――病気やったら、早よ病院へ連れて行って、治してもろたらええのに……。

父がしでかした今度の件もやはり「病気」だったのか、と、〝小春のおばさん〟の言葉を思い出しながら、わたしは考え込まざるをえなかった。だとすれば、父は一度もその「病気」から恢復したことはないのか。もしそうであるなら、父は、わたしたち一家があのブロック塀に囲まれた世界の住人になってからもずっと「病気」だったことになる。思えば、それからの十年間はその「病気」の潜伏期間だったのだ。長い、長い潜伏期間――そのあいだにわたしは小・中・高と学校を終え、大学に入った。そして、未熟な果肉が外気に触れて爆ぜるように、世界に向き合い、そのなかへ出ていこうとした。そのとき同時に、わたしははじめて家族から世界にむけて一人の人間として生れ出ようとしていたのだと思う。妙な言い方だが、よくもまあ、父の「病気」はその間潜伏していてくれたなと思った。もう四、五年、発覚が早かったら、わたしはおそらく大学に進学できなかっただろう。もう二、三年早かったら、わたしは世界に向き合い、一人の人間としてそこへ出ていく契機を失っていたことだろう。父の「病気」の後始末のために家族とともにその泥濘に足を取られ、そこから出発できなかったかもしれないのだ。あの〝丘の上の四二間の家〟の広縁で帳簿を広げた父の必死の偽装工作が、かろうじてわたしが一人の人間として世界へ出ていく猶予をも「工作」していたのだと思うと、皮肉だが、空恐ろしいような感慨にとらわれてしまう。

そして、同時にそのとき、わたしは、家族とは最低限何であればよいか、を直覚し、定義していた。家族とは、子どもがそのなかで変態を遂げるまで庇護する蛹であり、時が来たら一人の人間として世界のただなかに立つために、そこを抜け出していける抜け殻であればよい。一度抜け出す——出発することさえできれば、人はまたそこに帰って来ることもできる。抜け出せない——出発できないことが、子どもを家族と未分化なまま膠着させて一人の人間にさせない元凶であり、それこそが家族の連鎖する不幸の胚なのだ。父はかろうじてわたしが抜け出すための猶予を「工作」してくれた。だがその父は、ついに抜け出すこと——出発することを祖父に禁じられたまま、わたしの父とならなければならなかった……。

ひとたび家族から抜け出し、世界へと出発することができたわたしは、今度は世界から家族のほうへ、父のほうへ折り返さなければならなかった。というより、あの一日の急転直下によって——前章の最後に書きつけた言葉を使えば——世界にむけてする独り芝居からこの家族誌の舞台に否応なく引き戻されたのだった。そのとたん、わたしは世界に立ち向かおうとして読みふけった本の多く——高橋和巳や大江健三郎、マルクス、エンゲルス、レーニン、その他の思想書や人文科学関係の本の言葉が読めなくなっていた。父の「病気」に目を奪われて狭窄してしまった自分の視野から、それらの本の字面が消え失せてしまったようであり、それらの本のほうが突如疎遠で重苦しい文字の堆積に変じてしまったようでもあったが、要するにわたしは、身も蓋もないほど即物的で生々しい台詞を吐かなければならなくなったのだった。

しかし逆に、その狭窄されていく視野の先にいっそう切実に読めるようになった本も発見した。漱石や太宰や安吾はこの頃何度も読み返した。島尾敏雄や阿部昭の作品を見つけ、おののくような気持ちでページを追っていったのもこの頃だった。この時期に変わらず読みつづけ、あるいは読みはじめた作家や思想家とは、その後もずっとつきあうことになったが、何といっても決定的に出遭いなおしたのは吉本隆明という存在であった。それはひとえに、吉本の言葉が——衝動的に新聞配達を辞めたり、読書会に参加したり、ジグザグデモの隊列のなかにあったり——独り芝居のなかで日々分裂していく感覚に耐えながら世界に立ち向かおうとするわたしに思想的なインパクトを与えてくれた、その強度を失わないまま、父の「病気」に直面させられたわたしにも触手を伸ばしてきたからである。それは、まさにわたし自身の異変に寄り添ってくる言葉でもあった。「既成の思想がいずれも避けて通っていった、日常の根源的な、だが解答のえられぬ問いに迫り、それらの論理の根底を〈生活者と表現者のあいだ〉から肉声でゆさぶる」という、ある対談集の帯の惹句は、そんな吉本隆明という表現者の言葉の無類の浸透力を暗示していた。わたしは思った——たとえどこで、どんなふうに生きていても、吉本の言葉は必ずそこに届いてくる。そんな言葉を発しつづけている表現者はほかにいない、と。

父の再就職先はなかなか決まらなかった。

毎月、失業手当をもらいに職業安定所に行き、ついでに職探しをする。文化住宅の二階を訪ねるたびに、わたしは、そんな父ののらくらしたやり方に物足りなさを感じた。母はまた手紙をくれるようになったので、訪ねられない週の様子もおおよそわかった。わたしは自分が配っている朝刊からこれと思う求人広告を切り抜いて、返信に同封するようになった。母とのあいだで暗黙の了解となっていたのが、販売とか営業とか直接金品を扱うたぐいの職種は避けて、地道に車の運転だけをするような仕事を探したほうがいいということだった。安全運転と車を大事にすることだけは、父は人後に落ちなかった。いまとなってはただ一つの取り柄と言えるもので、それを活かさない手はない、と思ったのである。

あばら家時代、晩酌で一杯やっているときに会社の運転手が、ちょっとエンジン見てもらえんやろか？　などと頼みに来ることがあったが、そんなとき父は、二つ返事でコップ酒を置いて飛び出していった。こと車に関してはそれだけ同僚から頼りにされていたし、父自身、車をいじるのがほんとうに好きだった。わたしが中学生のときだったか、唐突に、お前、自動車の修理工になる気ないか？　儲かるぞ、と、いつになく真剣な顔で言ったことがあったが、要するにそれは、父自身がなりたかったと言っているようなものだった。五十歳を目前にした父がこれから修理工になるのはさすがに無理だろうから、やはり運転手というのが父の天職なのではないか。わたしはそんなことを考えながら、朝の配達が終わって、店の奥の食堂で奥さんが作ってくれた朝食を掻き込むと、日当たりのいい店頭の作業台に朝刊の求人欄を広げて這いつくばるように運転手の口を探した。

——せっかく給料アップしたのに、もう次の職探しか？

覗き込まれてそんな軽口を言われるまで店長の姿に気がつかないほど、わたしは父の職探しに没頭していた。そして、「社長付き運転手」「社員並びに顧客送迎車運転手」といった求人を見つけると、切り抜いては定期入れに忍ばせた。タクシー運転手の口はいくらでもあったが、こちらは金銭のやり取りを避けられないので敬遠した。こうして、母への手紙に同封したり、訪ねる週には直接持ち帰ったりして、父にそれらを見せた。ところが、父はまったく気乗りしない様子だった。父は復員して、戦後いちはやく免許を取ってから三十年近く無事故・無違反で通してきた。母とわたしが運転手の仕事がいちばん合っていると勧めても、いや、わしはもう車には乗りとうない、と、にべもない返答だった。では、どんな仕事を探しているのかと訊いても、いっこう要領を得なかった。

夏になっても父の再就職は決まらなかった。

充分でないとはいえ母に毎月決まった稼ぎもあるので、失業手当をもらえるうちは何とか暮らしていける。就職活動は、失業手当が出なくなってから本腰を入れればいい。そんな安易な思惑に胡坐をかいているのではないか。わたしはしだいに不信の念をつのらせていった。それがいよいよ強くなったのは、母からの手紙で父がまた酒の臭いをさせて帰宅するようになったと知らされたときだった。わたしは苦い悔恨のように、父を気遣ってくれた和辻醫院の初老の医師の貌を思い出していた。結局あの医師に診てもらうことなく、父は白昼、夜逃げ同然に姿をくらまし、大阪の東のはずれの街に落ち延びて、夜な夜な路地をこそこそ歩き、その片隅の呑み屋で、性懲りもなく酒を喰らうようになったのだ。

——ドブネズミ、ではないか。ふいにそんな言葉を思い浮かべていた。そしてすぐに、オレはドブネズミの息子だ、という意識がブーメランのように返ってきた。

本を読んでいても授業に出ていても、わたしは集中が続かないようになっていた。活字を追い、講義に耳を傾け、ノートを取っていても、何かに集中しようとすることそのものが反作用のように父のことを思い起こさせた。新聞配達という労働に従事しているときだけが例外だった。新聞を仕分け、束ね、自転車の荷台に括りつけ前籠にも入れると、街なかへ走り出す。決まった順路を走り、決まった一軒一軒のポストに新聞を入れてまわり、積んでいたそれがなくなり、軽くなった自転車で店に帰ってくる。決まりきった手順でこなすひとつひとつの労働は習慣的に肉体と一体化して、意識を眠らせていることができた。もしこれが疎外された労働であるならば、そのときわたしは自分という意識を疎外する労働をこそ求めていた、と言えるかもしれない。それ以外のときは、むしろ自分という意識が自分の存在を疎外しようとした。たまさかある本の一節に心を奪われたり、友人との議論に熱中したりしていると、すぐその意識の背面に、俺にはあの親父がいる、あの親父がべったりと張りついているという分身のような意識の暗い影が覆いかぶさってくるのだった。

「この世界には、個人の意識がたえず影のように他の意識をともなってしか行動できない世界がある。わたしたちは、それを一対の男女を核にしていとなまれる〈家族〉の世界とよんでいる。この世界にいるかぎり、かれはなにを行い、なにを語りかけ、なにをかんがえようと、かれのなかにはつねに他の一つの影がある。かれは単独でかんがえ、単独で行動しているようにみえても、この意識の世界では、つねに〈対〉をともなっているのだ」

島尾敏雄について論じた〈家族〉と題された吉本隆明の論考の、この冒頭を読んだとき、わたしは自分のことが書かれていると思った。論じられているのは、島尾敏雄が研ぎすました言葉で妻との危うい日常を描いた連作であり、引用箇所のあとには「この意識の世界では、ひとは〈性〉としての人間である」と続いているにもかかわらず、「この世界にいるかぎり、かれはなにを行い、なにを語りかけ、なにをかんがえようと、かれのなかにはつねに他の一つの影がある」という一文にわたしの目は釘づけになった。自分はいま、否応なく父を「他のひとつの影」＝〈対〉として「ともなって」生きていかねばならない。そう告げられているように思えたのである。

どんな暮らしでも時は日常という場を紡ぎ出す。あるいは日常を紡ぎ出すことでそこに時間が流れはじめる。

わたしは、父母のもとを訪ねるたびに、母がそこでの日常にひっそりとなじんでいくのを感じていた。それは、母のなかにある種の諦めというものが時を刻んでいく過程だっただろうか。運転手という職業をさかんに父に勧めているときは、母はわたしの側にいたと思うが、父が酒の匂いをさせて帰ってくるようになったと、手紙で知らせてきながら、わたしが訪れたときは、あれだけ呑んでたんやから、ずっと一滴も呑むなとは言えんやろ、と、父をかばうように言った。あの一日の急転直下に見舞われた際にありったけの感情を吐露させられてしまったので、もう父の行状のいちいちに怒ったり、泣いたりするのに疲れたという顔でもあった。

呑んで帰って来るようになったと言っても、父は家ではまったく呑まなくなっていた。わたしがいるときだけ、そうしているのではないかといぶかったが、母によればそうではなく、居酒屋かスナックか決まった店で呑んでくるようだとのことだった。営業車のパブリカ・バンを降りると、事務所に行く前にあばら家に帰ってきて、ガソリン補給とばかりコップ酒をまず一杯あおり、帰宅して晩酌でまた腰を据えてコップ酒をあおるかつての姿が日に焼き付いているわたしには、にわかに信じられなかった。父もまた変わりつつあったのだろうか。母と話しているうちにわかってきたのは、父は母に隠れて呑んではいるのだが、隠しとおそうとする執念は希薄だったということだ。あれだけ好きだった日本酒ではなく、焼酎やウィスキーの水割りを呑んで、少しでも臭わないようにしていたくせに、母にズボンのポケットからスナックの名前の入ったマッチ箱を見つけられると、ちょっとつきあいでな、とあまり悪びれることなく言い訳したという。

——結局、呑み友だちが欲しかったんやと思う。

父が亡くなって、だいぶ経ってから当時のことを話していたとき、母はしんみりとこう言ったものだ。

文化住宅に来るたびに切り抜いた新聞の求人広告を突きつけ、職業安定所での求職活動について根掘り葉掘り聞いてくるわたしが、父はうっとうしかったにちがいない。それでも、わたしが見つけた二、三の運転手の口に気乗りしないまま応募したり、職業安定所で算盤と達筆を見込まれて紹介された事務職の口に応募したりしていたが、いずれも採用にまではいたらなかった。父自身がどんな仕事をしたいのか、見当もつかないまま、わたしはさらに疑心にとらわれていった。もう失業手当が出なくなる期日が迫っているのに、父は本気で就職するつもりがあるのか?

それでいて、スナック通いのほうはさらに足繁くなっているようだった。いったい呑み代はどう工面していたのか。母がさすがに不安になって問いただすと、父は、そんな野暮なことは心配せんでええ、と一蹴し、いま親しくなった店の常連に再就職の相談に乗ってもらっているとこやから、やいやい言うな、と答えたという。わたしは、そんな話を父がいない文化住宅の居間で狭い台所に立って夕餉の支度をする母から聞くことになった。父は、わたしを避けようとしたのか、日曜日の昼もどこかへ出かけていた。夜になって帰って来た父の顔は、あの生っ白い無表情からすっかり抜け出し、それなりの精気を取り戻していた。その表情はある種のふてぶてしさを帯びているようにも見えた。

その夜、帰ってくるなり父は、わたしが尋ねる前に口を切った。スナックで知り合いになった常連客の一人にある生命保険会社の求人に心当たりがあるので、口を利いてみようと言われ、頼んでいたところ、来週支店長に面接してもらう手はずになった、というのである。仕事は生命保険の営業だという。父にむけた顔がいっぺんに曇るのが自分でもわかった。母のほうを見ると、しかし、意外にも表情は明るんだようだった。売り上げのノルマに追われる販売とか営業といった仕事は、これからはよしたほうがいい。あれだけ話し合ったことを母は忘れてしまったのだろうか。失業手当が切れるのに、もうそれどころではない。いままで面接を受けてきたところは全部ダメだった。母の表情は、そんな藁をもすがる気持ちの現われだったのだろう。そして、それはわたしにも痛いほどわかったのだが……。

二週間後の日曜日、午前中に文化住宅を訪ねると、奥の六畳間で父は新調の背広に袖を通し、かたわらで母がズボンの裾を伸ばしたり、折り曲げたりしていた。生命保険会社に就職が決まり、翌月から出勤することになったので、急いで買ってきたという。たしかに父が上下揃いの背広を着、ネクタイを締めた姿はもう何年も見たことがなかった。母はすっかり安堵していたようだった。わたしは諦めに近い思いだった。しょうがない……。それはちょうど、〝丘の上の四二間の家〟の設計を社長が手がけることに決まったことを母の手紙で知らされたときに感じたやむなさの感覚に似ていたかもしれない。

しかし、そんなわたしの心のうちなど想像だにしなかっただろう父は、再就職が決まったとたんおおっぴらに呑みはじめるようになった。そればかりか、どうやら昔、わたしが子どもだった頃そうだったように妙にお道化た、お調子者の横顔を見せるようになっていた。十月になり、生命保険会社の外交員として働くようになってからも、父はたいてい日曜日には出かけていた。わたしがぎゅうぎゅうに洗濯物を詰めた大きな紙袋をぶら下げて訪ねてきたその日曜日も、父はいなかった。午前中いっぱいかかって洗濯を済ませ、いつもどおり外廊下で干していると、階段を上がってきた同じ階に住む息子と二人暮らしの母親にいきなり声をかけられた。

——お宅のお父さん、おもしろいなあ！

母親のかたわらで小学校の高学年生らしい男の子

も笑っていた。

父は、買ったばかりの自転車を出勤や付近の外回りのときだけでなく、普段の足としても乗り回していたが、前夜、母子はその自転車に乗った父の突拍子もない姿を目撃していた。買い物を終え、雑踏する商店街を歩いていると、おぼつかない漕ぎっぷりで自転車を走らせてくる父に気づいた。親子の目を奪ったのは、父が頭に被っているモノだった。

彼女は笑いをこらえながら続けた。

——最初は白い帽子を被ってはるんやと思たんやけど、通り過ぎてから見たら、背中まで白いもんがぶら下がって……。そしたら、この子が、お母ちゃん、あれトイレの金隠しの蓋や！って。

あとで母が事情を教えてくれた。その日、父は母から簡易水洗の和式トイレの蓋を買ってくるよう頼まれた。商店街を探しまわってようやく目当ての物を買い求めたが、薄暮の風に誘われて、つい行きつけのスナックのドアを開けてしまった。呑んでいるあいだ、トイレの蓋をどうしていたか知らないが、帰り道、父はすっかりいい気持になって、両手でハンドルを握りしめ、頭にそれを帽子のように被り、ふらつく自転車のペダルを漕いで、人目も憚らず狭い商店街をのらりくらり帰って来たということらしい。

父は重荷から解放されて、昔の自分に戻りたがっている——そう思わざるをえなかった。父もやはりラクになりたかったのだろう。しかし、それは——ほかならぬ父自身が十年間の潜伏期間ののちに露見させた宿痾がもたらしたところの——わたしたち一家を襲った異変とはまったくちがう方位を向いていたのではないか。むしろ父は、あの一日の急転直下から始まった異変の衝撃を受け止めるのではなく、それを最小限にかわして生き延びられる場所へと身を潜り込ませようとした——それはつまり、父が無意識のうちに昔の自分に戻ろうとすることだったのではないか。

再就職して、新調の背広を着て出勤する父を、ほんとうのところ母はどんな気持ちで見送っていたのだろう。お父ちゃんを信じるしかないがな、と母は、なかば自分に言い聞かせるようにわたしに言ったものだが、「信じるしかない」というのは、あらためて考えてみると、何と危うい言葉だろうか。信じられる、からではなく、そうするしかないという諦めの地金が透かし見えるようだ。しかし、わたしもまた母の言葉に無言でうなずき返すほか術がないのだった。

文化住宅で迎えたはじめての正月に父が演じたもうひとつのハプニングは、そんな父の先行きをめぐる不安を増幅することになった。

父は、背広にネクタイという生命保険の外交員としての姿が板についたように見えた。三が日のある日、父はたいそう張り切って支店長の自宅へ年賀の挨拶に出かけて行った。やり手だという支店長は部下を集めてもてなすのが新年の恒例らしかった。忘年会など年末まで宴席が続き、父の体はまた酒気に染まりつつあった。一年前、丘の上の家で狭心症の発作を起こしたあと酒を控えて、せっかく体調が戻ってきたのに、医者に掛からないまま、なし崩しにそうなってしまったことを母は気に病んでいた。しかし、支店長の家へ出かけていく父の背中には、あまり過ごさないように、としか声をかけられなかった。

翌日が新聞休刊日だったので、わたしはその夜泊まるつもりではいたのだが、心ならずも父の帰りを待つ身となってしまった。ある程度予想はしていたものの、日付が変わろうという時刻になっても父は帰ってこず、そのうちに終電の時間も過ぎていった。支店長の家はどこなのかを聞いても、大阪に土地勘のない母ははっきりと答えられなかった。どうやら淀川べりを走る私鉄沿線のある大きなベッドタウンらしかった。もうタクシーをつかまえて帰って来るしかないな、と母と話しているときだった。電話がけたたましく鳴った。受話器を取った母は、すぐに父からだとわたしに告げたが、肝心の父との通話は要領をえないまま、切られてしまったようだった。受話器を置いた母は父が叫んでいた言葉を伝えた。

——道に迷て、駅やなしに大きな川のほうに出てしもた。いまどこを歩いているのかわからん！

昔の酔っ払いに戻ってしまったと、母は力なく言い添えた。どうしたらいいだろうか、と聞く母に、わたしは言った。ほっとけばええ、と。

それからどのくらい時間が経っただろうか。外に車のエンジン音がして、すぐ下で止まった。タクシーを拾ってやっとご帰館か。そう思い、外廊下に出て、階段を降りていったわたしが目にしたのは、しかしタクシーではなくパトカーだった。警察官が後部座席からへべれけになった父を抱きかかえていた。わたしは駆け寄って、すんません、と言い、父に肩を貸した。二人でようよう父を戸口まで連れて来たあと、警察官は父の体をわたしに預け、仕事口調で報告してくれた。

――お父さん、泥酔状態で枚方大橋の袂の淀川の堤を歩いてはりました。パトロール中の本官が保護して、送り届けさしてもらいました。

母とわたしがあらためて礼を言うと、彼はくだけた口調で父に言った。

――お父さん、あんまり呑み過ぎたらあかんで。

すると、それまで正体をなくしていた父は、急にわたしの手を振りほどき、お勤め、ご苦労さんでした、と言うと、敬礼で応えた。父は警察官が階段を降りて姿を消すまで、その姿勢を崩さなかった。

部屋に入ると、父はわたしたちの文句を、皆まで言うな、と制して言った。

――道に迷て、タクシー拾おうにもタクシー走っとらんし、どないしよと思とったんや。そのときピンと来たんや。川の堤歩いとったら、パトが来るんちゃうか、と。ほんなら、もう注文通りにむこうからパトが来よってなあ……。

部屋に酒臭い息が広がった。母は、何やかや言いつのっていたが、わたしはもう会話に加わりたくなかった。

その夜、わたしは寝つかれなかった。隣の六畳間に寝ている父の鼾がうるさかったということもあるが、すっかり目が冴えてしまっていた。天井を見つめていると、暗がりのなかで木目がいつまでも蠢いているようだった。

わたしは、その夜の父の行状のことを考えていたのではなかった。そんなことはどうでもよかった。寝床のなかで、わたしはただ堂々めぐりを繰り返していたのだった。

——父がたんに元に戻りつつあるにすぎないとすれば、それはつまり、父という人間がついに一生変わらないということを暗示しているのではないか。だからこそ、郷里で不祥事に手を染め、それが発覚して生家を手離したあとも、父は、拾われた製菓会社で性懲りもなく同様の罪業に手を染め、〝丘の上の四二間の家〟を差し出すことになってしまった。こうして父は、生きているかぎり同じ過ちを何度も繰り返していくのではないか……。

五

冬休みが終わって、ひさびさに大学に顔を出すと、学生課の掲示板には後期試験の日程が貼り出されていた。もう一年が経とうとしている、と思った。そこにいると、この一年、自分が一歩も前へ進めない、むしろ後退していることをまざまざと思い知らされている気がした。あの一日以来の急転直下の激流のなかで、結局、母には留年のことを言い出せないまま時間ばかりが過ぎていった。母自身、夜逃げのような引っ越し、自分と父の再就職、そして知らない土地での日々の暮らしに追われて、わたしのことまで心配する余裕は失われていたにちがいない。しかし、早晩わたしの卒業や就職のことを聞いてくることは目に見えていた。後期試験の日程を見れば見るほど、溜息が漏れてきた。この年、二百パーセントのエネルギーで大車輪を回して出られるかぎり授業に出、試験を受けまくって、六十単位ぐらい取って、はじめて二年の留年で卒業というゴールが現実味を帯びてくるのだった。それなのに、わたしは学生というよりも、すっかり新聞配達員の生活に軸足を置いて、その日を迎えてしまっていた。試験を受けまくったところで、たぶん二十単位も取れないだろう。いくら何でも三年も留年はできない！　わたしは進退窮まった気がした。

——もう大学を辞めよう……。

その言葉は、わたしの心のなかにひょっこりと生えて出て来た。いま振り返っても、ごく自然のなりゆきで、と言うほか言いようがない気がする。けっして考えに考え、思い悩んだすえでもなく、また降って湧いたように突然、でもなかった。わたしは、大学を辞めるために何か――講義に出ることやノートを取ることや本を読むこと――を断念する必要はなかった。新聞配達員としてそのままの生活をしながら、もう辞める、と大学に申し出、しかるべき手続きをするだけでよかった。そこまで学生生活は空洞化していた、と言ってよかった。

わたしはだれにも相談することなく、そのことを決め、学生課に出向いた。席を立って応接してくれた職員の小母さんに、大学を中退する手続きをしたいと告げると、彼女はあっけにとられ、眼鏡の奥の目を見開き、まじまじとわたしを見つめた。そして、分厚いファイルのページを繰ってから、いちおうこの退学届けを出してもらうことになるんやけどね……とカウンターの上に一枚の書類を出した。しかしすぐに、親戚のおばさんのような口調でこう言い添えた。

――中退いうんは、よっぽどのことやで。わたし、もう十年以上この職場におるけど、中退した学生さん見たことないもん。事情があるとは思うけど、ゼミの先生かだれかに相談したんかな？ もし相談する人がおらんかったら、学生課で相談に乗るよ。

わたしは、家の事情でもう決まったことなんで、と言葉を濁し、退学届けをかっさらうようにその場をあとにした。

退学理由に何を書いたかは憶えていない。その空欄を埋めるのに苦労したことだけは憶えている。何か屁理屈をこねて、理由をでっちあげたような、思い出したくない記憶の残骸……。ほんとうのことは言葉にならなかった。

退学届けを出しに行ったとき、わたしは、他の職員にはじめから話を通すのが面倒だったので、席にいたこの前退学届けを渡してくれた小母さんに声をかけた。わたしを覚えていた彼女はすぐにカウンターに出てきてくれたが、その応対は意外にも官僚的だった。わたしの退学届けにさっと目を通すと、彼女は、これを教授会に諮って受理されれば、あなたの退学が決まる。これから後期試験と入試の準備があって忙しいので、次の教授会に諮って受理されるには三月まで在籍してもらわないといけない、と言う。わかりました、と答えると、彼女はわたしの学生番号を確認して、いったん席に戻った。ふたたび戻ってきた彼女は、いまいくら持ち合わせがある?と聞き、一月から三月までの最後の四半期の授業料が未納なので、できたらいま払ってくれないかと催促してきた。もう一度来るのは億劫だったので、わたしは財布からなけなしの三千円をむしり取り、彼女に差し出した。

もう二度とここに来ることはない、と思いつつ、わたしは学生課をあとにした。しかし、来る前に予想していた、せいせいした感じは微塵もなかった。下を向いて歩きながら、わたしはしきりに考えた。何だろう、この後味の悪さは……。

二年留年は可だが、三年留年は不可という線引きは、大学を辞める理由として薄弱だったかもしれない。二年留年するのも三年留年するのも十年、二十年経ったらいっしょだよ。のちにいろんな人から、異口同音に言われたのはこの言葉だった。しかし、そのときのわたしには「十年、二十年」先の将来というものがまったく見えなかった。自分の視野からフェイドアウトしつつある空白としてしか映らなかったのである。

いずれにせよ、何らかの覚悟や決断によるのではなく、「自然のなりゆきで」大学を中退してしまったことは、揺り戻しとして報いずにはいなかった。何だろう、この後味の悪さは……と感じたとき、わたしはそれを予感していたのだろうか。大学の寮の一室で父の一件を打ち明けた友人が、わたしが中退したことに驚き、家の事情を話せば休学という手もあったのではないか、と言ったとき、自分の顔が蒼ざめていくのがわかった。オレはただ目の前の後期試験がイヤで、衝動的に大学を辞めてしまったのではないか……。早まったか、という思いとともに、それ以上にそう感じてしまう自分の動揺にうろたえた。

わたしは、二度と行くつもりがなかった学生課に忍んでいき、今度は例の小母さんを避けて別の職員を呼んで事情を打ち明けた。そして、退学届けを休学届けに変更したいのだが、と相談した。三十歳前後にみえる若い職員は、しかし、わたしが留年確実の落第生だと知ると、木で鼻を括ったように宣告した。

――あのね、休学というのは四年で卒業見込みのある学生だけができることなんです。君の場合は、卒業見込みの絶対ない四回生でしょう。あきらめてください。

わたしはすごすごと引き下がるほかなかった。自分がみじめなドブネズミになった気がした。

しかしながら、わたしがだれにも相談せずに大学を辞めてしまったことのもっとも明白な報いをこうむったのはわたし自身ではなく、母だった。わたしは母に長い手紙を書いて、そのことを告げた。母からも長い返事が来た。どれだけ悲嘆に暮れているかがわかりすぎるほどわかる文面だった。次に文化住宅を訪ねるまでに、わたしは相当の時間を置くことになった。母の顔を見るのがつらかったし、わたし自身の気持ちの整理もつきかねていた。その間、何度も母と手紙のやりとりがあった。とにかく一度帰ってきなさい、という母の手紙の最後の一文にうながされて、わたしがひさびさに文化住宅を訪ねたのは、三月の初旬のことだった。

母は、すべてを呑み込んで落ち着いているような、あるいは深い諦念の底に沈んでいるような、どちらとも取れる顔でわたしを迎えた。しかし、言葉を交わす前にわたしを打ちのめしたのは、母の頭頂部の髪がごっそりと抜け落ちていたことだった。驚いて聞くと、医者に行ったら円形脱毛症だと言われた。薬をもらって、飲みはじめたところだと言う。自分が突然大学を辞めてしまったことがさながら家庭内暴力のように母の心身をさいなんだことを、これを見ろ、と突きつけられている気がした。母は、父があんなことをしでかし、夜逃げ同然に家を明け渡し、結果、またわたしが新聞配達の仕事に追われるようになったせいで学業がつらくなったにちがいないと思い込み、親としての自分を責めていた。いや、そうではない。それ以前に入学以来授業をサボりつづけたツケがここに来て回ってきたんで、自業自得なんだ、とわたしはなだめる。たがいに手紙にしたためてきたことをわたしたちは繰り返し語り合った。

そして父は、父だけは、わたしが大学を辞めたことについて、何も、ひとことも言わなかった。

その次に文化住宅を訪ねたのは三月の下旬だった。母の円形脱毛症は少しずつ快方にむかっていて、わたしは月末をもって晴れて退学の身だった。居間のテレビではセンバツ高校野球の実況中継をやっていた。母は台所に立っていて、父はその日も出かけていなかった。

あの一日からもう一年が経つのかと、わたしはジェットコースターに乗せられて連れ去られてきたような日々を振り返っていた。母が買い物に出かけて一人になり、高校野球の実況の音声を聴いていると、あの一日の昼下がりのことが何度もよみがえってきた。もうあれは終わったのか。そして、これからまた何かが始まるのか。まったくわからなかったが、こんな場末の文化住宅にでも父母が落ち着ける先があり、新聞配達ででも自分で飯が喰える現状を、とにかくしばらくは続けさせてくれと、だれに言うでもなく、わたしは心に念じていた。

ところが、さっそくその夜、父の身に異変が起こったのだった。

例によって呑んで帰って来た父は、座を温める間もなく銭湯に行くと言って、またぷいと出て行った。酒呑んですぐに風呂に入るのはあんまり心臓によくないんじゃないか、と母に言うと、いつものことらしく、お父ちゃんはカラスの行水やから、とあまり気にしているふうではなかった。たしかに父は昔からそうだった。子どもの頃いっしょに銭湯へ行くと、むやみに急かされたものだ。

しかし、そのあとしばらくしてから、母がしきりに時計を気にしだした。

――お父ちゃん、遅いな。いつも三十分もせんうちに帰って来るのに……。あんた、ちょっと行って見て来てくれへんか?

顔にはかすかな不安が射していた。わたしは、だれか知り合いといっしょになって、いつもより長風呂になってるんとちがうか、と言いながらも、腰を上げた。そして、サンダルをつっかけて表へ出た。

銭湯は、駅へ通じる住宅の建て込んだ路地の最初の角を左に折れ、土手になっている単線の踏切を渡り、田圃のなかを伸びている道を三分ばかり行った府道との交差点にあった。いちおう舗装はされていたが、周りは田圃、畦道、野焼きの名残りのような風、頭上には星空と、文字通りの田舎道で街灯もまばらだった。踏切を過ぎたあと、こちらに歩いてくる人影が見え、背格好は父のようでもあり、目を凝らして歩いて行ったが、三十メートルほど先で街灯の淡い光の真下を過ぎたとき別人だとわかった。

銭湯の暖簾をくぐり、サンダルを脱ぎ捨て、簀子から男湯の引き戸を見ると、嵌め込みの擦りガラス越しに何人かの人の後頭部が透かし見えた。人が集まっている！　わたしは胸騒ぎを感じて、なかに入った。着衣、上半身裸、裸でタオルを巻いているだけの人たちが混在した人垣ができていた。番台も無人だった。そのとき人垣のなかからよく通る女の声が聞こえた。

——このおっちゃん、最近見かける顔なんやけど、だれか知ってる人いてまへんか？　この近所の人やと思うんやけどなあ。

反射的にわたしは何人かの背中を押しのけて前に進み出ていた。ほんのりと湯の匂いが漂う脱衣場にバスタオルをかけられた父があおむけに横たわっていた。かたわらには声の主である、いつも番台に坐っている小太りの小母さんがしゃがんでいた。親父、どないしたんですか？　とわたしは声を上げていた。

——あんた、息子さん？　息子さんか？　よう来てくれたわ。

小母さんは振り向き、わたしの顔を見上げて言った。そして、まるで瀕死の病人に告げるように、息子さんが来てくれはりましたで！　と大声で父に呼びかけた。

わたしは父の顔を覗き込んだ。父は目を見開いていたが、視線は宙を泳いでいた。わたしと目が合うと、長い溜息を吐いた。わたしは、大丈夫か？　と声をかけた。

小母さんが父の異変に気づいたのは、風呂から上がった父が脱衣箱の前で裸でしゃがみ込んでいたときだった。落とし物でも捜しているんだと思っていたら、そのまま尻もちをついて床にくずおれてしまった。これはえらいことだと、他のお客さんに手伝ってもらって、その場に寝かせた。救急車を呼ぼうと大騒ぎになったが、父自身がそれには及ばないと言ったので、少し休んでもらっていたところだったという。

わたしは、もう一度父に大丈夫か？　立ち上がれるか？　と聞いた。父はうなずいて、ゆっくり上体を起こした。大丈夫や。もうちょっとで立てる、と答え、胡坐をかいた状態でしばらく呼吸を整えていた。わたしに助けられて立ち上がった父は、脱衣箱の前まで行った。わたしは、小母さんのほうを向き、もう大丈夫や思います、と言った。父はわたしの手を借りなくても服を着られるようだった。服を着ながら、何度も息継ぎをして、かたわらのわたしに語った。

——湯船出て、上がりがけに、水かぶっているときに、心臓が、ドキドキ、しはじめてな……。上がって、服着よ、思たら、胸が、ぎゅうっと、締め付けられるように、苦しなったんや。

服を着終わった父は普段の顔つきに戻ったように見えた。わたしは帰り際、戸を開けて父を先に簀子の上に降りるよううながした。そして、番台に戻っていた小母さんに、どうもお騒がせしました。と礼を言い、脱衣場の面々に頭を下げると、父とともに帰途についた。道々、わたしは、明日にでも病院に行って診てもらうようにと強く言った。一年前にやはり和辻醫院の医師に診てもらうべきだったのだという悔いを抑えることができなかったが、父には言わなかった。

ふいに父が独り言のように言った。

——えろう苦しゅうてな……死ぬかと思た。そやけど、何でか、このまま死ぬんはイヤやとは思わんかった……。恐ろしかったんは、いまにも天井の扇風機の羽がわしの上に落ちてきそうなんや……。

わたしは、何がしかの病変で父の意識が混濁しているのでは、と疑わないわけにはいかなかった。あるいは、父もまたわたしが大学を辞めてしまったことのダメージを心身にこうむっていたのだろうか。
そのとき、五、六メートルほど先に迫った踏切の警鐘がけたたましく鳴りはじめた。ゆっくりと遮断機が下り、黄色と黒の縞模様の支柱に取り付けられた鉤型のアームの先の赤いランプが四つ、交互に激しく点滅している。立ちすくんで闇に濁った濃淡まばらな赤い光を浴びている父の横顔を見つめながら、わたしはその二の腕を強くつかんだ。こんなにもきゃしゃで、たよりない腕だったたか。父はいつのまにか、放っておけば消え入りそうな、もろく、はかない存在になってしまった気がした。父はじっと前を見ていた。わたしたちの目の前を、車窓の方形の光を一列に連ねた下り電車が轟音を立てて通り過ぎていった。

父が最寄りの病院の内科にかかり、やはり狭心症の症状が出ているのでしばらく通院することになったこと、父と母が二人で銭湯に菓子折りを持ってお礼に行ったことは、しばらくして母が手紙で知らせてきた。

いざ大学を辞めてみると、わたしは自分の居場所がなくなっていることに気づいた。さんざん授業をサボっては、所在ない思いで時間をつぶしていた食堂、学生会館、生協の書籍売り場、図書館、そして農場こそが自分の居場所だったのだ、と思わざるをえなかった。一度思い立って、電車に乗って大学まで行き、食堂で定食を食べ、学生会館でコーヒーを飲み、生協の書籍売り場や図書館にも立ち寄ってみたが、もうそこにわたしが刻める時は流れていなかった。わざわざ電車に乗ってまで舞い戻って来た自分が、物理的にそれを押しとどめる者がだれもそこにいないという事実とともに滑稽に思えた。学生課に返しそびれていた期限切れの学生証を定期入れから取り出すと、わたしはそれを破り、キャンパスの片隅の屑籠に放り込んだ。
妙なもので、アルバイトもせず怠惰な学生をやっているときは、しょっちゅう本屋を覗いて、欲しい本と乏しい懐具合を睨み合せていたのに、新聞配達でそれなりに金銭に余裕ができてからむしろ本屋から足が遠のいてしまっていた。朝晩の食事は店の賄いで済ませ、朝・夕刊の配達のあいだはどこに行く当てもなくなったことで、わたしは生活者としての動線を失っていた。この頃、自分がどこで昼飯を喰っていたか、どこの喫茶店でコーヒーを飲んでいたか、どこの店で買い物をしていたか、まったく思い出せない。新聞販売店、界隈の配達区域と古墳のほとりに建つ静かなアパート。そのあいだの往復だけがわたしの時を刻んでいた気がする。精神的には、外界を遮断して逼塞していたと言ってよかった。

そんな生活臭の希薄な暮らしに埋没していた五月の下旬にさしかかった日のことだった。忘れもしない、わたしは朝刊の配達を終え、帰って来たアパートの部屋で仮眠を取っていた。七時前には店で朝食を済ませるので、部屋に帰って一、二時間もすると、睡魔に襲われることがあった。開け放った窓から古墳周濠にいる小魚のたぐいを狙って集まるらしい鳥たちのさえずりを聞きながら、うつらうつらしていると、ドアを控えめにノックする音に起こされた。

お宅からお電話ですよ、という優しい声が聞こえた。きれい好き、世話好きな大家さんである白髪の老女のあとを眠い目をこすりこすり階段を降りて、玄関脇の管理人室の窓口で取り上げ、耳元に当てた受話器から聞こえてきたのは、しかし母の悲痛な叫びだった。

——お父ちゃんが……お父ちゃんが、死んでしもたんや！

それだけ言うと、母は嗚咽に声をふるわせるばかりだった。すぐに電話を代わった伯母がはっきりと言葉を区切りながら事情を説明してくれた。

父は、その日、いきつけの喫茶店で商談中だった。突然、胸を押さえて苦しみだし、病院でもらった薬を飲もうとしたのだが、それを口に入れる前に倒れてしまった。すっかり顔なじみだった店のマスターがすぐに救急車を呼んでくれたが、搬送されたときはもう心臓が止まっていたらしく、蘇生措置も間に合わなかったという。

とにかく、一刻も早く来てくれ、と伯母は言って、電話を切った。

わたしたち一家はまだ奈落の底に落ち切っていなかったのか。わたしが底だと思った場所の下方に、さらに父の肉体だけが逆落としに墜ちていく暗黒を隠したクレバスが口を開けていたのか――わたしはうろたえていた。

六

文化住宅の階段を上がり、玄関の引き戸を開けたわたしはその場に立ち尽くした。母と伯母が待っているとばかり思っていたのに、部屋のなかでは、濃紺の帽子を被り、同じ色の制服に身を包んだ五、六人の男たちが忙しく立ち回っていた。奥の六畳間とのあいだに白い幕が間口いっぱい張られていて、母と伯母の姿を捜してそれをくぐったわたしは一瞬、強い光に目が眩んだ。フラッシュが焚かれたところだった。光を浴びていたのは、素っ裸にひんむかれて横たえられた父の亡骸だった。二カ月前、銭湯の脱衣場にあおむけに寝かされていた父がそのままそこにいるようだった。凍りついたようになったわたしに、カメラを手にした帽子のつばを後ろ向きに被った中年の男が近づいてきた。

――ご子息ですな。わたしらS警察の鑑識の者《もん》です。このたびはご愁傷さまです。お父さん、病院に着く前に、救急車のなかで息を引き取られましてな。医者が看取れんかった場合、いちおう仏さんの死因に不審な点がないかどうか調べさせてもらうことになっとるんです。ご遺体との対面はもうちょっと待ってもらえますか。

わたしはどうしていいかわからなかった。自分がすでに目の当たりにし、それが何かがわかってしまったがゆえに身を硬くして見まいとしているむき出しの父の亡骸――死に顔こそ見えなかったものの、腫れぼったいような腹部からみすぼらしく縮こまった陰部、きゃしゃな下肢――は「仏さん」にはなったが、まだ「ご遺体」になっていない、とでも言うのか。

わたしは母の姿を捜していた。鑑識官はわたしの視線を察したらしく、お身内は大家さんの好意で控え室として開けてもらった隣の空き部屋におられますよ、と言った。外廊下に出たわたしは、ちょうどそこから出てこちらに来るところだった母と伯母に鉢合わせした。ひとしきり泣いたあとの放心の表情だった母は、わたしを見るなり、ふたたび泣き顔へとそれを歪ませながら、わたしの手を取った。伯母ともども三人で隣の部屋に入ると、伯母の旦那さんも控えていたが、ほかに知らない背広姿の大柄な人物が一人坐っていた。伯母は、叔父もいま神戸から向かっているところで、夜には妹も来るだろうと言った。

とりあえず座布団のひとつに腰を下ろしたわたしの正面に背広姿の人物が正座しなおし、名刺を差し出して自己紹介した。地元の葬儀屋だった。座布団のあいだに開かれたカタログがあり、もう葬式の相談が始まっていたらしかった。盆を持った伯母が四つの茶碗を下げ、わたしの分を足してお茶を五つ入れてくれた。

母は動揺していて、口数が少なかった。一座の話を聞いているうちにわかってきたのは、知らない土地であまりに突然のことで会場も抑えられず、通夜も葬式もここでやるしかないということだった。その日の夜に通夜、翌日、葬式を出して火葬という段取りで葬儀屋はことを進めようとしていた。彼は言った——大家さんというのは、自分の持ち物件から葬式を出すのをいやがるもんで、説得に苦労しました。今日、明日二日で済ませるという約束で、やっとうんと言ってくれました。

わたしたちが居るこの隣の空き部屋を使わせてもらえるよう大家に掛け合ってくれたのも彼のようだった。

そんな話をしているとき、戸口からさっきの鑑識官が姿を現し、作業が終わったと告げた。それから彼はわたしを呼び、早口で言った。

——このあと署に帰って必要な書類を作ったら、事件性なし、ということで、お父さんが搬送されたD市民病院に連絡します。夕方には死亡診断書が出ますんで、今日じゅうに取りに行ってください。

それだけ言うと、彼は、ほな、失礼します、と軽く敬礼して立ち去った。その姿に一瞬、正月の夜寒に酔っぱらった父をパトカーに乗せて送ってくれた警察官の敬礼がだぶった。しかし、つかのまの感傷も許されなかった。わたしのうしろに立って鑑識官の話を聞いていた葬儀屋が、すかさず言った。

——ほんなら、せわしのうて申し訳ないですが、夕方病院に行って死亡診断書もろてきてもらえますか。その死亡診断書を明朝市役所の窓口へ出してもうたら火葬許可証が出ますんで。それがないと火葬の手配ができんのですわ。

何かが決定的にちぐはぐだった。父を亡くしたばかりの自分が、いつのまにかよくわからない鞏固で無慈悲な死後の事務処理の機構に一つのピースとして組み込まれてしまった感じだった。

これからご遺体の支度にかからせてもらいます、と言って葬儀屋は外に出、待機させていた二、三人の社員とともに隣の住まいのほうへ入っていった。母と伯母もついて入っていった。そうか、父はやっと「ご遺体」になったのかと思った。

わたしはしばらく茫然としていたようだ。呼びに来た伯母について部屋に戻ってみると、六畳間との あいだの襖は取り払われ、奥に祭壇らしきものができあがっていた。母がわたしをうながして柩の小窓から固く瞼を閉ざした父の痩せた死に顔を見せた。眠っているようだと思えば、そう見えたかもしれない。しかし、わたしにはもう物質の相に退いてしまったように見えた。わたしが隣りの空き部屋にいるあいだに、父の遺体を一刻も早く地上から見えなくするための事務処理の機構が抜け目なく、周到にほどこした、それは死に化粧にすぎないと思えた。

わたしは二か月前、銭湯で倒れた夜の父の横顔を思い出していた。あの夜、父は冥界のトバ口に立つ幽鬼のように踏切の遮断機の前に立っていた。それは、いくら手を差し延べても、すでに届かないところへ去りつつある姿だったように思い出された。あの日から今日まで、どれだけ父と言葉を交わしただろうか。ほんの二言、三言しか言葉を交わさなかったのではないか。

父に急逝された経験は、その後のさまざまな人の訃に対する自分の受け止めを揺さぶらずにはいなかった。眠るように安らかに亡くなった、といった定型的な語り方に接すると、そんなのは嘘だ、と反撥を感じた。眠るように人が死ぬはずはない。そんなのは、生き残った者が死に向き合わずにさらに生き残っていくためにする事後の物語にすぎないのだ、と――。

父の死に顔を見ながら、わたしは、喫茶店で商談中に胸の痛みに襲われ、苦悶して倒れ、こと切れた父の最期の相貌を想った。

午後になって叔父が到着し、いとこたちも一人、二人と集まりはじめた。電車で二駅のところにある病院に死亡診断書をもらいに行くまでにはまだ時間があると思っていたわたしを急かしたのは、自宅とのあいだを忙しく往復して、かいがいしく親戚の世話をしていた伯母だった。いまのうちに駅前の商店街にある貸衣裳屋で喪服を借りる予約をして、その足で病院へ行って死亡診断書をもらって帰ってきたら、ちょうどいい時間になるはずだ、と言った。喪服のことをすっかり忘れていたわたしはなるほどと思い、すぐ文化住宅をあとにした。

出がけに母が強くわたしに言づけたことがあった。父の急を知らせてくれる人があり、取るものもとりあえず救急車に同乗して行った病院で、母はすでに父がこと切れているという事実を突きつけられる。取り乱して、わたしや妹、伯母にも連絡しなければと赤電話の受話器を取ってみたが、しかし、母は自分が一銭も持たずに飛び出してしまったことに気づく。そのとき、受付の女性が、これどうぞ、と十円玉を一枚差し出してくれたのだという。その十円玉で、母はいちばん近くに住んでいる伯母に電話をかけることができた。病院に行ったら、くれぐれもその女性に礼を言って、十円玉を返しておいてくれと言うのである。

わたしは、伯母の言うとおり貸衣裳屋に寄って、喪服に袖を通した。四年前の祖父の葬儀のときも同じように貸衣裳屋で喪服を借りたな、と思い出しながら。そのときの小さ目の服を終日着なければならなかった窮屈さがよみがえり、サイズの合う服を捜して何着か試着しているうちにわたしは思わぬ時間を喰っていた。電車を降りて歩き出してから、めざす病院が意外と遠いことにもあわてた。はじめての土地で道がわかりづらく、建物が見えてからも、なかなか近づけないもどかしさがあった。

ようやく病院にたどり着いたわたしは、ただちに父の死亡診断書を取りに来たと告げた。うかつなことに、そう言えば簡単に一枚の書類を渡してもらえると思っていた。ところが、一万円ちょうだいします、と言われて泡を喰ってしまった。財布のなかには一枚虎の子の一万円札が入っていた。わたしはしぶしぶそれを取り出して支払いを済ませると、死亡診断書を手に線路沿いの道を急ぎ足で引き返した。もはや電車賃にも足りない小銭しか残っていなかったからだ。薄暮の空を見上げながら、また、こんな道を延々歩かないといけないのか、と一年前の四月の彷徨の記憶がよみがえった。そして、ようやく文化住宅のある路地に差しかかったとき、あれだけ母に頼まれた受付の女性に礼を言うのをすっかり忘れていたことに気づいた。さすがに十円玉一枚ぐらいは財布に残っていたのだが……。

文化住宅に戻ると、葬儀屋が手配したらしく、階段の上り口に通夜の会場を示す標識が置かれ、黒白《こくびゃく》の幕が二階の外廊下の柵を覆い隠して垂れ下がっていた。祭壇がしつらえられた部屋を覗くと、すでに弔問客の姿がちらほらと見えた。隣の空き部屋に入ると、駆けつけた妹の姿もあった。

わたしは立て続けに自分のうかつさを知らねばならなかった。葬儀屋に言われるまで、自分が喪主であると知らなかったのだ。そう言われてからは、祭壇の横に控えて見知らぬ弔問客を迎えることになったが、思った以上のその数にわたしは驚いていた。この地で一年と少し父と暮らした母もそれは同じで、父の上司であった生命保険会社の支店長と同僚たちにも母は初対面だった。支店長は名刺を差し出し、母とわたしに型どおりの悔みを述べた。広い額から顎にかけて面長の顔全体がつるんとホーロー質のような光沢を帯びていて、年齢のわかりにくい顔つきをしていた。彼が率いてきた喪服の一団は、帰るときも一団となって帰って行った。

三々五々、服装もまちまちにやってきた弔問客のなかに、父の死に目に際会した人たちが混じっていた。商談の相手だった地元の商店主、喫茶店のマスターと居合わせた客。そして、父が人生の最後の一年を通いつめたスナックのママ、そこで親しくなった常連客もいた。どうやら彼らはみな顔なじみで、全員がそれぞれの店の常連客でもあるようだった。わたしは、母が顔見知りらしい人物にひときわ恐縮して礼を言うのを聞いていた。喫茶店に居合わせて、父の急をすぐ近くの母の職場に駆けつけて知らせてくれた人だった。派手なチェック柄のベストを着た人がマスターで、救急車を呼んでくれたのは彼だった。みな口々に悔みの言葉を言ってくれたが、父が喫茶店でも、スナックでも「おいちゃん」と呼ばれて親しまれていたことがわかった。

夜が更けて、遠方から来てくれた親戚は伯母の家に泊まることになり、通夜の席にいるのはわたしと母と妹の三人だけになった。三人がそろうのはひさしぶりだったが、話はおのずと父が倒れた前後のいきさつに及んだ。

父のことを知らせに来てくれたさっきの人は、よく職場まで知っていたもんだな、とわたしは母に聞いた。それはマスターが父から聞いていたからではないか。それに工場の事務所がよく喫茶店からコーヒーの出前を取っていて、場所もよく知っていたのだろう、と母は答えた。さらに、そうそう、と言って付け加えたのが、じつは父に生命保険会社の就職の口を紹介してくれたのもあの人なんだ、ということだった。

短い期間だったけれども、父が何かと世話になっていた人が偶然にもその最期に立ち会ってくれたわけで、父自身は苦しかったろうけど、これはこれで「功徳」なのかもしれない、とわたしは思った。ところが、妹が、葬儀屋さんはだれかが紹介してくれたの？　と聞いたのに対する母の答えは、そんなわたしの感慨を打ち砕いた。

——いや、それがな、ちがうんや。わたしが喫茶店に入ったときは、お父ちゃんは倒れてた。すぐに救急車が来て、隊員の人がお父ちゃんを担架で乗せてくれて、いっしょに乗ってくださいと言われて、わたしも乗った。ほんなら、後ろの両開きのドアが閉まりがけに、あの葬儀屋さんも飛び乗って来たんや。てっきり病院関係者や思てたら、着いて、お父ちゃんが間に合わんかったことがわかってから、じつはわたし、こういう者《もん》です、言うて名刺渡されて……。

母は、思い出してしまったことのせいでしばし泣いていた。

わたしは疲れ切っていたが、その夜ほとんど眠れなかった。

翌朝、わたしは寝不足の目をこすりながら、死亡診断書を持って市役所におもむいた。ただでさえ屍肉にたかるハゲタカのような葬儀屋に使い走りをさせられている気分なのに、その日が日曜日であることが余計に気を重くした。市役所玄関脇の警備員の詰め所に行って用件を告げると、通用口のドアを開けてなかへ入れてくれた。わたしは、一人だけいた職員が交付してくれた火葬許可証を手に足早に文化住宅に取って返した。前日の快晴と打って変わって、雨もよいの空だったのが、着いた頃にはとうとう降り出し、さらに雨脚は強くなるようだった。〝丘の上の四二間の家〟での祖父の葬儀の日も雨が降っていたことを思い出し、それから四年たらずでわが家が落ち込み、棹差したこの流亡の結末を死んだ祖父が知ったら何と言うだろうか、と思った。冥界の祖父は、そこに降りて来た父の所業にもう一度憤死するかもしれなかった。

わたしは寝不足のために相当ひどい目つきをしていたのだと思う。その目つきで葬儀屋の姿を認めるやいなや、ずっと眼《がん》を付けて——大阪弁で言えば、めんちを切って——いたので、ハゲタカというよりも鈍重なフクロウのような顔をした彼は、そんな視線に灼かれるのを感じたのか、葬式のあいだわたしのほうをちらちらと見返してきた。

狭い文化住宅の二間は、あっという間に会葬者で埋め尽くされた。そのあいだを割って入って来た四十がらみの坊さんが祭壇の前の座布団に坐った。近くの日蓮宗の寺に頼んでいるとは母に聞いていたが、その寺の住職らしかった。経を上げるために居住まいをただしている彼の横顔を間近に見たとき、わたしはだれかに似ていると思った。ただ似ているだけでなく、瓜二つと言いたいほど似ていると思ったのだが、それがだれだか思い出せない。疲れて神経が昂ぶっていたのかもしれない。どうでもいいことなのに、その刹那的な記憶の一閃にわたしは執着した。だれだったか、思い出そうとしているとき、読経が始まった。そして、その声を聞いたとたん思い出した。月亭可朝！　声まで、というか、声がまずそっくりだったのだ。ヒット曲「嘆きのボイン」のあの声で読経は続いた。わたしはまじまじとその五分刈りの頭、黒縁の眼鏡をかけた横顔を見た。ないのはちょび髭だけだった。ヘンに軽快なその声調は、しばらく聴いているうちに、思いがけず懐かしい感慨を呼び起こした。わたしが幼い頃、生家のでんとした金無垢の仏壇に向かって祖父にお勤めをさせられていた父のまだ若い読経の声と、それはだぶって聞こえてきたのだ。地の底から響いてくるような重厚な読経を唱えていた祖父はいい顔はしないだろうが、この経を聴きながら冥界に降りていくのは父の霊なのだ。目を閉じて聞いているうちに、かすかに涙がこみあげてきた。わたしは、父が亡くなってはじめて泣いていた。

葬式が終わると、葬儀屋がしゃしゃり出てきて、喪主になり代わりまして一言ご挨拶を申し上げます。本日は……と、やりはじめた。わたしはもう眼を付けるのにも疲れて、勝手にしやがれ、とそっぽを向いていた。

出棺の際は、喫茶店のマスター、父の急を母に知らせてくれたスナックの常連客の男性ほか、父がこの地で近づきになった人たちが柩を担ってくれた。黒いワンピースに真珠のネックレスを身に着けたスナックのママも軽く柩に手を添えてくれた。文化住宅の急な階段をそれは長い時間をかけて降りていった。わたしは、外廊下で〝可朝上人〟が父に授けてくれた戒名がしたためられた位牌を手にそれを見守っていたが、背後からだれかと話している母の声が聞こえてきた。振り向くと、奥まったところで母は痩せぎすの黒ずくめの老婆にさかんにお辞儀をしていた。どうやら大家らしかった。一見すると、老婆がお悔やみを述べている図だったが、聞えてきた彼女の言葉はそれを裏切っていた。

――うちから葬斂《そうれん》出すん、初めてなんやわ。ここ建ててもう十年になるけど……。他に三つ文化住宅持ってるけど、どっからも葬斂出したことないんやわ……。

老婆は同じ言葉を何度もしつこく繰り返した。喪服のように見えた黒ずくめの服もよく見ると普段着で、痩せガラスがいつまでも小うるさく啼いているようだった。

火葬場は、国道を東へ上がっていって、もう少しで奈良県境という生駒山系のふもとの霊園にあった。わたしは疲れて、うつろな目で一団とともに歩いていたにすぎなかったが、いよいよ火葬する段になって、係りの人間から、それでは喪主様、スイッチを押してください、と言われてはっとした。四角いステンレスのプレートの真ん中に嵌め込まれた真ん丸な赤いボタンが目の前にあった。わたしはしばしためらっていたようだ。係りの人間からもう一度うながされて、親指をボタンに添えた。そして、親父、と心のなかで呼びかけ、何かを念じようとしたのだが、言葉が出てこないままにボタンを押した。

七

新聞販売店の店長には必要なだけ休んでいいから、と言われていたが、葬式が終わったあと電話して、初七日が終わるまで休ませてもらうことにした。わたしたち家族の心づもりでは、初七日は親戚だけに集まってもらえばいいと思っていたのだが、意に相違して別に四人の人がふたたび文化住宅を訪ねてくれた。生命保険会社の支店長、喫茶店のマスター、スナックのママ、そして、父に再就職の口を紹介し、父が倒れたとき母にそれを報せてくれた常連客の男性だった。その日、あらためて父が世話になった礼を言い、相当の言葉を交わすことができたが、彼は地元では大店《おおだな》の酒販店の社長で、支店長の営業マン時代以来の顧客であることもわかった。頭は禿げ上がっていたが、精悍な顔つきで、いかにも働きざかりという感じがした。

〝可朝上人〟は、奥の六畳間の葬式の日と同じ場所に置かれた座布団に坐った。その前には骨箱と位牌を載せた床几とお供えの品があるばかりだった。葬式のときよりだいぶ短く感じられる経を上げおわると、彼は、かたわらの仏壇に目を止めた。〝丘の上の四二間の家〟の仏間に置かれていた仏壇だったが、軽く合掌した彼は仏壇のなかから祖父の位牌を取り出し、しげしげと見入り、頭のてっぺんから抜けるような声を上げた。

——ご立派な戒名でんな！

〝勧法院積徳日啓居士〟——それは、祖父みずから生前に郷里の菩提寺に頼んで作らせたという戒名だった。ちなみにわたしが生れる二年前に他界した祖母のそれは〝歓喜院妙道日倫大姉〟。対して〝上人〟が父に授けたそれは〝信教院日泰信士〟。「ご立派」というのは、ずばり値が張るということだっただろうし、こんな場末の文化住宅の一室の仏壇にある位牌に刻まれてあるにはふさわしくないということであったかもしれない。彼はそおっと位牌を仏壇に戻すと、もう一度合掌した。引っ越し以来、〝丘の上の四二間の家〟の座敷の長押に掲げられていた祖父の遺影は日の目を見ないままだったが、仏壇の奥の暗がりから眉間に皺を寄せた祖父が彼をねめつけているような気がした。わたしは、母と妹とともに階段の下まで〝上人〟を見送った。彼は、止めてあった信じがたいような真っ黄色のスクータに乗り、さっそうと走り去った。

部屋に戻ると、喫茶店のマスター、スナックのママ、酒販店の社長も帰り支度をしていた。

この一年、知らない土地で仕事を見つけるところから始めないといけなかった主人がひとかたならぬお世話になったうえに、丁重なお見送りをいただいて、ほんとうにありがとうございます。主人も喜んでいると思います、と母は礼を言った。

葬式の日と同じ服装で来てくれたスナックのママが感に堪えないように言った。

——わたしらも、これでおいちゃんと縁が切れてしまうとは思てませんし……これからもみんなが顔を合わせるたびに、おいちゃんのこと思い出すと思います。奥さん、たいへんやと思いますが、気ぃ落とさんといてください。

母は〝上人〟と訪問客全員に前もって昼食を打診していたが、支店長以外には固辞されていた。母の実家から足を運んでくれた伯父は、住職《おす》さんまで会食を断るというのは田舎では考えられないと驚いていたが、そういうわけで、支店長だけが親戚に混じって出前の寿司桶を囲むことになった。

昼食が終わって、遠方の親戚から順に家路につくようになっても支店長はまだ帰らなかった。怪訝に思いはじめた頃、彼はわたしと母を部屋の片隅に呼んで、じつは折り入ってお話しておかなければならないことがあるんです、と囁いた。伯母夫婦が帰って、わたしと母と妹だけになったのはもうすっかり日が傾いた時刻だった。支店長は、居間の座卓に正座するとわたしたちを見据えて口を開いた。

——お父さん、当社の生命保険に入っておられましてね。

見れば見るほど、その顔はつるんとしたホーロー質でできているようで、分厚い唇だけが生々しく動いている。

——一般向けとはちがう社員特典のある保険金一千万円の生命保険で、亡くなられる前の月に加入されたとこでした。お力落としや思うんですけど、こんなときのためにと、お父さんも入られたんやと思います。まさかこんな早う必要になるとは思ておられなかったでしょうけど……。一千万円というのは相当の金額ですし、受取人になっているお母さんには、早急に受け取りの手続きをしていただきたいと思いまして……。

あっけにとられているわたしを置き去りにして、彼はその必要な手続きについて述べ立てた。そして、二、三日じゅうに提出してもらう書類を送らせてもらうから、と言って立ち上がった。

支店長が帰ったあと、わたしと妹はほぼ同時に母に問いただしていた。母は、わたしや妹と変らないぐらい虚を突かれた表情だったが、だんだんいきさつが思い出されるようだった。父が倒れてからのこの一週間は、もちろんそれどころではなかっただろう。

父は前もって相談はせず、事後報告でそのことを母に告げたらしい。母は、まずその金額に驚き、父が早くも営業に行き詰って、成績の足しにするために自分からそんな保険に入らないといけないハメになってしまったのではないかと疑った。そうではない、と父は言い張った。普通にいまの自分がこれだけの金額の保険に入ろうとしたら、事前の診断で狭心症が引っかかってまず無理だ。社員だからこそ入れるので、こんなチャンスはないのだ、と。母は納得しなかったが、それ以上は言わなかった。いずれ自分にも同様の保険に入れと言ってくるのではないかと危惧しつつ……。

しかしそんな母の危惧も置き去りにして、何と父は一か月分の掛け金を払っただけで、ほんとうに自分の心臓を止めてしまい、一千万円という保険金を受け取る「チャンス」を母にもたらしてしまったのだった。わたしは、母の疑念はいくぶんか当たっていたかもしれないと思いつつ、父があの銭湯での発作のあとにその保険に入っているという事実に執着せざるをえなかった。父は三月の下旬にほぼ一年ぶりに狭心症の発作に襲われ、翌月生命保険に入り、さらにその翌月、卒然と逝ってしまったのである。

——自分はもう長くない。自分の死のときこそ、一家の苦の種となった自分のやくざな因果から自分自身と家族とを解き放つ千載一遇の「チャンス」としなければならない——そんな思いの影が、たとえ刹那であれ父の心の片隅をよぎることはなかっただろうか。

翌朝から新聞配達に戻らなければならなかったわたしは、その夜のうちにアパートに帰って来たが、さまざまな想いが交錯して、なかなか寝つけなかった。

それからは、毎週日曜日、朝刊配達が終わると文化住宅に帰るようにした。母は、円形脱毛症こそもう治っていたが、あまりにもいろんなことが身に降りかかって来たこの一年のあいだにいっぺんに年を取ったように見えた。

郷里の役場から戸籍謄本を取り寄せたり、市役所で住民票を交付してもらったりして、母が父の生命保険金を受け取る手続きを終えたのは六月のなかばのことだった。しばらくして支店長から電話があり、折り入ってわたしに話があるので帰宅される日にお邪魔したい、と言われ、次の日曜日には帰ってくると伝えたと、母から連絡があった。

その日曜日は、たまたま神戸の叔父が訪ねてくることになっていた。叔父の来意はわかっていた。わたしの大学合格をわがごとのように喜んでくれた叔父は、まただれよりもわたしの大学中退を残念がった。父が急死してからは、いつまでも新聞配達をしているわけにいかんやろ。ちゃんとした仕事に就いて、姉さんを安心させてやってくれ、というのがわたしへの決まり文句だった。だから当日、支店長がやって来て、母と叔父が同席するなか、折り入ってての話というのを切り出したとき、わたしは、まずい！　と思った。彼はこう言ったのである。

お父さんの跡を継ぐつもりで、ぜひわが社に身を投じてほしい。自分たちの仕事の仲間になってほしい――。

横に坐っている母と叔父を意識してか、ホーローの質を思わせる無機質な表情に似合わない大仰な言葉遣いにわたしは鼻白んだ。勘弁してくれよ、と思った。そして、叔父が渡りに舟とばかり、支店長に加勢してわたしを挟み撃ちするように喙をはさんでくるのではないかと身構えた。しかし、意外にも叔父は黙ったままだった。わたしはもちろん固辞したが、支店長に将来考えている職業の当てはあるのか、と聞かれても、しかとは答えられなかった。わたしはしだいに口数が減り、気まずい沈黙が訪れた。

――ほんまにありがたいお話なんですが、これぱっかりは本人の意向もありますし、義兄《にい》さんが亡くなったとこで気持ちの整理がついてないと思います。まだ若いんで、もうちょっと考えて、いろいろ試してみる時間を見たってください。

そのとき、こう言ってその場を収めてくれたのはほかならぬ叔父だった。

また寄せてもらいます、と、未練を残して支店長が辞去したあと、叔父はわたしの目を見ながら、えぇか、よう聞けよ、と言った。

支店長は、みすみす払わないといけない父の一千万円の保険金を少しでも取り返したいと考えている。わたしを社員にすれば、まずわたし自身と母、そして父の葬式に参列していた伯母夫婦や叔父夫婦、いとこたちなどのなかから保険に入ってくれる親戚が何人か見込めるだろう。そういう皮算用あっての就職の勧奨なのだから、うかうかと乗ったらあとで自分の首を絞めることになる。ここは丁重にお断りしたほうがいい——。

支店長の話に乗るつもりはもとよりなかったものの、叔父の言うのを聞いて、なるほど、そういうものか、と思った。

七人きょうだいの末っ子に生まれた叔父は、おしゃべりな姉たちと対照的におっとりした性格で、伯父に似てどちらかと言えば寡黙だった。高校を卒業して、神戸の従業員百人ほどの紙器を製造販売している会社に就職し、実直に工場勤めを続けていたが、そんな叔父がこうした世知辛さを見透かした言葉を発するのをはじめて聞いた気がした。普段寡黙な人があえて何かを語ろうとするときは、耳をそばだてないといけない——わたしはそんなことを思った。

結局、母が掛け金を前払いする形で相応の生命保険に入ることになり、一千万円の保険金からその掛け金が差っ引かれた金額が母の口座に振り込まれた。それを以て、支店長からの就職の話は沙汰止みとなった。

しかし、水際立ったように見える父の死にざまは、けっして「立つ鳥跡を濁さず」というわけにはいかなかった。

やっと父の保険金の受け取りにケリがついた頃、例によって日曜日に帰ると、母は気になる事実を伝えた。このあいだ生命保険会社の元同僚が訪ねてきて、職場の机とロッカーに残っていた父の私物を届けてくれたのだが、上がってもらって礼を言うと、たいへん申し上げにくいのですが、とその中年の保険外交員は、じつは父に五万円ほど用立てていたと切り出した。母は、とまどいながらも恐縮して、その場でぎりぎり持ち合わせていたその金額を返済したというのだ。貸した金の取り立てだけでは来づらかったので、私物を届けに行くことにかこつけたのだろうと、わたしは思った。そのことがあってから、念のために貯金通帳をあらためた母は、昨夏からエアコンと洗濯機を買うためにコツコツへそくりしていた金額がほぼ引き出されてしまっていたことも発見した。いずれも父が酒代に費消していたにちがいなかった。

しかし、そのときはまだ父の突然の死が起こした「濁り」はわずかなものに見えた。初七日に来てくれた、この地での最後の一年に父が親しんだ三人、とりわけスナックのママの存在はその圏外にあった。彼女の存在がわたしの眼に大きな影を投げかけてきたのは、父の四十九日の直前だった。

わたし自身は新聞配達のために行けないことになっていたが、四十九日は納骨をかねて、郷里の菩提寺で、〝庚太のおいさん〟や〝小春のおばさん〟や葬式に来られなかった父方の親戚に集まってもらって行うことになっていた。その二、三日前にスナックのママが供物を手に訪ねてくれたと母から電話があったとき、わたしは違和感を覚えた。熨斗紙は彼女と喫茶店のマスター、酒販店の社長の連名になっていたという。一年ほどのつきあいで四十九日まで供物が届けられるというのは、父は過剰に送られているという気がした。わたしはそのときはじめて、父が通いつめていたスナックという場所が、わたしや母が窺い知れない関係の糸で父をからめとっていたのではないかという疑念にとらわれた。父が同僚から寸借を重ねたり、母のへそくりをくすねたりして、そこに通っていたとすれば、店にはそれ以上のツケが残っているのではないか。

わたしは、初七日の日にスナックのママが帰り際に残した言葉を思い出していた。

――わたしらも、これでおいちゃんと縁が切れてしまうとは思てませんし……。

「縁が切れることはない」？……考えれば考えるほど不可解な言葉に思えた。一度結ぼれてしまった因果の糸は二度と切れない、ということなのか。

父は失業手当をもらいながら、たぶん喫茶店のマスターに誘われてこのスナックに通いはじめ、そこで酒販店の社長と近づきになって、再就職の口を紹介された。父にとって酒販店の社長はいうまでもなく生命保険会社との接点だが、彼はスナックの常連客であると同時におそらく店に酒類を卸す業者でもあるはずだ。わたしのなかで、風が吹けば桶屋が儲かる式に、喫茶店のマスター～スナックのママ～酒販店の社長～生命保険会社の支店長という因果の糸がつながっていった。そこに何かあるのではないか、と思わざるをえなかった。何が起こるか、わからない――父がすでに何かをしでかしてしまっているか、いまのわたしにはわからない、という声が、そのとき耳鳴りのように頭のなかで聞こえはじめていた。

四十九日が過ぎて最初に文化住宅に帰って来た日曜日、わたしは帰るなり、母に元同僚が届けてくれたという父の私物を見たいと言った。何か手がかりになるものがないかと思ったのである。母は茶箪笥の抽斗から封筒、押入れから小ぶりな黒いトランクを取り出してわたしの目の前に置いた。

トランクは時代物と言っていいような古いもので、A4の書類がぎりぎり入るサイズ、厚みも十センチなかったが、こちらの視線を吸い込む、光沢のない真っ黒で巨大な磁石のような表面が不気味だった。留め金を開けようとしたが、鍵がかかっていた。封筒をさかさにすると、万年筆や手帳などに混じって鍵が出てきた。わたしは、すぐには開けようとしなかった。試しに持ち上げてみると、手にずっしりと重みが伝わってきた。とっさに何百ページものルーズリーフが頑丈なバインダーで綴じられた、表紙も背もすべて布張りの帳簿が入っているのではないか、と思った。わたしが小学生のとき、生家の呉服屋で祖父との諍いのすえに父がマッチで火をつけようとして三和土《たたき》に落とし、ページが散乱したあの帳簿。〝丘の上の四二間の家〟の広縁で座卓の上に広げ、必死の形相で父が偽装工作に身を削っていたあの帳簿。それらに連なる、さらなる未知のページが重ねられた帳簿が？　いや、父はもうそんな帳簿に延々と金額を書き連ねることを必要としない仕事に就いていたはずだった。

わたしは頭《かぶり》を振って、食卓の上にトランクを横たえ、深く一息ついた。

だとすれば、いったい何が入っているのか。達筆が自慢だった父が封筒に入っていた万年筆で署名した、得体の知れない借用書のたぐいが束になってとぐろを巻いているのか。

どくんどくんとこめかみで脈動が打っているのがわかった。わたしは、そっと鍵を差し込み、留め金をはずし、トランクを開けた。

ポケットがまったくない、シンプルな箱型の内部に分厚い冊子が二冊と、黒いファイルが一冊入っていた。冊子の標題はそれぞれ「保険料表」、「企業体開拓はこの手で～支部長必携～」と印字され、父の自筆の署名と捺印があった。ひととおりページをめくってみたが、借用書のたぐいや気になる書き込みも見当たらなかった。ファイルにはさまざまな保険のパンフレットのたぐいが入っていた。

何だ、これは。私物ではなく、会社に返さないといけない資料、しかも二冊の冊子は社外秘ではないか。これを持ってきた元同僚は、父に寸借を重ねられて溜まった借金を取り立てるのに頭がいっぱいで、トランクのなかをあらためなかったにちがいない。

私物と言える手帳も最初から最後まで目を皿のようにしてページをめくってみたが、ダイアリーとしてのメモ以外の記述は見られなかった。

ほっとして体から力が抜けていくとともに、わたしは疲れに浸されていた。

その疲れのなかで、しかし、こうなったらスナックに出向いて、もし父が何かをしでかしてしまっているなら、その何かを突き止めるほかないと思った。ひょっとしたら、わたしたち一家が落ち切った奈落の底のさらに下方に口を開けたクレバスに落ち込んでいった父の素っ裸にひんむかれた貧しい肉体は、わたしや母や妹を見えないザイルで結んでしまっているのではないか。そして、地上ではわたしたちの手足が支えられたそれも、クレバスに吸い込まれるや無類の重力をいや増して、わたしたちももろともその底なしの暗黒へと引きずり込もうとしているのではないか——だとすれば、わたしは何としてもそのザイルを断ち切らねばならなかった。

父は、わたしや母の勧めに耳を貸そうとせず、スナック通いのなかで親しくなった地元に顔の利く常連客の紹介で生命保険会社に職を得た。そして、その店でできた人脈をたよって営業もしていた。酒席で景気の悪い話をするのを嫌って狭心症の発作のことまでしゃべらなかったかもしれないが、父のことだ、酔った勢いで一千万円の生命保険に入ったことも口を滑らせたのではないか。少なくとも、就職の口を紹介してくれた酒販店の社長、スナックのママ、商談の場所を気軽に提供してくれた喫茶店のマスターの三人には黙っているほうが不思議なぐらいだ。そんなふうに疲れた頭に去来する想念に身を任せているうちに、いや、ひょっとしたら、と、深みにはまるようにある疑念が兆してきた。社員特典で入れる一千万円の生命保険のこともスナックで酒の肴にして呑んでいて、その場のノリで彼らから勧められ、本当に加入することになってしまったのではないか。いったんそう疑うと、そっちのほうがはるかに父がやらかしそうなことに思えてきたのである。

——これでおいちゃんと縁が切れてしまうとは思てませんし……。

ママの、はにかんだような、含みのあるような、どこか不透明な表情が思い出された。まさか父は彼女とただならぬ仲になっていたのではないだろうな。一瞬、脳裏にテレビの安っぽい犯罪ドラマの筋書きのごときものがひらめいた。いや、まさかそんなことは……と即座に掻き消したものの、父が何をしでかしているかわかったものではないという疑心暗鬼だけは消えなかった。

この地に流れてきて、突然命を落とすまで一年と一か月。生命保険会社に再就職してからは八か月弱。結局、その間も父の「病気」は途切れることなく続いていたのだろうか。その前の十年間という潜伏期間に比べると、あっという間の時間だったが、父の再就職から生命保険への加入、そして喫茶店で倒れて救急車で搬送されるまでの過程にかかわった——あのホーロー質のような肌をした支店長の瓜実顔、救急車に乗り込んできたという葬儀屋の鈍重なフクロウ顔も含めた——すべての人たちの顔が次々と、まるでわたしたち家族を騙ろうとする一蓮托生の登場人物のようにわたしのなかで現れては消えた。

父がすでに何かをしでかしてしまっているのか、それとも、わたしの取り越し苦労にすぎないのか。いずれにせよ、もうスナックに出向いてママに問いただしてみるしかないと思えた。そこが、どうであれ父の「病気」が最後に流れ着いた場所なのだとすれば……。

スナックを訪ねたのは、伯母夫婦と叔父だけを呼んで〝可朝上人〟に経を上げてもらったささやかな父の初盆を終えて、しばらく経ったある暑い日曜日の昼下がりだった。わたしはそのことをだれにも話さなかった。とりわけ母には黙って行かねばならないと思っていた。もし想像もできないような何かをしでかしたまま、ひとり父が暗黒のなかに墜ちていったのだとしたら、何であれ母はその事実を受け止められないだろうと思われた。やっと円形脱毛症も癒えて落ち着きを取り戻した母に、それはもはや回復不可能なダメージを与えるにちがいなかった。

その二、三日前にわたしは父が持っていたスナックのマッチにあった電話番号にダイヤルし、ママに折り入って話があるので伺いたいと伝えた。彼女はこちらから出向きましょうか、と言ってくれたが、わたしは母には内密にしたいので、できればそちらに伺いたいと言った。その日の午後は開店までずっと店にいるとのことだった。マッチに記された住所を確認し、彼女が電話で教えてくれた道順を行くと、歩いて七、八分ほどでスナックの入っている雑居ビルに着いた。国道沿いの大手スーパー手前の呑み屋や飲食店の立ち並ぶ一角だった。階段を上がると、スナックやバーが軒を連ねる二階のなかほどにその店、〝スナック千秋〟はあった。ドアを開けて入るなりママと目が合った。彼女はにこやかにわたしを迎えて、テーブルはいまもろもろ備品を置いているので、と奥まったカウンター席に導いた。そこは父がいつも坐っていたスツールだとも言い添えた。店内は冷房が効いていて、有線放送のものらしい歌謡曲が小さなボリュームで流れていた。

カウンターのなかに入ったママはビールを勧めたが、わたしは遠慮した。そして挨拶もそこそこに、じつは、と用件を切り出した。

お恥ずかしい話だが、父が会社の同僚に借金していたり、家の通帳から金を引き出したりしていたことが少しずつわかってきた。ついては足しげく通っていたお宅にも相当のツケが残っているのではないかと心配している。通夜以来何度も家に来てもらいながら、うかつなことにいままで思い至らなかった。もしそうなら、この機会に清算したいので、遠慮なく言ってほしいのだが……。

もとより駆け引きめいた会話などよくするところではなかったし、愚直に問いただすほかわたしには能がなかった。

ママは、冷たい麦茶と、やはり同じぐらい冷たいおしぼりを出してくれると、わたしを見つめ、お兄ちゃん、しっかりしてるな、と言った。顔にはいままで見たことがない笑みが浮かんでいた。切れ長の目と、どちらかと言えば下ぶくれの顔に厚化粧。それが彼女の印象だったが、笑うと愛嬌のある顔になった。わたしは、しかし、奇妙な居心地悪さを感じていた。通夜の弔問客として、葬式の参列者として喪服をまとった姿しか知らなかったわたしには、白く大きな水玉模様の明るいブルーのワンピースにネックレスを煌めかせた彼女は別人になっていた。しごく当然のことながら、店にいるときの彼女はママとしてわたしに接していた。お兄ちゃん、と呼ばれた瞬間にわたしはそれを感じた。ここは彼女のホームグラウンドであり、主導権は彼女にあるのだった。

――新聞社に入って駆け出しの記者やってるっておいちゃんから聞いてたけど、やっぱりお兄ちゃん、しっかりしてるわ。

ママにこう言われたとき、わたしはさほど驚かなかった。父が息子のことを聞かれて、わたしがその朝夕刊を配達していた大新聞社の記者をしているとホラを吹いていたのだろうと、ピンと来たからだ。いかにも父が酒の肴にしそうなホラ話だった。髪の毛はぼさぼさ、Tシャツに剥げちょろけたジーンズという恰好のわたしを見れば、それがホラであることは察しがついたはずだが、ママの眼は父の話をまったく疑っていないかのような光を帯びていた。いや、それは親父の酔余のホラ話で、と否定するのも野暮な気がして、わたしはあいまいに苦笑いしながら、麦茶の入ったグラスを口に持っていった。

ママはわたしの尋ねたことになかなか答えてくれなかった。わたしの顔を見ながら、とりとめもなく父のことを語った。その様子は、わたしの問いに答えることを遠まわしに避けているようであり、思い出されるかぎりの父のことを語るのがわたしを歓待することだと考えているようでもあった。真っ赤な口紅を塗った唇のあいだから流れ出てくるその言葉がどこに向かおうとしているのか、わたしはわかりかねていた。

しかし、ママがわたしが問いただそうとしたことを無視しようとしているのではないことは、しばらくしてわたしが、あのう、とそのことに触れようとしたときにわかった。彼女は、わたしの言葉をさえぎるように言った。

——あのね、お兄ちゃん。わたしもう、それはおいちゃんへの供養や思て、黙っとこと思てたん。

そう言うと、ママはうつむいてカウンターに視線を落とした。わたしは少しのあいだ言葉が出てこなかった。いまのいままで自分のなかで鎌首をもたげた猜疑がいかに彼女に毒を吹きかけていたか、それを思い知らされ、目のやり場に困った。わたしは、この際、父の恥をさらすことになることも言わねばならないと思った。そもそもここへ来たのも、ツケを払うためではなく、その裏に口を開けているかもしれない暗黒を突き止めるためなのだから——。

じつは、父はこの土地に越してくるまでいくつかの大きな金銭上の不祥事を起こしてきた。郷里の家と、そのあと越した先で建てた家と、二軒の家をそのために手放すハメになって、この土地に流れてきた。そんな父でも縁あってここで再就職でき、ここで突然死を迎えることになった。ほんとにあっという間のことで、まさかおかしなことをしでかしていないとは思うが、家族としては、せめて死んだあとはお金のことはきれいにしておきたいと思って、今日はお邪魔した。

ここまで一語一語うなずきながら聞いていたママにわたしは最後の念を押した。

——そやから、お心遣いはほんとにありがたいんですが、お店のツケはぜひ払わせてください。

言いおわったあとも、彼女はわたしの言葉を反芻するように黙ったまま何度もうなずいていた。

――ふうん、おいちゃんがねぇ……。

そう言うと、ママは聞こえるほど長くひとつ吐息をついた。そして、きっぱりした口調で、お兄ちゃん、わかったわ、と言い置いて、背中を向けると一度奥へ引っ込んだ。戻ってきた彼女は、おいちゃんは毎月月末にはきちんと払うてくれてたから、ツケいうても最後の五月分だけなんや、と言って金額が記された小さな伝票をカウンターの上に置いた。その額は意外なほど少なかった。これだけでええんですか？　わたしは思わず念を押していた。彼女は無言で大きくうなずいた。

支払いを済ませると、知らないうちにわたしを身構えさせていたこわばりが体から融け出ていった。これで終わったのか？　終わったのだとすれば、何ともあっけなかった。父がわたしが知る由もない致命的な何かをしでかしたまま逝ってしまったのではないかという猜疑にとらわれ、その致命的な何かの筋書きをママや二、三の常連客が、スナックの蠱惑的な暗がりで語らいながら操っているかのような幻影をふくらませたあげく、わたしは独り相撲を取っていたにすぎなかったのか。

少しく放心状態だったわたしの前にビールの中ビンと新しいグラスが置かれた。せっかく来てもろたのに、麦茶だけというわけにはいかんやろ、とママは言った。彼女が注《つ》いでくれたビールはよく冷えていた。当時のわたしは、父の酒癖をきらってまったくと言っていいほど呑まなかったのだが、グラスいっぱいのビールを一気に呑みほした。ママはまた奥に引っ込んだようだった。わたしは次の一杯を注ぎながら、こんなにビールが美味いのなら、一度ぐらい父と酒を酌み交わしておくべきだったなと思った。父の坐っていたスツールで呑んだから、そんなことを思ったのだろうか。

カウンターに戻ってきたママは、まだ渡してなかったねえ、と名刺を差し出した。真ん中に〝宮永千秋〟という名前が記されていた。自分の名前がお店の名前なんですね、と言うと、彼女は、持ってきた自分のグラスにもビールを注ぎ、わたしもちょっと身の上話してええかな、と話しはじめた。

〝宮永千秋〟という名前は、じつはママ自身の名ではなかった。四国の田舎から大阪に出てきて、水商売の世界に入り、ミナミは宗右衛門町のキャバレーに勤めていたときにもっとも親しかった同僚の名だという。彼女は店いちばんの売れっ子で、ホステスとしてはぱっとしなかった自分をいつも助けてくれた。美人で、優しくて、だれからも好かれた。いつか独立して店を持ったらいっしょに手伝ってね、といつも言ってくれていたのだが、不幸にも若くして病魔に侵され、夢をはたすことなく世を去った。ママは苦労のすえ、この地で店を開くことになったとき、迷わずこの薄命の友人の名を名のることにした。

――わたし、千秋ちゃんになったつもりで店に出ることにしたん。千秋ちゃんになれるわけはないんやけど、せめていっつも千秋ちゃんがいっしょにいてくれるつもりで……。

人は別のだれかに成り変われたりするのだろうか。わたしは〝宮永千秋〟といういまは亡き女性の面影を想像した。自分はそんなことを考えたこともないが、自分自身が自分という存在から脱皮するように別の何ものかに変身していくことはありうるはずだ。わたし自身が現にそんなふうに新聞配達員へと豹変したのだし、いまも新聞配達をしながら、いずれまた何ものかに変身していくことを漠然と信じていた。自動車の修理工でも、生命保険の外交員でも、そして新聞記者でもない、いまはまだわからない何ものかに――。この変身を信じている点で、じつはママとわたしとは同じ夢を見ている、とさえ言えるのではないだろうか。

しかし、最後にわたしには問いが残った。それははたして父の子としての自分という存在からも脱皮してしまう夢なのだろうか？

ママがカウンターに二本目のビールを置く音でわたしは我に返った。

――それで、ママさんの本名はなんていうんですか？

わたしはごく軽い気持ちで尋ねた。

知りたい？　と、彼女はビールを注ぎながらいたずらっぽい笑みを浮かべた。そしてカウンターの上に置いたままの名刺を裏側にすばやくペンを走らせると、わたしに渡した。そこには〝大熊房江〟と書かれていた。

——おおくま、ふさえ。学校の時分は、くまえ、て呼ばれてた。可笑しいやろ！

そう言うと、ママはけたたましく笑いはじめた。わたしもつられて笑った。千秋、じつは、くまえ。たしかに〝スナックくまえ〟では客は敬遠するにちがいない——そう思うと、笑えてしようがなかった。笑いがようやく収まってから、こんなに笑ったのはひさしぶりだと気がついた。

ふと腕時計を見ると、もう二時間が過ぎていた。まだ昼間なのだが、体は夜のほうに傾いている気がした。酔いが少しずつ意識を攪拌しているようで、父がよく、昼のビールはよう回る、と言っていたことを思い出した。

トイレに立って、スツールに戻ってきたわたしは、大事なことをまだママに告げていないことに思い至った。父の生命保険のことだ。この期に及んで、そのことを黙ったままでいることは彼女に不義理な気がした。

わたしはママに父は仕事の話をしていたか、と尋ねた。彼女はすっかり砕けた調子で、おいちゃんがここで仕事のことなんか言うかいな、と答えた。

——マスターと楠屋さんと、どうということもない話で盛り上がってたわ。とにかく、だれとでもすぐ仲ようなるんがおいちゃんやった。

楠屋というのは、例の酒販店の屋号らしかった。まず喫茶店のマスターと近づきになり、次に楠屋の社長とも顔なじみになり、さらに二人を介して他の常連にも迎え入れられ、父は店の常連客の環に加わったのだという。どうやらママが言うように、父はほんとうに、近づきになったなじみ客とおもしろおかしく語らって呑むためにこのスナックに通っていたらしかった。酔いの回りはじめた頭で、わたしは、父の最後の日々に向けていた自分の誤解と猜疑を振り払い、もう一度あたうかぎり正確にこのスツールで過ごした父の時間を想像しなおそうと努めた。

薄氷を踏む思いで帳簿を細工して帳尻を合わせる毎日。それを忘れるために酒に逃げ、しかし酒気が抜けていくにつれ、いやでも自分のしでかしていることの取り返しのつかなさが素面を蒼ざめさせ、やましさがつのってくる。それを忘れるにはさらに深酒をあおらなければならない。郷里の呉服店で祖父に隠れて売り上げをくすねたり、月の半分を菓子のセールスで出張しながら、売り上げのノルマに追われて帳簿の偽装に手を染めてしまったり――悪事の連鎖にはまっていく自分を忘れたいと沈んでいった二十年来のまずい酒の泥沼から解き放たれて、父は、このスツールで混じりっ気なしに酒を酌み交わす喜びを味わっていたのではないか。たとえそれが弱りきった心臓に止めを刺すことになってしまったとしても……。

わたしは重たくなってきた瞼を開けて、ママに最後の質問をした。父が再就職した保険会社の生命保険に入っていたこと、知ってました？

ママはきょとんとした顔で、いいやと言うように無言で首を振った。わたしは言った。

――……それがね……親父は三月に狭心症の発作に襲われて、四月に生命保険に入って、それで五月にほんまに死んでしもたんですわ……。

まあ！、と大きな口を開けたまま、しばしのあいだママは切れ長の細い目を精一杯見開いた。そして大きな声を上げた。

――おいちゃん、最後に体張って帳尻合わせたんやわ。お見事！　お見事！　言うたげなあかんわ。

お見事！――か。こんな快哉を父に呈してくれる人は、この人を措いてないな、と思った。わたしは、火葬場で点火スイッチのボタンを押す直前、親父、と心のなかで呼びかけて出てこなかった空白の言葉を教えられた気になっていた　――お見事！　しかし、それを彼女に伝える言葉を探す前に自分の体が重みを増すのを感じた。ずっと眠れない日が続いていたためだろう、眠気は安堵とともに急に襲ってきた。放っておくとカウンターのほうに頭を垂れる姿勢になった。

わたしは、両肘をつき、両の掌に頭を乗せてうつらうつらしていたようだ。突然ママの声が響いた。

――お兄ちゃん、エルヴィス・プレスリーが死んだんやて！

顔を上げると、いつのまにか店内にはラジオのFM放送が流れていて、訃を伝えるＤＪの声が聴こえてきた。

そうか、プレスリーが死んだか、と思った。ふたたび頭を両の掌に乗せ、目をつぶり、そうか、父は、プレスリーが亡くなった年に死んだんだな、と思った。いや、逆だ。父が死んだ同じ年にプレスリーも亡くなったんだ、と考え直していると、「好きにならずにいられない」の艶のある歌声が聴こえてきた。ママが、この曲好きなんや、と言って、ハミングする声も聴こえた。わたしは、しかし、もう両肘を崩して、自分自身の重みでカウンターに突っ伏していた。まだ昼なのかもう夜なのか知らないが、とにかく心地よいほど眠かった。そのうち、かすかにアップテンポの歌が聴こえてきた。ママがボリュームを絞ったようだった。

ああ、この曲も聞いたことがある。えっと、何という曲だったか……思い出せない……そうだ、「サスピシャス・マインド」だ……we can't go on together with suspicious minds……わたしはいつしかカウンターの上で液体へと溶けていくように眠りに落ちていった。

棲家の空《うろ》

一

父が亡くなった年の暮れ、わたしは新聞配達を辞めて、文化住宅で母と暮らすようになった。年が明け、松の内を過ぎた頃から就職活動に本腰を入れようとしたが、さて、どんな仕事を探すかは自分でも雲をつかむような感じだった。ときどき訪ねてくる伯母が、冬のボーナスが出たあとの一月、二月は人が動くので求人も多いはずだから、選り好みしなければそれなりの仕事が見つかるだろう、と励ましてくれても、どこかうつろな気持ちだった。たしかに日曜日の新聞の求人欄を広げると、見開きいっぱい求人広告で埋めつくされていた。しかし、父のために運転手の口を探したときのようにのめり込むことはなかった。

ひとつは、父が家族にもたらした名状しがたいまでにめまぐるしく狂おしい一年——不祥事の発覚に始まり、その急死を経て、思いがけない生命保険金の受け取り、うらはらな借金の疑惑が晴れるまでの一連の顛末——がようやく過ぎ去り、わたし自身の気持ちがいわば位置エネルギーを失って、ヘンに落ち着いてしまったということがあった。学生でもなく、働いてもいない、どこにも帰属していない人間。世間的に見れば、わたしはまったきゼロのごとき存在であり、普通ならそんな状態から抜け出そうともがくのだろうが、そのときのわたしにとって、ゼロたることは白紙の解放感そのものだった。理由はあきらかだった。その前の一年間、父の掘り進んだマイナスの世界にすっかり心身を浸されていたのだから——。

そんなありさまだったから、求人先に履歴書を送る際にも、求人されている仕事そのものへのプラスの動機をあまり見出せなかった。求人広告の大部分を占める営業とか技術職とか接客業とか、端《はな》からできない職種を消去していって、残った職種から何とか狙いを定めていく。仕事の内実がよくわからない職種に応募したこともたびたびあった。「残念ながら、今回は貴意に添えません。云々」といった一文を添えて履歴書が返ってくるのが七割がた、あとの三割は面接には呼んでくれるのだが、いそいそと面接を受けに行ったあと、しばらくして、似たり寄ったりの文面の不採用通知が届くのは同じことだった。とはいえ、そんなふうに繰り返される不首尾にわたしが落胆することはなかった。わたしはめぼしい求人広告を色鉛筆で囲んでは、次々と履歴書を書き、発送した。

履歴書は必ず返送されてくるわけではなかったので、返ってきた分に貼られた顔写真は貴重で、慎重に剥がして使いまわすことになった。そうしてルーチンのように履歴書を書き、送り、ときたま面接に出かける。その一連のことをわたしは粛々といってもいい仕方で励行したが、それは、面接に行きがてら、いつのまにか面接以上の関心で映画館通いに精出すようになったからだった。梅田、堂島、淀屋橋、北浜、難波、天王寺と、面接先の会社の所在地に近い映画館の上映作品をつねに携帯していた〝ぷがじゃ〟と略称されていたB６判の情報誌で調べ上げ、ときには目当ての映画の上映時間に合わせてそそくさと面接を済ませるようなことさえして、映画館に駆け込んだりしていた。細かな活字でびっしりと埋め尽くされた、作り手の無名のエネルギーではちきれんばかりの〝ぷがじゃ〟の小さな誌面をわたしは隅から隅まで愛読した。たしか、まだ無名だった中島らもも執筆陣の一人として健筆を振るっていたはずだ。この、ほんとうに小さな情報誌をわたしは偏愛し、それは、職探しをしていた一年に満たないこの期間、新聞配達をしていなかった大学の二、三回生の二年間に続いて、わたしを憑かれたような映画館通いに駆り立てた。

まさに白紙の解放感を貪っていたといってもいいのだが、しかし、そんな状態が長続きするわけもなかった。伯母が言っていた「人が動く」時期はとうに過ぎ、新聞の求人数も減っていった。五月になっても色よい返事の届かないことに母も眉を曇らせるようになった。実際、こんなにも空振りが続いたのは、映画館通いにかまけて、身を入れて面接に臨んでいなかったせいもあるのだが、当時のわたしは自省することを知らなかった。市内の職業安定所にも出向いて相談に乗ってもらったらどうか、と伯母に勧められ、一度足を運んだことがあったが、居丈高なおっさん職員の尋問口調の応接に辟易し、二度と行くことはなかった。そんなとき、母が返されてきた履歴書を何気なく見ていて、わたしの致命的な落ち度を発見した。当時の履歴書は署名欄の横に捺印欄があったのだが、何とわたしは印鑑をさかさまに押していたのである。しかも、「志望動機」欄には「新聞の求人広告で見たから」などと、しゃあしゃあと、投げやりに書いている。二、三通立て続けにそれを見つけた母は怒りを通り越してあきれかえっていた。もう五十通以上履歴書を書いていたわたしは、すっかり習熟した気分でせっせと書いては、一丁上がり、とばかり流れ作業のように送りつづけていたのだった。さすがに襟を正して、仕切りなおさないわけにはいかなかった。白紙の解放感からようやく目が覚めた時だったかもしれない。

そんなこんながあって、季節がひとつ巡っていった。梅雨が明けた盛夏、わたしはある印刷会社に面接に行った。なかなか返事が来ないので諦めかけていたところ、世間では盆休みに入る直前だったろうか、思いがけず採用したい旨の電話があった。その会社は、日刊の求人誌の印刷とともに、付随して編集作業の一部も請け負っていた。わたしが応募し、採用されたのはその編集に関わる仕事だったが、部署の責任者との面談に呼び出され、九月から出勤することになった。

編集といっても、仕事は単純きわまりないものだった。昼前あたりから夕方、夜にかけて、発行元から求人広告のフォーマットに手書きされた原稿がファックスで文字通り山のように送られてくる。そのかたわらでは写植機に向かう数人のオペレーターが待機していて、原稿が届くそばからいっせいに印字を始める。いったんこれが始まると、昼休みを除いて原稿を打つ写植機のかしましい合奏が止むことはなかった。わたしの仕事は、打ち上がった印画紙をコピーした校正紙と原稿を突き合わせ、誤植に朱《あか》を入れることだった。一枚の校正紙に七、八件の求人広告が印字されていて、三、四人の同僚と同時に校正し、終わると、その場で見せあい、朱字を集約する。むろん初校校了である。この作業を終日ひたすら繰り返す。直しは版下で確認し、済みしだい順次割り付け、ページがまとまったものから大急ぎで下版していく。こうして毎日毎日、二、三百ページもの求人誌を作っていく流れ作業のなかのひとつの歯車として、わたしは処《ところ》を得ることになったのだった。

仕事そのものに面白味はなかったが、同僚にも自然に溶け込めたので、どうにか続けられそうだった。給料は安かったが、食べていくぶんにはとりあえず不足はなかった。ところが、一カ月経った頃から繁忙期に入り、帰りが終電という日が続くようになった。会社は伊丹空港の東側ほど近くに位置し、最寄りの私鉄の駅から電車に乗り、二回乗り換えて、大阪の東のはずれの文化住宅に帰りつく頃には日付が変わっていた。はじめて通勤生活を始めたわたしにとって、これは大儀だった。疲れ切って本を読む気力も時間もなくなり、こんな暮らしが続くのはたまらないと思った。そこで考えたすえ、十月の終わり、会社まで歩いて二十分ほどのところに適当なアパートを見つけ、わたしはそこに単身引っ越すことにした。

こうして、三人になったわたしたち家族はまたしてもばらばらに暮らすことになった。

新聞配達をしていたとき同様の簡単な家財道具に父が乗り回していた後ろに籠のついた自転車を加えただけで、わたしはまたアパート暮らしを始めた。職場のファックスに送られてくる原稿量はますます増え、午前零時をだいぶ過ぎてからようやく退社する日も珍しくなくなっていた。自転車で通勤するようになったわたしは、ある真夜中、電球《たま》切れのため無灯火でアパートに帰る途中、やはり自転車でパトロール中の二人組の警官に職質をかけられた。よりによって街灯のない川べりの近道を急いでいたところを、いきなり懐中電灯の光を浴びせられ、制止されたのだった。懐中電灯を持ったほうが光をわたしの顔に当てたまま正面に立ちはだかり、もう一人がすばやく後ろに回った。なるほどこうやって退路をふさぐのか、と妙に感心したりもしたのだが、幸いわたしはかつての父のように酔っぱらってはいなかったので、適当に言い抜けることができた。そんな椿事も交えながら、ヘビーな残業をどうにかこうにかこなすなかで年は明けていった。残業手当はほぼアパートの部屋代に消えていった。

二

伯母が一枚の新聞のチラシを手に、耳よりの話だと声を張り上げて、母のところにやってきたのは、その年の春先のことだった。何事によらず目端が利き、世間の情報にアンテナを張っていた伯母は、ある建売住宅の広告を持ってきた。それは、文化住宅のある駅から大阪方面へ一駅戻ったところに造成された宅地に建てられた二十戸ばかりのなかの一軒だった。一足先にローンを組んで建売住宅を買い、住みなしていた伯母は、その物件がとびきりの掘り出し物だと力説した。せっかく父が残してくれた保険金は家を買うときのために絶対に手をつけないほうがいい。母の顔を見るたびにこう言っていた伯母は、その日、その保険金で買うべき家を見つけたとチラシを振りかざしてやってきたのだった。伯母はすでにその家を実見したうえで来ていて、母に、今度いっしょに見に行こうとまで言った。そして、わたしがその話を聞いた、ひさしぶりに文化住宅に帰ってきた土曜日は、母も伯母に連れられてその家を見てきたあとだった。

母はまず伯母が持ってきたチラシを見せ、いきさつを説明したが、口ぶりや表情からは、自身乗り気になっているのがわかった。わたしはその場でははっきりとした返事はしなかった。あまりに突然のことで、考えてみる時間が欲しかったのだ。翌日曜日には伯母がやってきて、自分たち夫婦が買った家と比べていかに掘り出し物かを、具体的な数字を上げて語った。父の保険金から自己資金を積めば、そんなに無理をしなくともローンは組めるはずだ、とも。あんまり熱心に伯母が言うので、午後遅く文化住宅をあとにしたわたしは、途中下車して、その物件を見てみることにした。駅から小さな運河沿いの道を五分ほど行った住宅街の一角だった。その家は、玄関の両脇に申し訳程度の前栽《せんざい》を配した変哲もない木造二階建ての住宅で、こぢんまりしている、という以外に形容する言葉が浮かんでこなかった。

家と家とがくっつきすぎていると感じたが、売り出し中の住宅地にありがちな、同じ作りの家がずらりと一列に並ぶ、げんなりする光景ではなかった。家々は作りも大きさもそれぞれちがっていて、袋小路になった道の突き当たりまで歩くと、そのむこうに田圃が垣間見えた。駅に戻る途中、思いのほか近くを電車が通り過ぎていった。左手に岐《わか》れる道の先に踏切が見えたとき、わたしは気づいた。父の死亡診断書を救急病院に取りに行った帰り、電車賃がなくなって歩いて取って返してきたのは、踏切の反対側でその道と直角に交叉する線路沿いのまっすぐな道だった、と。

その家が気に入った、というわけではなかったが、アパートに帰る上り電車のなかでわたしは、伯母がその家を見つけてきたのも、父の死に至る一連の顚末の、その帳尻の最終章なのではないかという気がしていた。

——おいちゃん、最後に自分の体張って帳尻合わせたんやわ。

スナックのママが言った言葉をわたしは思い出していた。

伯母が見つけてきたその家を買うことにしたのは、五月になってからだった。父が亡くなってまる二年目、三回忌となる月だった。その年は祖父の七回忌でもあり、盆には父方の親戚筋の手前、郷里の菩提寺で二つを兼ねた法要を営むことになっていた。母は重荷に感じていたが、伯母は、父がさんざん迷惑と心配をかけてきたが、一軒家を買えるまでになったと報告できる絶好の機会だと、自分のことのように張り切っていた。わたしは半分母に同感、あと半分は伯母の言い分に励まされた。たしかに父の帳尻は〝庚太のおいさん〟や〝小春のおばさん〟はじめ祖父に近い親戚に告げられてしかるべきだったのだ。もっとも、父は生家と丘の上の家の二軒を不始末から借金の形《かた》に手放してしまったのだから、その帳尻は、まだ家一軒分マイナスなのだともいえるのだが……。

さて、そのあと不動産会社や金融機関と具体的にどんな交渉をし、どんなローンを組むことになったのか、ほとんど憶えていない。ある種の性《さが》のようなものだが、そういう大きな買い物の金額とかローンの期間とか、実生活上の重要な数字がわたしはからっきし覚えられないのである。

ひとつ忘れがたいいきさつがあった。最初に行った都市銀行の窓口ではローンが組めないと断られたのである。今世紀になってからのめまぐるしい金融再編による統廃合の結果、いまは名前が消えてしまったその銀行は、その前身を構成する一行がじつは父が旧制中学を卒業して最初に就職した銀行だった。これも何かの縁と楽観していた母と伯母は出鼻をくじかれた格好だったが、そのあと別の地銀に足を運び、ようやくのことでローンが組めたのだった。たしかわたし一人では無理で、母と二人の名義でローンを組む手はずになったのではなかったか。当時のわたしの給料は手取りで十四、五万円、母の収入と合わせても二十二、三万円ぐらいだったろうから、父の保険金抜きにはとうていありえない話だったのだ。

ところが、この話には滑稽にも思える後日談があった。ローンを引き受けてくれた地銀がのちに、わたしを門前払いした都市銀行に吸収合併されてしまい、ローンを組んで七、八年経った頃だったか、転職を重ねてようやく世間並みの給料を稼げるようになったわたしが、より返済額が大きく、返済期間を短縮できるローンに組み替えるべく、その都市銀行の窓口に出向いたところ、何と最初にわたしを門前払いした行員が出てきたのである。わたしは三十歳をいくつか過ぎていたが、渋面を作って二十四歳の自分をけんもほろろにあしらったその行員の顔を、そのとたんに思い出していた。反対に、相手はわたしのことをまったく覚えていないふうだった。あるいは、バツが悪くて、覚えていないふりをして応対しおおせたのだろうか。終始にこやかに、そしてすみやかに変更の手続きを済ませてくれた。そのあまりのスムーズさをわたしは息を殺して見守っていた。銀行というのは、まことにもっておかしなところである。

考えてみるまでもなく、家を買い、ローン持ちの身となるには、わたしは若すぎたのだった。文化住宅を引き払って新居に引っ越し、母がその家に住みはじめると、わたしはもうその件は片付いたような気になっていた。自分自身は変わらずアパート暮らしを続けなければならなかったし、週末にたまに帰る先が、あの風呂がなく外廊下で洗濯機を回さないといけない文化住宅から、一駅手前の風呂のある屋内で洗濯できる一戸建ての家になった、それはおおいにありがたい――とりあえず浸っていたのはその程度の感慨だった。

わたしは、父のしでかしてきた一連の顚末は、これですっかり終わったと無意識のうちに思いなしていたのだった。しかし、そうした無意識の水面に突然波濤を掻き立てる出来事に、郷里の菩提寺の墓地で遭遇することになるのである。

祖父の七回忌と父の三回忌の法要は、郷里の菩提寺の大きな本堂で営まれた。ここの畳を踏むのは何年ぶりだろうと思いながら、壁の高いところに何枚も掲げられた寄進者の奉銘板を見て、昔が思い出された。子どものわたしは、そのどれにもいちばん最初に祖父の名があるのを不思議なことのようにじっと見上げていた。

祖父の葬儀には父方の親戚と父の会社関係者が目立ち、父の葬儀には、引っ越して間もない土地での急死だったこともあり、近くに住む母方の親戚だけしか間に合わなかった。その日の法要には、ひさしぶりに見る顔やもう忘れていた顔のまじった、父方母方含めて二人の葬儀のときに倍する数の親戚が集ってくれた。本家からは〝庚太のおいさん〟、父の従兄に当たる〝おいさん〟の引退を承けて家督を継いだ娘婿、さらにわたしと同年輩の、国鉄の運転士をしているというその息子まで参列してくれたが、〝小春のおばさん〟は臥せっていて出てこられないとのことだった。わたしは、いつも精悍な顔つきできびきびと動いていた大工の〝おいさん〟がすっかり縮こまって、猫背の翁になってしまったことに驚いていた。母が大阪の新しい家にぜひ遊びに来てくださいと言うと、相好を崩して喜んでくれたが、ただその後、〝おいさん〟の訪問が実現することはなかった。

法要が始まると、祖父と父二人分ということだったのかもしれないが、とにかくやたらに長い読経が続いた。正座が苦手なわたしはだんだん耐えがたくなっていった。二度目の焼香に立ったときは、足首が伸びきった状態で足全体がしびれていた。そろりそろりとしか歩けず、座のそこかしこで忍び笑いが起こった。ようやくのことで苦行のような時間から解放されたときは、しばらく四つん這いになって足に血の気が戻ってくるのを待っていなければならなかった。一同は立ち上がり、本堂の広い土間の幅いっぱいに並べられた靴の列のなかに自分のそれを探しあてた者から順に外に出て、三々五々墓地へと移動を始めた。わたしは母と妹に急き立てられながら、ほとんど靴がなくなった土間に降り、しびれがまだ残っている足を靴に滑り込ませ、外へ出たが、母と妹の姿はもう見えなかった。

墓地は、来たときに蝉しぐれの木立のなかを汗を拭き拭き上がってきた、踏面《ふみづら》の広いゆるやかな石段の参道とは反対側の丘の斜面に広がっていた。墓地に降りる道は、土の地面だったはずがコンクリートに覆われた白い道に変わっていて、激しい照り返しでわたしを迎えた。上着を脱ぎたかったが、がまんして降りていくと、母と妹が車椅子の人物と立ち話をしているのが見えた。母はさかんにお辞儀を繰り返していた。誰か旧知の人とでも出くわしたのかと思い、なおも近づいていったとき、わたしは聞き覚えのある声を聞いた。

――おうか……おうか……おうやったんか!

車椅子に坐った声の主は、あのブロック塀に囲まれた製菓会社のかつての社長だった。

もう足のしびれはなくなっていたが、わたしは思わず立ちすくんでいた。そして、とっさにかたわらの灌木の陰に身を隠した。十メートルと離れていなかったと思う。彼はすっかり額が禿げ上がり、陽は容赦なくその額に照りつけていた。車椅子を押しているのは社長となった長男、そのうしろに並んで立っているのが双子の弟たちらしかった。専務になったほうと取引銀行に入ったほうとは見分けがつかず、三人とも眼鏡を光らせて微動だにしないその姿は、まるで三位一体の彫像のように見えた。

郷里が同じだとはむろん知っていたが、まさか菩提寺まで同じとは――。

――おうか……おうか……おうやったんか！

彼は、いままさに母から父が亡くなったことを聞いたらしく、感に堪えないように何度も同じ言葉を繰り返した。そうして母が深々と何度目かのお辞儀をしたのを潮に、車椅子はこちらへと動きはじめた。これは挨拶するしかないと観念したわたしが白い道に足を踏み出したとき、しかし、車椅子はむかって左側へ九十度向きを変え、墓石の列のあいだをゆっくりと遠ざかっていった。

わたしは彼らの後ろ姿を見送りつつ、急ぎ足でゆるやかにカーブするスロープを降り、母と妹に追いついた。祖父と父の遺骨が納められたわが家の墓所まで降りて来て、すでに始まっていた読経のなか灌木林越しに段丘状の墓地を見上げてみたが、車椅子が消えていった方角の見当はつかなかった。

――あんたも、社長さんに挨拶したらよかったのに……

法要が終わってしばらくのあいだ、母はわたしの顔を見るたびにこの言葉を繰り返した。言われなくても、その思いはわたしのなかに沈殿しはじめていた。正看護婦となって二年目だった妹は、社長はおそらく脳卒中のせいで歩けなくなり、言葉も出にくくなっているようだと職業的な冷静さで語った。

わたしは、目の当たりにした車椅子に坐ったかつての社長の姿にただ衝撃を受けたわけではなかった。もちろんその変わりように驚きはしたが、それだけなら時の経過とともに忘れることができただろう。わたしがその日目撃した光景を忘れられなくなってしまったのは、その何日か後に、ある鮮烈な夢を見たからだった。

――警察の取調室のような狭い部屋で、小さなテーブルを前にわたしはパイプ椅子に腰かけている。向かい合っているのは、車椅子に坐った社長、そのうしろに三位一体の彫像のように立つ長男と双子の弟たちだった。暗がりの燈火のように社長は額を光らせ、三人の息子たちは眼鏡を光らせていた。社長はだらしなく口を半分開け、息子たちは唇を真一文字に結んでいたが、ふいに彼らのだれの声でもない声が頭上に降ってきた。気がつくと、テーブルの上には帳簿然と数字がびっしりと書き込まれた一枚のルーズリーフが置かれていて、声は、丘の上の家一軒を贖って埋めた金額のほかに計上しなければならない損金がそこに記されている、とおごそかに語った。それは低声だが、有無を言わさない口調だった。

そのとき、社長が声を発した。

——おうか、おうか、おうやったんか！

わたしは、愕然としてテーブルの上のルーズリーフの合計欄に記された金額を数えようとするのだが、途中で桁がわからなくなっては、また数えなおすということを繰り返した。部屋じゅうに、おうか、おうか、おうやったんか！　という声が轟くなか、わたしはいつまで経っても金額の桁を数え上げることができなかった……。

この一夜の夢魔は、目が覚めたあと、ああ、夢でよかった、とわたしを解放してはくれなかった。むしろその不吉で不気味な映像から、わたしが生きている現実の場面へと逆流してくるような昏い力の存在が感じられた。それは、あの法要の日、もし一瞬の怯懦を押し返して白い道に踏み出し、車椅子の社長と言葉を交わしていたなら、こんな夢魔に襲われることはなかったのではないか、という悔いにすら形を変えた。

ちょうどその頃、わたしはこつこつ読んできた文庫本で読みうるかぎりの漱石の作品を読み終わっていたが、この夢魔の生々しすぎる余韻は、まず『夢十夜』を、次に『道草』を手に取らせずにはいなかった。わたしは、どこか恐いもの見たさじみた感情に駆られて『道草』のページを何度も繰り直した。そして、主人公健三が洩らす「人間の運命は中々片付かないもんだな」とか「世の中に片付くなんてものは殆んどありゃしない。一遍起った事は何時までも続くのさ。ただ色々な形に変るから他《ひと》にも自分にも解らなくなるだけの事さ」といった言葉にぶつかり、絶句するほかなかった。

そんなことがあったあとはじめてわたしは、いったい丘の上の家を明け渡すにあたって、父は会社側と何の書面も交わさなかったのか、という問いにとらわれることになった。いくら何でもそんなはずはないだろう。冷静に考えれば、会社側でも父が穴を空けた損金は帳簿上むき出しでは処理できないはずだった。おそらく会社から父への貸付金として記帳し、丘の上の家の名義を第三者、たとえば不動産屋に書き換え、家が転売できた時点で返済されたように処理したのではないか。要するに父が長年手を染めてきた偽装をクリアにするためには、会社もまた帳簿上、偽装の最後の仕上げをしなければならなかったはずなのだから――

借用証書のようなものを書かなかったのかどうか、母にもそれとなく聞いてみたりもしたが、母は覚えていなかった。引っ越し先を探し、引っ越しの荷造りをし、引っ越すと同時に職探し――生き延びていくのに精いっぱいで、そんなことを顧慮するいとまもなかったという。無理もない、と思い、諦めかけていたのだが、あるとき母はふと思い出したように言った。

――そういうたら、お父ちゃん宛に社長さんから手紙が届いたことがあったわ。

引っ越して、家電の部品工場での勤めにも慣れ、父はまだ職探しをしていたものの、ようやく文化住宅での暮らしも落ち着いた頃だったという。社用封筒に入った封書で、差出人は社長だった。父は読み終わると、ひとこと、家が売れたそうだと告げた。母が、自分にもその手紙を見せてほしいと言うと、父は意外にも「他言は厳に慎んでいただきたい」と書いてあるので、見せられないと答えたらしい。何を水臭いことを、と感じつつも、父が最後に社長に対して示した、その馬鹿正直な律儀さが父に似合わずかたくなだったので、それ以上は言えなかったと振り返った。その手紙を父がどうしたか、母はもとより知らなかった。

わたしはその手紙を読んでみたいと思ったが、母には言わなかった。といって、家に帰ってきて、母が買い物か何かで出かけているときを見計らって、箪笥の引き出しや押し入れの奥を掻きまわすようなマネはしたくなかった。そういう行為がイヤだというよりも、そういう行為に走る自分の精神状態が例の昏い力に操られているようでイヤだったのだ。そして、そこで手をこまねいてしまうわたしは、結局、昏い力の存在を否定することはできなかった。ただ、なりゆき任せに忘れていられるだけだった。

幸い、あの夢魔の世界に脅かされる夜は二度と来なかった。考えすぎ、意識過剰、杞憂……そんな言葉を絆創膏のようにあてがうことでわたしは時の過ぎていくのに身を任せた。しかしふとした拍子に、白日夢に迷い込むように、もしも、と思いまどうことがあった。

——もしも、会社から母やわたし宛に社長となった長男が差出人の封書が届き、そこにわたしがあの一夜の夢魔の世界で見せられたような書面が入っていたなら……。

わたしたちはどうすることもできないのではないか。それに対抗できる証文のたぐいをいっさい持ち合わせていないのだから。その事実だけは動かしようがないと思えた。それは、もしも、が動き出さないかぎりわたしたちを脅かすことのない事実なのだが、事実としてわたしたちのなかで退蔵され、眠りつづけている。そして考えてみれば、それは、わたしが読んでみたいと思った、父が社長から受け取った手紙の不在という事実と等号で結ばれているのだった。わたしは、堂々めぐりさながらその手紙のことを考えることになった。社長直筆の手紙には、おそらく家の売値と、それを父が穴を空けた損金と相殺して処理する旨、そしてその明細——つまり、まったきゼロ——がしたためられてあったのではないだろうか。父は、読ませてくれと言った母を拒んで握りしめたその手紙をどうしただろうか。もうこれで終わったとして、棄て去ってしまったのだろうか。それとも、父の急死によって、それは散逸してしまったのだろうか。あるいは、父の保険金を元手に買った家の片隅のどこかにいまも潜んでいるのだろうか——。

結局わたしは何もしなかった。どんな行動も起こせなかった。やはり時が過ぎていくのに任せるほかなかった。そして、その時の堆積がいつしか瘡蓋のように、もしも、を覆い隠してしまったようだった。

わたし宛に、社長となった、眼鏡を光らせた長男からの手紙が届くことは、ついになかった——。

三

家は買ったものの、わたしがその家で暮らしはじめたのは、二年後に印刷会社を辞めて、アパートを引き払ってからのことだった。ローン持ちのくせに、わたしは、そのあと道修町《どしょうまち》にあった製薬業界の専門紙を発行する新聞社での電話番兼編集手伝いや、淀川と神崎川に挟まれた、二つの河口から一キロと離れていない工場地帯の一角にあった配送センターの倉庫番兼トラック運転手助手や、腰掛けのようなアルバイト仕事を転々として、母をはらはらさせたのち、ようやく不動産情報誌の出版社の編集部に正社員として職を得ることになる。もう二十七歳になっていたが、その後のわたしの仕事の方向性を決定づけてくれたのは、そこでの経験だった。

その次の年、初秋の、彼岸にはまだ少し間があるという頃だったと思う。すでに父の七回忌は過ぎていたと思うのだが、母が一人で墓参りに行くと決めて、念入りに準備をしたことがあった。田舎育ちで出不精なうえに、病的といってもいい方向音痴で、一人で電車に乗って遠出することなどおよそなかった母だが、さすがに郷里の町までは行ける自信があったのだろう。ところが、どういう事情だったか忘れたが、急用ができて、予定していた日曜日に行けなくなってしまった。母は、せっかく気張って買った花がもったいないので、代わりにわたしに行って来てくれないか、と懇願した。寺や本家に顔を出す用もなく、こっそり墓参りをすればいいだけだったので、そのときわたしはけっこう気軽に引き受けたのだった。

ただ、引き受けてから、その日曜日に別の予定があったことを思い出した。

不動産情報誌の編集のルーチンにもすっかり慣れたその頃、わたしが特に入れ込んで取り組んでいたのはプレイガイドのページだった。

ほんの六ページだったが、コンサート、新譜、映画、演劇、イベントなど京阪神エリアの情報を目いっぱい詰め込んで紹介した。〝ぷがじゃ〟の足元にも及ばないのだが、その誌面に少しでも追いつきたい。そんな息吹が知らず知らずのうちに若い編集部にみなぎっていた。毎週校了日に詰める印刷会社の校正室が〝ぷがじゃ〟編集部と隣り合うこともあり、彼らの醸し出す活力にわたしたちは勝手に当てられてもいたのだった。

ジャンルごとに担当を決め、取材して記事を書くのだが、週刊誌だったので相当前倒しで動かなければならず、本体の不動産情報が満載のときはルーチンに追われて、青息吐息となった。夜九時を過ぎると夜勤のガードマンに雑居ビルのオフィスを追い出されたので、集めてきた資料とペラと呼ばれていた紙質の粗い二百字詰めの原稿用紙をカバンに詰めて持ち帰り、家で記事を書くこともあった。レイアウト用紙、トレーシングペーパー、方眼定規まで持ち帰る夜もあったが、全員がそんな状態でも、だれも文句ひとつ言わなかったのは、戸建て住宅やマンションやアパートの写真と間取り図に占められたページばかりが砂漠のように続く誌面で、それらのページがオアシスとなっていたからだと思う。実際、読者にとって、という以上にわたしたち自身にとって、自分のなかの何かを汲み取るための、それはオアシスのようなページだった。

何ものにも代えがたい役得もあった。それぞれのジャンルの担当はローテーションしていくのだが、わたしがもっとも担当するのを愉しみにしたのは、いうまでもなく映画欄だった。日本ヘラルド、東宝東和、フランス映画社など配給会社を回ってプレスを集め、スチール写真を借り、簡単な紹介記事を書く。そして掲載誌を送りつづけていると、運がよければ試写会のチケットで返礼されることもあった。タルコフスキーの「ストーカー」やベルトリッチの「一九〇〇年」は、そんななりゆきからフェスティバルホールの試写会で観る機会を得た。そうした役得は担当者特権として暗黙に認められていて、映画以外でも挙げるなら、コンサート欄を担当したときに音楽事務所でもらったタダ券で、南港の野外コンサート会場にRCサクセションのライブを聴きに行ったこともあった。後にも先にもただ一度目の当たりにした清志郎のパフォーマンスは、大阪湾に沈む夕日を背にいまもわたしのなかで戦慄的なままである。

こうした役得にあずかるとき、特に映画を観に行くときは、試写会のチケットがいつも二枚あったわけではないのに、わたしはたいてい女性を伴っていた。

情報誌の表紙回りやカラーグラビアのデザイン、誌面の基本レイアウトはデザイン事務所に外注していたが、複数の号が間隔を置いて同時進行していく週刊誌のめまぐるしい現場に即応するべく、編集部にはその事務所出向のデザイナーが一人常駐していた。記事を書くのはさほど苦にならなかったものの、レイアウトに四苦八苦していたわたしは、しばしば同じフロアに机のあったその女性デザイナーに相談することになった。彼女には、先に写真を割り付けて全体のレイアウトを決め、残ったスペースに合わせて記事をまとめる方法をアドバイスされた。わたしが家に仕事を持ち帰らなくて済むようになったのは、その方法に習熟できたからだったが、たまたま映画欄を担当しているときに彼女とは話がはずんだ。その次に映画欄を担当したとき、はじめて彼女を誘って映画を観に行った。彼女はわたし以上に映画をよく観ていて、わたしが思いつかない視角から映画を鑑賞したので、観終わってからも、喫茶店で話し込んで時間を忘れた。それからは週末よくいっしょに映画に行くようになったのだが、じつは、母に代わって墓参りに行くことになった日曜日も、彼女と映画を観に行く約束をしていたのだった。

訳を話して、映画を観に行くのは来週に延ばしてくれないか、と言ったわたしに、受話器のむこうで、いいけど……と答えた彼女は、しばらく間を置いてから、思いもよらない言葉を口にした。自分もいっしょに墓参りに連れて行ってほしい、と言うのである。今度はわたしが間を置かなければならなかった。そしてまるでオウム返しのように、いいけど……と答えた。

前夜までポリバケツに張った水に活けておいた供花、花鋏、線香、マッチ箱、桶と柄杓。それらをまとめて入れた大きくて頑丈な紙袋を母に託されて、わたしはその朝家を出た。待ち合わせ場所の大阪駅東口の改札前に行ってみると、彼女はすでに来ていたが、普段とちがう出立《いでたち》にすぐにはわからなかった。落ち着いたブルーの生地に襟、袖口、ベルトがベージュのワンピース、そして服と同色のブルーのリボンをあしらったベージュの帽子。スラックスかジーンズを穿いている姿しか知らないわたしがそのことを言うと、彼女は、こんな格好で仕事はできないでしょ、と答えた。それだけではなかった。小さなハンドバッグの紐を肩にかけ、両手でバスケットを持っていた。わたしの視線が注がれているのを感じたのか、彼女は、お昼ご飯作ってきた、と言ってなかを見せてくれた。サンドイッチと鶏の唐揚げとサラダがきれいに並び、小さな魔法瓶まで入っていた。わたしは、口をあんぐりと開けて、目を見張らざるをえなかった。わたしたちのそんなたたずまいは、ピクニックにでも出かけるカップルに見えたにちがいない。

車中では、いつものデートのように映画の話と、職場の話に花を咲かせた。あっという間に一時間が過ぎ、電車はわたしが小学校四年から高校卒業までを過ごした街の駅にわたしたちを運び、わたしたちはそこでローカル線に乗り換えた。わたしは、父母とともに電車に同乗して大阪までたどりついた、あの大学三回生の春休みの一日以来七年ぶりに、そしてその日の旅程を逆にたどりつつ、それらの電車を乗り継いできたわけだが、彼女とのおしゃべりに興じていて、そんなことを思い起こす余地はこれっぽっちもなかった。乗り換えたあとも、〝丘の上の四二間の家〟のある小さな駅を、そこに止まらず通過する電車と同化してまったく顧みることはなかった。思い出とか、追憶というものは、わたしのなかでかくもご都合主義的なのだろうか。ただ一度、車窓に目を凝らしたのは、彼女が、ああ、きれい、と言って指さした先に、畦道に列をなして咲きつらなった曼珠沙華の真っ赤な帯が見えたときだけだった。

しかし、そんなわたしのご都合主義は、手ひどい失態となって跳ね返ってくる。

郷里の駅に着いたとき、わたしはやはり彼女とおしゃべりしていて、電車が止まって車内アナウンスで駅名を告げられるまで気がつかず、ここ、ここで降りるんや！　と、あわてて彼女をうながしてホームに飛び出したような始末だった。動きはじめた電車を見送りつつ、わたしは見覚えのある跨線橋のほうへ歩き、彼女と並んで階段を上がっていった。向かいのホームに降りて改札の前まで来たとき、手洗いに行きたいという彼女からバスケットを預かった。そして改札を出たところで待っていて、何となくバスケットを持ち直したとき、わたしは電気に触れたように、しまった！　と叫んでいた。母に託された紙袋を電車の網棚に置いたままだったのだ。

遅れて改札を出てきた彼女にそのことを告げると、駅員に言って先の駅に連絡してもらい、確保してもらったらどうか、と言う。妥当な策だったが、昼に近い時間帯では電車は上下とも一時間に一、二本で、この先は無人駅もあるから、仮にどこかの駅で紙袋を見つけてくれたとしても、わたしの手に戻るまでは相当の時間をこの駅で待たねばならないだろう。二時間かかるか三時間かかるか、このまま待合の固い板張りの椅子で彼女と並んでサンドイッチを頬張り、おしゃべりをして待つのもいいか、とも考えた。しかし、結論を出す前にわたしは何かにいざなわれるようにふらふらと駅舎を出て、扇状に広がる十段ほどのゆるやかな階段を見下ろし、その前の広場、そこからまっすぐ伸びたかつての目抜き通り、さらにその先に架かる橋を渡った正面に建つ中学校の校舎へと順に視線を吸い寄せられていった。橋の手前で左へ曲がれば生家が見えるはずだった。

わたしは、ある詩の一節をまざまざと思い起こしていた。

昔の街はちいさくみえる
掌のひらの感情と頭脳と生命の線のあいだの窪みにはいつて
しまうように
すべての距離がちいさくみえる

いうまでもなく吉本隆明の「佃渡しで」の一節だったが、吉本の詩というよりも、自分が現にいま見ている風景を過不足なく写し取る言葉として、それは真新しくわたしのなかにあった。

この駅頭に立つまでに隔てた時は二十年は下らなかったはずだ。広場だったはずの駅前は、猫の額という言葉を呼び起こさずにはいなかった。階段を降りたところの一角は、かつてわたしたち子どもの社交場であり、メンコ——わたしたちはパッチンと呼んでいたが——を戦わせる競技場だった。ズボンのポケットがはち切れるほど戦利品のパッチンを詰め込み、意気揚々と引き上げていったあの家までの道のりがほとんど指呼の距離に感じられる。視線の行き止まりである中学校の校舎までででも、目測でざっと二百五十メートルぐらいだろうか。わたしは、その昔、やはり小学生の頃見学した博物館に展示されていたジオラマの街のように郷里の街並みを眺めていた。そして魅入られるように階段を降り、広場に足を踏み入れた。正面の文房具屋兼本屋の店先は、大きな瞼を閉じたように色褪せた日除けシートに覆われていた。左手の、わたしの名字の上二文字の名を持つ三階建ての老舗旅館は、間口全面を閉ざした引き戸のガラス越しに暗い一色のカーテンを覗かせていた。わたしは、なぜかそれ以上前に踏み出せなかった。

背後から、いつのまにか階段を途中まで降りていた彼女の、どうするの？　という声が聞こえた。とりあえず墓に行ってみる、とわたしは答え、広場を右のほうへ横切った。菩提寺は駅の反対側の丘の上に位置していた。線路沿いの道をわたしたちがやってきた方向へ少し戻り、右へ曲がって踏切を渡れば、あとは墓地へ続くゆるやかなスロープへと道なりにたどりつけるはずだった。わたしは知らず知らず足早になっていたようだ。振り返ると、彼女は十メートルほど遅れて歩いていた。街のだれかに見られたくない。できるだけ早くことを済ませてしまいたい。そんな気持ちがわたしの歩度を速めていた。せっかく母が準備してくれた墓参の供花一式を無にしてしまった後ろめたさが、その気持ちに拍車をかけていた。

祖父の七回忌と父の三回忌のとき真っ白に照り返していたコンクリートの道を、そのときとは逆に坂の下から上っていくと、スロープはいくぶん灰色がかって白昼の陽を浴びていた。車椅子の社長を目撃したのはどのあたりだったか、と見上げながら、わが家の墓のある一角のトバ口のところで、わたしは彼女を待った。丘陵は森閑として、かすかに鳥のさえずりが聞こえた。墓地にも人の気配はなかったが、ところどころ散見される色鮮やかな墓石の供花が胸を刺した。

彼女とともにわが家の墓の前に来たとき、しかし、わたしは、あっと声にならない驚きを洩らすことになった。墓には真新しい花が供えられていた。すぐに思いついたのは、本家の誰かが墓参してくれたのだろうということだった。わたしはほっとして、えっ、このお墓なの？　といぶかしんだ彼女にそのことを話した。よかったね、と彼女はほほ笑んだが、その彼女と並んで型どおり墓に手を合わせながら、何という奇妙な墓参りをオレはしているんだろうと思わないわけにはいかなかった。

こうしてあっという間に墓参りは終わり、もうこの街を後にしてもよかったのだが、つい先ほどまで自分を動かしていた、早く済ませたいという焦りは消えていた。それればかりか現金なもので、わたしは空腹を感じていた。腕時計の長針は正午をだいぶ回っていた。その腕時計を見せて盤面を指さすと、彼女は駅に戻ってお昼にしようと言った。そして、来た道をわたしと並んで帰りながら、彼女なりに素朴な質問を向けてきた。住んでいた家はどの辺なの？　いくつまでこの街に住んでいたの？　どうしてこの街から引っ越すことになったの？　わたしは言葉数少なく、ぞんざいに答えるしかなかった。まっとうに答えようとすれば、とうてい歩きながらでは答えられない問いだったから――。

そのときわたしは、いつものデートのように彼女とのおしゃべりに興じたままこの街に戻ってきてしまった自分が、そこに結界のように張りめぐらされた磁場に、無防備にさらされているのを感じていた。その報いは何であったか。車中あれだけ饒舌であったわたしは、歩くほどに言葉を失っていた。

「佃渡しで」においても、詩人は〈これからは娘に聴えぬ胸のなかでいう〉、〈これからさきは娘にきこえぬ胸のなかでいう〉と繰り返している。ただそれは、〈娘〉と並んで「昔の街」を眺め、属目の情景について〈娘〉に語り聞かせつつ、語りえない言葉を開示するための梃子のように呟かれる。……わたしはといえば、彼女に聴こえない声で語るべき言葉を探しあぐね、黙りこくり、ただ歩くことしかできなかった。

四

駅前に戻ってみると、黒塗りのタクシーが一台止まっていた。電車が着いたところだったのか、駅頭にも人影があった。階段を上がって狭い待合のスペースを覗くと、意外にも人が坐っていた。わたしは、彼女に食事できる場所を探そうと言って、また階段を降りはじめた。

今度は広場を左のほうへ歩き、駅の脇の狭い道に入っていった。自分でも、着いてすぐ駅頭から見た目抜き通りを生家のほうに向かうのを避けているのがわかった。歩きながら、記憶のなかのさまざまな光景が交錯した。駅のはずれに保線区があり、引き込み線のかたわらに春には満開の桜が並木のように連なる空き地があったと思い、少し遠いがそこに行こうとした。しかし、そう思ったとたん、あとにしてきた菩提寺の近くに神社があったことを思い出した。生まれてすぐお宮参りをし、七五三で詣で、境内の土俵で回《まわし》を締めて相撲を取った神社。あそこなら、木陰でゆっくりと食事ができたのに。そう思うと、保線区は歩いていくには遠すぎる気がしはじめた。

どこに行くという当てはなかったものの、来た道を引き返すのは気が進まなかった。見覚えのあるようなないような、人気ない、静まりかえった家並みに沿って歩いているうちに、二十年前の自分の距離感は当てにならなくなった。途方に暮れて曲がり角で立ち止まったとき、右手に伸びる街路にはっきりと見覚えがあった。わたしは彼女をうながして右へ折れた。左側の家並に寺の築地塀が見えた。わたしをともなった銭湯への行き帰りどちらかで、酒屋の立ち呑みでコップ酒をあおる癖《へき》のあった父は、酒を過ごすと罰当たりなことにこの築地塀の溝に嘔吐することがあった。周りの家や側溝は新しくきれいになっていたが、この築地塀だけは昔のままに見えた。その前をゆっくりと通り過ぎると、あっけなく道は終わり、わたしたちは街を南北に貫く街道に出ていた。右へ行けば、生家が見えてくるはずだった。駅頭から指呼の距離と見えたのとほぼ同じ道のりを曲がり角からわたしたちは歩いていたが、どうしても生家のほうへ足を向ける気にはなれなかった。銭湯はどの辺だったかと、反対の左のほうへ街道を歩いていったものの、煙突らしいものは見えなかった。むかって右側には、かつて幼なじみの家、母の女学校時代の親友の家、よく通った駄菓子屋、床屋などがあった、生家と同じく裏手に川が流れている家並みが続いていた。昔は人や車の往来がもっとも多い道路だったが、駅の反対側にバイパス道路が通ったためか、車はまったく走っておらず、人影もなかった。

　昔の面影を探しながらも、それ以上に昔の顔なじみに見つからないように、わたしはほとんど抜き足差し足といった物腰で歩いていた。と、そのとき、家並みが途切れた一角に川に架かった狭い橋が見えた。わたしのなかで、強い既視感《デジャヴ》のような何かが閃いた。とっさに、あの橋を渡ろうと彼女に言って、わたしは道を横切り、橋のたもとに立った。

　そう、この橋だった。あの日の木の橋ではなく、橋桁はコンクリートに、欄干は金属に変わっていたが、狭い橋の先に見える石垣を組んだ川岸、そのむこうの山の緑はあの日のままだった。わたしは彼女と橋の中ほどにさしかかると、立ち止まって下流の中学校の正門に架かった橋を眺めた。こんなに近かったか、とやはりジオラマのように縮小された距離感にとまどったまま、今度は反対側の川面《かわも》を覗き込んだ。彼女も同じように覗き込み、声を弾ませた。

——やっぱり水がきれいだね。

たしかに昔に比べて水嵩の減った流れは川底が透けて見えるほどだった。

　いまはきれいに見えるけど、子どもの頃は上流の鉱山《やま》から漏れてくる鉱水のせいでもっと流れは澱んでたんや、とわたしは答えた。そして、また「佃渡しで」の一節――〈水がきれいね　夏に行つた海岸のように〉という〈娘〉の言葉に応じる「そんなことはない　みてみな」という詩人の言葉を思い出していた。

その頃、この橋は木でできたたよりなげな橋で、悪童たちのあいだでは大勢で欄干を持っていっせいに揺すると、橋が揺れるんだと喧伝されていた。わたしもそんな仲間に加わって力いっぱい欄干を揺すってみたりもしたが、人数が足りなかったのか、力の強い上級生がいなかったせいか、橋が揺れるのを体感することはできなかった。台風一過のあの日の朝、わたしは、家の裏庭から増水した速い濁流が川幅いっぱいに流れていくのを見て、今日こそは橋を揺すれるにちがいないと思いながら登校した。そしてできるだけ友だちに声をかけて、放課後、橋に集まろうと誘った。五、六人が集まるはずだったが、しかし学校から帰って、いざ橋に行ってみると、だれの姿もなかった。曇天の空からは雨が落ちてきていた。橋の中ほどまで来て、真っ茶色の濁流がかぼそい橋脚を無慈悲に攻め立てるさまを見下ろしながら、わたしは不思議に恨みがましい気持ちではなかった。みんな親に橋に行くのを止められたな、と思った。そして両手で欄干を握りしめたまま、なおも濁流に攻め立てられる橋脚を見つめていた。すると、奇妙なことが起こった。橋脚にぶつかった濁流が砕け散っては波頭のごとき泡と化すのを飽かず見ているうち、動いているのは濁流ではなく、わたしがしがみついている橋のほうが船となって、褐色の荒海を波を蹴立てて前進しているかのように感じられてきたのである。欄干から身を乗り出して橋の下を覗き込んだまま、わたしはこの錯覚を陶然と愉しんだ……。

この話は彼女に聴こえない胸のなかで思い出しただけで、口には出さなかった。当時の自分の心事に忠実にいえば、それはわたしと橋との秘密でもあったし――。

山側へと橋を渡ってはみたものの、わたしはどこで昼を食べるか、見当がつかなくなっていた。あとをついてくる彼女もさすがに足取りが重くなっていた。もう、ちょっとした木陰と坐れるスペースがあればそこで食べよう、と川べりの雑草を踏み均したような土の道を上流のほうへ歩いていくと、木立のなかに木の皮で葺いた古びた方形屋根が見えた。行ってみると四方に床を巡らせた小さなお堂で、正面には数段の階段があった。こんなところがあったかと思いつつ、わたしは彼女とともに床に腰掛け、木の階段の踏面に足を投げ出した。階段は、床にハンカチを敷いた彼女と並んで坐るにはちょうどいい幅だった。空腹だったこともあり、彼女がバスケットから差し出してくれた昼食はこのうえなく旨かった。地面をまだらに照らす木洩れ日、川のせせらぎ、少し汗ばんだ肌に吹いてくる微風、そのすべてが心地よかった。わたしたちは、食事中、そして食べ終わって魔法瓶のコーヒーを飲みながら、また車中でのようにおしゃべりに花を咲かせた。しかし、長居はできなかった。

いきなり彼女がわたしの腕を掌で叩いた。

——ここ、蚊がいっぱいいるね。

そう言って、わたしの腕から押しつぶされた炭の粉のようなものをつまんで捨てた。そして自分もふくらはぎを掻きはじめた。見ると、白い肌に一筋赤く滲んだような痕があった。このへんの藪蚊はすばしこくて、掌でつぶすと真っ黒に汚れるんや、と言いながら、わたしも腕や首筋を掻きはじめた。サンドイッチを頬張り、おしゃべりに興じているあいだ、わたしたちは蚊に喰われていたのだった。

あわただしくお堂をあとにし、腕時計を見ると、この街に着いてから二時間が過ぎようとしていた。もう駅に戻ってもいい頃合いだったが、なぜか立ち去りがたかった。残心とでも言いたいような何かが自分のなかにわだかまっていた。もう少し川沿いに歩いてみたいんやけど、と言うと、彼女は軽くなったバスケットをぶらぶらさせながら、いいよ、と答えた。

歩き出してすぐ、山側に見覚えのある用水路が見えた。わたしは用水路を跨ぐ小橋を渡り、上り勾配の細い林道へと入った。森が懐かしく匂ってくるようだった。また蚊がいっぱい出てくるんじゃないの、とうしろから彼女が声を掛けたが、それには答えず、わたしは、その林道がかつて友だちと蝉捕りをするときのテリトリーだったことを思い出していた。捕虫網が届かない高い幹で鳴いている蝉を、手製の竿を継ぎ足してたくみに捕る上級生がいたが、名前は何といったか。父親の釣り竿から思いついて作ったんだと自慢していた。

左手に繁みをとおして小さく蛇行する川が見下ろせた。その川の流れが繁みのなかに隠れて見えなくなったあたりから林道は下り坂になり、やがて木立に囲まれた空き地に出た。

——そうか、ここで〝山神《さんじん》さん〟をやってたんや！

わたしは思わずひとりごちていた。

その真ん中に立って、わたしは彼女に祭礼の日のとりとめもない記憶を語った。

綿菓子、林檎飴、たこ焼きの屋台。お面や風船、風車を売る色とりどりの露店があった。金魚掬いや射的の軒先があり、お化け屋敷の小屋も架かった。だが、何といってもわたしが目を奪われたのがオートバイの曲乗りだった。地面に垂直に立てた三、四メートルはあろうかという板を巨大な桶を作るように円形に隙間なく並べ、観客はぐるりに高く組まれた見物席からその底、直径七、八メートルほどのサークルを見下ろしている。そこに凄まじい爆音を立ててオートバイ乗りが登場し、ぐるぐると回りはじめる。父の乗っていたオートバイよりもはるかに馬力もありそうなそれを彼は軽々と乗りこなし、これ以上加速したら取り囲んだ板にぶつかるという寸前、あろうことか板の上に横ざまに乗り移り、オートバイは地面と平行なまま円形の板組みの上を回りつづける。クライマックスでは、さらに加速したオートバイが板組みの上の走路をじりじりと螺旋状に見物席のほうへせり上げていき、しまいには観客のなかに飛び込んでくるのではないかとまでスリルを嵩じさせるのだった……。

——でも、そんないっぱい出し物ができる広さはないと思うけどな……。

彼女の一言にわたしはわれに返った。その空き地を見渡し、言われてみれば、たしかにそうかもしれないと思った。わたしはここではない、どこか他の祭りで目にした出し物まで〝山神さん〟の思い出に和《あ》えてしまったのだろうか。記憶の鮮烈さというのは、じつは夢幻のそれに通じているのだろうか。

空き地の山側には神社があった。境内の片隅、蜘蛛の巣の張った手水舎《ちょうずや》のさらに奥にある、もう何年も人が使っていないような小さなトイレで用を足すと、わたしは彼女にトイレの場所を教えた。彼女を待っているあいだ、さすがにもう引き返してもいいだろうと考えていた。ところが、空き地を囲む木立を眺めていて、わたしたちが下りてきた道よりもだいぶ山側にもう一本別の山道らしき地肌が覗いているのを発見した。わたしはその道が見通せるところまで歩を進めた。それは廃道になりつつあるように、枯れ枝や枯れ葉に敷きつめられていた。しかし見ているうちに、わたしは、かつて自分がその道を小暗く翳ったむこうからいま自分が立っているここまで歩いて来たことがあるという感覚にとらわれていた。夢幻はまだ続いていたのだろうか。

戻って来た彼女に、駅のほうへ戻ることに変わりはないからこの山道を行こうと言うと、彼女ははじめて難色を示した。パンプスでは山登りはムリだと言う。もっともな言い分だったが、登りは最初のほうだけで、あとは山腹を縫って、ほぼ水平な道が続いているはずだとわたしは説得した。じつはぼんやりした記憶しかなかったのだが、腐葉土のように柔らかい登りの道を踏みしめていくと、はたして右手に街並みが望める平坦な道になった。

歩きながら、わたしは少しずつ思い出していた。街なかを通って〝山神さん〟に行くには、街道を行って鉱山のほうへ曲がり、さらに相当行ってから橋を渡り、神社の山門に続く参道を歩くほかなかった。つまり、蛇行しつつ北から東へと上流にむけて大きく彎曲する川沿いを外周りに迂回しなければならなかった。対して、いま逆向きにたどりつつある山腹の道は、その彎曲する川の流れの内側をおそらく半分ほどの距離でつなぐはずだった。

木々の投げかける影がしだいに深くなる道の先にばかり気を取られて歩いていたとき、ふいに彼女が悲鳴を上げて、わたしの二の腕を取り胸を押しつけてきた。彼女が指さしている地面を見ると、黒い枯れ枝が落ちていた。と思ったとたん、それは動きだし、するするとわたしたちの前を横切ろうとした。わたしは目を凝らした。それは夢幻ではなく、一匹のまだ幼いシマヘビだった。懐かしさとともに、見た瞬間にシマヘビだとわかった自分に笑みがこみあげてきた。

　アオダイショウはだれでもわかる。むずかしいのはマムシとシマヘビを見分けることだと言い、その目安を教えてくれたのも、あの蝉捕り名人の上級生だった。彼の教えは忘れたが、いま見ているのはまちがいなくシマヘビだった。わたしがニヤニヤしてシマヘビが草むらに姿を消してしまうまで見守っていたので、彼女は、蛇が好きなの？　と気味悪そうに言った。好きというわけではないけど、とわたしは言い、思い出した昔話を歩きながら披露した。山遊びの途中シマヘビを見つけると、大物は敬遠するものの、わたしたち悪童は度胸試しをしなければならない。そおっと近づき、尻尾をつかみざま、空中でぐるぐる回して放り投げる。尻尾のひんやりとした感触が気味悪く、その気味悪さに耐えられない者ほどその所業は手荒になる。シマヘビにとってはまったくの災難だったが、それがわたしたちの通過儀礼なのだった。くだんの上級生はまるでペットにするように片手で優しくシマヘビの頭をつかみ、わたしたちにその蛇腹を掲げてみせる技を持っていた。マムシとシマヘビを見分ける眼は彼にとって生命線だったわけである。都会育ちの彼女は、信じられない、とひとこと言い、一瞬シマヘビを見るようにわたしを見つめた。

　その道は荒れて、鬱蒼としていた。行く手に横たわる倒木を何度か跨がなければならなかった。わたしは、昔歩いた、もっと視野が開け、明るかったその道の眺めを思い出していた。またしても黙りこくって歩くわたしに不安になったのか、彼女は、街に戻る道なの？　迷ったんじゃないの？　と聞いてきた。その都度生返事をしていたわたしは、つづら折りになった山道に差しかかったとき——その左手の杉木立の山肌を見上げ、右手の繁みを見下ろしたとき、ある情景がフラッシュバックしてくるのを感じた。

——父がいた。母もいて、まだ小さかった妹の手を引いていた。わたしは千鳥足で歩く父を見ていた。昼間なのに酒が入っていた。たぶん祖父は本家にでも出かけて留守にしていたのだろう。鬼の居ぬ間ではないが、家族四人で〝山神さん〟に行くことになった。おそらく父の言い分で家を出てから〝山神さん〟まで近道を行くことにしたのではないか。父は酔っぱらっていたわけではなかったが、山道に入ると、ことさら蛇行するように歩いた。そして、このつづら折りになったあたりだった。父は道を踏みはずして繁みのなかへずり落ちそうになった。助けてくれ！　とわざとらしく大声を挙げ、母とわたしがあわてて父の手を取って引きずりあげる。母は笑いながらたしなめ、妹はほんとうに驚いて泣いていた。わたしは、父の言動が芝居がかったものであり、本気ではないと見抜いていたので、少しおもしろがって眺めていた。そんな酔余の愚行に興じる父に振り回されながら、わたしたち家族は〝山神さん〟まで歩いて行った。あるいは、それはわたしのなかに眠っていた、この街でのもっとも鮮明な一家団欒の姿だっただろうか。

その一家団欒の幻を見送ったあと、わたしは、そこまでその幻がたどってきたはずの道のり——これからわたしが探しあて、彼女とともに歩かねばならない道のりににわかに心を領されていった。山腹の残された道を歩き、中学校の裏山から川沿いの道へと下り、校舎の脇を抜け、駅に正対する正門前から橋を渡る。右に曲がれば生家はすぐそこだった。わたしは、彼女にその道のりを語り、語るほどにその道のりを歩きとおすことに心急《せ》いていった。

しかし、思惑に反して道は両側に草の生い茂った狭い登りとなり、息を荒くして上がりきると、ちょっとした広場のように開けた場所に出た。真ん中あたり、大きな木の根元に銅像が立っていた。彼女は息を切らして、ちょっと休憩、と言い、広場の縁《へり》のほうに目ざとく見つけた一脚のベンチのほうへ歩いた。広場、銅像、ベンチ——そこは、その瞬間まで完全に忘れていた場所だった。

小学校の遠足でここまで登ってきて、弁当を広げたことがあった。彼女が腰掛けたのは〝秀吉のベンチ〟だ。毛利攻めに向かう際、秀吉がこのあたりに陣を張った。真偽のほどはともかく、西国を睥睨して秀吉が将几《しょうぎ》に坐したとされる場所に、後世ベンチが据えられた。木製の地味なベンチだったが、秀吉その人が坐ったベンチだと思い込んでいたわたしたち悪童は、〝秀吉のベンチ〟で弁当を食べようと先を争った。しかし、そのことはもう彼女に言わず、わたしは銅像の前に立っていた。母の女学校の先輩で、この街を出ていくわたしに餞別の本を手渡してくれた担任の先生がその場で言ったことを思い出していたのだ。

——みんなが生まれて、住んでいるこの街は、昔々〝死野《しにの》〟と呼ばれていました。恐くて、イヤな名前やね。そんな名前はよくないと、いまの〝生野《いくの》〟という名前に変えてくれたのが、このお上人さんなんですよ。

わたしたちは、そのときだけは神妙な面持ちで先生の話を聞いていたような気がする。

しかし、その銅像も風雨にさらされ、変色して面貌は曖昧、なかば打ち捨てられたように見えた。かたわらに碑文があったが、顔を近づけても判読できなかった。

人の無常な生き死にのおびただしい累積が歴史を織りなしていくのであり、であるがゆえに、あらゆる歴史の起源の言挙に虚構が入り込むことは避けられないのだとしても、「死」を名のることから人の生き死にするトポスを劃そうとする意志とはいったい何なのだろう。そしてさらに、その「死」を「生」と名づけなおしてしまった意志とは？　そこには何かとてつもない隠蔽の力がはたらいているのではないか。

わたしは突然、この場所から地霊のごときオーラが陽炎のように揺らめき立っているという感覚に襲われた。空を見上げると、傾きはじめた日が雲間に見え隠れしていた。そろそろこの街を離れたほうがいいと思い、ベンチを見たとき、しかし、そこに彼女の姿はなかった。あわてて行ってみると、ベンチには、彼女の敷いたらしいハンカチの上にバスケットとハンドバッグと帽子が置かれていた。どこへ消えたのかと、わたしは下方の繁みに目を凝らしながら、広場の縁を歩いた。半分ほど歩いたところで、わたしは不安に駆られて彼女の名を呼んでいた。二度、三度と呼んだとき、広場の反対側からかすかに彼女の返事が聞こえた。振り向いて声のするほうへ広場を横切ってみると、繁みが途切れた崖の一部が見え、一メートルほど下に途絶えた道の跡のような平らな土の一角があった。彼女はそこにいた。

——この花を摘んでたの。

そう言って、彼女は何本かの真っ赤な花の茎を握った手を掲げた。曼珠沙華だった。ワンピースの裾が土に汚れていた。

わたしは、一息ついてから崖下に手を差し出した。彼女は崖の途中に足を置き、自由なほうの手でわたしの手につかまった。わたしは腰を割り両足を踏ん張って、両手で彼女を引っ張り上げた。二十年前、母とともに、酔って悪ふざけをする父を引っ張り上げたときよりもはるかに強い力で——。はずみでわたしは彼女を抱きとめる格好になった。頬が上気し、首筋にうっすらと汗を浮かべた彼女を抱きしめながら、わたしはふいに何者かの視線にさらされているような気がした。そして、いますぐその視線から逃れて、二人っきりになりたいと思った。こんなに二人っきりの時間を過ごした一日はなかったというのに……。この街に着いて以来、全天にあまねく溶け込んだ地霊の巨大な眼《まなこ》によって、わたしたちはずっと見られていた——そう直覚してしまう自分をわたしは抑えることができなかった。

——帰ろう!

そう言うと、彼女は一呼吸措いて、黙って頷いた。一刻も早く大阪に戻って、雑踏のなかに彼女と紛れ込んでしまいたかった。

広場に来た道とほぼ反対側の下りの道を、わたしは、曼珠沙華の花束を入れたバスケットを持った彼女と急いだ。下りの勾配は急になり、すぐに中学校の校舎が見えてきた。一度平坦な道に出て、少し行くと、また反対側に下っていく道があり、眼下に茶畑と川の流れが見えた。その最後の坂を下りて、川岸に出てから、下って来たその坂が、冬に雪が積もったとき、橇遊びをしていた坂だったと気づいた。茶畑を過ぎ、左手に生成りの柵越しに色とりどりのコスモスが咲く中学校の花壇、右手に対岸の家並みが見えてきた。それらは家の裏手を川に向けて屋根を連ねていた。

突然、わたしは立ち止まった。ある異様なたたずまいの二階家——一階の全面が半透明の塩ビの波板で覆われ、二階の縁側も全面雨戸を立てられた家の背面がわたしの目を射た。それは、見まがいようのない生家の姿だった。あの日当たりのいい裏庭、わたしや妹の遊び場であり、母が洗濯をする物干し場でもあった開放的な空間をどうしてあんなにも醜く覆い隠してしまったのか。左右に二つ換気扇かエアコンの室外機のようなものが覗いているのが、奇妙な蛹の見開いた二つの眼玉のように見えた。

——ぼくが生まれて、住んでた家や……。

わたしは、それを指さし、彼女に言わずにはいられなかった。

ふたたび歩きはじめ、彼女とともに中学校の正門脇から橋を渡り、街道を右へ折れ、わたしは生家の前に立っていた。玄関には雨戸が立てられていたが、真ん中の二枚の引き戸は、出入りする人がいるのか、そのままだった。引き戸のガラス越しに覗き込むと、なかは暗がりだった。わたしはためらいがちに引き戸に手をかけ、力を入れてみたが、鍵がかかっているらしく、動かなかった。人手に渡ったと聞いていたが、表札は掛かっていなかった。ガラスに映り込む自分の顔にさらに顔を近づけて、つかのまの鏡像を自分の影のなかに飲み込んでしまうまでガラスにくっつけると、かつての店と呼ばれていた土間がほのかに見えた。しかし、真下に板切れのような物が落ちているだけで、奥のほうは真っ暗で何も見えなかった。

——もうだれも住んでいないみたいだね……

背後で彼女がぽつりと言ったとき、わたしは何か決定的な宣告を聞いたような気がした。

そう、わたしが見ているのは家の空《うろ》、家族の抜け殻なのだ。いや、それ以上に、打ち捨てられ、葬られることなく朽ち果てていく家族の墓穴なのだった。そう思いつつ、真っ暗なそれを見つめているると、何ともいえないある不憫な感情がこみあげてくるのだった。それは自分に対する不憫ではなかった。父や祖父に対する不憫でも、母や妹に対する不憫でもなかった。それらすべてを貫き、どこにもたどりつくことのない不憫——祖父母、父母、そしてわたしや妹の生き死にの営みが、この墓穴となった家で始められてしまったこと——そのことの取り返しのつかなさそのものに対する不憫だった。こんなことなら、いっそ全面に戸を立てた駅前旅館のように、なかがまったく見えないほうがよかった。そう思い、なおも見つめていると、不憫はふいに涙となってこみあげてきた。

ガラスに顔をくっつけたまま、微動だにしないわたしにしびれを切らしたのだろう、彼女がまたぽつりと言った。

——ねえ、もう帰らない？　暗くなってきたよ。

そうだった。山間《やまあい》のこの街に夕焼けの時間はない。もうすぐ傾いた日が山の端《は》に隠れるだろう。すると、あっという間に世界は、夜の底に突き落とされたように、この家のなかに閉じ込められているのと同じ闇に浸されてしまうにちがいない。わたしは、しかし、彼女に涙を見られたくなかったので、なおしばらくそのままの姿勢でいた。

五

「その家を正面から見たとき、まず目に飛び込んでくるのは、引き違いの四枚の木戸の上半分に嵌め込まれたガラスに帯状に映り込む、見る者をも含む外界の映像だっただろう。およそ三十センチ四方の何枚ものガラスに分割されたその方形の映像の集合は、外界のたしかな像をかたちづくることなく、家の内部の暗がりを隠すための目眩ましのようであったかもしれない」

この家族誌の冒頭に描かれた生家＝〝仄暗い吹き抜けのある商家〟の姿は、じつはあの奇妙な墓参りの一日、わたしが家の空《うろ》、家族の抜け殻、あるいは墓穴としてのそれに対面した、そのときの残像にこそ端を発している。つまり、あの日からこの家族誌は始まったといってもよいのだ。あの日からわたしは、家族が生き死にしてきた時間を遡りつつ、同時に、そうした時間を押し流していく現実の時間を這いつくばるように生きてきたのだといえる。あるいは、過去に遡行することと否応なくいまを生きていくこと――その相反する時間のベクトルを重ね合わせる唯一の焦点のように、あの日の生家の姿を何度も想起することになったような気がする。

ただ時間が経つほどに、それは、あの日わたしを立ちすくませた無惨な姿からある抽象的なイメージに昇華されていった。明け渡したのちも、ブロック塀のなかのあばら家、〝丘の上の四二間の家〟、文化住宅と次々転居するハメになったわが家の流転の、その起源としての棲家になっていったからだろうか。その棲家に家族は自足することができない。むしろ家族とは、棲家を出ていくときにこそ、その裸形をあらわにする者たちのことである。なぜならその棲家には本質的な空があり、それがあるかぎり家族は棲家という棲家を脱ぎ捨て、流転し、転生しつづけなければならないからだ。

郷里の街もまた、あの墓参の日以来、わたしに呼びかけ、問いかけてきた。

あの山腹の広場にたどりついて思い出した、小学校の遠足のとき引率の先生からたしかに聞かされた、そこに立っていた銅像にまつわる地名変更の由来について、出典らしき記述に出くわしたのは、あれはいつごろだったろうか。わたしは、図書館でたまたま手に取った『日本古典文学大系』のなかの「播磨國風土記」にこんな記述を見つけた。

「生野《いくの》と號《なづ》くる所以《ゆゑ》は、昔、此處《ここ》に荒《あら》ぶる神ありて、往來《ゆきき》の人を半《なか》ば殺《ころ》しき。此《これ》に由《よ》りて、死野《しにの》と號《なづ》けき。以後《そののち》、品太《ほむだ》の天皇《すめらみこと》、勅《の》りたまひしく、『此《こ》は惡《あ》しき名なり』とのりたまひて、改めて生野《いくの》と為《な》せり。」(秋本吉郎校注)

銅像のかたわらの判読できなかった石碑に刻まれていたのは、あるいはこの文言だったのか。わたしは少し昂奮して、柄にもなくノートに書きとめた。さすがに、それを確かめにあの場所へ足を運ぶ機会はもう来ないだろうと思いつつも――。

吉本隆明の詩「佃渡しで」をあらためて再読させ

たのも、あの日のさまよいの経験だった。

　郷里の駅頭に立ったとき、わたしは間髪を入れず「昔の街はちいさくみえる／掌のひらの感情と頭脳と生命の線のあいだの窪みにはいつて／しまうように／すべての距離がちいさくみえる」という一節を思い浮かべた。だが詩を読みなおすほどに、この一節は、じつはその前後の詩行を含む連全体のなかで読まなければ、思想詩としての核心を現さないことがわかってきたのである。

〈あれが住吉神社だ
佃祭りをやるところだ
あれが小学校　ちいさいだろう〉
これからさきは娘に云えぬ
昔の街はちいさくみえる
掌のひらの感情と頭脳と生命の線のあいだの窪みにはいつて
しまうように
すべての距離がちいさくみえる
すべての思想とおなじように
あの昔遠かつた距離がちぢまつてみえる
わたしが生きてきた道を
娘の手をとり　いま氷雨にぬれながら
いつさんに通りすぎる

　詩の最後で、詩人は氷雨の降りはじめた「昔の街」を「娘」とともに「いつさんに通りすぎる」。それは、「娘に云えぬ」ところの「昔の街はちいさくみえる／掌のひらの感情と頭脳と生命の線のあいだの窪みにはいつて／しまうように／すべての距離がちいさくみえる／すべての思想とおなじように／あの昔遠かつた距離がちぢまつてみえる」という世界把握によってこそ促迫された帰路だったのではないか。「昔の街」が「ちいさくみえ」、「いつさんに通りすぎる」ことができるのは、詩人が「すべての距離」、「すべての思想」を「掌のひらの感情と頭脳と生命の線のあいだの窪みにはいつて／しまうように」まさに掌握してしまったがゆえ、なのではないだろうか。

　ひるがえってわたしは、「昔の街」を「いつさんに通りすぎる」ことなど、とうていできなかった。その「掌のひらの感情と頭脳と生命の線のあいだの窪みにはいつて」しまったかのごとく、あの日、わたしは、人の生き死にを飲み込んだ地霊が揺らめき立っている結界のなかをさまようほかなかったのだ——。

山腹の道の途中で行き逢い、すれ違った昔日の一家団欒の幻から、父は結局出奔してしまったことになるのだろうか。あの日、千鳥足で蛇行しながら歩み去る父の幻を見送ってしまってから、わたしは、もう一度父の背中を呼び戻す時間を生きてきたような気がする。その手がかりになるのは、母がみずからの記憶のなかから呼び起こしつつ語る父の姿だった。

わたしが根掘り葉掘り昔話を聞いたあと、母が繰り言のように漏らす疑念があった。

——そやけど、お酒呑むだけで、家を手放さないかんほど借金するもんやろか?

それは、大酒呑みの父の所業にどれだけ振り回されたかをこぼしたあと、とどのつまり心底不思議がって発せられる問いでもあった。

父と酒を酌み交わしたことは一度もなかった。父の生前、わたしは一滴も呑まなかったのだから、それは意志の問題ではなく、単なる事実にすぎないのだが、父が亡くなったあと、特に定職に就いてからはつきあいで呑むようになり、さらにはなりゆきで、わたしはひとかどの酒呑みへと変貌していった。そして、つきあいがなくとも毎晩酒を呑んでいるうちに、わたしはふと、たとえば所在なく寝酒を呑んでいるような深夜、母の漏らした問いを反芻することがあった。

——お酒呑むだけで、家を手放さないかんほど借金するもんやろか?

母の疑念はもっともだった。自分自身酒呑みになってみると、酒量、飲代というものが具体的なボリュームとして実感できるようになる。父は、月の半分出張に出ていて、家にいるあと半分で一升瓶五本を空けたが、出張先でハンドルを握っているとき以外は呑んでいたとしても、飲代だけで身上をつぶすほどの酒量を容れる器も、呑み仲間と豪遊するほどの胆力も持ち合わせていなかった。酒が好きで、旨い酒を呑みたいから呑むのではなく、ただ酔うために酒を呑み、事実、呑むとたやすく酔っぱらった。

そんなある夜、わたしはウィスキーをちびちびやりながら、卒然として悟った。

――父の酒乱にひとしい飲酒は、身を滅ぼした使い込みの原因ではない。逆だ。前者のほうが後者の結果なのではないか。だとすれば、後者のほんとうの原因は何なのだろうか？

返せないほどの借金を抱え込む早道ということなら、まずギャンブル、そして女遊びということになるだろうが、どちらも父には無縁だと思えた。父は子どものときから走るのが速く、小兵ながら剣道や相撲も得意で、総じて勝負事としてのスポーツを好んだが、ギャンブルに手を染めたことはなかった。ひとことでいえば、頭脳だけを駆使する勝負事には父はまったく向いていなかったのだ。それはそのまわたしにも遺伝している資質である。ふたつ目のほうも父には不適格だったろう。あんなに始終呑んだくれていては、まっとうな男としての精力を充填するいとまはなかっただろうから。愛人をかこっていた、あるいは性悪女に貢がされていた、という線はさらにありえないと思えた。そういう〈関係〉の罠にはまるには、父の人格はあまりに淡泊で、つまりは異性の人格に対する所有欲を欠いていた。

そう考えていくと、「ほんとうの原因」はもっと根の深いところに発していたのではないかと思わざるをえなかった。

そのあとも、母とはよく父の話をした。父の行状について語るとき、その都度思い出されることもあるようで、母は繰り返し同じエピソードに触れながら、父という人間の素材をあらためてわたしの前に投げ出した。それにいくぶん詮索の口調で問いただしたことを加えて、わたしはより厚みを増した像として父を再現していった。

聞くほどに確信されたのは、父が四十歳を前に郷里で生家＝〝仄暗い吹き抜けのある商家〟を金銭的な不祥事から明け渡すことになったのも、五十歳を前に再就職先で帳簿に穴を開けていたことが発覚して〝丘の上の四二間の家〟を手放すことになったのも、原因は同じひとつの鞏固な〝恐怖〟の感情に駆られたためだったのではないか、ということだ。より端的にいえば、〝恐怖の父〟――あるいは〝父という恐怖〟――の存在である。それは、前者においては祖父、後者においては社長ということになるが、むろん、それこそ起源としての〝恐怖の父〟は祖父その人にほかならなかった。

父は祖父に対して多くの嘘をついてきた。嘘をつくことによって、かろうじて跡継ぎ息子として生きてきたといってもいいかもしれない。だが、それは祖父を欺いて小遣いをせしめたり、店の売り上げをちょろまかしたりするためばかりではなかった。そういう嘘もつくにはついたが、父の嘘のほとんどは、じつは祖父のつねに一方的な言いつけを守り、つねに過大な期待に応えようとし、にもかかわらずそれがかなわないためについてしまった嘘だったはずである。店の売掛金の回収にまつわる不始末も、まさにそういうふうにつかれた最初の嘘――祖父が課した売り上げを、立ってもいないのに帳簿に記帳するという細工から始まったのではなかったか。結果、店の売掛金にはいつまで経っても未回収の、しかも徐々に膨らんでいく金額が残されていった。この未回収の金額こそが父の積み重ねた嘘の正確な対価だったのだ。つまり、父自身は嘘をつくことによって、ほとんど現実的な対価を得ることはなかった。無から有ならぬ、むしろ無《ゼロ》から負《マイナス》のみをせっせと生みつづけていたのである。

ブロック塀に囲まれた製菓会社で父が社長に対して積み重ねた嘘も、郷里で祖父についてきたそんな対価のない嘘の、それに輪をかけた大掛かりな反復にほかならなかった。

母と話していてだんだんわかってきたのは、出張先のセールスで菓子問屋や小売店から父は執拗な値引き交渉にさらされていたらしい、ということだった。初対面の人とも調子のいいことを言って話を合わせるのが得意だった父は、しかしうらはらに、押したり引いたりのシビアな折衝事はまったくダメだった。およそ深慮遠謀から無縁だった父は、銭金にまつわる駆け引きというものができなかった。一方で社長が課す売り上げのノルマは是が非でも達成しなければならない。父は、売り上げを伸ばすために、会社に内緒で営業マンの裁量に許された値引き率を上回る値引きに手を染めていった。ひょっとしたら手を染めたのは、値引きにとどまらなかったかもしれない。もし取引額の大きい菓子問屋の性質《たち》の悪い店主や仕入れ担当から押せば押すだけ引く男と足元を見られて、マージンでも要求されたら、父はそれを拒めなかっただろうから。こうして繰り返された父の嘘は、帳簿に記帳されない値引きやマージンとなってさらなる負《マイナス》を堆積させていったのではないか。

　母は、父が売り上げを伸ばし、ボーナスのたびに得意顔で家に帰って来たことを憶えていた。自分もそんな父を喜んで迎えていたのだが、あの頃から空恐ろしいことが知らないうちに進行していたのだと溜息をついた。そのくせ父は、社長からご褒美とばかり丘の上に家を建てる話を持ちかけられたとき、押し戴いてわたしたち家族に持ち帰りながら、自分が手を染めていた悪事ゆえに内心その話に乗り気ではなかった。だから、だろうか、いざ丘の上に建ち上がった、社長の手で図面を引かれた家が欠陥住宅にひとしい代物だとわかり、家族が不平を鳴らしても、耳を貸さなかった。売り上げのノルマを達成するために、許されない値引きと帳簿の偽装に手を染める一方で、社長の言いなりにローンを組んで丘の上に家を建てる。この千鳥足で蛇行する、盲目的なまでに場当たりな生きざまにおいて、父は、いつしか社長を祖父に代わる〝恐怖の父〟として畏れることになったのだ。

　わたしは、ひさしぶりにある人物の顔を思い浮かべていた。満面に笑みを浮かべた〝小池さん〟。たまたま手に入った阪神×巨人戦のチケットを父とわたしにプレゼントしてくれ、いっしょに甲子園に観戦に行った〝小池さん〟。父と車を連ねて出張に同道し、会社に戻ると、父に誘われてあばら家で酒の相手をしながら、三朝温泉とか、道後温泉とか、出張先で羽目を外して遊んだことを匂わせる言葉をぽろりと洩らしていた〝小池さん〟——彼は父のやっていたことに気づいていたのではないか。いや、それ以上に悪事を隠蔽するための父の相談に乗ったりすることさえあったのではないか。あるいは、三朝温泉や道後温泉も、そうした共犯関係の惰性で、父が集金した金から遊び金をひねり出した悪事の延長だったのかもしれない。だとすれば、〝小池さん〟は父の悪事が露見したとき、血の気が失せたはずだ。下手をすれば、自分にも累が及ぶのではないか、と。しかし、そうはならなかった。丘の上の家を追われることになった父に〝小池さん〟が、好きなだけ使え、と二トントラックを貸してくれたのは、せめてもの罪滅ぼしだったのではないだろうか——。

すべてはわたしの想像にすぎない。しかし、この想像の肉感を否定しさる事実を、わたしは逆に想像できない。それでいて、この想像が行きつく先はどんづまりでしかない。あばら家に引っ張ってこられて、父と呑んでいる〝小池さん〟の笑顔を思い起こすと、人間というのはわからないな、という、そこから先はどこにも行きようのない井戸の底のような諦念に突き落とされる。人の間《あいだ》というものは人を人にいかようにもしがらんで巻き込み、どんな運不運、幸不幸にも押し流しかねない、しかも、人はその間というものに無力であるほかないんだ、という諦念に。そして、じつはわたしは、いつとは言えないが、そのことがずっと以前にわかっていて、わかっているのに言葉にできないまま、井戸の底に浸み出す沈黙にうずくまっていたため、他者というよりは自分も含めた人という人の存在に対する〈信〉の体温が下がってしまったのではないか、そんな気がするのである——。

わたしはずっと——たぶん子どもの頃から——父の心のなかには、いまのわたしが持ち合わせている語彙を使うと、一人の不死のメフィストが棲みついていると思っていた。しかし、この家族誌の記述がたどりついた地点に立ち止まると、いや、そうではない、と思うようになった。そこは、ただ空っぽだったのだ。あの棲家の空《うろ》そのままに。ただ、黒々とした虚《うろ》がそこを充たしていただけなのだ。そして、父の言動のすべては、その虚を直視したくないばかりに、ひたすら別の何ものかでそこを埋めようとする必死の「工作」だったのだ。
わたしはこうして、しばしばウィスキーをちびちびやりながらこの家族誌を書き継いでいると、ふと冥界の父と交信しているような気分になる。父と一度も酒を酌み交わしたことのなかった自分が、酒を注《つ》ぐように言葉で父の虚をふさいでいるような気さえしてくるのだ。そして、そんなことはありえないとしても、もしもわたしが書きつけてきた言葉がその虚を埋め尽くすことができるなら、そのとき、わたしたち家族が経験してきた流転の涯《はて》がこの家族誌であり、さらには言葉を書きしるすことそのものが家族の転生たりうる、ともいえるのではないだろうか——。

母と、父にまつわる昔話をしていて、最後にいつも話が行きつくのが、もし父が長らえていればどうなっていただろう、ということだった。生命保険の外交員として、あのままやっていけただろうか。たぶん無理だったろう、というのが母とわたしの一致するところだった。もし続けていたら、二度あることは三度ある、の俗諺ではないが、せっぱつまれば、父は似たり寄ったりの金銭トラブルを起こしていたのではないか。しかも保険金がらみともなれば、金額はかつての比ではないだろう。あのホーロー質のようにつるんとした肌の支店長の瓜実顔も、父の手にかかれば〝恐怖の父〟の形相へと一変したかもしれないのだ。
といって、母とわたしは、わたしたち家族の運命を自嘲するかのように、冷やかに、父の宿痾のありえなかった三度目の出来《しゅったい》を予言していたのではない。それは、いわく言いがたいところなのだが、ごく普通の家族が故人を懐かしむように、ある親密な感情を流露させる語らいだった。いってみれば、もし冥界の父が盗み聞きしていれば、バツ悪そうに黙って笑みを浮かべるような——。

ちょうどそんな昔話をしているとき、妹が押し入れから数冊の古いアルバムと茶封筒に入れた雑多な写真を持ち出してきた。ただでさえ乱雑に放り込んである写真が封筒から出されてテーブルの上にランダムに並べられると、時系列も場所も攪乱されて同一平面に集合した家族写真のカオスができあがる。家族とともに思いがけず懐かしい顔や、もう忘れている顔が写り込んでいるスナップ写真の一枚一枚は、わたしたち家族がどのような人の間を生きてきたか、をパッチワークのように見せていた。ブロック塀に囲まれた会社の構内で父と写った〝小池さん〟の一枚もあった。

アルバムのほうの写真は、ほぼ時系列に沿って綴じられていたが、父の写真、とくに生家で家族とともに写ったものが見あたらなかった。それは、家のなかではカメラを構え、シャッターを切るのがもっぱら父の役目だったからで、そのことを母や妹に言うともなくつぶやくと、一冊のアルバムをめくっていた母がわたしにある写真の綴じられたページを見せた。

それはわたしの写真だった。おそらく生まれてから二枚目の写真、初節句に撮った一枚だった。いちばん初めの写真はお宮参りのときの一枚で、わたしは着物を着た母の腕に抱かれて目を閉じている。もうすぐ生後六か月を迎えるという昭和三十年の端午の節句——初節句に撮ったその葉書大の二枚目の写真で、わたしははじめてカメラに向かって目を見開いていた。

生家の二階の座敷、端午の節句の三段飾りのかたわらの座布団にわたしは格子柄のネルのように見える部屋着を着せられて坐っている。目立って幅の広い段に並べたてられた飾り物は、あきらかに祖父の趣向だったろう。上段には、定番の鎧飾り、両立ちの鯉のぼりと吹き流し以外に、その左右に一対になるように、ごていねいにもガラスケース入りの五月人形二体が置かれている。中段も同じで、陣笠、陣太鼓、軍扇の左右に人形が配されていた。下段には、八足《はっそく》台の上の瓶子《へいし》、粽《ちまき》と柏餅以外に、さらに小さな人形類が置かれ、全体としてごてごてした印象を与えている。

母は、その写真を撮ったのは父ではないと言った。祖父の言いつけで駅前通りの写真屋に撮ってもらうことになり、三脚や照明をかついでやってきた写真屋が撮り終わるまでがけっこう大事《おおごと》だったのだ、と懐かしそうに語った。わたしが憶えている写真屋は、ちょび髭をはやした四角い顔の老人だったが、呉服屋を起こした頃の祖父に始まり、父の子ども時代から成人するまで、折に触れてわが家の古いアルバムに綴じられた写真を撮りつづけてきたのは彼だったのだ。そう言われてあらためて写真を見ると、フラッシュが飛んで、背後の襖に飾り物の影が映っていた。赤ん坊のわたしは眩しがらずにほぼ正面を見ていたが、その視野には母と父、そして祖父の姿があったのだろうか。

母はしかし、さらに思いがけないことを付け加えた。

わたしを坐らせたはいいが、いざ顔をこちらに向かせようと声をかけていると、もう首は坐っていたが、まだ長く坐っていることができないわたしは、写真屋がファインダーを覗いているうちに仰向けに傾いてしまい、なかなかシャッターを切るチャンスを与えなかった。そこで一計を案じたのが父だった。父は三段飾りの段組みの脇から下段を覆った毛氈のなかに潜り込み、腹這いになって腕を伸ばし、毛氈越しにわたしの背中を支えた。父のその機転で、ようやく撮れたのがこの一枚だったのだという。

そんなこと、はじめて聞いたよ、とわたしは声を挙げていた。もう何度もこの写真を見ていたのに、という思いが、声をいくらか詰問調にしたのだろうか、母は、わたしもいま写真を見ていて思い出したんや、と弁解口調で答えた。

わたしは、座敷奥の地袋のほうから小動物のようにすばしこく毛氈のなかに潜り込む父を想像した。父が伸ばした手に支えられながら、生後六か月のわたしの目は何を映し出していただろうか。いまのいままでその目に映じていると信じていた父の、腹這いになっている見えない姿を求めて、わたしはじっと毛氈に目を凝らした。

背面都市

閉じた灰色のまぶたが連なるようにシャッターの降りつくした倉庫街を抜けると、高層ビルの列柱がつくるおどろの影の谷間に路上はすっぽりと呑み込まれ、地上数十メートルの最上階にあるハローワークの巨大な窓ガラスからは屈託なく両手を広げ肢体を伸ばして視えた都市の、ここはたぶん、おびただしい血が生まれ苦悶し流れている長い脊椎が埋まっている背筋の窪みなのだろう。ついさっき求人検索用のディスプレイの放列めざして殺到する長蛇の列の最後尾で、つながらない携帯電話にいらだちながら、茫然と見下ろしていたのはこの都市の背面だったのか。いま路上を移動している一点のちっぽけな黒い染みにすぎないわたしを、そこに置き去りにしたまなこが俯瞰しているなら、まなこよ、おまえは憐みも嘲笑も唾棄もせず、半導体の集積回路に似た街路のなかの一片の異物のようにわたしを走査し、解像するのだろうか。私鉄のターミナル駅に通じる連絡路の片隅、飛び込んだ簡易写真のブースを急いで出ると、地下街の込み合う喫茶店のテーブルで一気に書き上げた履歴書が、背広の上着の内ポケット、白い二重封筒の内側、紫色の中袋のなかでたわんでいる。学歴・職歴を一枚の通貨のように書き記すことはいかなる盲いになることか。その習わしの過誤から癒えるすべをだれも知らない。記憶の襞の行き止まりで本籍地の町名・番地は消え失せ、二十代、三十代、四十代と省略に忘却を継いだあげく、たった十数行で来歴は尽きてしまう。記したこと記せなかったこと、いずれの罪障も見透かされまいと宙にためらうペン先でインクが干上がる。「志望動機」・「自己PR」欄の無窮の空白にうずくまったまま、いったいわたしは何を検索しようとしていたのか。印肉が血のように指紋の溝にこびりついた指先をハンカチで拭いながら、いつしかわたしは高架道路の下にひしめきあう町工場の一角に迷い込んでいた。小暗い洞窟にしか見えないガード下の工場から吐き出された油まみれのツナギを着た工員たちの一群に呑み込まれ、流れに逆らうように群れを抜けたとき、目の前に思いがけずゆったりと流れている淀川の銀灰色の河面が見えた。土手を上り、下りて、わたしは汗ばんで真昼の陽光にきらめく河面の鏡を見つめた。ココカラ先ヘハ行ケナイ。コノ都市ノ背面ヲ滔々ト尽キルコトノナイ水脈ヲ何処ニモ辿ルコトハデキナイ。ふいに眼前の河面がそんな声を反射してよこし、遠い記憶のなかの聾唖の流域へと翳りはじめる。そこからさらに河面はめくれかえり、それ自身の被膜を食い破るようにめらめらと燃えひろがるその裂け目に鉱水によどむ褐色の河面が鈍く光り、上流へさらに上流へと滑走していくと、やがて急峻な谷あいにほとばしる濁流に呑まれそうな朽ちかけた木の橋が見え、その橋のむこうから赫土の山肌を黒々とくりぬいた単眼のような廃坑がわたしを射すくめる。そして坑口からは、そろって炭塵に覆われ見分けのつかない漆黒の顔のなかで眼窩だけを光らせた死んだ坑夫たち、過たずわたしを名指しにくる父祖たちの隊伍が次から次へと吐き出されてくるのだ。だれにも検索できない所在。高層ビル最上階のまなこがけっして俯瞰できない風景。わたしへと澪引き、わたしがけっして還れない水脈。しかしこの帰巣の幻こそ、高層ビル最上階のディスプレイのなか、幾重にも立ちはだかる廻廊の堂々めぐりの壁にわたしが穿った一点のうつつではなかったか。その問いの行方もまた、だれにも検索することはできない。たたずむわたしの背中を、いましも河面をつんざいて鳴りわたる町工場の長い長いサイレンの切っ先が一突きに刺し貫いていく。

八月のLUNA《ルナ》

耳元でLUNA《ルナ》、LUNA《ルナ》と呼びかけると、おまえは歯を食いしばって立ち上がろうとするのだけれど、前足を突っ張るだけで、ギャッ、グュア、ゲェッ……と呻くばかりだ。もう餌を食むことはおろか、水を嚥下することさえできない。おまえと同じぐらい年老いた母が、せめて口に含ませようと手ずから水を滴らしても、おまえのとろんと落ちくぼんだ眼《まなこ》は何も見ていない。何をしてやればいいのか、手をつかねていると、ここは自分の死に場所じゃない、とでも言うのか、おまえは、突然、痩せおとろえた四肢に信じられない膂力を漲らせて立ち上がり、沙漠にさまよい出るように、居間のカーペットの一隅を数歩ばかりよろめいては倒れ込む。LUNA《ルナ》、おまえをここに預けて旅立った義弟と妹を恨まないでくれ。おまえよりももっと年老いた、郷里に独居する父親の命を養うために、二人は姪っ子を連れて行かなければならなかったのだ。だからこそおまえが、母親と、双子の姉が亡くなった義弟の家に還りたいのも痛いほどわかる。何しろおまえたちは高校二年生の姪っ子が生まれる前から、そこにいたのだから。ギャッ、グュア、ゲェッ……LUNA《ルナ》、おまえが応えているように聞こえるのは、しかし、いましも死がおまえを圧伏しようと、おまえのなかで間歇的に舞踏する歌なのだろう。何もしてやれず、おまえを見守っているのは辛かったが、しばらく目を離しておまえを見るのはもっと辛かった。ゆるやかに起伏していた腹が鎮まり、おまえは少しずつ、黒々とした毛並みのなかへ陥没するように扁平になっていったから。停滞し、旋回する時間というのは呪わしい。明日になれば、わたしは、おまえよりも少し年老いて亡くなった伯母の初盆に、母を連れて行かねばならない。還ってくる伯母の霊を母が迎えられるよう、瀕死のおまえを置いてこの家を空けるなんて……傍らでうずくまりながら、いつしかわたしのなかで、おまえを看取る時間が、おまえの死を待ち望む時間に掏り変わっていく。LUNA《ルナ》、許してくれ。おまえたちの死に臨む悟性は完璧なのに、わたしたちの死を怖れ、管理しようとする習俗の性《さが》が、おまえの死出をこの居間の沙漠にさまよわせているのだ。するとおまえは、もう呻き声も出さず、わたしの思いを見透かしたように、突然、黝く粘つく、とても臭い唾液のようなものを吐き出し、続けて長い放尿をした。それが、死がおまえを圧伏する最後の舞踏だったのか。おまえはとうとう次元をひとつ失くし、黒いビロードの布切れのように動かなくなった。わたしは、ただおろおろと、おまえの遺骸を、妹の用意していた「青森りんご」の刻印のある白い発泡スチロールの箱に入れ、顔だけが見えるように、周りを保冷剤とありったけの氷を入れたスーパーの袋で埋めた。これが、せめてものおまえの柩。――そのとき、ちょうど天窓に月が射しかかった。ごらん、LUNA《ルナ》。いま月が、地上に名乗り出るように、おまえを迎えに来たよ。昇天していくおまえの霊にむかって、わたしは月の光から隠れるように囁く――来年、ここで待っているからね。

階段の上がり端《はな》

一

……そのとき、わたしは二階にいた。それはたしかなのだが、仕事部屋にいたのか、寝室のベッドに寝そべっていたのか記憶がさだかでない。ラジオのFM局から流れてくる音楽を聴いていたことだけは憶えている。聴き入っていたわけではなく、なかば習慣的に、ぼんやりと考えごとをしながら、聴き流していたのだが、その聴くともなく聴いていた音楽に紛れて、ふとそれとは別の、その低音部よりもさらに野太い、打楽器を叩くような音が聞こえてきたのである。そう気がついてからもしばらくのあいだ、わたしはその打音を含んだ音楽をやはり聴くともなく聴いていたのだと思う。それは数十秒ぐらいだったようでもあり、二、三分ほどもそうしていたような気もする。その頃、近所で造成工事をしていたから、そのさだかでない暫時、わたしは杭打ちか何かの音だと一人決めしたような記憶があるのだが、その日が師走の二十八日、日曜日であることを思えば、そんな音が聞こえてくるはずはないのだった。

　わたしは、一階の居間に母がいることを忘れていた。いや、忘れてはいなかったのだが、数十秒か、二、三分かのそのあいだ、その野太い音と母とを結びつけることができないでいたのだ。そして、その音と母との関連、というよりまさしく母がその音を立てているのだと気づいた刹那――最後の一秒か二秒ほどのあいだに、わたしは、東京を引き払ってその家に帰って来て母とひとつ屋根の下に暮らした二年ほどのあいだに二度母が見舞われたある発作のことを、それこそ映画のフィルムを高速で巻き戻すように目くるめくスピードで思い出していた。とっさに部屋を飛び出し、折り返しの階段を下りていったわたしの目に飛び込んできたのは、はたして上がり端《はな》にうずくまり、踏面《ふみづら》を叩いている母の姿だった。

　呼吸困難の発作だった。階段を下りたわたしは、母を抱き起し、背中をさすったり、軽く叩いたりした。おろおろしながら、その間ずっと声をかけていたような気がするが、どんな言葉を発していたのかまったく憶えていない。ただ、母のぜいぜいと空を切るばかりの苦し気な呼気を聞き、その体温を感じながら、わたしは、ようやく過去二度の発作のことを思い出していた……。

いずれも、食べたり飲んだりしていたときではなく、原因というほどのことが思い当たらない発作だった。痰が喉に絡んだり、唾が気管に入りそうになったりしたとき、呼吸がしにくくなることがある。普通は、えへんえへんと喉を鳴らしたり、咳き込んだりしているうちに元に戻るものだが、どういう加減かそんな当たり前のリカバリーができなくなるのだった。しかも、たしかに二度母のその発作に立ち会ったことを思い出しながら、それはもう長らく——おそらく一年以上は母を見舞ったことがなかったのに、という虚を突かれた思いも伴っていたので、余計にわたしはうろたえていた。

そんな惑乱のなかで、しかし、まざまざと呼び起こされていたことがあった。その一年以上前の発作のときも、やはりわたしは二階にいて、階下の居間にいた母がおそらくいざるように階段の上がり端のところまで来て、わたしに助けを求めて踏面を叩いていたことを——。わたしはその日のように急いで折り返しの階段を下り、母を抱き起こし、背中をさすったり、叩いたりして介抱したのだった。母は口を開けたまま、体を熱くしてぜいぜいと息を継ごうと、ひとしきりもがいた。その「ひとしきり」と感じられた時間は、いま思い返すと数十秒から一分ぐらいだったように思う。そして、その「ひとしきり」の苦悶の時を過ぎると、母は少しずつ呼吸を回復し、自力で身を起こすことができた。大丈夫か？とわたしの問う声にかすかに頷くと、母は階段の側板に手を添え、肩で息をしながら……ああ、しんどかった……と言葉を漏らした。ようやく立ち上がり、元の表情に戻ったかにみえた母は、しかし、すぐに顔をしかめねばならなかった。呼吸困難に陥っていたあいだ、相当の腹圧で堪えていたためだろう、母は尿失禁していた。下着の着替えを持って母が浴室に入ったあと、二階の仕事部屋で点けっ放しになっていたパソコンの電源を切ってこようと階段を上がりかけたわたしは、足下の床がかすかに濡れて光っているのにはじめて気づいた。

最初のときも、二度目も、発作のあとすぐにわたしは近くに住む看護師をしている妹にそのことを告げた。

わたしが気になったのは、その頃の母がかなり猫背が目立つようになり、背中もひどく曲がって、上背がいっぺんに縮んだように感じられることだった。その猫背と背中の曲がりが嵩じたことが呼吸困難の発作と何か関連があるのではないか。二度目の発作のあと、わたしはそう考え、妹に一度医者に診てもらってはどうだろうと相談したのだった。ほどなくして妹の勤務先である診療所の医師に診てもらい、喉や気道に呼吸困難を起こしそうな病変はないとわかって、ひとまず懸念は解消されたのだが、この際だから、と妹の勧めで受けた精密検査の結果、心臓がやや肥大気味であること、若干の不整脈があることが判明した。すぐに治療を要するものではないが、経過観察をする必要があるというのが医師の見立てだった。

それ以降定期健診を受けるようになった母は、いずれにせよ一年以上発作を起こすことはなかったのだった。そして、わたしも妹もしだいに母の発作のことを忘れていった。おそらくは母自身もまた……。

……その日、そのとき、階段の上がり端で、頭のなかにそんな忘れていた経緯が怒涛のように押し寄せてくるのに任せながら、わたしはおろおろと母の背中をさすりつづけるほかなかった。ただひとつ、過去二度のように「ひとしきり」の苦悶の時を母が堪えて、やがて呼吸を回復させることだけを信じながら……。しかし、その日の発作は何かがちがっていた。自分の体と外の空気を通わせようと、ぜいぜいと声とも息ともつかない苦し気な音を漏らしながら全身を震わせていた母は、いつしか半分目を閉じ、口を半開きにしたまま、眠りつつあるように静かになってしまったのだった。そうなるまで、わたしはどのくらい母の背中をさすっていただろう。これは、いかん！　と、二階に携帯電話を取りに行き、母の許に降りてきたときには、相応の時間が過ぎてしまっていたのではないか。わたしは携帯電話で119を押し、救急車を呼んだ。耳元に当てた携帯から冷静な声で言われるまま、母の頭を上げて気道を確保し、鼻をつまんで、口を開けさせて息を吹き込む人工呼吸を試みた。救急車が到着するまで続けてください！　とその声は告げて切れた。どれぐらいの時間、わたしはそれを続けることになったのか。その時間の長さについて思い出そうとすると、途方に暮れてしまう。起きたことはほぼ時系列に沿って思い出せるが、経過した時間というものが思い出せないのだ――。

母は、わたしが二階の部屋を飛び出すまで、どれくらいの時間、階段の上がり端で踏面を叩いていたのだろうか。わたしは、過去二度と同様発作が過ぎ去ることを信じながら、どれくらいの時間母の背中をさすっていたのだろうか。そして、救急車が到着するまでどれくらいの時間、母に人工呼吸をほどこしていたのだろうか。そのすべてが思い出せないのだった――。

だいぶあとになって、たまたま携帯電話の発信履歴を見ていたとき、その日、119に電話した時刻が残っていることがわかった。

［12月28日　日曜日　15時39分　119］

わたしはしばらくのあいだ、まんじりともせずその画面に目を凝らしていた。その時刻の前の十数分間、あとの何十分間かが溶暗してしまった時間の闇のなかで、その画面だけがいつまでも妖しく光りつづけているような気がした。

ふと別の不審の念が頭をもたげた。妹に電話したのは救急車を呼んだあとだったと思うのだが、それにしてはなぜその時刻と番号が携帯の発信履歴に残っていないのだろう？　携帯からではなく、固定電話からかけたからだろうか。やはり思い出せない。はっきり言えるのは、その日妹は、義弟の磯釣りにつきあって丹後半島のとある海浜へ日帰りの小旅行に出かけていたということだ。

あとから思い起こせば、そこにも運命の皮肉と呼びたくなるような顚末があった。

四、五日前のことだった。デイサービスから帰って来た母はその夜から発熱し、翌朝には咳き込むようになった。妹の勤務する診療所で毎年インフルエンザの予防注射を打ってもらっていたし、普段から風邪を引くことなどなかったので、わたしはいぶかしんだ。しかし、診療所に連れて行って診てもらうと、やはりインフルエンザらしかった。医師は、たとえ予防注射を打っていても、感染した人から菌をもらったりすると発症することがあるのだと言った。注射を打ってもらい、帰宅して昼食後に処方された薬を飲むと、母は床についた。寝込んだのはその日だけだったが、平熱に戻るまでは時間がかかった。翌日から勤め帰りに妹が様子を見に来てくれ、とりあえず次のデイサービスは休ませることにした。母は、思ったより早くふだんどおりの起居ができるようになったが、妹がやって来て熱を計ってみると、微熱があった。予定していた日帰り旅行を延期することも考えながら、妹は連日やって来ては母の熱を計った。母は、もう大丈夫だから気にせず出かけなさい、とさかんに言ったが、前日になって、そんな言葉が通じたように母の体温は平熱に戻った。妹はそれを見届け、これでもう大丈夫と、その日の朝、安心して義弟と日帰り旅行に出かけたのだった。

　119に電話してから救急車が到着するまでの時間、わたしは、その間おそろしく長く感じながら、母に人工呼吸を試みていたが、119の電話口で言われた手順を行うことに気を取られすぎて、あることを見落としていた。母の口から入れ歯をはずすのを忘れていたのである。そのことに気づき、あわてて入れ歯をはずし、さらに人工呼吸を続けたが、母の口腔に吹き込む自分の息のボリュームが大きくなった気がして、なぜもっと早く気づかなかったのかと悔やまれた。

　ピーポー、ピーポーという救急車のサイレンが聞こえてきたのは、それからまもなくだった。ゆっくりとサイレンが止み、玄関前に車が止まる音がした。とっさにわたしは玄関ホールに降り、親子ドアを開け放って固定した。そして、救急車の運転席から、後ろのドアからいっせいに降り立った数人の救急隊員たちにむかって、こっちです！　と叫んだ。彼らは救急車からストレッチャーやいくつかの器具を取り出すとポーチのステップを上がってきた。わたしは階段の上がり端に横たわった母の許に急ぎ、玄関を入ってくる彼らにもう一度、こっちです！と叫んでいた。

その次の記憶が救急車の助手席に乗っている自分なのだから、母が救急措置を受けているあいだ、呆然自失していたのだろう。ゆだねるべき人たちに母をゆだねたという、つかのまの放心がわたしを領していたのかもしれない。ただ、そんななかで一人の救急隊員の低く、鋭く発した心停止！　という声ははっきりと聞こえた。彼らが母にほどこしていたのはすでに蘇生措置だったのだ。

救急車はすぐには発車しなかった。後部では、ストレッチャーに乗せられて運び込まれた母の措置がまだ続いているようだった。助手席で待たされているあいだ、わたしは、人工呼吸よりも先に心臓マッサージをすべきではなかったのか、と後悔しはじめていた。１１９の電話口でなぜそう指示してくれなかったのか？　自分の説明がまずかったのか？　バックミラーを見ると、サイレンを聞きつけ、止まっている救急車にいつのまにか吸い寄せられるように集まり、遠巻きにしている近所の人たちの姿がまるで魚眼レンズでとらえたように映っていた。一刻も早く母を病院に連れていってくれ――わたしは心のなかで叫んでいた。

運転手が乗り込んできて発車し、府道を走り出してからも二度ほど救急車は道路わきに止まった。そのたびに、どうやって後部と交信しているのか、運転手は、措置のためにいったん停止します、とわたしに断った。

救急車はやがて赤地に白抜きの「救急」という電光文字板が掲げられた市民病院の搬送口に到着した。救急病棟のベッドに移された母は太いチューブを口に挿入されていた。数人の看護師たちが医療機器につながれたいくつかのケーブルの先端の電極を手早く母の体に装着するのをわたしは茫然と見ていた。ベッドのかたわらのモニターの暗緑の画面にまっすぐな白い線が浮かび上がった。

この病院で過ごした時間もしかと思い出せない。その画面を見ているうちに気がつくと、かたわらには妹夫婦が駆けつけていた。早かったな、とひとこと言ったことだけは憶えている。妹は高校を卒業して、この病院がまだ国立病院であった頃、付属の高等看護学院に学んで看護婦となり、しばらくは大阪の国立病院などで勤務したあと、ふたたびこの地に戻って結婚していた。その後は別の医療機関に勤務していたが、姪っ子を出産したのも、市民病院として建て替わり、すっかり様変わりしたのちのこの病院だった。

突然、あっ、戻った！　と妹が母のベッドのかたわらのモニターを指さして言った。画面のなかの一筋の白い線が小さく波打っていた。心拍が戻った！と妹は繰り返した。たよりなげだった白い線の持続は母の心臓の鼓動をあえかな波形で伝えはじめていた。わたしはひとしきり画面を見つめていた。しかし、またふいにその波形が元の一本の白い直線に戻るのではないかと懼れ、目をそらした。

医師や看護師があわただしく言葉を交わすベッドサイドから少し後ろにある長椅子に、そのときわたしは、妹、義弟と並んで坐っていた。尋ねられるまま、わたしは母が倒れるにいたった例の発作について一部始終を話していたのだが、妹がとりわけ知りたがったのが、母が倒れてから救急車が来るまでどれぐらいの時間が経過していたのかということだった。母はいま心拍は戻ったが、まだ呼吸が戻っていない。心肺停止の時間が長ければ長いほど、この状態から回復するのはむずかしくなるのだと言った。わたしは、しかし、その時間の見当識こそを失っていたのだった。

そのとき、当直医だという若い医師がやってきた。わたしたち三人を半透明のガラスを嵌めた簡易な衝立のむこうの長椅子に案内すると、彼は眼鏡の奥の目を手元のバインダーに挟んだ書類に落としながら低い声でこう言った。

——お母さんは蘇生措置によって心拍が戻りました。救急搬送中に一度蘇生し、そのあと途絶えたんですが、ここに着いてからの措置でさきほどまた再開しました。ただ、申し上げておかないといけないのは、救急車がお宅に到着したとき、すでにお母さんは心停止の状態でした。その状態になって一定の時間が経っていたと思われます。もしこれから自発呼吸が再開し、意識が戻られたとしても、脳に障害が残る可能性があります。そのことをご承知おきください。意識が戻らずに昏睡状態が続く可能性もあります。

それは、妹が言おうとしたことをより明確に、そしてあえて言わなかった結論までも宣告する言葉だった。

元の長椅子に戻ると、モニター画面は母の心拍の波形を伝えていた。

妹が口を開いた。

——お母ちゃん、やっぱり心臓が弱ってたんやな。インフルエンザにばっかり気を取られてて……。発作のことも忘れてた。一過性のもんやと思てたけど、それが心筋梗塞の引き金になるやなんて……。

その言葉に思い出されることがあった。

その日の午後、昼食を済ましてしばらくすると、母はホーム炬燵で午睡をした。二階に上がろうと居間を出る際、わたしはその母の姿を見たのだが、背中が曲がっているためいつもは横向きに寝るのに、そのときの母は二つ折りにした座布団を枕にほぼ仰向けのかたちで寝ていて、口を半開きに寝息というより鼾に近い音を立てていた。ちらと胸に違和感がよぎりはしたが、平熱に戻ったものの念のためにもう一回と食後に飲ませた薬が効いているのだろう、ぐらいに思いなして、そのまま二階に上がったのだった。

思い出したことをそのままわたしは妹に伝えた。

デイサービスでもらったインフルエンザ。それを治すために飲んだ薬が不自然な姿勢の午睡を招き、それがもう一年以上起きていなかった呼吸困難の発作を呼び起こした。そして、その発作が心筋梗塞の引き金になってしまった——妹はそんなふうにわたしの言葉をもう一度確かめるように言い直した。

わたしは、反射的に母が倒れたときにすぐ妹が駆けつけていてくれたら、と考えないわけにはいかなかった。看護師の妹なら心停止を見過ごさなかっただろうし、すみやかに心臓マッサージか人工呼吸をほどこすことができただろう。まして入れ歯をはずすことを怠らなかったにちがいない。そんな自分がなしえなかったいっさいを数え上げざるをえなかったのだ。

ふいに妹が立ち上がった。と思う間もなく、ベッドの向こう側のモニター画面に身を乗り出していた。わたしも立ち上がってそれを見つめた。母の心拍はふたたび消えていた。


並んで坐っている妹とわたしとベッドに横たわる母とのあいだを当直の医師の背中が長いあいだ遮っていた。彼は母の上に覆いかぶさるようにしていたかと思うと、上体を起こし、ベッド越しに看護師たちに何かを指示した。そして、わたしたちのほうに向きなおると、一語一語区切るようにゆっくりと言った。

——たいへん、お気の毒ですが、お亡くなりになりました。……二度、心拍を再開されて、持ちこたえて、おられたんですが……。

医師にうながされて、わたしたちは母の死に顔を見た。「永遠の眠り」という言葉があるように、きつく瞼を閉じたその顔は眠りを擬態しているかのようだった。わたしは、しかし、その死に顔に、口を半開きに鼾と聞きまがうような寝息を立てていたその日の午後の生ける母の顔をだぶらせていた。ふたつの顔を交錯させながら、ふたつの顔の断絶を覗き込みながら、わたしは、ごめんな、と胸のなかでつぶやいた。


遺体となった母を家に連れて帰るために病院を出たとき、外はすっかり夜のとばりが降りていた。当時のダイヤリーを見ると、「17時15分、母永眠」とあるから、わたしはあの母の死を看取った医師からその時刻を聞いていたのだろう。だとすれば、それから一時間ほど病院にとどまっていたはずだが、憶えているのはただひとつのことだ。病院の待合室で警察の鑑識の者だという制服の署員から母が倒れて、救急車が到着するまでの様子——わたしが階段の上り端で呼吸困難の発作に苦しんでいる母を発見し、介抱したが回復せず、やむなく救急車を呼んだこと、そして、その119への電話口で教わった人工呼吸を救急車が到着するまで続けたこと——をことこまかに訊かれたことだ。

　わたしは、妹に語ったことをほとんど寸分たがわず語ったと思う。語りながら、しかし同時に、はじめて母が父とまったく同じ死に方をしたことを思い知らされ、いまさらのように戦いていた。四十年ほど前、五十一歳になる手前で心筋梗塞に斃れた父の許に駆けつけたときも、やはり同じ色の制服を着た警察の鑑識の署員がわたしを迎えたのだった。

　だが、父の死には駆けつけるだけだったが、母が死にいたる経緯にはわたし自身がいやおうなく関与していた。そのことの重大さに、そのときわたしは鈍感だった。

　むしろ警察関係者のわたしへの執拗な聴取をかたわらで注意深く見守っていたのは義弟だった。彼らは少なくとも三人が同じ質問を繰り返したこと。母の遺体を家まで運ぶ際、義弟と妹の乗る車に同乗すればいいものを、わたしをパトカーの後部座席に乗せたこと。家に着いてからは、そのパトカーで乗りつけた私服の刑事があらためて母が倒れていた現場に臨んだうえで、同じ質問をわたしにしたこと。そんなことを義弟に指摘されたのは、警察関係者が引き上げたあと、三人でやっと遅い夕食を摂っているときだった。たしかにわたしは、刑事に求められるまま、実況検分よろしく母がどのように階段の上がり端にうずくまり、踏面を叩いていたか、実際にやってみせたような気がする。そのすぐ上段の踏面にはまだ母の入れ歯が置かれたままで、床は母が発作の際に失禁した尿でかすかに濡れていたというのに……。

　入れ代わり立ち代わり同じ質問を浴びせることで供述に変化がないか、不自然な点が出てこないかを確かめようとしていた。義兄《にい》さんをわざわざパトカーに乗せたのも、不審な態度の有無を見ようとしたのではないか。そうやって鵜の目鷹の目で事件性があるかないかを探ろうとしていたのだ——義弟はそうわたしへの波状攻撃のような警察関係者の接触を推察してみせた。

現実感に乏しいまま、そういうものか、とわたしは思った。どうやらわたしは、はたからは唯々諾々と見えるほど彼らの執拗な質問に答えていたようだ。しかし、それはけっしてわたしが冷静であったからではない。彼らの疑心を感じられないほど、母の死という事実に全身を掴まえられていたからなのだった。

翌日はとにかく慌ただしく、そして重苦しい一日だった。

前夜のうちに妹が勤務先である診療所の師長さんに頼んで来てもらい、二人の手で母の遺体はしかるべき処置をほどこされて、いつも使っていた寝室に安置されていた。

その母に対面するため、その日は朝から比較的近くに住む親戚が駆けつけてくれたが、わたしと妹は、応接もそこそこに葬儀の段取りに追われた。前日書いてもらった死亡診断書を持って市役所の年末年始の休日中窓口に行き、火葬の手配をしたとき、わたしはまたしても父のときと同じだと思わないわけにはいかなかった。母が父と同じ死に方をしたことがやはり信じられなかった。午後には葬儀屋と、母が通っていた教会の牧師と親しくしていた信者さんたちもやってきた。わたしが居間で葬儀屋の説明を聞いているとき、別室では妹と義弟が教会の人たちと晦日の前夜式と大晦日の告別式の相談をしていた。

母が受洗したのは、六十代もなかばを越えてからだった。サラリーマンだったわたしがもっとも長い期間母と離れて転勤生活を送っていた頃で、十代から教会に通い、病院の看護学生時代に受洗していた妹の勧めがあったことはたしかだが、おそらく近くに住む三番目の姉である伯母が癌で入院し、当時は当たり前だった医師からの告知のない闘病生活にしばしば付き添いつつ、最期を看取ることになった経験が大きな契機になったことは疑いない。わたしのほうもそう推察するだけで、直接母の口から入信にいたった理由、信仰について聞くことはなかった。

葬儀屋との面談は重苦しかった。それでいて苛立たしく、馬鹿げている、とさえ言いたくなる瞬間があった。葬儀の細かな項目を羅列した書類を見せられ、ことごとくわたしに選択させるように話を向けてくるのだが、時間も判断材料もないなか、結局むこうの勧めるメニューを選ぶしかないのだった。

書類を書き終え、わたしに署名させると、葬儀屋はそそくさと帰っていった。わたしは、すでにできあがっている、どこにも破れ目のない商業主義の一様な網目に母の死が包囲されているのを感じていた。それはまた、言いようのない自身の無力感そのものだった。

だが、そんな無力感に沈んでいるいとまはなかった。妹と義弟との打ち合わせを終えた牧師から、わたしは仏式の通夜にあたる前夜式、そして告別式の進め方について話を聞かなければならなかった。司式を引き受けてもらうことになった六十代後半と思しいこの女性牧師は、とても率直で精力的な人物だった。母が長年句作に励んでいたことも知っていて、故人を偲ぶこれ以上ないよすがだから、式次第に盛り込みたい、ついては適切な句を選んでほしいとのっけから頼まれた。わたしは、そのときは大きな負荷を感じた。母が投句した句誌のページを繰って、なおざりにではなく、ふさわしい句を選べるだけの精神状態に自分があるとは思えなかった。

とはいえ、牧師の声には母の人となりを知っているという確信と、だからこそ自分たちの手で母を送ろうという熱意がこもっていた。妹もまた、親しくしている信者のなかから告別式で讃美歌のオルガン伴奏ができる人を見込んで電話をかけはじめていた。わたしは、居間のガラス戸のある小さな書棚から句誌のバックナンバーすべてを取り出し、テーブルの上にどさりと置くと、ページを繰りはじめた。そして、母の遺した句を読むことに集中していった。はじめてわたしは母の句に向き合っていたのかもしれない。自分でも意外なほど迷いなく四季折々の句を三つずつ全部で十二の句を選び、それぞれのページに付箋をつけた句誌を牧師に託した。

翌日、その数冊の句誌とともに彼女の手から受け取った式次第に十二の句が刷り込まれているのを見たとき、わたしは素直にそれらを選んでよかったと思った。式次第に母の命の一部が吹き込まれたかのようだった。

大晦日の告別式で牧師の語った言葉は、わたしの耳をさらにそばだたせるものだった。彼女は、わたしの知る母とわたしの知らなかった母とをひとつの存在として語り聞かせた。

わたしの知る母というのは、その身体的な記憶だった。

教会での集いが終わって信者が帰るときにひとりひとりの手を握る。そのとき自分の手を握りしめる母の手のだれよりも力強かったことを彼女は活き活きと語った。亡くなる一週間前の礼拝がその最後の機会になったと彼女は振り返ったが、それはわたしに台所に立つ母が包丁でカボチャや大根、ジャガイモや人参を俎板に音立てて切る仕草を思い起こさせずにいなかった。そう、母は年を取っても腕力《かいなぢから》は強かった。そのことを言うと、鎌で稲を刈ったり、斧で木を切ったりしてきた百姓の娘だから、と笑いながら答えたものだ。会場の最前列の席で牧師の話を聞きながら、わたしは遺影のなかの母が照れ笑いしたように感じた。

わたしの知らなかった母というのは、その信仰にまつわる言葉だった。

牧師は、母が毎週日曜日に通っていた教会で読んだ聖書の言葉、その声調までも再現した。読み上げられた、母が最後に朗読したという聖書の言葉がどんな一節だったかはもう忘れてしまったが、彼女は、その一節に続いてわたしが選んだ句のなかから「遠花火終りし闇の美しき」という母の句を二度読み上げて、説教を終えた。

不思議だったのは、全員で起立して讃美歌を歌ったときだった。讃美歌など歌ったことがなかったのに、オルガン伴奏とともに始まったその讃美歌をなぜか歌えてしまったのである。信仰の言葉からなる歌詞はわたしのなかを素通りしていったのだが、その調べを歌うことには思いがけない心地よさが感じられた。葬儀屋のしつらえた安っぽい書き割りのような葬儀会場に響く歌声はまるで対流しているようで、わたしは、そこが命の熱量のようなものが行きかう空間に変貌していくのを感じていた。

歌い終えてからも、その調べをどこかで聴いたことがあるような気がしきりにした。真後ろの席で歌っていた同い年の従弟もわたしと同様のことを感じたらしかった。式が終わって外に出たとき、クラシックギターをたしなみ音楽に精通している義弟をつかまえ、問いただす彼の声が聞こえた。

——シベリウスの「フィンランディア」ですよ。「フィンランディア賛歌」の旋律に歌詞を載せた讃美歌なんです。

そう従弟に答える義弟の声を聞いて、そうか……そうだったのか、と思った。「フィンランディア賛歌」の旋律だったのか、という思いに、それ以上に自分の耳がそれを思いがけず覚えていて、ここでそれを呼び覚まされた驚きが重なり、調べは余韻として残った。

そのあと、出棺のために残る義弟や従弟たちよりも一足早くわたしは母の遺影を抱き、妹とともに葬儀会場を出た。黒塗りの霊柩車が両開きの後部ドアを開けたまま停車していた。ふいにわたしの肩をとんとんと叩く者がいた。振り向くと、近所のお婆さんで、斎場まで送ることができないのでこれで失礼すると挨拶に来てくれたのだった。わたしと妹は、あらたまった礼を述べた。母よりもやや年長の彼女は、畑でたくさん取れたからと言って、母が包丁を振るって俎板で音立てて切っていた大根や白菜をしばしばおすそ分けしてくれた人でもあった。

——ええお葬式やったね……ほんま、ええお葬式やった。

そう言い残して、彼女は小さな喪服姿の背中を見せて去っていった。

新年を迎え、がらんとした家のなかでの事始めは、三々五々母宛に届く賀状を読むことだった。読みながら、あらためて母の訃を伝えないといけない差出人を選り分けた。松の内が過ぎたら寒中見舞いを出さなければ、と思った。

昼間はまだしも、夜になると家のなかを充たしている沈黙《しじま》がぐっと質量を増して居坐るように感じられた。そしてそう感じると、その沈黙《しじま》に耳をそばだてないわけにいかなかった。テレビを消したあとなど、何かの拍子に、母が咳き込んだり、わたしの名を呼んだりする声が聞こえることがあった。

　眠れないままベッドで輾転としながら、ふいに「死線」という言葉が思い浮かんだ。それは、本来の語義と異なって、生と死をあらかじめ分かつ境界線という意味でわたしの脳裏に舞い降りてきた。この家のなかに、母とわたしのあいだに、それは画然と引かれていたのだ、と思わざるをえなかった。それは否定しようのない感受だった。「死線」はまず階段に引かれていた。母が踏面を叩く音にようやく気づいて階段を駆け下り、わたしはその「死線」を越えようとした。だが、かつての発作が収まったように時の過ぎるのを待ったことや、119の電話口から指示された人工呼吸がおぼつかなかったこと、何より入れ歯をはずすのを怠ったことなどにより、母とわたしのあいだに引かれていた「死線」は瞬く間に増殖し、やがて極太の線分となって肉質化し、母とわたしとをひとつに包《くる》み込んでしまったのではなかったか。考えれば考えるほど、わたしは、「死線」を越えられる方途が他にあったはずだと自分を責めているのか、それとも、たとえひとつ屋根の下に暮らしていても越えられない「死線」というものがある、つまりは母の死がやむをえなかったと思い込もうとしているのか、わからなくなっていった。

　わたしは、告別式で牧師が母の急逝を「旅立たれた」と言ったことを思い出していた。そして、それを聞いたとき、同じ常套句でもたとえば「天に召された」といった言葉ではなく、その言葉のほうがふさわしいと感じたことも同時に思い出していた。だが、そこには空隙が潜んでいるような気がした。「旅立つ」母をこちら側で見送るわたしは、肝心の訣《わかれ》をはたせていないのではないか、と。

　すでに冬の晩い払暁がカーテン越しに感じられる時間になっていた。

　ふと、前夜式の会場に運ぶために寝室に安置した遺体を柩に移したとき、妹が突然母に取りすがって号泣した場面が思い出された。妹は終始気丈に、また看護師として冷静にことに当たっていたが、このときだけははたが驚くほど泣き崩れた。そばにいた姪っ子が驚き、ためらいがちに妹の肩を抱いた。このとき妹は、期せずして娘の目の前で、娘として母と訣をはたしたのだと思う。

そのあと、告別式の会場で目にした伯父の姿も忘れがたかった。母よりも三つ上の伯父は、わたしや妹のことをすぐにはわからなくなっていた。目前に母とともに並び、その息子と娘として名のることでかろうじてわたしたちのことが思い出されるふうだったのだ。従姉に付き添われて参列した伯父は母の遺影の前に立ち止まった。そしてまじまじと眺めると、メグミかいや？ と、独り言のようにかたわらの娘の名を口にし、その顔を振り向いた。名を呼ばれた従姉は、怒るに怒れず、笑うに笑えず、伯父の背中を大きな音を立てて叩いた。

わたしも、並んで見ていた妹も思わず笑えたのだが、しかし、よくよく母の遺影を注視してみると、あながち伯父を責めるわけにはいかないと思えた。というのも遺影は、わたしが大急ぎで差し出したスナップ写真が葬儀屋によってあまりにも大きな倍率で引き伸ばされていたために、どこか作り物めいた肌色に覆われていて、言われてみれば、従姉たちのだれかれに似ていると思えば思えるような平板な顔つきに見えたからである。母が亡くなったあと従姉たち自身から聞かされてはじめて知ったのだが、じつは母は彼女たちの名付け親でもあった。その従姉たちと母がどこか共通の顔だちを持っていることを伯父ははからずも教えてくれたのではないか。そんなことを告別式が終わったあとの会席で、わたしは伯父の顔を見ながら漠然と考えていた。すると、その伯父は突然気がついたように隣の席の従姉に語りかけた。伯父ははっきりと母の名を口にした。

——それはそうと、今日はタエコはおらんのかい？

カーテン越しに朝の光が射し込みはじめたベッドのなかでわたしはふたたび苦笑いをもよおしていた。伯父も伯父なりに亡くなった母との訣を演じていたのかもしれない。

浅い眠りが続く日々のなかで、ふいにわたしは母との訣をはたす夜を迎えた。いや、それは明け方に近い未明だったろうか。

——遺影のなかの母が確かな輪郭と陰影をそな

え、そのままの笑みを浮かべてわたしの前にいた。わたしは母が何か言葉を発するのを待っていた。ふと見ると、うしろには父の姿もあった。なぜか父だけが若く、夏夕涼みをするために生家の二階の窓から一階の屋根に出るときのステテコ姿で、腹巻から取り出した〝いこい〟に火を点け、うまそうに吹かしながら、曖昧な笑みを浮かべている。突然母はわたしの手を握りしめた。わたしはとっさに母が声を発することがないことを悟る。はたして母は一言も発することなく、わたしの手を強い力で握りしめ、つないだ手と手を揺すぶりはじめる。その手は、揺すぶるたびにわたしの手に、もうええんよ、仕方なかったんよ……ほんなら、もう行くよ、と伝えているのがわかる。そうわかった途端、わたしの目からは涙が溢れ出てくる。自分の手をますます力強く握りしめる母の手を感じながら、涙はとめどなく溢れるのだが、しかし、しだいにそれは溢れるそばから被膜となってわたしの目を覆い隠していく。手は母の手を握りしめたまま、涙の被膜は目脂のように分厚く重なってわたしの目を覆いつくし、ついに母の顔は見えなくなる。そのうち母の手の力は少しずつ弱くなり、わたしは、泣き叫ぶこともできずに、やがて母の手がわたしの手から離れるのを感じる——。

こうして、ほんのひとときにしか感じられない、しかし大きな情動の波を湛えた堰のような夢の一穴をくぐり抜けて、わたしは目覚めの岸辺に打ち上げられた。

起き上がったわたしは反射的に手を目元にやり、ついで枕をまさぐっていた。涙で濡れそぼっているにちがいない。そう確信していたのだ。しかし、どちらもまったく濡れていなかった。わたしは心底落胆した。夢のなかでは、それこそ滂沱《ぼうだ》と涙を流していたのに、現実には一滴の涙も流していない自分が裏切り者のように思えた。しかし、それからしばらくは、この夢の残像がよみがえってくるたびに、わたしはいつも少しだけ、ほんとうに泣くことができた。

二

この夢を見てから、わたしは、東京にいた頃仕事上のつきあいのあったある人物のことが気になりはじめた。正確に言えば、その人物の流した涙のことが……。

かりにSさんと呼んでおく。

Sさんは編集者で、もう十五年ほど前、名前も忘れてしまった別の編集者に神保町の喫茶店で引き合わされた。

それからどれくらい経った頃だったか、Sさんから突然電話がかかってきた。突然と感じられるほど、すぐには彼の顔を思い出せないほどの時が経過していたはずだ。用件は仕事の依頼だった。Sさんはわたしがある医療情報誌に書いたレポートを読んでいて、自分が編集を手がける医師の本の代筆を頼まれてくれないか、と切り出した。わたしは、ある医師を取材して、その内容を医師が書き手となった体裁で書いたレポートを思い出し、掲載誌の編集者を思い出し、そしてその彼に薄暗い喫茶店の一隅で紹介されたSさんのことを、本のページをめくるように思い出していった。座席を二人分占めそうな恰幅、押しの強そうなよく回る口。実際、電話での語り口もまるで知己に言うかのように単刀直入、有無を言わせない果断さがあった。

当時、わたしは印刷会社での校正の仕事と掛け持ちでライター稼業をこなしていたのと、特に医師については、取材のアポに始まり、実際に取材して原稿を書き、それを何度もやりとりして決定稿に持っていくまでのありとあらゆる煩雑を経験していたので、はじめはSさんの依頼を断った。しかし彼は、わたしの返事など聞こえないかのように話を続けた。

一から取材して一冊の本を書いてもらうのではない。その先生の書いた下書き原稿が相当量あり、大部分はそれをリライト、足りないところを取材で補って書いてもらえばよい。あのレポートを書いたあなたなら、たぶん一、二回取材すれば書けるのではないか。

そう説明したうえで、とにかく一度ご足労願えませんか、と一段声高に、なめらかな声をわたしの耳元に響かせた。

——原稿の締め切りはある程度ご希望に添えます。下書き原稿をご覧になったうえで、お断りになってもかまわないじゃないですか。ま、これから他の仕事をお願いする機会もあろうかと思いますし、ぜひ弊社の出版物もお目にかけたいんですよ。

Sさんの言葉には強い磁力があった。わたしは、結論を出すのは会って話を聞いてからでもいいか、と思うようになった。彼を訪ねたのはそれから三日後だった。飯田橋の東京大神宮に近いこぢんまりとしたオフィスビルに、彼が編集部長を務める出版社はあった。編集部のフロアに衝立で仕切られた応接セットのソファで待たされていると、ほどなくSさんは巨体を揺すってやってきた。ひさしぶりにその顔を見たとき、中上健次に似ている！　と思った。生前、たった一度その肉声を聞く機会となったさるパネルディスカッションで見た作家の顔が長髪になれば、そのままSさんの顔になる！　向かいのソファに座ると、さっそく本題に入る彼の柔らかくてよく通る声を聞いているうちに、声までも中上健次に似ている気がした。

ワイシャツの袖をたくし上げたSさんの太い腕から受け取ったくだんの下書き原稿にあらためて目を通してみると、電話で聞いた「相当量」というのは、半分方脚注や参考文献で占められていることがわかった。話がちがうと思ったが、Sさんはお構いなしに、わたしがもう仕事を引き受けでもしたかのように、医師へのアポ取りから原稿チェック、訂正など校了までの作業は編集部が責任を持ってやる、あなたは取材と原稿執筆だけに専念してもらえばいい、もちろん最終ゲラには目を通してもらうが、と話を進めていった。

結局わたしはSさんからの依頼を引き受けることにした。下書き原稿が頼りない分、追加取材には三、四回、時間にして八時間ほど要したが、原稿を書き上げる以外の医師とのやりとりにわずらわされることはなかったので、自分でも意外なほど筆が進んだ。半分方リライトとはいえ、わたしははじめて原稿にして三百枚以上の一冊の本を書いていた。

Sさんの編集者としての眼力は、そのわたしの原稿に対する評価と注文によって直感された。原稿を隅から隅まで読み、例の押しの強い語り口で評価し、そしてたくさんの注文をつけてきた。わたしは一々的を射た指摘に頷かざるをえなかった。と同時に、最初わたしの書いたレポートをずいぶん持ち上げたのは、単なる誘い文句だったのかといぶかった。しかし、Sさんがそれだけ注文をつけるというのは、基本的にわたしの原稿を見込んだうえでのことなのだということはすぐに明らかになった。彼の社が出版していた家庭医学書、ビジネス書、実用書、自己啓発書など、大型書店の売り場の標識さながらの多岐にわたる代筆の仕事を、そのあとSさんは矢継ぎ早に依頼してきたからである。わたしは、できるかぎり引き受けたが、校正と掛け持ちだったので、その半分はことわらざるをえなかった。

そんなわたしに、意外にも彼は、ライターからもう一段深入りしなければならないゴーストライターの仕事を持ちかけてきた。大手出版社、大手新聞社の出版部門からの下請けの仕事で、それは完全な丸投げ方式だった。

著者、つまり取材しなければならない人物とテーマ、それにまつわる事前資料がクライアントの編集者から与えられる。ゴーストライターはSさんとその資料を徹底的に読み込み、ディスカッションして本のコンセプトを決め、それに沿った構成案を考える。そのうえで取材にかかり、取材データが十分なボリュームになったら、それをもとにまたSさんとディスカッションして構成案を叩き台に本の章立てをつくる。取材のお膳立てこそクライアントのほうでやってくれるが、コンセプト、構成案、章立ての段階で、その都度彼らの承認を経なければならない。取材が終わり章立てが承認されて、はじめてゴーストライターは原稿執筆に着手できるというわけである。

それからおよそ二、三カ月のあいだ、彼はひたすら他人の言葉を紡ぎ出すゴーストでありつづけねばならない。原稿にして三百枚から四百枚ほどの他人の言葉の堆積を紡ぎ出し、それがクライアントを経て著者による最後の承認を得たあかつきに、彼はようやくゴーストであることからわれに返る——。

——おれはさ、態度だけじゃなくて図体もでかいじゃない。会社の狭い会議室だとどうしても窮屈なんだよね。おれ自身がというよりも、顔突き合わせている部下やライターさんがみるみる窮屈そうな面《つら》つきになるんだよ。おれに圧迫されてるって顔に書いてあるんだ。そうなったら、いくら打ち合わせしてもアイデアなんか出て来っこないわけよ。

その話を持ちかけてきた頃、Sさんはそう言ってわたしを外へ連れ出すようになった。オフィスの前の道を飯田橋駅のほうへ行くと、その道がはすかいに交差する早稲田通りに出る。彼は駅の西口を素通りして牛込橋を渡り、左に曲がって外堀通りの歩道に出ると、少し歩いて左手の階段を下りていった。ただあとをついていったわたしは、外濠に面したオープンカフェの板敷のフロアに立っていた。橋沿いのウッドデッキと外濠沿いのウッドデッキとが直角に形づくるそのフロアには、真っ白な丸テーブルと数脚の椅子が何組もところ狭しと配されていた。縁《へり》には桟橋然と手漕ぎボートも繋がれている。Sさんは、対岸の見付の緑が正面に眺められる、長いカウンターに沿った横並びの椅子のひとつにどすんと巨体を落ち着けると、一息ついて言った。

——本の企画を一から立ち上げるようなときは、こういう場所のほうが絶対いいアイデアが出るね。原稿書いたり、ゲラを校正したりするには、気が散ってダメだけど。

たしかにSさんが言うように、そこでの打ち合わせは話がはずんだ。シリーズものの企画で、彼の部下の編集者や別のライターも混じってテーブル席に陣取ることもあったが、どうかすると午後じゅうそのテーブルを占める日もあった。

しかし、わたしは依然としてSさんの持ちかける、一からまるまる一冊の本を書くゴーストライターの仕事には二の足を踏んでいた。週二、三日派遣先でこなしていた校正の仕事と両立できるはずがないと思ったからで、それは彼の熱心な誘いに首を縦に振れない、彼我にとっての鞏固な壁だった。当初こそわたしの名字をさんづけで呼んでいたSさんも、この頃はすっかり地の口調が露出し、あんた、とか、おまえさん、とか呼びかけるようになっていた。わたしが例によってその理由を口にすると、そんなもん辞めちまえよ、と言いたげな表情で、太い腕を組んだまま五歳年長者の眼でわたしを睨んだ。

わたしたちがそのカフェに来るのは、昼には間がある午前か、昼下がりか、いずれにせよ客のまばらな時間帯だったが、たまに午後遅く来てそのまま黄昏を迎えるときがあった。西日が水面《みなも》を光らせ、ありったけのグラデーションを空に映しながら落日となる初夏の夕べなど、ことに濠端の風は心地よかった。が、いかんせんほのかな照明の下では資料も読めず、どちらからともなく、今日はこれまでと、椅子から立ち上がることになる。濠向こうを、黄色とオレンジ色の電車が車窓に満員の通勤客を浮かび上がらせて行きかう時刻になっていた。いつのまにかカップルや三、四人のグループが席についたいくつものテーブルのあいだを歩いて外に出たわたしたちが次に向かうのは、目と鼻の先の神楽坂と決まっていた。

——神楽坂は路地の奥へ入れば入るほどおもしろいんだけど、おもしろくなるほど高くつく。仕事の流れで一杯やるにはこのトバ口あたりで上等だよ。

こう言って、Sさんは、通りの左右を問わず信号を渡ってすぐのところにある居酒屋に入っていった。

場所はトバ口でも、酒席のSさんはわたしにかなり突っ込んだ話をした。チラシの校正なんかすっぱり辞めて、覚悟を決めてライターになっちまいな。そう言いたいのを迂回して、結論としてそう言っているに等しい忠告と助言を並べ立てた。というより、ひたすら檄を飛ばした。彼は、運ばれてきた中ジョッキを一気に半分ほど呑むと、一息つき、音を立てて卓上に置いた。そして、ライターというのは準備万端整えてやるもんじゃない、と口を切った。

——やっているうちに、なっていくもんなんだ。あんたよりも数段筆力の劣るやつがやっているうちに一人前のライターになっていくのを、おれは見てる。何人もね。とにかく目的地へ歩き出すことだよ。出発点で準備万端整えようとすると、いつまで経っても出発できないぜ。歩きながら、足りないものを調達していけばいい。むしろ歩きながらだからこそ、ほんとうに必要なスキルがわかるし、体得できるもんなんだよ。

Sさんがざっくりと語る言葉には、彼が知りつくしていて、わたしがまだ知らない経験の心棒が貫かれているような気がした。

――できるよ。おまえさんだったら絶対書ける。おれが請け負う。

頷いて聞きながらも、わたしがふんぎりがつかない様子を見ると、Sさんはこの言葉を何度も口にした。

こうしたやりとりは、そのあと出版社の狭い会議室や、オープンカフェや、神楽坂のいくつかの居酒屋で繰り返されたが、わたしはやはり首を縦に振るにはいたらなかった。ところが、そろそろオープンカフェでの打ち合わせに秋風の気配を感じはじめた頃、彼我にとっての鞏固な壁であった校正の仕事が崩れはじめた。

派遣先の印刷会社で夜九時に出勤して翌朝の九時に退社する夜勤の時間帯にシフトするよう言われたのだ。週三日とはいえ、その日は銀行が開いている時間帯に眠らなければならない。わたしは三カ月そんな掛け持ちを続けたが、夜勤に出ない日の時差ボケに悩まされ、ライター稼業の能率はいちじるしく低下した。校正の時間給は上がったものの、それ以上にライターで稼げなくなっていた。Sさんの押しの強い言葉には首を縦に振らなかったわたしも決断しなければならなかった。登録している派遣会社に何とか昼間できる校正の仕事に派遣先を変えてもらえないかとかけあい、あと半年は辛抱してくれ、と言われたとき、わたしは即座に辞めることにした。

こうして師走の声を聞く頃、わたしはようやく、不敵な笑みを浮かべたSさんが扉を開けて待っているゴーストライターの地下世界へと足を踏み入れることになった。行きつけのオープンカフェは寒風に閑散として、いつしかわたしたちの足も遠のいていた。

打ち合わせの場所こそ、出版社の会議室や近くの喫茶店やファーストフード店や、いったん狭苦しい場所に戻ったものの、わたしのゴーストライターとしての仕事は順調に滑り出したと言ってよかった。取材、構成案作りに一か月、テープ起こし、原稿執筆に二、三か月というペースで最初の一年、三冊の本を書いた。Sさんは、わたしの仕事に満足してくれた。そのうちの一冊、ある大手新聞社の出版部から出たビジネス書が年をまたいで部数一万部を超えると、昂奮した声で電話をくれた。飯田橋駅の東口に近い目白通りに面したレストランで出版社が開いたライターの交歓会にも呼ばれ、十人ほどのライターの前でSさんはわたしを、うちの新しいエースです、と紹介した。

二年目も同じペースで仕事が入り、その合間に根を詰めれば一、二週間でできるリライトの仕事が舞い込んだ。ひとつ仕事が終わってSさんの手に最終ゲラを渡しに編集部に出向くと、次の仕事の打ち合わせが待っていた。その日は決まって神楽坂で祝杯を挙げたが、わたしはほとんど息つく間もなく次の仕事に入っていった。楽ではなかったが、やっとライターとして様になってきたなという心地よい緊張感があった。何よりもSさんから次々と仕事を依頼されているあいだ、わたしは、フリーランサーが、仕事が途切れてしばらくすると必ず襲われる、もう二度と仕事が来ないのではないかという、あの得も言われぬ不安を感じなくてすんだ。Sさんを満足させられる仕事を自分がこなせている、そのことにわたし自身満足を感じていられた。

しかし、三年目に入ると、Sさんは二年目までのわたしに満足しなくなった。というより、もっとおれを満足させてくれと要求するようになった。その要求は、さらに矢継ぎ早になった仕事の依頼に現われた。わたしは、ゴーストライターになってはじめてSさんの依頼を面と向かって断ることになった。

わたしたちは相変わらず、濠端のオープンカフェで打ち合わせを重ねていたが、いま振り返ると、数あるテーブルのなかでなぜかいつもほぼ同じテーブルに陣取っていたのが不思議に思える。そのとき、対岸の見付の桜はいっせいにほころびはじめていた。歩いていても日射しが温かくなったなと感じられる、そんな季節だった。

わたしは、いつものテーブルで向かい合ったSさんに、そんなには書けないですよ、と言った。すでに、一冊終われば次の一冊ではなく、一冊の本の原稿執筆をしながら、次の一冊の取材を進めるというペースになっていた。それだけでも、わたしは青息吐息だったのだ。このうえSさんの依頼を受けることは、二冊同時に取材し、二冊同時に原稿を書かねばならないことを意味した。彼の言うとおり、わたしは歩きながら自分なりに必要なスキルを調達してきたつもりだったが、何とかこなせるようになったと思ったとたん、Sさんは、今度は歩いていてはダメで、走りながらそれをやれと言ってきたのだ。

――そんな芸当できっこないですよ。

わたしは強い口調になっていた。

Sさんは細い眼をさらに細めてわたしを見た。これから何か決定的な言葉を口にしようとしてタメをつくっているときの表情だった。

――前から言おうと思ってたんだけどね、あんた、いい文章を書こうとしすぎなんだよ。あんたに書いてもらってる実用書やビジネス書の読者はね、本の隅から隅まで文章読んだりしないの。通勤電車や喫茶店でのちょっとした時間に自分の役に立ちそうな情報を拾い読みするわけ。たしかにそういう勘所は著者の生きざまのストーリー性に絡めて上手に書いてもらってて、読ませるよ。でも、そのほかはもっと書き流していいんだよ。もっともっと手を抜けるところがある。それがわかれば、いまの半分の時間で一冊書けるはずだよ。

――そんなに書き飛ばせるわけないじゃないですか！

口をついて出た言葉はさらに声高になっていた。

Sさんは長い溜息をひとつついたあと、あんた、わかってないねえ、と呟き、少し間を置いて、あんた、将棋指せる？　と思いもよらないことを訊いた。わたしが頭《かぶり》を振ると、おれも指せねえんだけど、と悪戯っぽい笑みを浮かべて、続けた。

――羽生善治が華々しく脚光を浴びて、将棋ブームになった頃、うちの社でもご多聞に漏れず将棋の本を出したんだ。交歓会で紹介したイシザキさん、あの顎鬚たくわえた初老のライター、あの人が昔将棋の専門紙の筋金入りの記者でね、一冊書いてもらった。それがけっこう売れて、おれも読んでみて、あらためておもしろいと思ったのさ。それからNHKの2チャンネルで日曜日の昼前にやっている将棋中継を観るようになった。何、最初から最後まで観るほど食いついたわけじゃない。中盤から終盤てやつかな。観てると、おれみたいな門外漢にもわかったことがあった。大事な駒が取られるってときに、プロの棋士は簡単にはそれを引かない。逃げないいんだよ。相手にその手が指せないように、次の手でそれ以上に相手の大事な駒を取りにいこうとする。王手！　とね。なるほど、と思ったね。

そこまで言うと、また少し間を置いて、わたしを見つめてささやいた。

——この商売で仕事を断るってことは駒を引くってことなんだ。逃げを打つってことなんだよ。

交歓会で知り合ったライターのだれかとそのあと連絡を取り合ったり、呑みにいったりしているか？　Sさんはふいに尋ねた。わたしはやはり頭を振った。また、話が変わるのか、と思ったが、そうではなかった。彼の言うには、単に名刺交換会を催したつもりはさらさらない。そのあとライター同士で人脈を作ってほしいという意図があったのだという。そして、いずれはプロ同士おたがいの仕事をシビアに値踏みして、もし自分が受けられないときはこの人なら仕事を回せる、逆にその人からも信頼されて仕事を回される、そんな互助関係をあの集まりのなかから築いていってほしいと考えていたのだ、と。

Sさんはさらにダメを押してきた。

——この業界では仕事の依頼を断ると、普通二度目はないもんだよ。駒を引いちゃダメなんだ。来た仕事は何としてでもやりおおす。仮病を使って締め切りを延ばしてもいい。何とかしなきゃ。他のライターを手駒にしたり、場合によっては自分が他のライターの手駒になったりして、王手を打ちつづけないとダメなんだよ。

わたしは、まったく身の丈を越えた注文をつけられているようで、言いようのない脱力感に襲われていた。そんなこと、できるわけないよ。口には出さなかったが、わたしはその言葉を胸のなかで何度も呟いていた。

対岸を満員の通勤客を乗せた電車が行きかう時刻になっていた。例によって周りのテーブルが三々五々人影で占められていった。彼らにとっては仕事が終わってすぐ家に帰るには惜しい、心が優しく浮き立つような春の宵であったにちがいない。だが同じ場所で、Sさんは巨体の陰影を濃くしながら、まぎれもなくわたしを圧迫する存在となって眼の前にいた。


その日、帰ろうとするわたしをSさんは気分直しに呑もうと誘った。穴場に案内するよ、という。言い過ぎたと思ったのかもしれない。Sさんは、神楽坂を少し上がって、キャンパスというより企業が群居するビルのような東京理科大学を左手に見ながら細長い横丁を入っていった。そして、年季の入ったたたずまいの赤提灯の居酒屋の暖簾をくぐり、慣れた様子でカウンターとテーブル席のあいだを通り、店の奥まで進むと、小上りになった畳の間へ上がった。向かい合って坐ったとき、すぐに女将がやってきてSさんに挨拶した。よほどの常連らしかった。

意外にもここではSさんはいっさい仕事の話をしなかった。明かりの下で柔らかい表情を取り戻した彼は、郷里《くに》には帰ってる？　と尋ねてきた。わたしは、郷里にもはや帰る家なく、ほど近い地方都市に建てた家に独り暮らしの母がいて、盆と正月には帰っている。妹一家が同じ市内に住んでいるので、折に触れて近況は聞いていると答えた。

――おれは正月に帰ったり、帰れなかったりなんだけど、そのたびにおふくろがすっかり老いぼれちまってね。

女将が運んで来た二合徳利からぐい呑みに注がれた最初の一杯をあっという間に呑み干すと、Sさんは気弱に見える笑いを浮かべて言った。

岩手の山奥の町の出身だということは以前に聞いたことがあった。わたしは、酒を注《つ》ぎながら、ご家族は？　と尋ねた。Sさんは、自分は男ばかり三人兄弟の末っ子で、家督は長兄が継いでいる、と言った。そのあとは尋ねるまでもなく、呑むほどにいつも以上に饒舌になったSさんが語りはじめた。はじめて聞く話ばかりで、わたしは耳をそばだてた。

それによると、Sさんの実家というのは代々地元で土建業を手広く営んでいて、父親は長年町長も務めていたらしい。長兄は土建業を受け継ぐだけでなく、町長選にも父親から代を隔てて当選していて、現在もその職にあり、次兄は次兄で東北の国立大学の医学部を出たあと、盛岡で開業医をしており、困ったことにうちの家は地元では名家の誉れ高いのだ、という。

——ただ一人おれを除いてね。ひとことで言うと、上の兄貴はやり手、真ん中の兄貴は秀才、末っ子のおれだけがご覧のとおりはみ出し者ってわけさ。

父親は十年ほど前に亡くなり、いまは母親、長兄夫婦、その三人の子どもの三世代が暮らしている。正月に帰ると、長兄の嫁いだ長女や、次兄夫婦がそれぞれ子ども連れで帰って来ているので、だれがだれだかわからないほどなのだという。お母さんには家族が多くてにぎやかなほうがいいんじゃないですか、とわたしが言うと、Sさんはとまどいの表情を浮かべながら、さらに言いつのった。すでに二合徳利三本が空になっていた。

——それがさ、今年の正月に帰ったときにおふくろの耄碌ぶりを見て、おれは柄にもなく親孝行しようと思ったんだ。おふくろは歌舞伎が好きでね、東京に歌舞伎を見に来いって言ったんだ。そしたら、おくふろ喜んでね。

ところが、春先に歌舞伎の公演日程を調べて、家に電話してみると、母親に異変が起きていた。折よく母親自身が電話を取ってくれたのだが、Sさんが、母さん?　おれだよ、おれ、タカトシだよ、東京で歌舞伎見に行く件だけどね、と語りかけても、はあ、どなたじゃ?　どなたじゃ?と頼りなく繰り返すばかりで、Sさんの声がわからなくなっていたのだという。結局Sさんはあきらめて電話を切るほかなかった。

——オレオレ詐欺の反対だよ。おれが詐欺にかかったようなもんじゃねえか、これじゃあ。おい、ライターさんよ、何て言えばいいんだい?　教えてくれよ。

Sさんはめずらしく酔いが回ったようで、わざとらしく笑いのめした。そして独り言のように、まったく冗談じゃないよ、と呟いた。しょっちゅう掛けてないと電話の声というのは意外にわからないもんですからね、とわたしは慰めにもならない言葉をかけていた。

どういう風の吹きまわしか、そのあとSさんはわたしへの攻め手を緩めたようだった。いつまでも歩いていないで、走り出せという檄は沙汰止みになった。その代わり、彼はもっぱら医師の本の代筆をわたしに依頼してきた。理由は聞かなかったが、取材から執筆まで手間がかかりはするものの、原稿料も比較的高いこっちの仕事を堅実にさせるほうが彼我にとって得策だと判断したのだろうか。

昔観た「白い巨塔」という映画のカリカチュアさながら地方の国立大学の医学部に君臨する教授。両国国技館そばで相撲教習所かと見まがうばかりにクリニックを繁盛させている痛風の専門医。迷路のような廊下を歩いてたどりついた部屋でようやく始めた取材を十五分刻みで秘書を呼びつけて中断する巨大病院の外科部長……わたしは、結局その年、三人の医師のゴーストライターを務めることになった。

その最初の一冊の原稿に着手しつつ、合間に二冊目の取材に通いはじめた頃だった。Sさんから呑もうと誘われた。ゴールデンウィークが終わって、街には五月の日射しが充ち溢れていた。彼は、社でもオープンカフェでもなく、あの横丁の居酒屋で待っていると言った。空に明るみが残っているうちに歩く横丁は妙に間延びした感じがしたが、約束の時間にまだ暖簾が出ていない店まで来て、なかを覗き込むと、女将が、お待ちかねですよ、と声をかけてきた。わたしは招じ入れられるまま、奥の小上りまで進んだ。先にやってるよ、とSさんはぐい呑みを挙げた。卓上には二合徳利が一本載っていた。

Sさんは、挨拶代わりに進捗状況をたずねると、わたしがいまやっている仕事をぜひ得意分野にすべきだと言った。

——あんたは一芸に秀でるタイプだね。この分野でスペシャリストになったほうがいい。医者をきっちり取材して、注文の多い彼らを満足させられる原稿を書けるライターはそうそういないもんね。

この前、オープンカフェでわたしに迫ったことを遠まわしに撤回しているようにも聞こえた。

——気がついたら日本は年寄りだらけなんだ。これからますますそうなる。東京に暮らしてるとそうでもないけど、田舎に帰ったら、いやでもそれがわかる。……認知症というテーマでシリーズ企画を考えて、企画書出してみるか。最新の資料を集めて、医療関係者を当たって、医者をリストアップしないとな……。

Sさんは、わたしにむかって言うようで、どこか自分に言い聞かせてもいるような口調で言った。

この前のとき同様、女将は何も言われなくてもお盆に二合徳利を二本載せてやってきた。この店でSさんが注文するのを聞いたことはなかった。その日も、注文しなくても三、四皿の肴が運ばれた。

——おれがこの店を気に入ってるのはね、肴が美味いというのが大きいんだけど……これなんかおふくろの味付けそのままなんだよ。

こう言ってSさんは烏賊と大根の煮つけに箸をつけた。わたしもそれを口に運んだ。大根に味がしみていて、口中に広がった。

一本目が空になり、二本目の徳利に手を伸ばしながら、Sさんは、じつは連休中に実家へ帰って来たのだと漏らした。

——いやあ、まいった！　やっぱりおふくろはおれのことがわからなくなってたよ。

ひときわ声が大きくなったのは、感情を押し隠そうとしてのことだったかもしれない。おふくろの表情や目つきは正月に帰ったときと全然変わっていないと思ったんだ、とSさんは言う。東京に歌舞伎を見に来るか、と誘ったとき、目を輝かせて、うん、と答えたときのおふくろと寸分変わっていなかった。それなのに、連休中に帰省した彼にむかって、その同じ表情と目つきで三番目の息子である自分のことを知らないと言った。その事実がSさんを打ちのめした。耄碌しているなと思いつつ、その耄碌ぶりを帰省するたびに刻みつけていた自分がそのとき、完全に振り切られた気がした。

Sさんはそこで言葉を途切らせた。

その沈黙にはただならぬ質量があり、わたしは気圧された。その間、Sさんは独酌で立て続けにぐい呑みを干した。沈黙に耐えられず、何日間帰っていたんですか、とくだらないことを訊いてしまっていた。Sさんは、二泊したよ、それ以上は兄貴の嫁さんがいい顔しないんでね、と答えた。それからまた沈黙があった。いつも正月に帰省していたSさんが突然連休に帰って来たんで、お母さんもだれだかわからなかったんじゃないですか、とわたしはまたしても慰めにもならない言葉を口走っていた。Sさんはぐい呑みを重ねながら、首を振った。正月に帰るといっても、毎年ではなかった。気が向いたときにふらりと帰ってくるバツイチのもうすぐ六十になろうかという独身男が、あなたの息子だと親孝行としようとしても、もう遅かったのかもしれない。兄貴たちはそれこそ末広がりに家族を営んで、そのなかにおふくろも取り込んで、庇護してきた。おれは、いつのまにかその末広がりから弾き飛ばされていたんだ、と言った。

　Sさんの声は落ち着き払って、よどむところがなかった。わたしは三本目の徳利からSさんに注《つ》ぎ、自分のぐい呑みにも注いだ。Sさんはまたたくまに干した。わたしは、この前この同じ場所で、家族が多くてお母さんも寂しくないでしょう、などと言ったことを後悔していた。豪放磊落にみえるSさんも、かつて親しんだ懐かしい空間が兄嫁や甥っ子、姪っ子たちによって占められていくなか、巨体を縮めるようにそこに帰っていったのではないか。わたしもぐい呑みを一気に干した。

――帰りの新幹線の車中でつくづく思ったんだ。「生き別れ」って言葉があるだろ。おれはおふくろと「生き別れ」ちまったんだって。生きたまま他人になっちまったんだって。きっとおれのほうが、知らず知らずおふくろを兄貴たちのなかに置いてきぼりにしてたんだな……。

　Sさんはゆっくりと、しかし、きっぱりした声で語った。わたしはうつむいて小鉢のなかの烏賊と大根を交互に口に運んでいた。Sさんの言葉とともにその味が自分のなかに沁み込んでいくのを感じていた。

ふと視野の端《はじ》で、Sさんがぐい呑みに注ごうとして、雫しか落ちてこない徳利をさかんに振っている仕草に気づいた。もう一本頼みますか？　と声をかけようとして、Sさんの顔を見たとき、わたしは声を飲んでいた。Sさんは泣いていた。細い両の目はわたしのはるか後方の架空の一点に凝らされているようで、頬には涙の痕がはっきりと印されていた。烏賊と大根の煮つけを口に運びながら、Sさんは泣いていたのだ。いや、泣くに泣けず烏賊を噛みしめ大根を噛みしめ、わたしにむかって語りながら、ただ涙していたのである。Sさんは涙を拭おうとはしなかった。

地下鉄で帰るわたしは、いつもは神楽坂の出入り口のところでSさんと別れるのだが、その夜はそこで別れを告げられなかった。わたしはSさんとともに牛込橋を渡り、飯田橋駅の西口まで歩き、改札を入っていく彼を見送った。軽く手を挙げてから踵を返したSさんは、人波よりも頭ひとつ大柄な体を心持ち左右に揺すりながら、右へゆるやかに彎曲した長いプラットホームを遠ざかっていった。

三

わたしの夢のなかの滂沱たる涙は、Sさんが現実に流した涙の痕を呼び起こし、それら二つの涙の記憶は、わたしのなかで「死線」と「生き別れ」という言葉を激しく交錯させずにはいなかった。それはおのずと、二年半前、神楽坂の居酒屋で、自分のことを認知できなくなってしまった郷里の老母を思ってSさんの発した「生き別れ」という言葉と、彼の頬に印された声なき涙の痕とが、そのあとはからずもわたしを離京へとうながした時間を振り返ることでもあった。

Sさんの「生き別れ」という言葉がまずわたしに思い浮かばせた面影は、母よりもひとまわり年長の二番目の姉、当時すでに九十歳を越えていた伯母のそれだった。伯母にはもう十年以上会っておらず、だから、わたしが覚えているのは元気な頃の伯母だった。母から聞いていたのは、伯母は認知症が進んで従兄夫婦のことがわからなくなってしまい、その後、もともと悪かった膝がさらに悪化して車椅子生活を余儀なくされ、いまは施設に暮らしているということだった。二週間に一度週末に従兄が迎えに行き、家に連れて帰るのだが、車が施設ではなく家の前に止まり、降りるために従兄が介助しようとすると、息子を施設の職員だと思い込んでいる伯母は、こんな知らない家に連れてきていったいどういうつもりだ！　と食ってかかるのだという。

わたしは、にわかに母もまた伯母のように年老いていくのではないかという思いにとらえられた。母より三歳年長の伯父も当時八十路なかばにさしかかって、物忘れがひどく、目端が利かなくなったので、従弟が車の運転を止めていると聞いた。母よりも五歳年下で七人きょうだいの末っ子の叔父だけは持病を抱えながらも、そういう心配はなかったが、きょうだいの健在な四人のうち伯母、伯父、母は、老いの道筋において直列に並んでいるように、そのときわたしには思えたのである。

もし、ある日家に帰ってきたわたしを見て、母がわたしのことをわからなくなっていたら……。Sさんの涙は、いやでもわたしと母との「生き別れ」の図を想像させずにいなかった。老いていく母というものがいずれはわが子のことがわからなくなってしまうとしても、従兄のようにずっと伯母と暮していたのなら、西日が落日に変わっていくのを見届けるようなその時間が「生き別れ」を受け入れさせてくれるかもしれない。しかしこのままでは、Sさんと同様、わたしはその時間を失ってしまう……。

盆と正月に帰省するたびに、わたしは注意深く母のことを見守るようになっていった。

ゴーストライターとして三冊の医師の本を書いた翌年、Sさんはわたしの編集担当の任を次長に代わりたいと言ってきた。めったに部下を褒めないSさんが、あいつは頭が回る、と評する四十代前半の人物だった。請われて引継ぎの打ち合わせに編集部に出向き、はじめてじっくりと言葉を交わした。どうやらSさんは、歩いているわたしを走らせてでも引き込もうとした、ジャンルをまたがる複数の本の企画を同時進行させるプロジェクトに専念するらしかった。何羽もの鵜を操る何本もの紐を一手に握って舟縁《ふなべり》で奮闘する鵜匠となったSさんの姿が浮かんだ。わたしは、鵜の一羽にならなくてよかった、と内心ほっとした。

新しく担当となった次長は、まったくもってそつがなかった。電話でも実際に会っての打ち合わせでも無駄口はいっさいなく、正確無比に用件を伝えた。わたしの質問にも遺漏なく答えてくれた。酒は呑めない性質《たち》で、当然打ち合わせの場所は社の会議室か応接セットのテーブルとなった。終わってSさんに挨拶しようにも、不在がちで、また例のオープンカフェで何人も集めて一席ぶっているにちがいなかった。

その年、わたしはリライトの仕事も含めて、たしか四、五冊の本を代筆したはずだ。次長は、わたしの原稿に対してSさんのように注文をつけることはしなかった。Sさんの眼鏡にかなったライターということで、それには及ばないと思ったのだろうか、できるだけスムーズに仕事を運ぶことにもっぱら意を用いているようにみえた。彼との仕事が軌道に乗ると、あらためてSさんの存在が自分にとってストレスであったことが実感された。わたしは、ひとつ原稿を上げるたびに、はい、一丁上がり、次、といった感じで仕事をこなしていった。そして、そんなふうに仕事を捌いている自分に満足感を覚えていた。

ところが、次の年になると様相が変わってきた。次長は、それまでわたしが手がけた医師の本のなかでも売れ筋の心療内科医の本ばかりを連続して依頼してきた。そのほうがわたしの取材、原稿執筆の能率が上がるし、結果的に脱稿が早くなり、引き受けられる点数も増えると考えたのだろう。わたし自身、そのほうがノウハウが蓄積されて、楽に書けるようになるだろうと最初は考えた。しかし、いざ取材を重ねて原稿を書いていくと、そうは問屋が卸さないことに気づかされる。

たとえばA医師、B医師、C医師と取材しても、同じ心療内科医である以上、診ている患者の傾向や診断と治療の方法、そして彼らが考える心療内科の門をたたく人が増えている社会的背景などがそれほど変わるはずもない。むしろほとんど共通しているのである。わたしは、A医師、B医師、C医師のそれぞれの著書となるべき原稿を、締め切りに追われて、似たり寄ったりの内容、しかもまるで同一人物が書いたような文章で綴っていくことになる。もう、一丁上がり、とはいかなかった。原稿を次長に託すたびに、わたしは言い訳がましくそのことを言い添えたが、彼はまったく意に介さなかった。そこは割り切っていいんじゃないですか。そんなことに気づいて文句を言う著者はいないですよ。もちろん読者もね、と笑って答えた。

以前のわたしは、医師に混じって、マーケティングの専門家、経営コンサルタント、外資系製薬会社の日本人社長といったさまざまな著者の仮面をかぶることができた。つまり筆の目先が変わることで、かろうじて文章を書き飛ばすことができていたのだ。予定調和のようなサクセスストーリー、社会貢献を騙るとどのつまりは自慢話、わが田に水を引こうとするだけの規制緩和論……取材を進めていくと、筋の悪いおためごかしの話が飛び出して来ることもある。そんなものにも逐一言葉を与えながら、さもしく枚数を稼ごうとするみずからのライター根性に自己嫌悪を感じないでいられることは難しい。しかし、それすらすれっからしになって書きつづけていると、そんな筋の悪い話がいかに筆に乗せて料理するかという腕の見せどころになってくる。むしろライターにとってギアチェンジして加速するための材料になったりするのである。

次長の課してきた心療内科医の本の仕事にはその要素がまったく欠けていた。彼が、作業効率を上げると考えた理由であるその規格性が、まさしくわたしの作業効率を阻碍していくことになったのは皮肉というほかなかった。わたしは何を書いても、この文章は、この言葉は、前に書いたことがあるはずだという執拗なデジャヴに付きまとわれることになる。自分の名を隠し他人を名のって書きまくることで、ある蠱惑的な自在感を一度は手にしていたはずのゴーストライターは、わたしのなかで塩をかけられたナメクジのように萎えていった。

書けなくなる、言葉が底をつくということではなかった。むしろいくらでも書けるのだが、書けば書くほど同じ場所で堂々巡りをしている——自分自身をいわば常同症的な繭に閉じ込めていく感覚なのである。そしてそれ以上に、書いていく——パソコン画面のなかでカーソルが文字を産み落としていく——そばからその文字列＝言葉が形骸になり果てていく、足元から壊死していくような荒廃した感覚……。わたしは、見渡すかぎり言葉の骸《むくろ》で埋め尽くされた無窮の曠野で一人永久運動を課されているような気分だった。いっそ書けなくなるほうが、まだ健全な生体反応だと思えたほどだ。

こうしてその年の秋には、わたしは進退窮まっていた。もうたくさんだ、という気持ちだった。東京を引き上げるか、という最後のカードが心のなかにチラつきはじめたのはその頃だった。

そしてそこには、じつは盆に帰省したときに直面した母の衰えた姿がさかんに明滅してもいた。

朝起きて二階から降りていくと、母は台所にいて、ちょうど冷蔵庫から取り出した紙パックの牛乳をコップになみなみと注いでいるところだった。朝、牛乳を飲むのは母の日課のようなものだった。顔を洗い着替えると、わたしも喉を潤したく思い台所に行った。コップに注いだ牛乳を飲みほしたとき、居間のほうから母が声をかけた。

——自分だけ飲んでずるい。わたしにもちょうだい。

戸を開け放った居間の敷居のところに立って母はわたしを見ていた。てっきりふざけているのだろうと思ったが、母は真顔だった。そして、冷蔵庫の前まで来ると、ドアを開けてふたたび牛乳をコップに注ぎ、二杯目を飲んだ。飲みほすと、あー、おいし、と言った。ほんの数分前に一杯目の牛乳を飲んだという事実が念頭からはきれいに消え去ったかのようだった。一瞬凍りついたようになりつつ、わたしは、とうとう来るべき時が来たか、と観念していた。

妹にそのことを告げ、東京に戻ったわたしに、母が認知症の検査を受けた結果、それまでの「要支援」から症状が進んで「要介護」と判定されたと妹が電話をかけてきたのは九月上旬だった。わたしは、毎日のように母に電話をかけるようになった。はあ、どなたじゃ？　どなたじゃ？　という声の幻聴を振り払いながら……。

　わたしがSさんと次長を前に、東京を引き払って田舎で一人暮らしの母の許に帰ると告げたのは、それから一か月後のことだった。次長は困惑と不満をあらわにしたが、Sさんは意外に落ち着いて話を聞き入れてくれた。出版社の狭い応接セットのソファでわたしの話をうなずきながら聞いたあと、静かに言った。

　――そうかい……とうとうそういう時が来たかい……。まあ、おふくろさんには、いい潮時かもしれないね。

　はじめて見るような柔和な表情だった。

　わたしは、そのとき仕掛の原稿、そして取材を終えてはいるがまだ着手していない原稿の二本は田舎に帰ってから必ず仕上げて送ると約して、次長の了承を得た。仕事に対する、もうたくさんだ、という気持ちはおくびにも出さなかった。次長にはもちろん、Sさんにも。いくらていねいにその感覚を言葉で告げようとしても、彼らの感情を害することなくそれを伝えることは不可能だと思えた。

　じつはSさんにだけは、それを伝えようとしたことがあった。わたしがいよいよ東京を引き払うという前々日、Sさんは例の横丁の居酒屋でささやかな送別の杯を交わそうと誘ってくれたのである。わたしは、店のあの小上りで差し向かいになったら、Sさんに腹を割って語りたくなるにちがいないと、なかば肚を決めていた。ところが、当日急きょSさんは福岡に出張しなければならなくなってしまった。夕方の飛行機に乗らないといけないので、申し訳ないが、午後社に来てもらえないかと電話があったのが、その日の午前中だった。わたしたちは、結局飯田橋の駅ビルのなかの喫茶店で三十分ほど話したにすぎなかった。

　別れ際に握手をしたとき、Sさんはやはり柔和な表情で、上京することがあったら、絶対連絡くれよ。あの店で呑みなおそう、と言った。

それから二年半が過ぎたが、その機会は訪れなかった。上京の機会はなくはなかったが、あわただしくてSさんに連絡を取るにはいたらなかった。わたしは、そんな歳月を振り返りながら、Sさんはいまどうしているだろう、と思いをめぐらせずにはいられなかった。

家にいて、日中、階段を上り下りするときは忘れているのに、なぜか朝、目が覚めて二階から下りていくときは、折り返しの直角三角形のステップから見える上がり端に母がうずくまっていた姿がしばしばフラッシュバックしてくるのだった。わたしは、ここに「死線」が引かれていたのだ、と思いつつ階段を下り、しばし廊下に佇んでしまうこともあった。折り返しの上方の壁、縦長の明かり取りの窓からはほのかな外光が射し込んでいた。

ふいにわたしは、Sさんと話をしてみたいと思った。わたしが「死線」を越えられなかった顚末について、話を聞いてほしいと思った。そして、その自分が越えられなかった「死線」と、Sさんが直面した「生き別れ」とを突き合わせて、あの神楽坂の居酒屋の小上りで烏賊と大根の煮つけを肴に二合徳利を何本も空にしながら、とことん語り合ってみたかった。

そしてさらに、徹底的に議論を吹っかけてもみたかった。

——あなたが編集担当をはずれたあと、ぼくは飼い慣らしていたつもりの言葉の罠にはまって思いもよらずその曠野に迷い込み、死屍累々と自分の分身を生み出しつづける不毛に耐ええず、戦線離脱した。あなたにその経緯を伝えられなかったし、おそらくその機会を得られたとしても、自分の経験の不毛をあなたに伝えられる言葉を、あのときぼくは持っていなかっただろう。あるいは、その言葉を言えたとしても、ついにあなたは理解しなかったかもしれない。そう、その言葉こそはあなたとぼくが袂を分かつ地点なのかもしれない。しかし、ぼくはいまそれを何とかしてあなたに伝えてみたいと思う。そして、どうしてもあなたに訊いてみたいこともある。あなたにとって、ぼくは駒を引くどころか、もう投了してしまったゴーストライターにすぎない。あなたは、駒を引いては負けなんだ、と言ったけれども、ではひるがえって、ゴーストライターにとって相手を投了させる時というのはいつなのか？ 負けました、と言わせることはあるのか？ あなたはそれを、勝負というものをどう考えているのか？ あなたがめざす勝利とはいったい何なのか？

そして、一月も終わろうという頃だった。わたしは思い立って、Sさんに会いに東京に行こうと思ったのである。そのつもりで受話器を持ち上げ、まだ覚えていた出版社の編集部直通の番号にダイヤルした。呼び出し音が鳴るあいだ、ほんの少しだが、受話器を持つ手に武者震いのような緊張があった。電話を取った女性に、わたしはSさんの名を告げた。少し待たされたので、不在かと思った。と、女性の声が思いがけないことをわたしの耳に伝えてきた。

――お待たせいたしました。……あのう……じつはSは当社を退職いたしました。

わたしは絶句し、次の瞬間、いつのことですか？ と尋ねていた。彼女は、しばらくお待ちください、と言い、また電話を保留にした。次に電話に出た彼女から、一年ほど前です、と聞くと、そうですか、という声が溜息とともに洩れ出た。わたしは、気を取り直してなおも彼女に頼んだ。自分は数年前Sさんに仕事でたいへんお世話になった者で、じつは至急に連絡を取りたい用件がある。たしかお住まいは小岩だと伺っていたが、連絡先を教えていただけないか？ 少しうんざりした口調で、しばらくお待ちください、と言うと彼女はまた電話を保留にした。しかし、今度は出るのは早かった。

――たいへん申し訳ございません。わたしどもにはわかりかねます。

受話器を置いたわたしの脳裏に、飯田橋駅の長く彎曲したホームを遠ざかっていく大柄な背中と、最後に握手したときの柔和な笑顔がよみがえった。

わたしはしばらく茫然としていたが、ふと思いついて二階に駆け上がると、仕事部屋に飛び込んだ。そして机の引き出しのなかを探して名刺入れを取り出すと、ふたたび居間の電話のところに戻った。目当ての名刺はすぐに見つかった。Sさんが催したライターの交歓会でもらった名刺は二、三ページに一続きになって保管されていた。わたしは唯一顔が思い浮かべられる名刺を抜き、そこに記された番号に電話をかけた。一縷の望みを託したのは、将棋の専門紙記者の経験を基に書いた将棋の本がヒット作となったという、顎鬚をたくわえた初老のライターだった。おぼろげながら、交歓会で言葉を交わした記憶もあった。

彼はすぐ電話に出た。わたしは、突然の電話を詫び、数年前の交歓会でお会いしたことがあること、Sさんの消息を知りたいと思い、心当たりの人に電話をかけている旨を伝えた。幸運にも彼はわたしのことを覚えていてくれたが、Sさんの現在の消息についてはわからないと言った。ただ、Sさんが出版社を辞める経緯については知っていることを教えてくれた。

それによると、Sさんは、彼の陣頭指揮で進めてきた出版プロジェクトの不調の責任を取って、詰め腹を切るかたちで辞めることになったらしい。Sさんの出した企画にゴーサインを出し、後見してくれていた老社長が病弱を理由に退任したのがケチの付きはじめだった。出資元の大手出版社から出向してきて、その後釜に坐った新社長はSさんのプロジェクトに強い難色を示した。初年度は返本が続き、相当の赤字だったからだ。Sさんは、少なくとも三年のレンジで見てほしい、結果が出てくるのはそれからだと説得したが、受け入れられなかった。Sさんが辞めたあと、プロジェクトのために集められたライターたちも一人残らず切られた。

——この業界ではちょくちょくある話だし、わたしなんかは老兵で、似たり寄ったりの経験をしてきたからね。でも、Sさんが新規に連れてきた若いライター連中はほかを断ってこの仕事に専念してたから、たまったもんじゃないですよ。訴えてやる、って息巻いてたね。

少しかすれ気味だが、落ち着いた声で語られる顚末を聞きながら、わたしは、鵜匠を失って、つながれた紐を断ち切られ、ばらばらに水のなかに投げ出された鵜たちを思い浮かべた。

彼は、ニワ君を覚えてますか？　と尋ねた。ふいを衝かれた格好だったが、すぐ思い当たった。わたしは、ええ、あの次長の、と答えた。彼は、いまはあのニワ君が編集部長ですよ、と教えてくれた。わたしは、出版社にかけた電話に出た女性がSさんについて尋ねるたびに電話を保留にして応対を仰いでいたのは、この現編集部長だったのではないかと直感した。彼女がわたしの名を取り次いだとき、申し訳ございません、わたしどもにはわかりかねます、という返答は決まっていたのかもしれない。

わたしは初老のライターに丁重に礼を言い、電話を切った。そして、置いた受話器を握ったまま大きな声で独りごちた。

——Sさん、いま、どこでどうしているんですか？

気がつけば一月はもう終わっていた。わたしは、二月を一週間ほど過ごしたのちにようやくカレンダーの最初の一枚を剥がすような始末だった。半ば過ぎには、仏式の四十九日に当たる五十日祭を行うことになっていた。その日は納骨式でもあり、近い親戚と教会関係者だけが参列する予定だった。数日前にかなりの降雪があり、年寄り連中に足元の悪い墓園に運んでもらうのは気が重いなと懸念していたのだが、雪が止むと一転晴れわたり、当日は一か月季節が進んだような陽気になった。墓園に着くと、解け残った雪が蒼天に照り映えて、灰色の墓石群と芽吹きにはまだ遠い木立ちに純白の彩りを添えていた。舗装した通路に雪がなかったのはさいわいだった。

すでに石材店の職人が来ていて墓石の下の納骨棺を開けていた。妹は、墓石の側面に祖父母・父の三つの戒名と並んで職人に新しく彫ってもらった十字架とその下の母の姓名をわたしに指さしてみせた。母の墓碑銘については、クリスチャンの妹に任せてきたので、わたしがそれを見るのははじめてだった。四人の碑銘が刻まれたことで、その面は過不足なく満たされたように見えた。わたしが持っていた骨壺を渡すと、職人は納骨棺のなかに納め、短く合掌してから墓石を元に戻した。

職人が去ったあと、告別式を司式してくれた女性牧師の一声でわたしたちは墓石の周りに集まった。彼女が聖書のなかの一節を読み、短い説教を終えると、またあの「フィンランディア賛歌」のメロディに乗せた讃美歌を皆で歌った。屋外で伴奏もないなか、牧師と信者たちの歌声はひときわ力強かった。わたしは、歌うことが好きだった母もまたその歌声に唱和しているような気がしてならなかった。歌声はひとつになって蒼天へと立ち昇り、やがて掻き消えた。

式が終わって、参列者は駐車場へと歩きはじめた。従姉のひとりが墓石の裏面に建立した年月日とともに刻まれたわたしの名を見て、かたわらの妹に言うのが聞こえた。

——この名前は赤字に替えてもらわなあかんよ。亡くなった人やと思われるよ。

妹がそれを見て応じた。

——あっ、ほんまや！　気がつかへんかったわ。

あらためて建立者として自分の名が刻まれているその裏面を見た。そのじつ母と妹に任せっきりのまま郷里の菩提寺で墓仕舞いをし、その墓園に新しい墓を建てたのだった。わたしは、苦笑まじりに、このままでいいではないかと思った。

——何たってゴーストだったんだから……。

建立した年は、わたしが東京でゴーストライターの地下世界に足を踏み入れた年だった。

墓石群のなかを駐車場にむかう人々の最後尾を歩きながら、わたしは自分をゴーストの世界の深みに引き入れた人物にむかって心のなかで呟いていた。

Sさん、いま、どこでどうしているんですか？　まさか投了してしまったわけではないですよね。

あとがき

本書は、二〇一一年から八年にわたり同人誌「LEIDEN――雷電」0／創刊号～12号に書き継いだ「虚《うろ》の栖――試みの家族誌」と題した原稿とその補遺を基に成り立っている。一著にまとめるにあたり、間違いや誤植を正すべく全体に手を入れ、部分的に加筆、削除をほどこした。そのほか同じモチーフの変奏である二篇の散文詩（のようなもの）も収録した。

以下、初出を記す。

・「仄暗い吹き抜けのある商家」…「LEIDEN――雷電」0／創刊号（11年7月）、同1号（12年1月）、同3号（13年2月）

・「生きゆく家、死にゆく家」…同4号（13年8月）、同5号（14年1月）、同6号（14年7月）

・「丘の上の四二間《しにけん》の家」…同7号（15年2月）、同8号（15年9月）、同9号（16年3月）※本書収録にあたり前半を「ブロック塀に囲まれた家郷」、後半を「丘の上の四二間の家」と章立てを変更

・「父の帳尻」…同10号（16年11月）
・「棲家の空《うろ》」…同11号（17年6月）
・「背面都市」…「BIDS LIGHT」7号（03年7月）
・「八月のLUNA《ルナ》」…「LEIDEN――雷電」5号（14年1月）
・「階段の上がり端《はな》」…同12号（18年5月）

思えば「試みの家族誌」というモチーフが自分のなかで結晶化しはじめたのはずいぶん昔のことだ。鉱脈は自分自身のなかに埋蔵されてあるので、その気になればいつでも掘り起こせると思っていた。しかし、いつまで経っても「その気」は訪れず時間だけが過ぎていった。

よし書いてみよう、と、いよいよ「その気」になった最大の契機は「LEIDEN――雷電」の創刊であった。この同人誌に参加しなければ、わたしは書きはじめることをずるずるとうっちゃっていたことだろう。そして、それ以上に明言できるのは、同誌がコンスタントに号を重ねることがなければ、このような自分でも思いがけないほどの長尺の書き物を曲がりなりにも最後まで書き切ることはできなかったということだろう。

その意味で、ともに〈場〉をなした二人の同人、二〇一七年師走に急逝した築山登美夫さんと小樽の詩人高橋秀明さんにまず感謝を捧げねばならない。

築山さんには本書の大部分、「仄暗い吹き抜けのある商家」〜「棲家の空《うろ》」の都合八百枚ほどの原稿を雑誌掲載のたびに校閲してもらった。その校閲には、彼の懇切な感想や批評、助言がすべて含まれていたと思う。

高橋さんには、別途開催に尽力されていた「北海道横超会」に誘ってもらい、その場で雑誌の連載をずっと読んでくれているというごく少数の、まことに奇特な読者に引き合わされた。それまで自分が掲載誌を送る既知の読者のほかに、未知の読者がいることを想像できなかったので、この邂逅は望外の喜びであった。そして同時に、緊張感と励みでわたしの言葉を奮い立たせてくれた。

〈自分はどこから来たのか〉という問いにうながされて「試みの家族誌」を書き継いでいるあいだ、その問いは、結局わたしをこの世に産み落とした家系を繋いできた死者たちの生の痕跡をあとづけ、言葉を与えようとすることに帰着するのだという、ある意味で身も蓋もない事実に直面しつづけることになった。はたして死者たちの生の痕跡によく言葉を届かせることができただろうか？　何とかその作業を終え、この「あとがき」を書くところまで来て、胸に去来するのは、しかし、その首尾とは別のある強い思い――人は死することによって不在となるのではなく、死者という存在になるのだ、という思いである。

それは、連載を書き継いできた後半の三年半のあいだに、次々に死者となった母、伯母、叔父を見送り、ついには同人築山登美夫急逝の訃に接するという経緯が否応なく強いた思いだったかもしれない。

四百ページを超える束《つか》になろうとしている本書を送り出すにあたって、その重みを築山さんの手に伝えられないのは、わたしにとって痛恨の極みである。せめてもの慰めは、二〇一七年十一月初旬にがん研有明病院に彼を見舞った際、「LEIDEN——雷電」の印刷・製本をやってもらっている七月堂から本書を出すつもりだと、じかに伝えられたことだろうか。それはいいね、と彼は言ってくれた。もしそれさえ伝えられないまま、築山さんが逝ってしまっていたとすれば、本書はそれこそ埋めようのない〈虚《うろ》〉を抱えて出来することになる気がする。

死者となって存在する築山さんが待ち望んでくれている。そう信じて本書を送り出したい。

末筆ながら、本書をこのような形に作り上げてくれた七月堂の知念明子さん、鹿嶋貴彦さんに心より感謝申し上げる。

日下部正哉

二〇一九年七月

日下部正哉（くさかべまさや）

一九五四年、兵庫県生まれ
一九七三年、大阪府立大学経済学部経済学科入学
一九七七年、同中退
一九九六～二〇〇六年、「BIDS」～「BIDS LIGHT」同人
二〇〇八年、『宮崎駿という運動』（弓立社）上梓
二〇一一～二〇一九年、「LEIDEN——雷電」同人

虚《うろ》の栖
―試みの家族誌―

二〇一九年十月一日　発行
著　者　日下部正哉
発行者　知念　明子
発行所　七　月　堂
〒一五六―〇〇四三　東京都世田谷区松原二―二六―六
電話　〇三―三三二五―五七一七
FAX　〇三―三三二五―五七三一
印刷製本　モリモト印刷

ISBN 978-4-87944-386-1 C0093